Melissa Foster

Von der Liebe gerettet

DIE AUTORIN

Melissa Foster ist eine preisgekrönte *New-York-Times-* und *USA-Today-*Bestsellerautorin. Ihre Bücher werden vom *USA-Today-Bücherblog*, vom *Hagerstown Magazin*, von *The Patriot* und vielen anderen Printmedien empfohlen. Melissa hat mehrere Wandgemälde für das *Hospital for Sick Children*, eine Kinderklinik in Washington, D. C., gemalt.

Besuchen Sie Melissa auf ihrer Website oder chatten Sie mit ihr in den sozialen Netzwerken. Sie diskutiert gern mit Lesezirkeln und Bücherclubs über ihre Romane und freut sich über Einladungen. Melissas Bücher sind bei den meisten Online-Buchhändlern als Taschenbuch und E-Book erhältlich.

www.MelissaFoster.com

Melissa Foster

Von der Liebe gerettet

Die Ryders

LOVE IN BLOOM – HERZEN IM AUFBRUCH

Aus dem Amerikanischen von Anne Sommerfeld

Vorwort

Auf die Geschichte von Jake und Addy habe ich mich schon lange gefreut. Mir war klar, dass es den beiden nicht leichtfallen würde, sich zu verlieben, und es hat großen Spaß gemacht mitzuerleben, wie sie sich gegen die sprühenden Funken gewehrt haben, von denen wir alle schon seit mehreren Büchern wussten, dass sie nur so fliegen würden. Ich hoffe, Sie haben ebenso viel Vergnügen damit wie ich. Am Ende des Buches finden sich Infos zu Gage und Sally.

Wer immer auf dem Laufenden bleiben will, abonniert meinen Newsletter:
www.MelissaFoster.com/Newsletter_German

Die Reihe »Love in Bloom – Herzen im Aufbruch«

Die Serie *Die Ryders* ist nur eine der vielen Serien aus der weitverzweigten Reihe »Love in Bloom – Herzen im Aufbruch«. Sie werden den Figuren aus jeder Geschichte immer wieder begegnen, sodass Sie keine Verlobung, Hochzeit oder Geburt verpassen. Eine vollständige Liste aller Serientitel sowie eine Vorschau auf den nächsten Band finden Sie am Ende dieses Buches und auf meiner Website: MelissaFoster.com/Herzen-im-Aufbruch

Besuchen Sie auch meine Seite mit »Reader Goodies«! Dort finden Sie Serienübersichten, Checklisten, Stammbäume und einiges mehr: www.MelissaFoster.com/Checklisten_und_Stammbaume

Eins

Addison Dahl lehnte an der Bar. Nirgendwo waren Hochzeiten so schön wie auf Elpitha Island vor der Küste von South Carolina. Paare tanzten unter den funkelnden Lichterketten, Kinder rannten lachend über die Wiese und malten mit ihren Wunderkerzen Muster in den Nachthimmel. Vor dieser Kulisse mit Blick aufs Meer, den Geräuschen der Insel in der Luft und einem Leuchtturm im Hintergrund heiratete Addys beste Freundin Gabriella ihre große Liebe Duke Ryder. Für Addison war es ein bittersüßer Abend. Sie arbeitete inzwischen seit einigen Jahren als Anwaltsassistentin für Gabriella und nun wollte ihre Freundin eine eigene Familie gründen und ihre Stunden reduzieren. In ein paar Tagen würde das frisch verheiratete Paar in die Flitterwochen verschwinden und Addy begann ihre zehntägige Selbstfindungsreise in den entlegenen Bergen des Bundesstaats New York. Wie würde sich ihr Leben wohl verändern, wenn sie beide wieder zurück waren?

»Sie sehen glücklich aus, nicht wahr?«, sagte Dukes jüngere Schwester Trish, als sie sich zu ihr an die Bar gesellte. Die Brise wehte ihr eine dunkle Haarsträhne ins Gesicht, die sie sich rasch hinters Ohr schob. Sie platzte selbst fast vor Freude, seit Boone Stryker ihr vorhin einen Antrag gemacht hatte. Der Rockstar hatte sie nicht nur mit einem Ring überrascht, sondern auch mit einer Hochzeit, die schon übermorgen hier auf der Insel stattfinden sollte.

»Glückselig«, stimmte Addy ihrer Freundin zu. Duke war Investor und leitete gerade ein fantastisches Bauprojekt auf Elpitha, mit dem er Gabriellas Träume für ihre Heimatinsel wahr machte. Addy freute sich für ihre Freundin, aber sie selbst tickte da ganz anders. Als Tochter eines weltberühmten Modedesigners brauchte und wollte sie keinen Mann, der sich um sie kümmerte. Davon hatte sie genug für den Rest ihres Lebens. Sie war fast dreißig und bezweifelte, je einen Mann kennenzulernen, der stark, klug und leidenschaftlich genug war, um ihr nicht schon in der ersten Woche langweilig zu werden – vom Rest ihres Lebens mal ganz abgesehen. Bis jetzt waren Addys Gefühle für Männer nicht über das rein Körperliche hinausgegangen und mittlerweile akzeptierte sie, dass sie wohl einfach so gestrickt war. Was sie offensichtlich erheblich von den bis über beide Ohren verliebten Frauen unterschied, in deren Gesellschaft sie sich gerade befand.

»Ich bin so froh, dass Boone hier heiraten will«, sagte Trish verträumt. »Ich kann mir keinen romantischeren Ort vorstellen.«

Elpitha war tatsächlich der Inbegriff von Romantik, aber Addy lief das Leben auf der winzigen Insel zu langsam und das Internet war noch träger. Für andere war Entspannung das pure Glück, doch für Addy war es der Nervenkitzel, und genau das liebte sie am meisten an New York City.

»Apropos Romantik«, fuhr Trish verschwörerisch fort. »Jake schaut dir schon den ganzen Abend hinterher.«

Addy zwang sich, nicht zu Trishs älterem, arroganten und unglaublich heißen Bruder mit der viel zu großen Klappe zu schauen, der die Hauptrolle in jeder ihrer Fantasien spielte, seit sie ihn vor ein paar Monaten kennengelernt hatte. Sie musste ihn sich wirklich ein für alle Mal aus dem Kopf schlagen, weil er darin immer mehr Chaos anrichtete. Es war auch nicht hilfreich, dass er sie jedes Mal anmachte, wenn sie sich über den Weg liefen. Da Addy mit Gabriella, Duke und einigen seiner Geschwister – was fast jedes Mal Jake mit einschloss – alle zwei Wochen essen oder etwas trinken ging, passierte das sehr oft. Hoffentlich würden zehn Tage in den Bergen reichen, um den sexy Playboy aus ihren Gedanken zu verbannen.

»Oh!«, rief Trish. »Mein *Verlobter* und meine Mom sind endlich fertig mit Tanzen.« Sie senkte die Stimme ein wenig. »Ich muss es ständig sagen. *Mein Verlobter.* Wir reden später weiter. Ich muss zu ihm, bevor ihn mir eine von Gabriellas hübschen Cousinen wegschnappt.«

Beschwingt schlenderte Trish über die Rasenfläche und ließ Addy mit ihren Grübeleien allein. Eine kühle Brise wehte über die Klippe und schob den Saum ihres königsblauen Kleids über ihre Oberschenkel nach oben. Sie spürte die Hitze von Jakes Blick auf sich, bevor sie registrierte, dass der Kerl siegessicher auf sie zukam. Seine Haltung, der Ausdruck in seinen dunklen Augen und der männlich-selbstbewusste Gang ließen kaum Zweifel daran, dass ihr eine neue Runde zweideutiger Anspielungen bevorstand. Addy tat so, als würde sie seinen heißen Blick nicht bemerken, der ihr normalerweise mehr als stabiles Nervenkostüm regelmäßig gefährdete, und suchte nach einer Ablenkung. Hätte sie doch nur ihr Handy dabei, dann könnte sie wenigstens durch Tumblr scrollen. Sie hatte mehr als nur ein paar Nächte mit den Fotos halbnackter – *okay, und vielleicht auch ein paar ganz nackter* – Männer verbracht, um sich von ihm abzulenken.

Jake bewegte sich wie ein Löwe, geschmeidig und kraftvoll, und er schien die aufgeregten Stimmen und das Gelächter um sich herum gar nicht zu bemerken, so zielgerichtet, wie er sich an seine Beute anpirschte. Von einem Mann gejagt zu werden, der aussah, als könnte er mit nur einer Hand ein Raubtier bezwingen, war ein gefährlich aufregendes Gefühl. Und *gejagt* war das einzige Wort, mit dem sich sein grenzwertig besitzergreifendes Verhalten beschreiben ließ. Allein seine Ausstrahlung machte deutlich, dass er sie für sich beanspruchte – dafür musste er sie nicht einmal berühren. Nicht, dass Addy das überhaupt wollte.

Das stimmt nicht ganz.

Berühren durfte er sie schon, aber sie würde sich nicht von ihm in Besitz nehmen lassen. Schon seit Monaten spielten sie dieses verführerische Spielchen, was ihr ausreichend Zeit gegeben hatte, ihren Gefühlen auf den Grund zu gehen. Oder besser gesagt: ihren *Impulsen*. Addy hatte keine Gefühle für Männer. Aber sie konnte nicht leugnen, dass sie inzwischen mehr in Jake sah als einen harten Typ, der es schaffte, ihr mit einem Blick die Knie weich werden zu lassen. Mittlerweile bewunderte sie, wie er seine Geschwister beschützte, immer für die Partnerinnen seiner Brüder da war und die Erfolge von anderen Leuten feierte – unabhängig von ihrem Geschlecht. Addy arbeitete überwiegend mit Männern, die zu sehr mit sich selbst beschäftigt waren, um über den eigenen Tellerrand hinauszusehen. Außerdem war sie mit einem Vater aufgewachsen, in dessen Welt das Bedürfnis von Frauen nach eigenen Entscheidungen schlicht nicht vorgesehen war, ganz zu schweigen davon, dass sie irgendetwas Bedeutsames erreichen wollten.

Unwillkürlich verglich sie ihren unauffälligen, aalglatten

Vater, der still und leise jeden Aspekt in ihrem Leben und dem ihrer Mutter regelte, bevor bei ihnen auch nur der Gedanke daran aufkam, mit Jake, der sich wie ein Elefant im Porzellanladen benahm, dabei aber nicht herablassend rüberkam. Sie bewunderte seine aufrichtige Wertschätzung für Schönheit und Verstand ebenso sehr wie seinen Hang zum Grübeln und sein männliches Auftreten. Liebend gern würde sie herausfinden, ob er im Bett genauso ranging wie beim Flirten. Er hatte Ecken und Kanten, die ihm eine gewisse Unnachgiebigkeit verliehen. Zeigte sich dann doch mal ein Lächeln auf seinen wie gemeißelt wirkenden Zügen, warf es Addy aus der Bahn. Es wirkte wie eine verführerische Einladung, die sie nur zu gern annehmen würde, wenn sie dabei nicht solche Angst hätte.

Der herbe Duft von Jakes Parfüm stieg ihr in die Nase und vertrieb das Aroma von gegrilltem Fleisch und den Beilagen, die Gabriellas Familie den ganzen Tag lang vorbereitet hatte. Jake stützte sich mit einem Ellbogen neben ihr auf die Bar, wobei sein muskulöser Unterarm ihren streifte und ihr einen wohligen Schauer über den Rücken rieseln ließ.

Wem wollte sie denn etwas vormachen? Es war unmöglich, sich von der größten Ablenkung überhaupt abzulenken.

»Ich glaube, es sind noch ein paar Männer übrig, mit denen du noch nicht getanzt hast.«

Natürlich musste Jake sie sofort wieder provozieren.

»Das muss ich dringend ändern. Gabs Bruder Niko sieht heute ziemlich heiß aus.« Niko war der Inbegriff eines griechischen Frauenschwarms. Groß, dunkel, gut aussehend und genauso wenig berührungsscheu wie der Rest von Gabriellas herzlicher, liebevoller Familie. Außerdem flirtete er schamlos.

Jake knirschte sichtbar mit den Zähnen und sein finsterer Blick sorgte dafür, dass sie keinen Muskel mehr rühren konnte.

»Ich hab dich heute noch gar nicht tanzen sehen. Was ist denn los? Stehst du nicht auf sexy Inselfrauen? Kein Problem, ich bin mir ziemlich sicher, dass sich der Kerl an dem Baum da hinten auch über deine Aufmerksamkeit freuen würde.« Sie liebte es, den Löwen zu triezen, auch wenn sie ihm nicht zu nahe kommen wollte. Ihr Puls raste und es juckte ihr in den Fingern, ihn am Kragen zu packen und an sich zu ziehen. Seine Küsse würden unglaublich heiß sein. Gerade deswegen bemühte sie sich, den Blick nicht tiefer wandern zu lassen, hatte aber keine Chance gegen die verlockende Wölbung in seiner Hose. Die Wölbung, die noch ausgeprägter wurde, wenn sie aufeinandertrafen. Es war nicht zu leugnen, dass sie es genoss, diese Wirkung auf ihn zu haben.

Er beugte sich vor und sein warmer Atem strich über ihre Wange. »Ich tanze nicht gern, aber wenn du mich weiter so ansiehst, bekommst du gleich mehr, als du eigentlich willst.«

Seine Augen waren pechschwarz geworden, und sie schluckte angestrengt den lustvollen Laut hinunter, der ihrer Kehle entkommen wollte. Normalerweise hatte Addy die Kontrolle über jede Interaktion, behauptete sich in jeder Situation und nahm sich bei Männern, was sie wollte. Zumindest bis König Sexy auf der Bildfläche aufgetaucht war. Jake brachte sie definitiv aus der Fassung. In letzter Zeit ertappte sie sich immer öfter bei der Frage, ob sie nicht vielleicht doch Gefühle und nicht nur Impulse verspürte. Genau das hielt sie davon ab, nach dem Flirten einen Schritt weiterzugehen. Und die Tatsache, dass er der Schwager ihrer besten Freundin war. Aber sie wollte diese Grenze so gerne überschreiten. Es war viel zu lange her, seit sie mit einem Mann geschlafen hatte. Dank Jake. Jedes Mal, wenn sie kurz davor war, ihre Bedürfnisse zu befriedigen, das Gewicht eines Manns auf sich zu spüren und sich im Rausch der Leidenschaft zu verlieren, tauchte Jake in ihren Gedanken auf, lenkte sie ab und zerstörte den Moment. Sie sabotierte sich mit ihren eigenen Fantasien selbst.

Um wieder die Oberhand zu gewinnen und zu beweisen, dass er sie nicht aus dem Konzept brachte, musterte sie seine Brust eingehend. »Ich warte noch auf den Mann, der auch nur annähernd das ist, was ich *eigentlich* will, geschweige denn mehr.«

Seine Mundwinkel zuckten, als würde er ein Lächeln unterdrücken, doch er biss die Zähne zusammen, sodass die Muskeln unter seinen dunklen Bartstoppeln zuckten. Gerade als er den Blick abwandte, kam Niko mit einem freundlichen, einladenden Lächeln auf sie zu, und seine Kiefermuskeln spannten sich noch stärker an.

Niko nickte Jake zu und hielt Addy eine Hand hin. »Was wäre ich denn für ein Bruder, wenn ich nicht mit der wunderschönen besten Freundin meiner Schwester tanzen würde? Darf ich bitten?«

»Liebend gern.« Addy ergriff seine Hand und freute sich diebisch über Jakes Anspannung. Er hatte sie noch kein einziges Mal zum Tanzen aufgefordert, lud sie jedoch ständig in sein Bett ein.

Wenn Jake noch einem Typen dabei zusehen musste, wie er mit Addison tanzte, würde er jemanden umbringen. Er ballte die Hände zu Fäusten, als noch einer von Gabriellas Verwandten die Arme um Addisons schlanke Taille legte und sie so nah an sich zog, dass sie wahrscheinlich seinen Atem schmecken konnte. Bei der Vorstellung breitete sich ein unangenehmes Kribbeln unter seiner Haut aus. Der einzige Atem, den sie spüren sollte, war seiner. Vorzugsweise zwischen ihren Beinen. Und genau deswegen musste er dringend aufhören, sie zu beobachten.

Er lockerte seine Krawatte und zwang sich, den Blick von der Frau zu nehmen, die ihm gründlich den Kopf verdrehte. Jake konnte Hochzeiten nicht viel abgewinnen, aber Duke hatte wirklich alle Register gezogen. Die Zeremonie hatte auf einer Klippe mit Blick aufs Meer im Kreis ihrer Familien und der eng verbundenen Inselgemeinschaft stattgefunden. Funkelnde Lichterketten erhellten den Tanzbereich, die vielen, mit Blumen dekorierten Tische und den fantastischen Pavillon, den sein Bruder Blue für diesen Anlass gebaut hatte. Der Anblick seines ältesten Bruders Duke, der der Frau, die er liebte, mit Tränen in den Augen seine ewige Hingabe schwor, war tatsächlich auch an ihm nicht spurlos vorbeigegangen.

Sein Blick wanderte zurück zu Addison auf der Tanzfläche. Das blaue, rückenfreie Kleid schmiegte sich eng an ihren schlanken, sexy Körper. *Genau wie Niko.* Noch ein großer, dunkler, gut gebauter Typ, den Jake nicht gern in Addys Nähe sah. Nicht, dass er einen Anspruch auf sie hätte. Eine Beziehung kam für ihn nicht infrage. Und doch bekam er diese Frau seit ihrer ersten Begegnung einfach nicht aus dem Kopf, wie ein lästiges Jucken, das er nicht kratzen konnte. Vielleicht waren es ihre vollen, verlockenden Lippen, die ihr eine Hauptrolle in seinen sündigen, nächtlichen Fantasien gaben. *Oder vielleicht liegt es auch an ihrer Überzeugung, dass sie keinen Mann in ihrem Leben braucht.*

Oder, dass sie *ihn* nicht brauchte.

Will, korrigierte er sich. Dass sie ihn nicht *wollte.*

Oh Mann, das tat weh.

In den vergangenen Monaten hatte sie auf jede seiner Anspielungen eine schlagfertige Antwort gehabt, sich aber nie auf mehr eingelassen. Wahrscheinlich war das auch gut so, weil sie Gabriellas beste Freundin und damit als One-Night-Stand absolut tabu war. Aber aus irgendeinem Grund konnte er es auch nicht auf sich beruhen lassen.

»Du könntest sie einfach mal fragen, ob sie mit dir tanzt.«

Jake drehte sich zu Cash um. Er war so in Gedanken versunken gewesen, dass er seinen älteren Bruder nicht kommen hören hatte. In seinen ernsten, braunen Augen lag dieser Ich-weiß-wovon-ich-rede-Ausdruck. Dem konnte er inzwischen einiges an Gewicht beimessen, denn Cash war mittlerweile nicht nur Feuerwehrmann, liebevoller Ehemann und beschützender älterer Bruder, sondern auch Vater der zwei Monate alte Zwillinge Charlotte »Coco« Rose und Seth mit seiner Frau Siena. Und das nervte Jake, denn von seinen fünf Geschwistern war Cash immer eines der pflegeleichten Kinder gewesen. Ein *guter Junge*. Während Jake es definitiv … nicht war. Das Leben in Cashs Schatten war nicht leicht gewesen. Durch Cashs tadelloses Verhalten wurde der Kontrast zu Jakes rebellischer Natur nur noch größer. Normalerweise nahm Jake es locker, aber im Moment war er so gereizt, dass er nichts locker nehmen konnte, wenn es sich dabei nicht gerade um Addison Dahl handelte, die nackt unter ihm lag. Oder vor ihm kniete. *Ja, das wäre auch okay.*

»Das würde ich, wenn ich Lust darauf hätte, aber ich tanze nur den Horizontaltango.« Er würde aus seinem Verlangen nach Addy keine große Sache machen, ungeachtet der Tatsache, dass sie sich in jeden seiner Gedanken schlich. Sie war eine heiße Frau, die er flachlegen wollte. Eine unerreichbare Herausforderung. Nichts weiter.

Zumindest redete er sich das ein.

Zum Glück gesellte sich Boones achtzehnjähriger Bruder Lucky zu ihnen an die Bar. Er hatte diese Bad-Boy-Ausstrahlung, auf die junge Frauen in seinem Alter standen, und seine dunklen Haare und Augen verliehen ihm einen provokanten Biker-Look. Außerdem war der Junge ein Genie. Innerhalb weniger Stunden hatte er ausgiebig mit Duke über Online-Marketing diskutiert, Blue von einer Software erzählt, mit der er seine Buchhaltung deutlich effizienter erledigen konnte, und Gage Tipps gegeben, wie er seine Computerprobleme beheben konnte.

»Ernsthaft?« Cash lachte. »Jake, du schmachtest ihr schon seit Monaten hinterher und warst wie lange nicht mehr mit einer anderen Frau zusammen?«

Lange genug, dass ich dir für diese Bemerkung den Hals um-drehen will.

»Ihr redet sicher über Addison.« Lucky grinste. »Sie ist so was von heiß. Hey Jake, wenn du sie nicht willst …«

»Lass es«, knurrte Jake.

Er hatte nie behauptet, dass er sie nicht *wollte*. Addy war ebenso frustrierend, wie sie schön war. Er kannte nicht eine einzige Frau, die keinen Mann in ihrem Leben brauchte. Als unabhängiger Rettungsspezialist, der zu Notfällen im ganzen Land gerufen wurde, wusste er nur zu gut, dass man sich manchmal einfach allein durchbeißen musste. Aber Addy wollte etwas beweisen – ob sich selbst oder ihrer Familie, konnte er nicht beurteilen. Außerdem war sie das komplette Gegenteil der Frauen, für die er sich normalerweise interessierte. Groß, blond, ein ordentlicher Vorbau und ein fester Hintern waren im Grunde Pflicht, wenn man in sein Bett wollte. Zumindest, bis er dieser zierlichen, frechen Brünetten mit den kleinen Brüsten begegnet war. Addy sah zwar aus, als müsste man sie mit Samthandschuhen anfassen, redete aber, als wäre sie in einer Biker-Bar zu Hause. Wahrscheinlich sollte es ihn abturnen, dass sie sich nichts bieten ließ, doch es hatte den gegenteiligen Effekt. Er konnte sie kaum ansehen, ohne erregt zu werden, und Addy wusste das. Sie provozierte ihn, als würde sie einen Bären mit Honig locken – allerdings war sie die mit den Krallen und sie zögerte nie, sie einzusetzen. Und jetzt hatte sie es sich in den hübschen Kopf gesetzt, allein durch die Wildnis zu streifen. Übermorgen brach sie auf. Jake hatte also noch zwei Tage Zeit, um ihr diesen verrückten Plan auszureden, damit sie sich nicht wegen ihrer Sturheit das Genick brach oder sich verlief. *Oder von einem Ranger aufgegabelt wird.*

»Und genau das sagt mir, dass du sie nicht nur flachlegen willst«, sagte Cash.

Jake schnaubte. »Mehr will ich von Addy ganz sicher nicht. Aber sie ist Gabriellas beste Freundin, also ist ein bisschen Spaß nicht drin.« *Ein bisschen Spaß?* Er versuchte, die Stimme in seinem Kopf zu ignorieren, die ihm sagte, dass er sich selbst ebenso wenig vormachen konnte wie Cash. Addy sah zu ihm herüber und entfachte den Funken, den sie bei ihrer ersten Begegnung in ihm gezündet hatte, von Neuem.

Niko ließ die Hand weiter nach unten wandern und seine Fingerspitzen strichen über ihren unteren Rücken. Jakes Magen krampfte sich schmerzhaft zusammen. *Noch ein Zentimeter und ich breche dir die Finger.*

»Sie ist nur tabu, wenn sie nicht das Gleiche will wie du«, meinte Lucky grinsend.

Cashs verkniffener Gesichtsausdruck verriet, dass er anderer Meinung war, aber Jakes Gedanken stürzten sich nur zu gerne auf Luckys kleinen Anstoß.

»Darüber solltest du lieber gut nachdenken, Bruderherz«, sagte Cash. »Wenn du was mit ihr anfangen willst, verbock es nicht.«

Jakes Blick huschte zurück zu der Frau, die so offensichtlich mit ihm spielte. Addy schenkte ihm ein verschmitztes Lächeln und als sie sich über die vollen Lippen leckte, schickte das einen heißen Blitz direkt in seinen Schritt. Wollte sie das Gleiche wie er? Konnte er heute Abend endlich bei ihr landen, nachdem sie nun monatelang mit ihm flirtete und ihn doch am langen Arm verhungern ließ? Es war kein Geheimnis, dass sie über Sex sprach, als würde sie dabei gerne mal ihre Grenzen austesten – Grenzen, die Jake nur allzu gern ausloten würde. Hatte Lucky recht? Wenn sie mit einem One-Night-Stand keine Probleme hätte, konnte er ihre Freundschaft zu Gabriella dann außer Acht lassen? Der Gedanke schickte einen Adrenalinschub durch seinen Körper. Doch dann schoss ihm Cashs Bemerkung wieder durch den Kopf. Konnte man etwas durch einen One-Night-Stand verbocken?

Nikos Hand wanderte noch tiefer. Addy sah ihn noch immer mit halb gesenkten Lidern an und zog eine Augenbraue hoch. Diese kleine … Nach einem letzten, provozierenden Blick in seine Richtung schenkte sie Niko ein umwerfendes Lächeln. Jake sollte wegsehen, sein Verlangen in mehr Alkohol ertränken oder sich eine von Gabriellas heißen Cousinen aufreißen, um sich von Addys Spielchen abzulenken. Doch er konnte sich einfach nicht von Addy abwenden, die sich sinnlich in den Armen eines anderen bewegte und ihm herausfordernde Blicke zuwarf.

Schluss damit. Er stellte sein Glas auf die Bar.

»Wo willst du hin?«, fragte Cash.

»Sich eine glatte Zehn klarmachen«, antwortete Lucky für ihn.

»Ganz genau.« Der Eiertanz war vorbei. Es war an der Zeit, herauszufinden, was genau Addy von ihm wollte.

Zwei

Addison wusste, dass sie mit dem Feuer spielte. Ihre Atmung beschleunigte sich mit jedem entschlossenen Schritt, den Jake auf sie zukam und sie dabei so verärgert und gleichzeitig raubtierhaft ansah. Oh Mann, dieser Ausdruck ließ sie praktisch dahinschmelzen. Vier Monate lang hatte sie die Grenze von Flirten zu Sex mit Gabriellas frisch gebackenem Schwager ganz bewusst nicht überschritten. Er war der letzte Mann auf Erden, mit dem sie schlafen sollte. Aber sie landete unvermeidlich immer wieder bei dem großen, mürrischen Bild von einem Mann, der Niko gerade ansah, als würde er ihm eine reinhauen wollen. Es war nicht Nikos Schuld, dass sie beim Tanzen mit Jake flirtete. *Was stimmt nicht mit mir?*

»Darf ich übernehmen?« Der Tonfall in Jakes tiefer Stimme duldete keinen Widerspruch.

»Ist das für dich in Ordnung?«, fragte Niko sie.

Ganz der Gentleman.

Bevor sie antwortete, musterte sie Jake einen Augenblick und erinnerte sich selbst daran, dass sie es nur noch ein paar Tage mit ihm aushalten musste. Danach war sie auf einem Berg, weit weg von ihrem verführerischen Geplänkel, weg von seinem durchdringenden Blick. Und wenn sie wieder zu Hause war, hatte sie genug Männer zur Auswahl, die *nicht* mit ihrer besten Freundin verwandt waren.

Männer, die nicht du sind.

Sie schluckte schwer, doch der verdrehte Gedanke ließ sie nicht los. Genau das war in den vergangenen Monaten das Problem gewesen. Sie hatte versucht, sich Jake aus dem Kopf zu schlagen, doch es endete immer in einem Konkurrenzkampf zwischen den Männern, mit denen sie Jake ersetzen wollte, und ihren Fantasien von ihm. Obwohl sie sich noch nicht einmal geküsst hatten, gewann Jake jedes Mal.

Seine Aufmerksamkeit galt einzig und allein ihr. Sie war überrascht, dass Nikos Hände unter der knisternden Hitze zwischen ihnen nicht verbrannten. Sie sollten einfach miteinander in die Kiste hüpfen und die Sache ein für alle Mal aus der Welt schaffen, bevor sie noch spontan in Flammen aufgingen.

Jake verengte die Augen und drängte sie stumm zu einer Antwort.

Addy schwieg noch etwas länger, auch wenn es eine Qual für sie beide war. Als das Lied endete, stellte sie sich auf die Zehenspitzen und küsste Niko auf die Wange, was ihr einen weiteren Todesblick von Jake einbrachte. »Danke, Niko. Das war toll.«

»Jederzeit, meine Schöne.« Niko nickte Jake zu. »Sie ist eine großartige Tänzerin. Hoffentlich hast du nicht zwei linke Füße.«

Das leise Brummen, mit dem er Addy an sich zog, sagte im Grunde alles. *Wow.* Allerdings nicht so gut wie sein harter Körper.

»Ich dachte, du tanzt nicht«, sagte sie, als *er* ihre Arme um seinen Nacken legte. Sie unterdrückte ein Lachen und platzierte ihre Hände stattdessen an seiner Taille. *Sind wir ein bisschen kontrollsüchtig?*

»Ich sagte, dass ich nicht *gerne* tanze.« Wieder zog er ihre Arme nach oben zu seinem Nacken. »Und mit dir würde ich sowieso gerne ganz andere Sachen machen.«

Oha. Es war eine Sache, seine verführerischen, provokanten Worte in einer vollen Bar zu hören, wenn sie mit Gabriella und ein paar Freunden unterwegs waren, aber in seinen Armen zu liegen und ihm so nah zu sein, dass sie jeden Zentimeter seiner Erregung spüren konnte? Um diese Tortur zu überstehen, brauchte sie ein Jake-Abwehrmittel.

Das nächste Lied begann und er legte seine Hand auf ihren unteren Rücken, sodass seine langen Finger ihren Hintern berührten. Ohne den Blick von ihr zu lösen, führte er sie durch sinnliche Bewegungen. Addy tanzte unglaublich gerne. Sie hatte die Fähigkeit perfektioniert, einen Mann von der anderen Seite des Raumes aus allein mit ein paar anzüglichen Tanzbewegungen zu verführen. Aber Jake konnte sie nicht das Wasser reichen. Er bewegte sich, als würde sie ihm gehören. Seine Hüften rieben sich verlockend und zielgerichtet an ihren, geschmeidig und verrucht. Er ließ eine Hand weiterhin auf ihrem Rücken ruhen, mit der anderen strich er hinauf zu ihrem Nacken, sodass sich ihre Körper an den wunderbarsten Stellen berührten. Jede Bewegung löste Hitzeschauer in ihr aus und steigerte ihre Erregung. Kein Wunder, dass er ihre Hände nicht auf seiner Taille wollte. In dieser Position hatte Jake die volle Kontrolle. Er schob ein Knie zwischen ihre Beine und die Reibung war einfach herrlich. Und dieser Ausdruck in seinen Augen … Er war gnadenlos und fühlte sich wie eine Berührung auf ihrer Haut an, weckte lustvolle Gedanken in ihr, denen sie nur zu gerne nachgeben wollte.

Er überragte sie um ein gutes Stück und wirkte in diesem

Moment noch größer und muskulöser als sonst. Schon Dutzende Male hatte sie sich mühelos einen Schlagabtausch mit ihm geliefert und ihn dann stehen gelassen. Doch während sie jetzt mit ihm tanzte, seine starken Arme und diese wunderbaren Muskeln an sich spürte und sein berauschender Duft ihre Lunge, ihre Haut, ihr ganzes Wesen durchdrang, verfiel sie seinem Zauber. Keine Frau war stark genug, der über einen Meter achtzig großen, wandelnden Verführung zu widerstehen.

Er senkte erneut den Kopf, bis sein heißer Atem hauchzart über ihre Wange strich. Darin war er ein wahrer Meister. Der König der Verführung. Wahrscheinlich befand sich im Wörterbuch neben der Definition dieses Wortes ein Bild von ihm.

»Willst du jetzt aufhören, mit Jungs herumzuspielen, und es dir von einem richtigen Mann besorgen lassen?«

Seine Arroganz brachte ihren Verstand ruckartig wieder zum Laufen – und erregte sie ungemein. Sie mochte Männer, die ebenso austeilen wie einstecken konnten. Solche Männer waren Mangelware. Die meisten verwandelten sich in hilflose Kätzchen, sobald es ans Eingemachte ging. Oder sie betrachteten Sex als Wettrennen und nicht als unglaublich lustvolle Erfahrung. Nicht, dass sie schon mal mit einem wirklich aufregenden Mann im Bett gewesen war, der die verruchtesten Dinge sagte und ihr multiple Orgasmen verschaffte, aber es gab ihn bestimmt irgendwo. Immerhin hatte Gabriella Duke gefunden, und nach dem, was ihre beste Freundin so erzählte, war er im Bett so zügellos, wie er sonst nett war. Trotzdem war Duke für Addys Geschmack generell etwas *zu* nett.

Als hätte er ihre Gedanken gelesen, zog Jake sie fester an sich und schenkte ihr ein weiteres, überhebliches Grinsen. »Bist du der Herausforderung nicht gewachsen? Ich dachte mir schon, dass deine Fantasie dafür nicht ...«

Sie schob ihre Hand von seinem Hals zu seiner Wange. Seit Monaten sehnte sie sich danach, diese sexy Stoppeln anzufassen. Die Muskeln an seinem Kiefer entspannten sich unter ihrer Hand, sodass das arrogante Grinsen verblasste. Auch seine Berührung wurde sanfter. Oh, ihr großer, mürrischer Macho wurde handzahm, wenn eine Frau in die Trickkiste griff. *Gut zu wissen.*

»Meine Fantasie ist *aufregender* ...«, hauchte sie rau und dehnte die Silben sinnlich aus. »*Heißer* ...« Sie strich mit einem Finger über seine Wange zu seiner Unterlippe. »Als du dir auch nur annähernd vorstellen kannst.«

Er presste die Lippen zu einer schmalen Linie zusammen, doch in seinen Augen loderte pure Hitze. Verlangen sammelte sich in ihrem Bauch und wurde immer stärker, je mehr sie ihn reizte. Sie fuhr den Umriss seiner Lippen nach. Als er sie öffnete, berührte sie sie in der Mitte und stellte sich langsam – quälend langsam – auf die Zehenspitzen, während er sich bereits zu ihr hinunterbeugte. Ihr Mund war nur noch einen Hauch von seinem entfernt. Doch dann sah sie aus dem Augenwinkel Gabriella mit Duke tanzen. Schuldgefühle wallten in ihr auf und kämpften gegen das Bedürfnis, sich den Kuss zu nehmen, den sie so unbedingt wollte. Gabriella wusste, dass Addy ein gesundes Sexleben führte, in dem Wiederholungen nicht an der Tagesordnung waren. Zumindest hatte sie das, bevor Jake auf der Bildfläche erschienen war. Aber mit Gabriellas Schwager ins Bett zu gehen, könnte eine Grenze überschreiten und verheerende Konsequenzen nach sich ziehen.

Jake drückte sie fester an sich. Sie spürte die Länge seiner Erregung an ihrem Bauch, was sie nur noch mehr in Versuchung führte. Mit der Flirterei kam Addy klar. Sie war zu einem

Spiel zwischen ihnen geworden, eines, nach dem sie sich sehnte und an das sie in der Dunkelheit ihres Schlafzimmers oft dachte, dort jedoch einen Schritt weiterging und seine lange, harte Erektion in ihren Händen, ihrem Mund, zwischen ihren Beinen spürte, wie er in sie eindrang und sie vollständig ausfüllte …

»Du weißt, dass du es willst, Addison.« Jake strich mit den Lippen über ihre Wange und holte sie damit abrupt zurück in die Gegenwart.

Ihre Wangen wurden heiß, als ihr bewusst wurde, wie tief sie in ihren Fantasien versunken war. Ihr Blick huschte von den funkelnden Lichtern zu den Pärchen, die um sie herum tanzten. Was dachte sie sich dabei? Alle konnten sie sehen. Sie würde unangenehme Fragen beantworten müssen, wenn sie sich weiter in Jake verlor. Addy straffte die Schultern, legte die Hände an seine Wangen, um dem Gefühl noch ein letztes Mal ausgiebig nachzuspüren, ließ sie dann jedoch auf seine Brust gleiten. Jakes rasender Herzschlag passte zu dem schnellen Pochen in ihrer eigenen Brust. Er drückte die Finger so fest in ihre Haut, dass sie sich fragte, ob sie morgen Spuren davon sehen würde, was ihre Lust nur weiter anfachte. Dieser Mann war kein Kätzchen. Sie hatte nun alles in der Hand. Eine Nacht mit diesem Mann, einem Mann, der alle ihre Schwächen kannte. Eine Nacht mit dem Mann ihrer Träume.

Vorfreude machte sich breit und verursachte ihr eine Gänsehaut. Aber was, wenn sie doch nicht so gut zusammenpassten? Was, wenn es im Streit endete und es morgen unangenehm wurde? Das konnte sie nicht riskieren. Durch Gabriella, Duke und die anderen begegneten sie sich zu oft. Es war wunderbar, zu dieser eng verbundenen Gruppe zu gehören. Mittlerweile waren ihr die Freundschaften zu Trish und Cashs Frau Siena unglaublich wichtig. Selbst mit Blues Verlobter Lizzie hatte sie sich auf Anhieb verstanden, als diese sich der Gruppe angeschlossen hatte. Das alles konnte sie nicht für eine Nacht heißen Sex aufs Spiel setzen.

Auf einmal fiel ihr auf, dass Gabriella und Duke sich wesentlich schneller bewegten als zuvor. Super. Das Lied hatte gewechselt und ihr war es nicht mal aufgefallen. Jake und sie tanzten immer noch, als würden sie sich auf den Horizontaltango vorbereiten.

Seine Mutter winkte ihnen zu, als sie mit seinem Vater an ihnen vorbeiwirbelte. »Ihr zwei seht aus, als würdet ihr das öfter machen.«

Oh Gott, deine Eltern! Sie liebte seine Eltern. Die beiden waren bodenständig und humorvoll und … würden es überhaupt nicht gutheißen, wenn sie mit ihrem Sohn spielte. Jeder wusste, dass Mütter ihre Kinder um jeden Preis beschützten, egal, wie erwachsen diese bereits waren. Na ja, alle bis auf ihre eigene Mutter, die nie die Gelegenheit bekommen hatte, sich ihren hübschen Kopf über irgendetwas zu zerbrechen.

Jakes Atem strich über ihre Lippen. Sie schmeckte den Alkohol darin und ihr bereits benebelter Verstand war kurz davor, Jake nachzugeben. Wie bitte? Addison Dahl gab sich *keinem* Mann einfach so hin.

Sie stemmte sich gegen seine stahlharten Brustmuskeln und brachte so etwas Abstand zwischen sie. In seinem Blick machte sich Verwirrung breit, auf die wenige Sekunden später Verärgerung folgte, die ihn nur noch heißer machte. Ja, sie hatte sie nicht mehr alle und das lag nicht nur am Alkohol. Sie hatte zu viel von Jake gekostet. Zeit, ihre Hormone und damit auch sich selbst wieder unter Kontrolle zu bringen.

Addy straffte die Schultern, setzte ihr bestes Kein-Interesse-

Lächeln auf, was sich im Moment jedoch eher nach einem Ich-will-jeden-Zentimeter-von-dir-ablecken-Lächeln anfühlte. »Danke für den Tanz, Jake.«

Dann machte sie auf dem Absatz kehrt und marschierte schnurstracks zur Bar.

Der Abend zog sich wie alter Kaugummi. Cash und Siena verabschiedeten sich früh, um die Zwillinge ins Bett zu bringen, und die Tanzfläche blieb brechend voll, bis Duke und Gabriella die Party um kurz vor Mitternacht schließlich beendeten. Begleitet von lautem Jubel und geworfenen Rosenblüten, die Gabriellas Tanten vorbereitet hatten, gingen sie Hand in Hand den Hügel hinunter zu ihrem Bungalow. Daraufhin bildete sich eine lange Schlange aus den Mitgliedern von Gabriellas erweiterter Familie – offensichtlich wurden alle Bewohner von Elpitha Island als Verwandtschaft betrachtet –, die einer nach dem anderen die Ryders umarmten und sich bei ihnen bedankten. Jake hatte es noch nie im Leben mit so vielen zudringlichen Frauen zu tun gehabt. Alle flüsterten ihm Ratschläge zu, um die er nicht gebeten hatte. *Es wird Zeit, dass du eine Frau findest. Ein attraktiver Mann wie du? Single? Ich könnte dir meine hübsche Nichte vorstellen.* Sie waren nicht gerade subtil, und soweit Jake das beurteilen konnte, musste sich sein älterer Bruder Gage auch ganz schön was anhören. Allerdings drehten sich die Ratschläge für ihn eher um seine Beziehung zu Sally, seiner besten Freundin und Kollegin bei No Limitz, einem Gemeindezentrum in Colorado. Außerdem war sie auf dieser Hochzeit sein Date und alle wussten, dass er hoffnungslos in sie verliebt war. Na ja, alle bis auf Sally. Wenn es nach Jake ginge, könnte Gage die Dinge endlich mal in die Hand nehmen und den ersten Schritt machen. Aber Gage sprach nicht über seine Beziehung zu Sally und Jake würde sich nicht in die Angelegenheiten seines Bruders einmischen. Gage war ebenfalls einer der *guten* Ryder-Jungs, zumindest dachten das alle. Natürlich hatten er und Duke sich früher genauso oft in den Betten zahlreicher Frauen ausgetobt, wie sie sich in ihren Büchern vergraben hatten. Allerdings waren sie dabei diskret gewesen. Jake hatte die Notwendigkeit von Diskretion nie gesehen. Er nahm sich von erwachsenen Frauen, was sie ihm bereitwillig gaben, und dabei war es ihm egal, was andere Leute darüber dachten.

Außer, wenn es um Addy ging.

Er schob den Gedanken beiseite, den er nicht genauer analysieren wollte, und richtete seine Aufmerksamkeit stattdessen auf Blue, der neben einem der Buffet-Tische hockte und ein beschädigtes Tischbein inspizierte. Er, Boone, und Jake hatten den kaputten Tisch in die Villa getragen, nachdem zwei von Gabriellas Cousins beim wilden Herumalbern dagegen gestolpert waren.

»Das bekommen wir morgen in Nullkommanix wieder hin.« Blue stand auf und klopfte Boone auf die Schulter. »Rechtzeitig für deine Hochzeit.«

Boone grinste wie ein verliebter Trottel. Wie passend, immerhin heiratete er ihre Schwester. Boone hatte Trish am Set seines erstes Films *No Strings* kennengelernt, in dem Trish die weibliche Hauptrolle spielte. Dass Trishs oscarwürdige Darstellung überall durch die Medien ging, war keine Überraschung, dass Boone in seiner Debütrolle alle Erwartungen übertroffen hatte, dagegen schon. Nun wurde auch über eine mögliche Auszeichnung für ihn gemunkelt. Boone hatte sich für die Rolle unerwartet mit seiner schmerzvollen Vergangenheit auseinandersetzen müssen, und Trish hatte ihm dabei geholfen, diese Emotionen in seine Darstellung einfließen zu lassen. Das glaubte Jake unbesehen, da er wusste, wie hartnäckig seine Schwester war.

»Wir brauchen keinen Buffet-Tisch«, sagte Boone. »Nur jemanden, der uns zu Mann und Frau erklärt – und dieses Boot mit den Paparazzi in die Luft jagt. Mann, ich fühle mich schrecklich, weil sie auf Dukes Hochzeit aufgetaucht sind. Hoffentlich funktioniert unser Plan.« Auf dem Weg zurück nach draußen deutete er mit dem Kopf in Richtung Meer. Die Paparazzi hatten Wind davon bekommen, dass sich Trish und Boone auf der Insel befanden und obwohl es Sicherheitsmaß-nahmen gab, dümpelte ein kleines Schiff mit Reportern vor der Küste. Duke und Boone hatten zwei Models organisiert, die heute Vormittag auf der Insel eingetroffen waren. Vor Sonnen-aufgang würden sie als Boone und Trish verkleidet auf einem Schiff verschwinden, und die Presse durch mehrere Transport-mittelwechsel an der Nase herumführen, bis Trishs und Boones Hochzeit vorbei war.

Draußen angekommen war Jake froh, dass die meisten Gäs-te inzwischen gegangen waren. So entdeckte er Addy direkt, die zwischen Lizzie und Niko mit Trish, Sally und Gage an einem Tisch saß. Es war Stunden her, dass Addy mit ihm getanzt und ihn dann hatte stehen lassen. Sie hatte mit den anderen Frauen getrunken und getanzt, allerdings flirtete sie nun heftig mit Niko und lächelte ihn sexy an.

Niko lehnte sich näher zu ihr und sagte etwas, das sie zum Lachen brachte.

Es klang etwas atemlos und melodisch und löste seltsame Dinge in Jakes Bauch aus.

»Lügner!« Addy schob Niko ein Shot-Glas zu. »Austrinken.«
Jetzt wird es interessant.

Niko breitete die Arme aus und schaute in die Runde. »Ich? Ein Lügner? Was ist mit dir?«, fragte er Addy. »Hattest *du* schon mal Sex am Strand?«

»Sie ist nicht dran«, antwortete Trish.

Jake bemerkte die zwei offenen Tequila-Flaschen und die Shot-Gläser auf dem Tisch und erkannte, dass sie wohl ein Trinkspiel spielten. Wie lange war er in der Villa gewesen? Er betete, dass ihre Antwort nein lautete, denn es gab unheimlich viele Strände, die nur darauf warteten, eingeweiht zu werden. Und er kannte den perfekten Mann für diese Aufgabe.

»Endlich mal was, was ich schon gemacht habe!« Lizzie klatschte in die Hände.

»Oh Mann.« Blue trat hinter sie und flüsterte ihr etwas ins Ohr, was sie zum Kichern brachte. Anschließend half er ihr beim Aufstehen. »Ich glaube, meine Lady hatte genug. Wir sehen uns dann morgen.«

»Austrinken, Niko.« Trish erhob sich ebenfalls, um Lizzie zu umarmen, wobei sie ein wenig schwankte. »Bis morgen.«

»Sieht aus, als sollte ich Trish besser auch nach Hause bringen«, meinte Boone. »Bevor ich sie noch den Hügel runtertragen muss.«

Lizzie schmiegte sich an Blue, während sie gemeinsam zu der unbefestigten Straße gingen. Auf der Insel gab es keine Autos, nur Fahrräder und Golfwagen, was Jake nur recht war. Er fühlte sich nicht gerne eingeengt und da die Insel gerade mal einundzwanzig Quadratkilometer groß war, gab es kaum genug Platz für eine anständige Joggingrunde.

Trish schlang die Arme um Boones Nacken und hängte sich an ihn. »Du trägst mich doch gern. *Falscher Erzeuger.*«

Jake zog eine Augenbraue hoch.

»Frag nicht.« Boone hob Trish auf die Arme und folgte mit ihr Blue und Lizzie.

Gage schob Niko noch ein Shot-Glas zu. »Du kannst es unmöglich noch nie am Strand getrieben haben. Du *lebst* am Strand.«

»Ja, auf einer Insel voller neugieriger Verwandter. Aber wenn ihr mir nicht glaubt, trinke ich eben.« Niko stürzte beide Shots hinunter und warf Addy einen heißen, wenn auch leicht beschwipsten Blick zu. »Du könntest mir helfen, meine Antwort zu ändern.«

Nur über meine Leiche.

Im nächsten Moment stand Jake am Tisch und nahm auf dem Stuhl Platz, den Lizzie neben Addy geräumt hatte, um dann besitzergreifend einen Arm auf ihre Rückenlehne zu legen. Addys eisiger Blick entlockte ihm ein spöttisches Schnauben und er ließ eine Hand auf ihrer Schulter ruhen. Oh ja, das fühlte sich gut an.

»Tut mir leid, Mann. Ich wusste nicht, dass ihr zusammen seid«, sagte Niko und stand auf. »Ich gehe mal lieber, bevor ich mir eine einfange.«

Ganz richtig. »Bis dann, Niko«, erwiderte er freundlich, ohne den Blick von Addy zu lösen.

»Ich wusste das auch nicht«, sagte Sally und sah Gage fragend an.

Gage schüttelte den Kopf. »Sieh nicht mich an.«

Addy pflückte Jakes Hand von ihrer Schulter. »Wir sind *nicht* zusammen.«

Gage lachte. Sally wurde rot. Doch Addy starrte ihn weiter finster an, als könnte sie nicht glauben, was er da andeutete. Er konnte es selbst nicht glauben, aber hey, jetzt konnte er es auch durchziehen. Er füllte eines der Shot-Gläser und schob es ihr zu.

»Austrinken, Sexy Girl.«

Ihr blieb der Mund offen stehen, doch genauso schnell brachte sie ihre Gesichtszüge wieder unter Kontrolle. Trotzig verengte sie die Augen zu Schlitzen. »Man muss nur trinken, wenn man lügt.« Sie stellte das Glas vor ihm ab. »Du müsstest eigentlich ständig betrunken sein.«

Er schob ihr das Glas wieder zu und beugte sich so nah zu ihr, dass es ihn all seine Willenskraft kostete, nicht ihren sinnlichen Mund zu erobern und ihr zu zeigen, was sie verpasste. Aus dem Augenwinkel bemerkte er, dass sich Gage und Sally verabschiedeten, und winkte den beiden zu, doch er wollte den Blick nicht von der Frau vor sich abwenden. Ihm fiel auf, wie schnell der Puls an ihrem Hals schlug. Wie gern würde er an dieser Stelle knabbern und spüren, wie sie dabei die Fingernägel in seine Haut grub.

»Ich lüge nicht«, erwiderte er.

Ihre Augen verdunkelten sich und sie leckte sich über die Unterlippe. Dann zog sie eine ihrer perfekt gezupften Augenbrauen hoch. »Ach nein?«

»Ich habe nie behauptet, dass wir ein Paar sind. Das haben sie einfach so interpretiert. Und du auch. Oder vielleicht wünschst du dir das ja.«

Sie musterte ihn. Das Licht über ihr spiegelte sich in ihren Augen. »Ach ja? Du lügst nicht?«

»Nein.«

»Du hast vor drei Monaten im NightCaps nicht gelogen, als du Blue erzählt hast, dass du seit Wochen niemanden mehr aufgerissen hast?«

»Er verzog das Gesicht. »Das hast du mitbekommen?« Zu dem Zeitpunkt hatte er das letzte Mal vor vier Wochen Sex gehabt. Zwei Wochen und sechs Tage davor hatte die dickköpfige, sexy Frau, die gerade neben ihm saß, ihn wieder einmal auf dem Trockenen sitzen lassen. Das wusste er noch so genau, weil er sie an dem Abend vor den Toiletten abgefangen und sie vor der Abfuhr so lange gezögert hatte, dass er schon glaubte, endlich bei ihr landen zu können. Seitdem dachte er nur noch an sie.

»Das haben alle am Tisch gehört.« Sie grinste. »Wahrheit oder Lüge?«

Verdammt. Wenn er ehrlich antwortete, wirkte er wie ein Waschlappen.

Sie verdrehte die Augen und reichte ihm den Shot. »Trink, Lügner.«

»Das ist schon ein bisschen hart, oder?«

Sie verschränkte die Arme und schürzte die Lippen.

»Moment mal. Warum erinnerst du dich überhaupt daran?« Es gefiel ihm wirklich, dass sie genauso an ihn gedacht hatte wie er an sie. Na ja, vielleicht waren sie in ihren Gedanken weniger nackt und hatten auch keine unanständigen Dinge gemacht, aber immerhin spukte er in ihrem Kopf herum.

Sie wandte den Blick ab. »Trink, du Penner.«

»Du hast ein ziemliches Mundwerk, Sexy Girl.«

»Als würde dich das stören.« Sie kippte selbst einen Shot hinunter und schloss beim Schlucken die Augen. Anschließend stellte sie das Glas geräuschvoll auf dem Tisch ab, leckte sich über die Lippen und hob erneut eine Braue.

Sein Mädchen mochte Herausforderungen. Er drückte testweise sein Bein gegen ihres. Als sie ihm nicht auswich, legte er eine Hand auf ihren Oberschenkel. »Tatsächlich gefällt mir dein schamloses Mundwerk sehr gut.«

»Jake …« Ihr Blick fiel auf seine Lippen und blieb so lange

dort hängen, dass er genug Zeit hatte, über all die Dinge nachzudenken, die er gern mit ihren anstellen würde.

»Ja, Sexy Girl?« Er drückte ihren Oberschenkel und spürte, wie sich ihre Muskeln unter seinen Fingern anspannten. Langsam schob er seine Hand nach oben zum Saum ihres Kleides und drückte dort erneut ihr Bein.

»Hast du damit tatsächlich Erfolg?«, fragte sie sarkastisch. »Mit diesem Sexy Girl und der Sache mit dem Mundwerk?«

Grinsend ignorierte er die lächerliche Frage. Sie beide wussten, wie sie bekamen, was sie wollten, und er würde nicht zugeben, dass er bisher noch keine Frau vor ihr Sexy Girl genannt hatte.

»Was soll ich denn mit *meinem* Mund machen, Addison?« Er ließ die Frage einen Moment lang so stehen und strich mit den Fingerspitzen über die Innenseite ihres Oberschenkels. »Soll ich auf die Knie gehen und dich verwöhnen? Soll ich dich mit meiner Zunge zum Kommen bringen, während du dich an meine Schultern klammerst?«

Sie atmete tief und langsam aus, als würde ihr genau das gerade durch den Kopf gehen.

»Oh, das gefällt dir, nicht wahr?« Sie provozierten sich gegenseitig schon so lange, dass es sich normal anfühlen sollte, aber er war noch nie so weit gegangen und hatte tatsächlich ausgesprochen, was er mit ihr machen wollte. Doch er würde nicht mehr um den heißen Brei herumreden. Früher konnte er einfach so mit Frauen flirten, die ihm gefielen. Jetzt gefiel ihm keine mehr außer Addy. Sie hatte ihn für alle anderen verdorben.

Sie legte ihre Hand auf seine und drückte seine Finger in ihre Haut. »Wahrscheinlich genauso, wie dir die Vorstellung gefällt, dass *ich* vor dir knie und dich verwöhne.«

»Du bist so was von unanständig.« Er wickelte sich eine ihrer Haarsträhnen um den Finger.

Dunkle Herausforderung blitzte in ihren Augen auf. »Habe ich dir irgendwann mal einen anderen Eindruck vermittelt?«

Nein, ganz sicher nicht, aber du hast mir jedes Mal einen Korb gegeben.

Heute Abend schien sie diese Sache zwischen ihnen vorsichtig ausloten zu wollen. *Wurde auch Zeit.* Es hieß, dass Hochzeiten in Frauen nie da gewesene Leidenschaft weckten, aber er wusste, dass Addy ihn schon lange begehrte, auch wenn sie es sich bisher nicht erlaubt hatte. In *seinem* Kopf sah er mehr als nur einen One-Night-Stand mit ihr. Allerdings hatte das nichts mit der Hochzeit, aber alles mit der sinnlichen, intelligenten, fordernden Frau vor ihm zu tun.

Er zog leicht an der dunklen Strähne, bis sie gespannt war. Addy hielt seine Hand fester, beugte sich aber nicht vor, um dem Ziehen an ihrer Kopfhaut zu entgehen, das er mit Sicherheit verursachte. Allein das verriet ihm mehr über sie, als es ihr frecher Mund je könnte. Der herausfordernde Ausdruck in ihren Augen verschwand nicht, und sie strahlte ein Selbstbewusstsein aus, wie er es noch bei keiner anderen Frau erlebt hatte. Addy verströmte Leidenschaft, Entschlossenheit und pure Sexualität, was Jake zur ihr hinzog wie eine Motte zum Licht.

Er lehnte sich zu ihr.

Sie rührte sich nicht.

Er legte ihr eine Hand auf den Nacken, ohne die Haarsträhne dabei loszulassen, und zog sie an sich. Ihre Augen weiteten sich ein wenig. Wenn er nicht auf jede ihrer Regungen geachtet hätte, wäre es ihm wahrscheinlich entgangen. Aber er war so nah dran, Addy für sich allein zu haben, dass er jede Kleinigkeit wahrnahm.

»Jake.« Die Warnung war laut und deutlich.

Behutsam drängte er ein Knie zwischen ihre Beine, legte die freie Hand auf ihre Taille und zog sie nach vorn, bis sich ihre Gesichter so nah waren, dass er ihr Shampoo riechen konnte. Himmel, er atmete so schwer. Seit wie vielen Monaten wollte er das schon tun? Spüren, wie ihr Körper seinetwegen bebte und ihr der Atem stockte?

»Gabby und Duke«, hauchte sie atemlos.

»Werden es nie erfahren«, erwiderte er, hielt jedoch lange genug inne, damit sie Zeit zum Protestieren hatte.

»Wir dürfen das nicht vermasseln.«

»Ich vermassel Sex niemals.« Er strich mit dem Daumen über ihre Wange. »Hast du Angst, Sexy Girl?«

Sie verengte die Augen. »Nie.«

»Was ist dann das Problem?«

Sie presste die Lippen zusammen, öffnete dann den Mund wieder, als würde sie etwas sagen wollen, blieb jedoch stumm. Verletzlichkeit blitzte in ihren Augen auf, doch beim nächsten Atemzug war diese Unschuld verschwunden und wurde von einer Leidenschaft ersetzt, die nicht vorgetäuscht sein konnte. Sie wollte es genauso sehr wie er. Gott sei Dank schien sie endlich auch am Rand ihrer Selbstbeherrschung zu stehen.

Aber ihm war ihr kurzes Zögern nicht entgangen.

Er hatte es in der Anspannung ihres Körpers gespürt, denn die war nicht positiv gewesen. Es war eher ein: *Oh Mist, was tue ich hier.* Jake war vieles, und wenn es um Frauen ging, stand »dreister Mistkerl« sicher ganz oben auf der Liste, aber er würde nie eine Frau gegen ihren Willen verführen. Also nahm er etwas Druck aus der Situation, um sich zu versichern, dass er ihre Zustimmung nicht falsch deutete. Reagierte sie einfach nur auf die Provokation? Würde sie so etwas machen? Sich auf ihn einlassen, anstatt sich zurückzuziehen, nur um zu beweisen, dass sie es konnte?

Doch in ihrem Blick lag so viel Hunger und sie leckte sich über die Lippen, als könnte sie es gar nicht erwarten. Alle richtigen Signale waren deutlich zu erkennen. Aber dieser Moment des Zögerns, egal, wie kurz er auch gewesen sein mochte, hielt ihn zurück. Sein Körper drängte ihn, sich immer mehr und mehr und mehr zu nehmen. Das entsprach seiner Natur, darin war er herausragend und damit kannte er sich aus.

Aber hier ging es um Addison.

Die Frau, die seit so vielen Monaten seine Fantasien beherrschte.

Die beste Freundin seiner Schwägerin.

Eine Freundin, die *ihm* wichtig war.

Mist. Das hatte er bislang noch nicht durchdacht. Für ihn war Addy immer Gabriellas Freundin gewesen. Die Freundin einer Freundin. Aber sie war auch seine. Hatte sie nicht ihn angerufen, um Gabriella an ihrem Geburtstag zu überraschen? Sie hatte ihn gebeten, Duke abzulenken, während sie alles vorbereitete. Sie hätte Trish oder Cash oder Blue fragen können. Aber sie hatte ihn angerufen. *Jake, ich brauche dich.* Tatsächlich hatte er ein spontanes Sex-Date erwartet und ihr deswegen gesagt, dass es auch Zeit wurde, endlich zu erkennen, dass sie einen Mann in ihrem Leben brauchte. *In deinem Bett* hatte ihm auf der Zunge gelegen, doch er hatte es sich verkniffen. Auch da hatte sie ihm den Kopf zurechtgerückt. *Wunschdenken, Großer. Ich brauche und will keinen Mann wie dich in meinem Leben.* Es war in einen Streit eskaliert. Und nach dem Auflegen hatte er sich gefragt, warum er überhaupt darauf eingegangen war. Er wollte für keine Frau *der* Mann in ihrem Leben sein. Dennoch war er ihrer Bitte nachgekommen und hatte geholfen, Duke abzulenken. Im Handumdrehen waren sie wieder Freunde, die mit den Gefühlen des jeweils anderen spielten.

Das war total daneben.

Sie beobachtete ihn unerschrocken und wartete auf seinen nächsten Schritt. Zum ersten Mal in seinem Leben war er nicht sicher, wie der aussehen sollte.

»Addy.« Seine Stimme glich eher einem Knurren. »*Willst du, dass ich dich küsse?*« Woher zum Teufel kam das denn? Er konnte sich nicht daran erinnern, eine Frau jemals um Erlaubnis gebeten zu haben, bevor er sie küsste.

Sie blinzelte ein paarmal, als würde er eine unbekannte Sprache sprechen, und dann küsste sie ihn. Ihre Hände fanden den Weg in seine Haare und sie stöhnte in den Kuss. Sie war so unglaublich heiß, dass er nicht zögerte, ihren leidenschaftlichen Mund zu erobern. Addy bewegte sich noch sinnlicher, drängte sich verlangend an ihn und wölbte sich ihm entgegen, als könnte sie nicht genug bekommen. Verflucht, er wollte definitiv mehr. Er schlang einen Arm um ihre Taille, zog sie auf seinen Schoß und vertiefte den Kuss. Sie war so zierlich, dass seine Hand mit gespreizten Fingern beinahe so breit wie ihr Rücken war. Plötzlich schoss ihm der seltsame, störende Gedanke durch den Kopf, dass er sie verletzen könnte, wenn er nicht aufpasste. Addy bewegte das Becken rhythmisch gegen seins und die Reibung ihres Hinterns auf seinem Schritt raubte ihm den Verstand.

Auf einmal erloschen die Lichterketten über ihnen und sie lösten sich schwer atmend voneinander. Instinktiv schlang er die Arme schützend um sie, während er sich umsah. Sie waren allein unter dem Sternenhimmel und das Geräusch der Wellen in der Ferne wehte durch die Dunkelheit. Jakes von Lust benebelter Verstand brauchte einen Augenblick, um sich daran zu erinnern, dass die Beleuchtung an einer Zeitschaltuhr hing. Sein Atem beruhigte sich etwas und er ließ die Hände über Addys weiche Kurven gleiten. Eine salzige Brise wehte über den Hügel und blies Addy eine ihrer langen, braunen Strähnen ins Gesicht. Er schob sie ihr hinters Ohr und spürte die zarte Haut ihrer Wange an seinen Fingern. In Addys Augen lag wieder dieser verletzliche Ausdruck. Ihre Wangen waren gerötet und ihre Lippen durch den Kuss geschwollen. Verschwunden war die forsche Verführerin, die er kannte, und seine Brust fühlte sich mit einem Mal etwas zu eng an.

»Gott, du bist so wunderschön.« Die Worte überraschten ihn und – dem Schock in ihren großen Augen nach zu urteilen – Addy gleichermaßen, doch sie waren ihm vollkommen selbstverständlich über die Lippen gekommen. Der Gedanke war ihm schon oft durch den Kopf geschossen, aber es war etwas ganz anderes, wenn er ihn aussprach. Jake liebte das Gefühl weicher, weiblicher Körper. Allerdings hatte er sie in seinem Kopf alle in eine Schublade gesteckt. *Frauen.* Die Erkenntnis traf ihn wie ein Schlag in den Magen. Er nahm *sie* bewusst wahr, nicht das Geschlecht, mit dem sie geboren worden war. Jake strich über ihre Arme, genoss ihre warme Haut und versuchte, das seltsame Gefühl ihrer Einzigartigkeit zu vertreiben, damit er sie wieder in die allgemeine Kategorie stecken konnte, mit der er sich wohlfühlte.

Irgendwie schien sie bemerkt zu haben, dass sich der Bann ein wenig löste, denn sie straffte die Schultern und lachte lässig, ehe sie zwischen ihre Körper blickte. Ihr Kleid war ihr über die Schenkel nach oben gerutscht und sie saß rittlings auf seinem Schoß. »Ist etwas spät, mir Honig ums Maul zu schmieren, meinst du nicht?«

Um zu verbergen, dass er kurz die Kontrolle über seine Emotionen verloren hatte, schnaubte er spöttisch und zog sie zu einem weiteren, leidenschaftlichen Kuss an sich.

Drei

Schalt einen Gang runter. Denk nach, denk nach, denk nach, mahnte Addys Verstand. Doch ihr Körper war vollkommen davon abgeschnitten. Er hatte sich abgemeldet, die Anweisung zum Fenster hinausgeworfen und rannte auf die Ziellinie zu. Die Lust, die sich bei der ersten Berührung von Jakes Lippen tief in ihrem Bauch gesammelt hatte, breitete sich in ihren Adern und Gliedmaßen aus und kribbelte unter ihrer Haut. Seine vollen, leidenschaftlichen Lippen nahmen sie vollkommen für sich ein, während er sie streichelte und neckte. Und ihre Hände folgten seinem Beispiel und erkundeten seine unglaublich harte Brust, während ihre etwas vernachlässigte Körpermitte in den Genuss eines anderen, wunderbar harten Teils seiner Anatomie kam.

Jake griff fester in ihre Haare und biss ihr schmerzhaft in die Unterlippe. Sie schrie auf und er ließ sofort von ihr ab.

»Zu viel?«

»Niemals.«

Das Wort hatte ihre Lippen noch nicht ganz verlassen, als er sie schon wieder küsste, jeden Zentimeter ihres Mundes eroberte und sich dann knabbernd und küssend ihren Wangen, ihrem Hals und ihrer Schulter widmete, ohne dabei ihre Haare loszulassen. Seine Bartstoppeln kratzten über ihre Haut. Sie schloss die Augen und schwelgte in jeder einzelnen Empfindung: dem herrlichen Brennen auf ihrer Kopfhaut, seiner feuchten Zunge, seinen scharfen Zähnen und vor allem seinem tiefen, genüsslichen Stöhnen. Mit der freien Hand packte er ihre Hüfte und hielt sie fest, während sie sich an ihm rieb und er ihr mit dem Becken entgegenkam. *Danach* sehnte sie sich, doch bisher hatte ihr das kein Mann geben können. Pure, ungezügelte Leidenschaft. Männlichkeit ohne aufgesetzte Dominanz. Nein, Addy ordnete sich niemandem unter, aber sie stand auf Stärke und kräftige Männerhände auf ihrer Haut, dass er sie so positionierte, wie er es wollte, und sie genoss das heftige Pochen zwischen ihren Beinen. Als er sie gefragt hatte, ob sie von ihm geküsst werden wollte, hatte sie ihre Entscheidung, ihn zu provozieren, kurz hinterfragt. Sie hatte die Nase gestrichen voll von Männern, die vorgaben, etwas zu sein, obwohl sie in der Realität das exakte Gegenteil davon waren. Es war berauschend, dass Jake wusste, wie man die Kontrolle übernahm, aber es berührte sie überraschenderweise auch, dass er sich ihrer Zustimmung versicherte.

Als er ihre Haare losließ, schnappte sie sich seine Hände. Dieses Mal übernahm sie die Führung beim Küssen und sie genoss den verblüfften Ausdruck in seinen dunklen Augen. Ein aufregendes Kribbeln überrollte sie. Zu nehmen, statt zu geben, war ihre zweitliebste Beschäftigung. Und sie *nahm* tatsächlich, eroberte ihn mit einem weiteren, heißen Kuss und knabberte an seinem stoppeligen Kinn. Sie gab seine Hände frei, um seine Hemdknöpfe zu öffnen. Er verschlang sie praktisch mit Blicken, während er mit den Bewegungen seiner Hüften den perfekten Rhythmus fand. Oh, es war herrlich.

Sie riss sein Hemd auf, sodass ein paar der Knöpfe ins Gras

segelten und entblößte seine herrlichen Muskeln unter dunklen Brusthaaren. Das Superman-Tattoo auf seinem linken Arm kannte sie schon, und sie wollte unbedingt herausfinden, welche Bedeutung es für ihn hatte, aber sie würde ihn auf keinen Fall ausgerechnet jetzt danach fragen. Nicht, wenn seine fantastischen Bauchmuskeln in Reichweite waren. Sein durchdringender Blick ließ ihr Verlangen noch höher lodern. Sie senkte den Mund auf seinen Nippel und biss hinein.

»Verdammt, Addy.« Ruckartig stieß er mit den Hüften nach oben, sodass sie sich hastig an seinen Oberarmen festkrallen musste.

Seine Arme waren stahlhart, genau wie in ihrer Fantasie, nur tausendmal besser.

»Noch mal«, knurrte er.

Oh ja, Jakes Worte waren wirklich nicht nur heiße Luft. Sie stürzte sich förmlich auf seine andere Brustwarze und er stieß zischend einen Fluch aus. Addy leckte über die Stelle und saugte dann daran. Ein tiefes, lang gezogenes Stöhnen vibrierte in seiner Brust und an ihrem Mund.

Er hielt ihre Hüften fest und quetschte zwischen zusammengebissenen Zähnen hervor: »Warum haben wir damit so lange gewartet?«

Sie schaute ruckartig auf und die Antwort, über die sie lieber nicht nachdenken wollte, brachte ihren Herzschlag aus dem Takt. »Warum musst du reden?«

Er grinste sie überheblich an.

Ihre Gedanken wanderten zu all seinen Anmachen zurück, wenn er sie bei Partyabenden mit Freunden in einer Bar irgendwo abgepasst oder ihr beim Verlassen eines Clubs etwas ins Ohr geflüstert hatte. Eine Sache war immer konstant geblieben und die hatte ausgereicht, um sie davon abzuhalten, darauf einzugehen. Gabriella war immer dabei gewesen, eine wichtige Erinnerung daran, dass Addy keinen One-Night-Stand mit einem künftigen – nun offiziellen – Familienmitglied ihrer besten Freundin haben sollte. Doch nun, wo sie wusste, wie er küsste und seine Kraft gespürt hatte, konnte sie nicht mehr zurück. Sie wollte ihn. Alles von ihm. Und es gab nur eine Möglichkeit, die Sache durchzuziehen, ohne jedes Mal von Schuldgefühlen unterbrochen zu werden.

»Schluss mit Reden.«

Er hob eine Braue. »Ernsthaft?«

»Ja. Es sei denn, ich soll aufhören.«

Er bedeutete ihr mit einer Geste, dass er ihr zur freien Verfügung stand. Erneut senkte sie den Mund auf seine Brust, hing aber leider gedanklich an dem Grund fest, der sie bisher immer zurückgehalten hatte.

Sie atmete seinen Duft ein, dieses wunderbare, herbe Aroma und schloss die Augen, um wieder in den Moment zu finden. Sie konzentrierte sich auf das Gefühl seiner warmen Haut und des kräftigen, gleichmäßigen Herzschlags unter ihren Lippen. Aber mit jedem Kuss, jeder Berührung, kreisten ihre Gedanken um die Auswirkungen ihres Abenteuers. Also setzte sie sich wieder auf. Sie brauchte Richtlinien, Regeln, Erwartungen. Der unglaublich attraktive Mann unter ihr zog wieder fragend eine Augenbraue hoch.

»Das wird nichts«, sagte sie tonlos.

»Ich hatte das Gefühl, dass wir auf dem richtigen Weg sind.« Er richtete sich ein wenig auf und küsste die entblößte Haut zwischen ihren Brüsten.

Die Zärtlichkeit dieses Kusses ließ sie leicht dahinschmelzen, was sie noch mehr aufwühlte. Addy schmolz bei niemandem dahin.

»Ich meine das mit uns, Jake. Das ist eine einmalige Sache, um das endgültig abzuhaken. Mehr nicht.«

Ganz kurz schien er die Zähne zusammenzubeißen. Es war jedoch möglich, dass sie sich das nur eingebildet hatte.

»Okay.« Er packte ihre Hüften fester und senkte den Mund auf ihren Hals.

»Dein Bruder ist mit meiner besten Freundin verheiratet. Wir …« Gott, er wusste ganz genau, wie fest er saugen musste. »Wir dürfen nicht zulassen, dass es unangenehm wird.« Er ließ nicht von ihr ab, während er das Neckholder-Band ihres Kleides löste. Der königsblaue Stoff glitt über ihre Brüste und er ließ die Zähne hauchzart über die überempfindlichen Brustwarzen gleiten.

Addy drückte seinen Kopf fester an sich, hatte jedoch Schwierigkeiten, ihre Sinne zusammenzuhalten. »Ich meine es ernst, Jake«, keuchte sie. »Falls wir das tun …« *Falls?*

Er schob seine Hand an ihrem Bein nach oben und strich mit dem Daumen über ihr Höschen. Sie atmete schwer. Mit jeder Bewegung seines Fingers, jeder Berührung seiner Zunge, verabschiedete sich ihr Verstand mehr.

»Sie dürfen es nicht erfahren.« Sie schloss die Augen, als er den Daumen unter den Stoff ihres Höschens schob. »Jake.« Er reizte sie weiter und widmete sich ihrer anderen Brust, während er ihre empfindlichste Stelle streichelte und tief mit den Fingern in sie eindrang. Dieses herrliche Gefühl entlockte ihr ein Keuchen, doch sie musste sichergehen, dass er sie verstanden hatte.

»Jake!« Sie packte sein Handgelenk und er lehnte sich mit einem verdrießlichen Blick zurück. »Hast du mir überhaupt zugehört?«

»Ich bin beschäftigt, nicht taub«, erwiderte er ernst.

»Das ist wichtig. Ich muss wissen, dass du weiter normal mit mir umgehst und nicht damit angibst.«

»Ich verspreche dir«, sagte er, bewegte seine Finger geschickt in ihr und streichelte die Stelle, bei der sich ihre Zehen krümmten, »dass ich auch nackt normal mit dir umgehe und nicht angeben werde.«

Sie drückte sein Handgelenk und musste unwillkürlich lächeln. Sie konnte einfach nicht anders. Es war toll, dass sein Sarkasmus genauso ausgeprägt war wie ihrer. »Ich meine *morgen*.« Sie bemühte sich, ihren Kopf abzuschalten, um sich nicht erneut von Gedanken an den nächsten Tag ablenken zu lassen. Sie wollte das hier mit Jake. Schon so lange, dass es sie überraschte, überhaupt noch einen vernünftigen Gedanken über die Konsequenzen fassen zu können. Sie brauchte einfach seine Versicherung. Dann konnte sie sich wieder mit dem Meister des sinnlichen Vergnügens beschäftigen.

Er zog seine Hand zwischen ihren Beinen hervor und umfasste erneut ihre Oberschenkel. »Ich dachte, das wäre klar. Dass das hier ein One-Night-Stand ist.«

Warum tat das weh? »Ist es. Ich wollte nur sichergehen.«

»Keine Zweifel?« Sein Gesichtsausdruck wurde ernst.

»Nein. Solange du dich nicht aufführst und eifersüchtig wirst, wie vorhin bei Niko.« Zwanglose Affären waren nichts Neues für sie und sie hatte keine Angst, das morgen zu bereuen, immerhin war es ihre eigene Entscheidung und sie wusste, was sie tat. Oder? Sie hoffte wirklich, es bei einem One-Night-Stand belassen zu können. Aber eine Sache war sicher: Sie konnte es nicht riskieren, dass sie damit eine unangenehme Situation für Gabriella und ihre Familie verursachte.

Jake knirschte mit den Zähnen. Seine Eifersucht hatte ihn genauso überrascht wie sie. Für einen Moment hatte einfach sein gesunder Menschenverstand ausgesetzt, das war alles, aber er hatte Schwierigkeiten, sich selbst davon zu überzeugen. Er musste sich schnell etwas einfallen lassen, um das zu überspielen. »Das war keine Eifersucht. Ich habe dich beschützt.«

Sie verschränkte die Arme, was ihre Brüste nach oben drückte und sie zusammen mit dem finsteren Zug um ihren hinreißenden Mund unglaublich heiß machte. »Mich beschützt?«

»Damit du keinen Fehler machst. Ein Typ wie Niko sucht nach einer Ehefrau, und du hast deutlich gemacht, dass Beziehungen nicht dein Ding sind.«

Das schien sie tatsächlich zum Nachdenken zu bringen. Er hoffte sehr, dass sie ihm glaubte, es stimmte ja auch zum Teil. Niko hatte erzählt, dass er gern die richtige Frau fürs Leben finden würde, und Addy hatte keinen Hehl daraus gemacht, dass sie nie der Typ für feste Beziehungen gewesen war.

Sie schnaubte und ließ die Arme sinken. »Wie nett von dir.« Jedes Wort triefte vor Sarkasmus. »Aber ich muss nicht beschützt werden.«

»Jede Frau muss beschützt werden«, erwiderte er scharf.

»Jake! Wir streiten uns jetzt nicht schon wieder über diesen Unsinn. Ich habe keine Ahnung, was ich in zehn Minuten machen werde, geschweige denn morgen. Vielleicht treffe ich einen Typen, der mir gefällt, und ich will mir keine Sorgen machen müssen, dass du blöde Kommentare abgibst.«

»Eins kann ich dir versprechen, Sexy Girl: Sobald wir das

hier getan haben, willst du morgen nur noch eine Wiederholung davon. Du wirst mich bei jeder Bewegung spüren. Und es wird dir gar nicht in den Sinn kommen, mit einem anderen Mann zu flirten, weil dich jeder einzelne Gedanke zu mir zurückbringt.« Oh verflucht, er wollte das. Er wollte das so sehr, dass er fast alles dafür tun würde.

Sie lachte. »Du bist ein Arsch, weißt du das?«

Dieses Lachen, dieses Lächeln … »Das habe ich schon mal gehört.«

Er betrachtete ihre Brüste und stellte fest, dass es sie überhaupt nicht in Verlegenheit brachte, halb nackt vor ihm zu sitzen. Das gefiel ihm unheimlich gut. Zumindest bis er etwas länger darüber nachdachte und ihm aufging, dass ihre entspannte Haltung wahrscheinlich daher rührte, dass sie schon mit vielen Männern nackt Zeit verbracht hatte. Wieder erfasste ihn diese nie gekannte Eifersucht und es kostete ihn alle Selbstbeherrschung, nicht darauf einzugehen.

»Meine Einstellung zu dir wird sich *nicht* wegen einer Nacht ändern«, erwiderte sie entschlossen. »Versprich mir einfach, dass du dich nicht merkwürdig verhältst.«

»Da brauchst du dir keine Sorgen machen, Sexy Girl.« Okay, *das* war eine glatte Lüge. Er würde seine Eifersucht unmöglich im Zaum halten können. Er hatte keine Ahnung, was in seinem verdrehten Kopf vor sich ging, aber er würde auf keinen Fall einen Rückzieher machen, wenn er jetzt die Chance auf alles hatte, was er wollte.

»Okay.« Ihr Ton klang etwas weniger selbstsicher. »Denn nach dieser Nummer wirst du sicher in der Freunde-mit-denen-ich-in-der-Kiste-war-Schublade landen. Keine Wiederholung. Nichts Peinliches.«

Er erstickte beinahe an dem Drang, sie zu fragen, mit wie

vielen Freunden sie schon *in der Kiste* gewesen war. Aber darüber würde er nicht näher nachdenken und seine einzige Chance mit ihr vermasseln.

»Noch irgendwelche Fragen?« Er neigte den Kopf und leckte verspielt über eine ihrer Brustwarzen.

»Nein. Weniger reden, mehr tun.« Sie schloss die Augen und er lachte leise und saugte ihren Nippel in seinen Mund.

»Ja, genau so«, brachte sie atemlos hervor.

Addy rieb ihren Hintern an ihm, bog den Rücken durch, klammerte sich an seine Oberarme und schickte damit ein heißes Pulsieren durch seinen Körper. Unzählige Gedanken schossen ihm durch den Kopf. Er wollte sie nackt in seinem Bett, auf allen vieren, in der Dusche. Er wollte sie auf jede erdenkliche Art, aber sie waren im Freien und er hatte nur zwei Kondome in seiner Brieftasche. Er verließ das Haus nie unvorbereitet, aber *nichts* hätte ihn auf den Ansturm der Emotionen vorbereiten können, der ihn bei der Vorstellung von einer einzigen Nacht mit Addy mit voller Wucht traf.

Er musste sich von diesem Wahnsinn lösen, der ihm den Verstand raubte, sie wie jeden anderen One-Night-Stand behandeln, auch wenn er jede Nacht von ihr träumte. Jake umfasste ihre Taille und hob sie von seinem Schoß auf den Tisch. Sie griff nach seinem offenen Hemd und schob es über seine Arme nach unten.

»Weg damit«, wies sie ihn atemlos an.

Er sah sich erneut nach allen Seiten um. Abgesehen vom entfernten Rauschen der Wellen und dem Rascheln der Baumkronen gab es keine Lebenszeichen. Die Klippe ragte hoch über dem Ort auf und die riesige Villa wurde nur für Feierlichkeiten benutzt. Sie waren definitiv allein. Trotzdem musste er sichergehen, dass das für sie okay war. »Ist das hier für dich in

Ordnung?«

Sie hatte gerade nach seinem Hosenknopf gegriffen, hielt nun jedoch inne und schenkte ihm einen unbeeindruckten Blick. »Ich sitze oben ohne auf einem Tisch und das fragst du mich *jetzt*?«

»Hey, wir waren etwas abgelenkt.«

Sie zupfte an dem Knopf. »Hör auf, dir Sorgen um mich zu machen. Ich bin erwachsen. Ich will es, also mach, bevor ich es mir anders überlege.«

Er schob ihre Beine auseinander, stellte sich dazwischen und zog sie an sich. Plötzlich spürte er ein heißes Brennen in der Kehle, als unerwartete Emotionen in ihm aufstiegen. Er küsste Addy hart, um sie zu vertreiben, aber es nützte nichts. Hungrig stöhnend schlang sie die Beine um seine Taille. Er umfasste ihr Gesicht mit beiden Händen, löste sich gerade so weit von ihr, dass er ihr in die wunderschönen Augen schauen konnte, und nahm sich die Zeit, sie wirklich *anzusehen*. Die Sehnsucht in ihrem Blick, ihre geöffneten, glänzenden Lippen und die Röte in ihren Wangen lösten eine weitere Welle von Gefühlen in ihm aus. Dieses Mal ließ er sich mitreißen, kämpfte gegen das Bedürfnis an, sie wegzuschieben, und genoss die Empfindungen, die sie in ihm auslösten. Er hatte mit einer schnellen, unverbindlichen Nummer gerechnet, keiner Lehrstunde darin, vorsichtiger damit zu sein, was er sich wünschte.

»Überleg es dir nicht anders, Addy. Nicht dabei.« Er wollte *bei uns* sagen, kniff jedoch. Wie hatte er jemals glauben können, sie nach dem Sex einfach abzuhaken?

Stille breitete sich aus, die Hitze pulsierte zwischen ihnen und irgendetwas in ihren Augen verriet ihm, dass auch sie diese überwältigende Verbindung spürte.

»Werde ich nicht. Ich will dich, Jake.«

Er half ihr aus dem Kleid und breitete es hinter ihr über der Tischdecke aus. Sein Verstand war vollkommen von der Intimität dieses Augenblicks eingenommen. Sie war umwerfend, sah aus ihren großen, grünbraunen Augen zu ihm auf und verfolgte jede seiner Bewegungen, als er die Kondome aus seiner Brieftasche nahm und sie neben sie legte. Er entdeckte ein kleines Tattoo zwischen ihrem linken Hüftknochen und der Beinbeuge. Addy sog scharf Luft ein und wirkte auf einmal wieder so verletzlich, was seinem Herzen nicht entging und ihn innehalten ließ.

»Was ist das?« Er zeichnete die Linien des Tattoos nach, das offenbar etwas darstellte, das in Ketten lag. Um sie herum war es zu dunkel, um Einzelheiten zu erkennen.

Addy fühlte sich sichtlich unwohl und schob rasch seine Finger weg. »Nichts. Mach schon.«

Er hob sich den Gedanken, dass er einen Nerv getroffen hatte, für später auf und schlüpfte aus seiner Kleidung. Da er ihre Verbindung nicht komplett unterbrechen wollte, ließ er eine Hand auf ihrem Knie ruhen, ehe er sie in seine Arme zog. Er war überrascht, dass sie zitterte.

»Frierst du?«, flüsterte er ihr ins Ohr.

Sie schüttelte den Kopf.

Er küsste sie langsam und innig und kostete den Moment voll aus. *Langsam* und *Jake* hatte es bisher nie in Kombination gegeben, aber die unerwartete Verletzlichkeit, die Addy ihm offenbart hatte, weckte in ihm den Wunsch, behutsam mit ihr umzugehen.

»Ich küsse dich wirklich gern, Sexy Girl«, murmelte er und spürte ihr Lächeln, als er ihren Mund erneut eroberte, härter und besitzergreifender.

Aber ihre Lippen reichten ihm nicht und kurz darauf küsste

er sich ihren Hals hinab zu ihren Brüsten, über den straffen Bauch und der zarten Haut unterhalb ihres Bauchnabels. Dort verweilte er einen Moment und genoss das Beben, das seine Berührungen in ihr auslösten. Er wollte jeden Zentimeter ihres hinreißenden Körpers kosten und berühren, war allerdings zu ungeduldig dafür. Das Verlangen nach ihr pulsierte in ihm, und er legte die Hände auf ihre Beine, schob sie weiter auseinander und genoss, wie ihr der Atem stockte, als er seinen Mund auf ihre süße Mitte drückte.

»Oh Gott, *Jake*.« Sie bog sich ihm entgegen und krallte sich an seinen Schultern fest.

Als er seine Finger ins Spiel brachte, gab sie einen tiefen, lusterfüllten Laut von sich, der so erotisch war, dass er unbedingt mehr davon wollte. Er verwöhnte sie, neckte sie und suchte nach den magischen Punkten, die sie in den Wahnsinn treiben würden. Sie gab der Leidenschaft zwischen ihnen nach und ihre Beinmuskeln spannten sich an, als sie die Hüften vom Tisch hob und sich an ihn klammerte.

»Jake …«

Ihr Körper wurde bebend und zitternd vom Höhepunkt erfasst. Ohne sich von ihr zu lösen, kostete er die Welle mit ihr aus, bis sie atemlos und entspannt zurücksank. Er hielt sie fest und wünschte, sie wären in seinem Bett, einem Zimmer, in dem er den Rest der Welt ausschließen konnte. Zum ersten Mal wäre ihm so viel Nähe recht. Er richtete sich wieder auf und sie hielt sich an seinen Oberarmen fest, um sich aufrechter hinzusetzen, während er sich das Kondom überrollte. Erneut fanden sich ihre Lippen und er brachte sich in Position. Sie umfasste ihn so fest, küsste ihn so hart, dass er sich nicht zurückhalten konnte und mit einem einzigen, kraftvollen Stoß in sie eindrang. Sie grub die Fingernägel in seine Haut und ihr entfuhr ein flehender

Laut. Sie erstarrten beide.

»Oh Gott.« Sie verspannte sich um ihn und brachte ihn damit um den Verstand. Ihre Lippen berührten sich noch und ihr Atem vermischte sich miteinander. Jake schob die Hände unter ihre Haare, umfasste ihren Kopf und drehte ihr Gesicht zu sich, um ihr in die Augen zu sehen, doch sie hielt sie geschlossen. Sie musste es doch auch spüren, dass sie wie zwei Puzzleteile ineinandergriffen. Wie füreinander gemacht. »Addy«, hauchte er.

Sie öffnete die Augen und das, was er darin erkannte, war mehr als Lust, doch im nächsten Moment war es auch schon wieder verschwunden und wurde von dem verführerischen Funkeln ersetzt, das sie als Rüstung benutzte. »Hab ich dir nicht schon vor einer Weile gesagt, dass du nicht mehr reden sollst?« Sie zog ihn in einen Kuss und dieses Mal hörte er auf sie.

Er sagte kein Wort mehr. Brummen und Stöhnen waren die einzigen Laute, die sie von ihm zu hören bekam, während er immer noch damit kämpfte, seine Gefühle unter Kontrolle zu halten. Bis zu ihrem dritten Orgasmus, als ein Feuerwerk in seinem Kopf explodierte und eben diese Emotionen lautstark zum Leben erwachten und *behutsam* und *gelassen* aus dem Fenster warfen. Er folgte ihr auf den Höhepunkt und wiederholte ihren Namen wie ein Gebet.

»Addy, Addy, Addy …«

Vier

Der Klang von Frauenstimmen weckte Addy, als sich die Sonne gerade über den Horizont schob. Ihr Verstand war noch etwas vernebelt und sie versuchte zu verstehen, warum sie in Jakes Armen auf einer Decke am Rand der Klippe lag. Sie warf einen Blick auf die leere Tequila-Flasche, die ein paar Meter entfernt im Gras lag und ihre pochenden Kopfschmerzen erklärte. Bilder der vergangenen Nacht stiegen vor ihrem inneren Auge auf und ihr Puls beschleunigte sich. Sie wusste noch sehr genau, dass sie auf dem Tisch und anschließend noch einmal auf dem Boden Sex gehabt hatten. Erinnerungen an eine hektische Suche nach Kondomen gesellten sich dazu. Sie hatten zwei in einem Nachttisch gefunden und möglicherweise hatte sie nackt einen Hula-Tanz hingelegt. Sie wollte nicht darüber nachdenken, wessen Kondome sie da geklaut hatten oder wie der Hula-Tanz ausgesehen haben musste. Jetzt fiel ihr alles wieder ein, wie sie sich leidenschaftlich auf ihm und er sich noch leidenschaftlicher in ihr bewegt hatte. Vage erinnerte sie sich an das Brennen eines Klapses auf ihrem Hintern und erschauderte. Sie wusste noch, dass er ihr etwas erzählt hatte und sie Tequila getrunken hatten, obwohl ihre Erinnerungen an diese Gespräche im besten Fall bruchstückhaft waren. Sie schloss die Augen, um das Dröhnen in ihrem Kopf zu stoppen.

Sie hörte Frauen lachen und riss die Augen wieder auf. Vorsichtig hob sie den Kopf und spähte über die Anhöhe, um herauszufinden, wer sie gleich in flagranti erwischen würde.

»Was …«

»Schh!« Sie legte Jake eine Hand auf den Mund und flüsterte: »Gabriellas Tanten sind da drüben! Was wollen die so früh hier?«

Er stemmte sich auf einen Ellbogen hoch und sah mit leicht zusammengekniffenen Augen zu den Frauen hinüber, die etwa fünfzig Meter von ihnen entfernt in Richtung Villa schlenderten. Zum Glück schienen sie Jakes und Addys Klamotten nicht zu bemerken, die auf der anderen Seite der Grünfläche neben der Bar im Gras lagen.

»Frühstück«, murmelte er grummelig.

Sie versetzte ihm einen Klaps auf den Arm und zischte: »Du bist echt so ein Kerl. Hör auf, ans Essen zu denken. Falls es dir nicht aufgefallen ist: Unsere Klamotten sind da drüben.«

»Ach, verdammt. Ich meinte, dass sie hier sind, um Frühstück zu machen. Schon vergessen? Gabriellas Familie veranstaltet heute ein großes Familienfrühstück. Ich bin überrascht, dass sie nicht schon da ist.«

Er rieb sich die Augen, während sie noch mit der Vorstellung kämpfte, dass Gabriella sie so sehen könnte. Die Schläfrigkeit verschwand aus seinem Blick, als er sie von oben bis unten musterte, was die Hitze in ihr erneut weckte.

»Jake!«

»Was? Du bist nackt. Ich bin nackt. Es könnte schlimmer sein.«

Sie verdrehte die Augen. »Keine Kondome, weißt du noch? Und außerdem ist jetzt der Morgen *nach* unserem One-Night-

Stand. Es ist vorbei.« Ihr Magen krampfte sich zusammen.

An einige Einzelheiten der vergangenen Nacht konnte sie sich vielleicht nur verschwommen erinnern, aber es gab ein paar Dinge, die sie niemals vergessen würde. Zum Beispiel, wie er sie angesehen hatte, als ihre Körper das erste Mal zueinanderfanden, und wie sie förmlich zum Leben erwacht war, als er tief in sie eindrang. Nicht nur, weil sie perfekt zusammengepasst hatten, sondern wegen einfach *allem*. Seine unglaubliche Stärke, mit der er sie auf eine nie geahnte Art und Weise berührt hatte, und wie ihr Name über seine Lippen gekommen war. Gänsehaut breitete sich auf ihren Armen aus. Ein Hauch von Angst schlich sich bei einer weiteren Erinnerung ein, die sie angestrengt zu ignorieren versuchte – das Bedeutsamste an ihrer heißen, ausschweifenden Nacht. Aber egal, wie sehr sie sich bemühte, sie konnte weder das Hämmern ihres Pulses noch das Kribbeln in ihrem Bauch leugnen, das sie verspürt hatte, als sie sich letzte Nacht nahe gewesen waren, und auch jetzt wieder, als sein Bein ihres berührte. Doch sie war noch nicht bereit, sich mit diesen intensiven Gefühlen auseinanderzusetzen. Sie wusste ja nicht mal, ob sie echt und nicht nur eine Folge des Rauschs waren, endlich mit dem Mann zu schlafen, den sie schon so lange begehrte – oder ob es vielleicht an zu viel Tequila lag. Allerdings war ein bisschen zu viel Tequila vor Sex nun auch nicht unbedingt etwas Neues für sie. Sie sah ihm wieder in die Augen und in ihrem Inneren breitete sich erneut dieses Kribbeln aus. Sie hielt den Atem an, um die Empfindungen zu unterdrücken, die in ihr aufstiegen.

»Du nimmst die Pille, Sexy Girl.« Er streichelte ihre Wange. »Und wir sind beide gesund, weißt du noch? Das hatten wir doch schon. Zweimal.«

»Woher weißt du ...?« Bruchstückhaft fiel ihr die Unterhaltung wieder ein und sie vergrub das Gesicht in den Händen. Sie hatte tatsächlich zugegeben, dass sie die Pille nahm – nachdem sie ihn dazu herausgefordert hatte, ein zweites Mal mit ihr zu schlafen. Immerhin waren sie noch weit genug bei Verstand gewesen, um die wichtigsten Punkte zu klären. Er war gesund, sie auch.

Sie hatte jede einzelne ihrer Regeln gebrochen.

Mit *Jake*.

Dem Kerl aus ihren Fantasien.

Dem einen Mann, bei dem ich es nicht hätte tun sollen.

Sie ließ die Hände sinken, musterte sein attraktives Gesicht und sah zum ersten Mal nicht den Player in ihm, den sie sonst immer wahrnahm, sondern den Mann, der sich zurückgehalten hatte, um sich die Erlaubnis für einen Kuss einzuholen. Wie sollte sie das je einfach abhaken? Wie sollte sie je wieder zu dem Zeitpunkt zurückkehren, an dem sie noch nicht wusste, wie es sich anfühlte, in seinen Armen zu liegen? Das hatte sie sich selbst eingebrockt, als sie der Versuchung nachgegeben hatte. Sie war schlimmer als Eva, denn sie hatte nicht nur von der verbotenen Frucht gekostet, sondern sich auch vorgegaukelt, im Anschluss ohne sie überleben zu können.

Das hatten wir doch schon. Zweimal. Seine Worte machten sie wütend. Sie brauchte die Erinnerung nicht. Diese Erinnerung weckte den heißen Wunsch in ihr, ihm wieder nah zu sein. Das Ganze sollte eine einmalige Sache sein, um ihn abzuhaken, und nicht, um ihn noch mehr zu wollen.

Sie deutete mit einem Finger auf ihn. »Du hast versprochen, dass das mit letzter Nacht genau dort bleibt.«

»Sind wir hier in Vegas?«

Sie pikte ihm in die Brust.

»Autsch! Okay, wie du willst. Mann. Du brauchst wohl

dringend Kaffee.«

»Klamotten, Jake. Ich brauche was zum Anziehen!« Sie versuchte, die Decke unter ihm hervorzuziehen, doch er legte einen Arm um Addy und zog sie auf sich. Heiliger Strohsack, das fühlte sich gut an. »Jake.« Das sollte warnend klingen, doch sie musste leise lachen, denn sie war davon ausgegangen, dass es für ihn auch nur eine einmalige Sache gewesen war, und diese verspielte Seite an ihm war beinahe zu attraktiv, um ihr zu widerstehen.

Seine rauen Hände glitten über ihren Rücken zu ihrem Hintern und er rieb seine beeindruckende Erektion an ihr. »Lass uns verhandeln.«

»Du bist so ein *Mann.*« *Ein sehr attraktiver, verlockender Mann.*

»Letzte Nacht hat dir meine Männlichkeit gefallen. Wenn ich mich recht erinnere – was gar nicht anders möglich ist, weil sich das Bild in mein Gedächtnis gebrannt hat –, hast du meine Männlichkeit sehr zwischen deinen Beinen, in deinem Mund ...«

Sie hielt ihm erneut den Mund zu und funkelte ihn finster an. Er schob ihre Finger weg und schenkte ihr das überhebliche Grinsen, das sie am vergangenen Abend so angezogen hatte. Es entfachte die Lust in ihr erneut, doch die Alarmglocken in ihrem Kopf schrillten.

»*Keine* Verhandlungen«, entschied sie nachdrücklich. Sie brauchte Abstand, um der Tatsache auf den Grund zu gehen, dass sich ein Flattern in ihrem Magen ausbreitete und ihr Herz einen Schlag aussetzte, wenn er ihr nahe war. Sie brauchte Abstand, um wieder wie ein normaler Mensch zu atmen, weil ihr Körper in seiner Nähe immer so begeistert von der Idee war, Jake tief in sich zu spüren, dass sie gerne mal vergaß, warum

Atmen überhaupt wichtig war.

»Du hast mir versprochen, dass es nicht unangenehm zwischen uns wird«, erinnerte sie ihn. »Und wenn ich *nackt* da rübergehen und meine Sachen holen muss, wird es sehr schnell mehr als unangenehm.«

»Ich glaube, du hast mir besser gefallen, als du noch mit mir geflirtet hast.« Er schenkte ihr ein weiteres provokantes Grinsen und das Flattern in ihrem Magen wurde stärker.

Im nächsten Moment rollte er sich mit ihr herum, bis sie unter ihm lag. Sie spürte das Gewicht seines großen Körpers auf sich und zwischen ihren Beinen und er drückte ihr die Hände über den Kopf. Wow, das fühlte sich gut an. Vielleicht war ja ein kleiner Quickie noch drin. Nichts weiter.

Er ließ seine Wange an ihrer ruhen und sagte mit rauer Stimme, die ihre Haut in Brand steckte: »Nichts geht über Sex am Morgen, Addy.«

Ihr Puls spielte verrückt und seine Hände wanderten über ihre Seiten, was sich wirklich, *wirklich* gut anfühlte. Sie schloss die Augen und zwang sich, standhaft zu bleiben.

»Du weißt, dass du mich willst, Sexy Girl«, raunte er, rieb seine Stoppeln über ihre Haut und jagte ihr damit wohlige Schauer über den Rücken. »Niemand wird es erfahren. Nur du und ich wissen es.« Er zog die Hüften zurück und berührte mit seiner Spitze ihren Eingang.

»Jake«, sagte sie halbherzig. Sie war bereits feucht und bereit.

»Sag nein. Ein Wort. Vier Buchstaben. Dann frage ich nie wieder.«

Nein, nein, nein, nein, nein. Ich will nicht nein sagen. Sie schüttelte das lächerliche Zögern ab und antwortete: »Das habe ich schon und sie werden uns erwischen.«

»Sie sind ins Haus gegangen. Und nein, hast du nicht. Du hast ›keine Verhandlungen‹ gesagt, und ja, zugegeben, daran habe ich mich nicht wirklich gehalten.« Er küsste sie auf den Mundwinkel und leckte über ihre Unterlippe, was sie an die herrliche Lust erinnerte, die er ihr letzte Nacht mit dieser Zunge bereitet hatte. »Aber wenn du mir in die Augen siehst und mir sagst, dass du mich nicht willst, verspreche ich dir, nicht noch mal zu fragen.«

Immer mehr Erinnerungen an ihre unglaubliche Nacht prasselten auf sie ein und ließen sie kaum noch klar denken. Ihr Körper vibrierte vor Verlangen, sie hielt ihn fest und drängte ihn stumm, die Entscheidung für sie beide zu fällen, damit sie keine Schuld daran traf, dass sie sich nicht an ihre One-Night-Stand-Regel gehalten hatte. Sie konnte seine süchtig machenden Küsse noch immer schmecken und außerdem sah er sie jetzt anders an als früher. Der raubtierhafte Ausdruck war nicht verschwunden, doch da war nun mehr als reine Lust. Er sah sie nicht einfach nur an. Er durchschaute sie, blickte in sie hinein, entdeckte die dunkelsten Ecken ihres Verstandes und drang in jede ihrer Zellen ein, als würde nichts außer ihr existieren.

Küss mich, Jake, lag ihr auf der Zunge, und sie wusste, dass er nicht zögern würde, denn mit einer Sache hatte er letzte Nacht recht gehabt: Jeder einzelne Gedanke führte wieder zu ihm. Zu der Nacht voller Sex. Zu diesem Ausdruck in seinen Augen.

»Nur noch einmal, Sexy Girl.«

Sie seufzte in sich hinein, zwang sich dann aber, an ihre beste Freundin zu denken. Das reichte *fast* aus, um ihr den nötigen Tritt in den Hintern zu geben. Doch Jakes Blick, seine verführerischen Worte – *Nur noch einmal* –, die noch immer in ihr nachhallten, konnte sie nicht so leicht abtun. Und die

Vorstellung, dass das ihr letztes Mal sein würde, weckte in ihr Sehnsucht nach mehr. Sie hatte befürchtet, dass er eifersüchtig werden könnte, doch seine Worte entfachten ihre Bedürfnisse lichterloh – viel stärker als je zuvor. Wie sollte sie nach dieser Nacht damit umgehen, wenn er mit anderen Frauen flirtete? Wie war sie nur auf die Idee gekommen, dass sie ihn nach dieser Sache ansehen und ihn nicht begehren würde? Warum, oh warum, hatte sie zugelassen, dass sie neben ihm einschlief? Jetzt konnte sie sich nichts Schöneres mehr vorstellen, als noch ein paar Stunden in seinen Armen zu liegen, ungeachtet der Leute, die sie gerade beinahe entdeckt hätten.

All das – die unbekannten Emotionen, die Erinnerung, dieser heiße Blick, das Gefühl seines Körpers an ihrem – strapazierte ihre Nerven und machte sie unruhig und hibbelig. Addy war gut mit Worten und wusste inzwischen ganz genau, was sie zu einem Mann sagen, wie sie ihn *berühren* und *provozieren* musste, wie sie sich *nahm*, was sie wollte. Sie hatte ihre Schlagfertigkeit und ihre Verführungstechniken perfektioniert, was ihr leichtgefallen war, weil nie die Gefahr bestanden hatte, irgendetwas zu empfinden, was über körperliche Lust hinausging. Aber mit Jake war es anders, und das war auch ihrem Herzen aufgefallen, ganz egal, wie oft sie versuchte, es kleinzureden. Und nun hatte sie Schwierigkeiten, ihre Stimme wiederzufinden, weil sie am helllichten Tag *nackt* und ohne Tequila in seinen Armen lag, nach all den sinnlichen Dingen, die sie letzte Nacht getan hatten. Sie musste abhauen, bevor sie noch mehr Gefühle für diesen Mann entwickelte, der wahrscheinlich nicht mal wusste, wie man *Treue* buchstabierte ... *Heiliger Strohsack, seit wann mache ich mir über so was Gedanken?* Sie wand sich unter ihm hervor.

Er wirkte enttäuscht, doch sie war damit beschäftigt, ihr

eigene wackelige Entschlossenheit zu verbergen und sagte: »Anziehen, Jake. Jetzt.«

Später am Morgen reparierte Jake zusammen mit Blue und Gage in der Villa das Tischbein. Eigentlich lenkte er sich eher mit unsinnigem Gerede ab, versuchte, nicht über Addy zu grübeln, und tigerte unruhig durch den Raum, während Blue den Tisch bearbeitete und Gage frühstückte. Jake bekam keinen Bissen herunter. Sein Magen spielte schon den ganzen Morgen verrückt, seitdem er nackt losgeflitzt war, um seine und Addys Klamotten zu holen, und sie den ganzen Weg bis zu ihrer Tür gegen seine Begleitung protestiert hatte, weil sie keinen Bodyguard brauchte. Sie war stur wie ein Esel, und dann hatte sie auch noch aus purem Trotz jedes Mal betont den Blick abgewendet, wann immer er beim Frühstück zu ihr hinüberschaute.

»Du hilfst uns doch, den Strand für Trishs Hochzeit morgen früh vorzubereiten, oder?«, fragte Gage ihn.

»Klar. Was immer sie braucht.« Die Küche, in der sie sich befanden, ging zum Garten hinaus, sodass er Addy im Blick hatte, die mit den anderen Frauen am Tisch saß und das Essen auf ihrem Teller herumschob. Ob in ihrem Kopf auch so viel Chaos herrschte wie in seinem? Oder zeigte sie ihm die kalte Schulter, weil sie wirklich mit ihm fertig war?

»Hat Boone erzählt, dass seine Familie einen Tag früher ankommt?«, fragte Blue.

Jake blieb stehen und sah zu Gage, der genauso ahnungslos wirkte wie er selbst.

»Ich hab vergessen, dass ihr beide heute erst später zum Frühstück gekommen seid. Sie haben ein paar Termine verlegt, um früher hier zu sein«, erklärte Blue. »Wir treffen uns heute Abend in Nikos und Dimitris Taverne zum Junggesellenabschied.«

Er würde sich lieber mit Addy treffen. Vielleicht würde eine weitere Nacht mit ihr das Durcheinander in seinem Kopf wieder richten.

Ihr Lachen lenkte seine Aufmerksamkeit nach draußen. Genau in diesem Augenblick wirbelte Niko Addy herum, als würden sie miteinander tanzen. Jeder Muskel in Jakes Körper spannte sich an, während ihn Eifersucht von innen heraus zerfraß. In den Hotpants, die ihren wundervollen Hintern nur knapp bedeckten, und dem rotbraunen T-Shirt war Addy unglaublich verführerisch. Wie sie es schaffte, dass ein locker sitzendes Shirt an ihr so heiß aussah, war ihm ein Rätsel. Ein paar funkelnde Armbänder rutschten ihr fast bis zu den Ellbogen hoch, als sie sich mit einer Drehung zurück in Nikos Arme schwang. Jake ballte die Hände zu Fäusten und kämpfte gegen den Drang an, nach draußen zu stürmen und die Frau für sich zu beanspruchen, die nicht beansprucht werden wollte.

»Jake?«, rief Blue laut, als hätte er ihn schon ein paar Mal angesprochen. »Bist du beim Junggesellenabschied dabei?«

»Was?« Er konzentrierte sich wieder auf seine Brüder. »Heute Abend? Ja, klar.«

»Super«, meinte Gage.

»Gut«, sagte Blue. »Die Mädels feiern ihren Junggesellinnenabschied unten am Strand.«

Bei Junggesellinnenabschieden musste er sofort an männliche Stripper denken. Nicht, dass es hier auf der Insel welche gab.

Soweit er wusste.

Auf der Suche nach der Frau, mit der er endlich eine Verbindung hatte herstellen können, sah er wieder zur Tür hinaus und war erleichtert, dass sie nun neben Gabriella saß. Für den Bruchteil einer Sekunde trafen sich ihre Blicke, doch selbst in diesem kurzen Moment loderte Hitze zwischen ihnen auf. Er musste sich wirklich zusammenreißen. Es war nur eine Nacht. *Eine unglaubliche, intensive Nacht.* Eine der besten Nächte seines Lebens und sie weckte in ihm den Wunsch nach mehr. Nicht nur in sexueller Hinsicht, obwohl er das so sehr wollte, dass allein bei dem Gedanken an sie Erregung in ihm aufstieg. Doch er wollte noch so viel mehr, dass er sich vorkam wie ein Waschlappen. Er wollte mit ihr *reden*, allein und ohne Alkohol. Sie war so tough, so draufgängerisch und eine Herausforderung und gleichzeitig doch so umwerfend feminin. War sie schon immer so gewesen? Sie sprach nie über ihre Familie, und da er seiner eigenen so nah stand, war er neugierig auf ihre. War sie schon immer so rebellisch gewesen, oder lag Sturheit bei ihr in der Familie? Und warum machte sie diesen Wandertrip allein? Ihm schossen noch mehr Fragen durch den Kopf. Nerviger Mist, wie zum Beispiel, warum zum Teufel sie so lange gebraucht hatte, um mit ihm zu schlafen.

»Sally und du seid zu spät zum Frühstück gekommen«, sagte Blue zu Gage und holte Jake damit in die Gegenwart zurück. »Seid ihr endlich zusammen?«

Gage rieb sich den Nacken. Sein Gesichtsausdruck wirkte gequält. »Was glaubst du denn?«

»Ernsthaft? Alter, jetzt mach endlich den ersten Schritt.« Blue zog eine Schraube unter dem Tisch fest.

Gage schüttelte den Kopf. »So einfach ist das nicht.«

»Doch, ist es«, widersprach Jake. »Wenn du sie willst, sag es ihr. Lässt sie dich nicht sofort eiskalt abblitzen, sagst du es ihr immer wieder, bis sie entweder darauf eingeht oder dich in die Wüste schickt.«

»Das ist deine Masche, Jake. Nicht meine.« Gage stellte seine Kaffeetasse ab und tigerte durch die Küche. Alle Ryder-Männer mussten sich bewegen, wenn sie mit etwas konfrontiert wurden, über das sie lieber nicht reden wollten. »Du bist immer von einer Frau zur nächsten übergegangen, ohne dir groß Gedanken darüber zu machen. So war ich nie und bei Sally werde ich das auch nie sein.«

Offensichtlich war ich so, bis Addy aufgetaucht ist. »Und jetzt ... was? Wirst du einfach weiter der Frau hinterher-schmachten, nach der du verrückt bist, seit du nach Colorado gezogen bist, bis ein anderer Typ sie sich schnappt und dir die Entscheidung abnimmt?«

Gages Kiefermuskeln spannten sich an. »Was schlägst du vor? Ich meine, abgesehen davon, sie ständig einzuladen, mit mir ins Bett zu gehen. Denn das hat bei Addy ja nicht so gut funktioniert, oder?«

Gestern hätte er dafür aus purer Frustration den Wunsch verspürt, Gage eine zu verpassen, weil das bis dahin gestimmt hatte. Aber nach letzter Nacht musste Jake sich ein Grinsen verkneifen, das sich auf seine Lippen stehlen wollte. Doch als die Erinnerungen an Addy in seinen Armen auf ihn einprassel-ten, schaffte er es nicht, das verräterische Gefühl zu unterdrücken.

Blue stand auf und legte mit wissendem Blick den Schrau-benzieher auf den Tisch. »Klärst du uns auf, oder willst du den ganzen Tag nur selbstgefällig grinsen?«

Jake rieb sich übers Gesicht, um seine Emotionen in den Griff zu bekommen, aber zum ersten Mal in seinem Leben *wollte* er darüber reden, wie es sich angefühlt hatte, eine Frau in den Armen zu halten. Eigentlich *musste* er sogar darüber reden, wie es sich angefühlt hatte, Addy nah zu sein, denn sie verdrehte ihm gewaltig den Kopf.

Verstohlen sah er nach draußen und ertappte Addy dabei, wie sie ihn anstarrte. Verdammt, das jagte seinen Puls wieder in die Höhe. Er reckte das Kinn vor und lächelte, aber sie hatte sich bereits abgewandt. Das wischte ihm das verfluchte Grinsen wieder aus dem Gesicht.

»Es hat sich gelohnt«, erwiderte er ruppig. »Es hat sich mehr gelohnt als alles andere. Dachte ich zumindest.«

Seine Brüder tauschten einen Blick miteinander, den er nicht deuten konnte.

»Ihr hattet endlich Sex?«, fragte Blue.

Jake nickte.

»Was ist dann das Problem?«, wollte Gage wissen. »Warum siehst du aus, als wäre dir eine Laus über die Leber gelaufen?«

»Weil sie mir jetzt die kalte Schulter zeigt.«

Blue grinste breit. »Vielleicht bist du nicht so gut im Bett, wie du dachtest.«

Gage lachte und Jake machte einen Schritt auf ihn zu, was Gage beschwichtigend die Hände heben ließ. »Beruhig dich. Wir machen nur Spaß.«

Jake tigerte erneut durch die Küche. Nun war er noch frustrierter, weil er zugegeben hatte, mit ihr geschlafen zu haben, denn plötzlich fiel ihm wieder ein, dass sie ihn gebeten hatte, nicht damit anzugeben. Er prahlte ja nicht, doch im Grunde war es dasselbe. *Sag einfach, dass du dich aus Versehen wie ein Arsch verhalten hast.*

»Wollte sie es auch?«, fragte Gage. »Oder hast du sie so sehr bedrängt, dass sie keine Wahl hatte?«

»Hältst du mich wirklich für so mies?« Jake hatte sich diese Frage selbst hundert Mal gestellt, seit sie heute Morgen darüber gestritten hatten, ob er sie zu ihrem Zimmer bringen durfte. Und jedes Mal war er zur selben Antwort gekommen: *Auf keinen Fall.* Er hatte ihr genug Möglichkeiten gelassen, einen Rückzieher zu machen.

Seine Brüder tauschten einen weiteren, nervigen Blick.

»Mann«, grummelte Jake. »So war das nicht. Wir waren vollkommen auf der gleichen Wellenlänge. Zu einhundert Prozent.«

Er verschränkte die Finger ineinander und war selbst von dem Bedürfnis geschockt, sich zu offenbaren. Er vertraute seinen Brüdern mit seinem Leben, und wenn ihm jemand ins Gesicht sagen würde, dass er sich dämlich verhielt oder auf dem Holzweg war, dann Gage oder Blue. Duke würde ihm den Kopf dafür waschen, dass er mit Gabriellas bester Freundin geschlafen hatte, und Trish würde anfangen, ihre Hochzeit zu planen. Was Cash sagen oder tun würde, war ihm schleierhaft. Wahrscheinlich würde er ihm eine Predigt halten, weil er sie nicht wie eine Lady behandelt hatte. Cash war durch und durch ein Gentleman, Jake hingegen durch und durch ein Player. Darüber grübelte er einen Augenblick lang nach. Was sagte das über ihn aus? Die Antwort gefiel ihm nicht. Er wusste, wie man sich wie ein Gentleman verhielt. Aber wenn Addy einen Gentleman wollte, zeigte sie das zumindest nicht. Sie war ebenso wie er der Typ für One-Night-Stands.

Gemessen an seinen chaotischen Gedanken war sie vielleicht sogar deutlich mehr der Typ für One-Night-Stands als er. *Das ist der Morgen danach. Die Sache ist durch.* Er hielt sich an ihre Regeln. Jake hielt sich nie an die Regeln von anderen. Und offenbar nicht mal an seine eigenen, wenn man mal genauer über seine geistige Verfassung nachdachte.

»Willst du darüber reden?«, fragte Blue.

Er räusperte sich, um sich wieder auf ihre Unterhaltung zu konzentrieren, wollte das aber nicht mit seinen Brüdern vertiefen. Nicht nur, weil Addy ihn darum gebeten hatte – obwohl das schon ausreichte, um nicht noch mehr preiszugeben –, sondern auch, weil sie nicht diejenigen waren, mit denen er diese Sache klären musste. Er musste mit Addy reinen Tisch machen und herausfinden, warum sie ihn behandelte wie einen … einen …

Einen One-Night-Stand.

»Auf gar keinen Fall«, gab er bissig zurück.

Gage klopfte ihm auf den Rücken. »Du hast monatelang nur an sie gedacht. Kein Wunder, dass du jetzt so durch den Wind bist. Aber du schreibst so was sonst doch auch ziemlich schnell ab, Jake. Wie ich schon sagte, das ist deine Masche.«

Jake schnaubte, um die Wahrheit zu überspielen, die er noch nicht eingestehen konnte. Das war seine Masche. Mit Betonung auf *war.* »Erzählt es nicht weiter. Vor allem nicht Sally oder Lizzie. Ich kann jetzt echt nicht gebrauchen, dass Addy mir die Hölle heiß macht, weil ich es euch beiden verraten habe.«

Er ging in den Garten hinaus, fest entschlossen, nach seinen eigenen Regeln zu spielen, wobei er sich mental darauf vorbereitete, als würde er eine Rettungsmission planen. Er schätzte die Situation ab, oder in diesem Fall, wie lange es dauern würde, um ihre Fehlannahme zu korrigieren, dass sie die Spielregeln bestimmte. Er gab dem Ganzen eine halbe Stunde. Aber es ging hier um Addy. Die dickköpfige, sexy Addy, die etwas beweisen wollte. Okay, vielleicht würde es eher Tage dauern, aber so viel Zeit hatte er nicht. Er sah hinauf zum Himmel und beurteilte zwei weitere Variablen – das Wetter und was ihm zur Verfügung stand. In seinem Magen braute sich ein Sturm zusammen und als er nach links schaute, fiel sein Blick auf die Bar. *Alles da, was ich brauche.*

Bis jetzt war noch keine seiner Missionen gescheitert. Er schaffte das.

Während er sich auf dem Gelände umsah, schmiedete er einen Plan, um Addy davon zu überzeugen, nach *seinen* Regeln zu spielen. Und die erste lautete, dass sie mit ihm redete, ob sie nun wollte oder nicht.

Aber zuerst musste er sie finden.

Fünf

Addy und Gabriella folgten Lizzie, Siena und einer Gruppe von Gabriellas weiblichen Verwandten die unbefestigte Straße hinunter zu einem Bekleidungsgeschäft im Ort. Dort würde Trish ihr Brautkleid anprobieren. Trish und ihre Mutter führten die muntere Truppe an. Die übliche Begeisterung vor einer Hochzeit erfüllte die Luft. Addy fühlte sich, als wäre sie in eine Szene aus *Mamma Mia!* gestolpert, in der sich die gesamte Stadt ihrer kleinen Prozession anschloss. Immer mehr Frauen stießen auf dem Weg zu ihnen. Addy freute sich, dabei sein zu dürfen. Wenn sie noch eine Minute an der Klippe hätte sitzen und versuchen müssen, nicht an Jake zu denken, wäre sie explodiert. Sie hatte schon geglaubt, er würde Niko den Kopf abreißen, als sie mit ihm herumgealbert hatte. So sehr sie Niko auch mochte und respektierte und niemals wollen würde, dass ihm etwas zustieß, hatte ihr Jakes Eifersucht unverhofft geschmeichelt. Die Erkenntnis, dass Jake immer noch genauso oft an sie dachte, wie sie an ihn, schickte ihr einen wohligen Schauer durch den Körper. Eine gemeinsame Nacht hätte ihn eigentlich aus ihrem Kopf verbannen sollen, doch stattdessen drehten sich alle ihre Gedanken nur um ihn.

Als sie die Main Street erreichten, stellte Addy fest, dass

Gabriellas Verwandte den ganzen Vormittag kaum zwei Worte mit ihr gewechselt hatten. Normalerweise lagen sie ihr ununterbrochen damit in den Ohren, Mr. Right zu finden. Vielleicht war sie einfach paranoid ... Oder vielleicht hatten die Frauen Jake und sie doch zusammen gesehen.

Ihr sackte der Magen in die Kniekehlen und sie versuchte, sich auf die Umgebung zu konzentrieren, um ihre Nerven zu beruhigen. Sie hatte die einzigartige Mischung aus griechischer und Südstaatenkultur schon immer geliebt, für die die Insel berühmt war. Das wurde vor allem in der Architektur deutlich. Nikos und Dimitris Taverne befand sich in einem hübschen Gebäude in typisch mediterranem Stil mit Schindeldach und stuckverzierten Wänden. Die riesige, weiße Bank hingegen war mit ihren vier Säulen genau das, was man in Georgia erwartete. Ein Supermarkt mit der für Kleinstädte typischen Backsteinfassade befand sich zwischen einer altmodischen Apotheke mit grünem Vordach und einer leer stehenden Stadtvilla, die aussah, als hätte man sie direkt aus Griechenland importiert. Dukes Firma kümmerte sich bereits darum, den Ort schöner zu gestalten. Überall standen Gerüste an den Gebäuden und Bauarbeiter waren zu hören. Doch nichts davon konnte Addy von ihren Sorgen ablenken. Auf der Suche nach einer besseren Zerstreuung konzentrierte sie sich auf Gabriella. Alles an ihr, angefangen von ihren strahlenden, dunklen Augen, bis hin zu dem funkelnden Diamantring an ihrem Finger, war ein Beweis dafür, dass sie ihr Happy End gefunden hatte.

»Wie war die erste Nacht im Eheglück?«, fragte Addy leise.

Gabriella seufzte. »Großartig. Einfach nur unglaublich. Ich wollte heute Morgen gar nicht aus dem Bett.«

Sie hätte das Bett an Gabriellas Stelle nicht verlassen. Aber ihre Freundin würde niemals ein Familienfrühstück für Sex sausen lassen – noch nicht mal für Sex mit ihrem frisch Angetrauten.

»Witzig, ich wollte in meins gar nicht rein.« Ja, Addy sprach es an, obwohl sie von Jake verlangt hatte, es niemandem zu erzählen. Aber Gabriella war ihre beste Freundin, wie eine Schwester für sie und die *einzige* Person, die Addy immer den Kopf zurechtrückte. *Und die einzige Person, die ich mit meinen Handlungen verletzen könnte.*

»Du …?« Gabriella runzelte die Stirn und einen Moment blieb ihr der Mund offen stehen. Sie senkte die Stimme. »*Omeingott.* Addison! Du hast mit Jake geschlafen, nicht wahr?«

»Es tut mir leid«, erwiderte Addy, obwohl es ihr nur leidtat, dass es Gabriella stören könnte. In Jakes Armen gelegen zu haben, tat ihr nicht leid. »Ich wollte nicht, dass das passiert. Na ja, am Anfang nicht, aber dann …« Sie war egoistisch. Darauf lief es hinaus und dazu musste sie sich bekennen. »Dann war er *alles*, was ich wollte. Aber ich verspreche, dass es nicht unangenehm oder peinlich zwischen uns wird.«

»Ich glaube, das ist es schon«, sagte Gabriella. »Jetzt verstehe ich. Du hast dich vorhin so komisch verhalten und jedes Mal woanders hingesehen, wenn er in deiner Nähe war. Ich dachte, du hättest es einfach satt, dass er ständig versucht, dich ins Bett zu bekommen.«

Das war so unglaublich weit von der Wahrheit entfernt. »Es tut mir leid. Ich weiß nicht, was passiert ist, aber irgendwann zwischen letzter Nacht und heute Morgen, als ich in seinen Armen aufgewacht bin … Ich bin verwirrt. Ich verspreche dir, dass ich es wieder geradebiege, Gab. Von jetzt an werde ich mich in seiner Gegenwart absolut normal verhalten. Ich werde nicht zulassen, dass das Probleme für irgendwen schafft, schon gar nicht für dich und Dukes Familie. Ich bin so dumm.« Addy hasste sich in diesem Moment. Sie hatte Jake nicht mal ansehen können. Jedes Mal, wenn sie es getan hatte, war die Erregung zurückgekommen.

»Hat er sich fies verhalten?«, fragte Gabriella. »Wenn ja, wird Duke ihm die Hölle heiß machen.«

Addy schüttelte den Kopf. »Nein. Ganz und gar nicht. Er war ...« *Aufregend? Perfekt? Umwerfend?* Jedes Wort, das ihr in den Sinn kam, hatte einen sexuellen Touch, doch das, was sie miteinander geteilt hatten, fühlte sich nach so viel mehr an. »Er war überhaupt nicht fies«, war das, wofür sie sich entschied.

»Wie meinst du das?« Gabriella musterte sie skeptisch. »Normalerweise beschreibst du Männer als ›Sexmaschinen‹ oder ›oral beeinträchtigt‹. Was soll ich denn mit ›überhaupt nicht fies‹ anfangen?«

»Er ist dein Schwager, Gab. Was soll ich denn sagen? Ich kann dir keine schmutzigen Einzelheiten erzählen, ohne es noch unangenehmer zu machen. Es war ein Fehler. Das ist alles. Und es war nur eine Nacht. Darauf haben wir uns geeinigt. Es tut mir leid, dass ich diese Grenze überschritten habe. Das war total selbstsüchtig von mir und ich hätte es besser wissen müssen.«

Sie hielten vor dem charmanten, kleinen Bekleidungsgeschäft *Pretty Things*, das sich in einem kleinen Backsteingebäude mit riesigen Fenstern und einer hübschen, pink-weißen Markise befand. Gabriella berührte Addy am Arm, um ihr zu bedeuten, dass sie die anderen zuerst hineingehen lassen sollte.

»Alles okay bei euch?«, fragte Siena.

»Ja. Ich will nur kurz mit Addy reden. Wir kommen gleich nach«, antwortete Gabriella.

»Lasst euch Zeit«, sagte Siena. »Ich habe ein paar Stunden ohne die Babys und es deswegen nicht eilig, zurückzukommen.«

Sobald alle außer Hörweite waren, entschuldigte sich Addy

erneut. »Ich bringe das wieder in Ordnung. Versprochen.«

»Addy, bitte. Ich bin doch kein Kind mehr. Es ist mir egal, dass du mit Jake geschlafen hast. Okay, ich mache mir ein bisschen Sorgen um dich, aber es ist dein Leben und du triffst deine eigenen Entscheidungen. Das weißt du.« Gabriella umarmte sie. »Eigentlich bin ich irgendwie erleichtert. Ihr schleicht schon so lange umeinander rum, dass Duke und ich euch in ein Zimmer einsperren wollten, damit ihr es endlich hinter euch bringen könnt.«

»Oh Gott. Du *und* Duke? Was denkt er nur von mir?«

Gabriella lachte. »Die Frau, die so selbstverständlich über Vibratoren spricht wie andere über Bleistifte, macht sich Sorgen darüber, was jemand von ihr denken könnte?«

Addy lachte ebenfalls. »In *seiner* Anwesenheit habe ich nicht darüber gesprochen.«

»Nicht? Ich erinnere mich nämlich an ein Essen letzte Woche, als Jake angemerkt hat, dass er dir beim Stressabbau helfen könnte und du gemeint hast, dass du ausreichend Batterien besitzt, um dich selbst darum zu kümmern.«

Oh, Mist.

»Sieh es ein, Addy. Du hältst ja nicht gerade hinterm Berg damit, wie du über Sex denkst.«

»Na schön, egal, aber mit seinem Bruder zu schlafen, ist was anderes.«

»Aber nur weil Duke dich gern hat und Jake eine reinhauen wird, wenn er dir wehgetan oder dich zu etwas gezwungen hat, was du nicht wolltest.«

»Also ich glaube schon, dass Jake es mit Duke aufnehmen könnte. Nur so nebenbei bemerkt. Aber glaubst du das ernsthaft, Gab? Dass Jake mich zu etwas zwingt? Dafür kennst du uns beide doch gut genug. Außerdem braucht Duke es nicht erfahren. Okay? Bitte sag es ihm nicht. Ich fahre gleich morgen nach Trishs Hochzeit zurück nach Hause und übermorgen startet mein Trip in die Berge. Wenn ich zurück bin, ist längst Gras über die Sache gewachsen. Und ihr seid in den Flitterwochen, also gibt es keinen Grund, es ihm zu sagen.« Trish und Boone hatten eine kleine Strandhochzeit am Nachmittag geplant. Es würde im Anschluss absolut keine Möglichkeit geben, betrunken mit Jake zu schlafen. Addy versuchte sich einzureden, dass das auch wirklich gut so war.

»Wenn du das so willst«, sagte Gabriella und sah sie eindringlich an. »Aber du wirkst … Ich weiß auch nicht. Nervös? Irgendetwas ist anders. Sonst lamentierst du immer ewig darüber, dass du mit Pornos mehr Spaß hast, aber du hast es bisher noch kein einziges Mal erwähnt.«

»Ich bin müde«, erwiderte sie, während sie die Stufen zum Geschäft hochgingen. »Wir waren praktisch die ganze Nacht auf und haben es wie die Karnickel getrieben. Ich glaube, es gab sogar einen Klaps auf den Hintern. Es war tausend Mal besser als Pornos und batteriebetriebene Helferlein zusammen.«

»Oh mein Gott. Ich will nichts weiter hören.« Sie betraten das Geschäft und Gabriella fügte im Flüsterton hinzu: »Ein Klaps? Wirklich?«

»Schh. Du hast nichts gehört.«

Im Verkaufsraum herrschte emsige Betriebsamkeit. Trish kam im Hochzeitskleid ihrer Mutter aus der Umkleide im hinteren Bereich und sah darin einfach umwerfend aus. Die Ladenbesitzerin, eine vollbusige Brünette Ende vierzig, und einige von Gabriellas Verwandten eilten herbei und führten Trish auf ein kleines Podest vor mehreren großen Spiegeln. Die anderen standen mit Nähutensilien bereit, um Andrea Ryders Hochzeitskleid für ihre Tochter anzupassen. Addy war schon oft genug auf Elpitha gewesen, um zu wissen, dass jedes Ereignis hier Gemeinschaftssache war, doch das minderte ihr Staunen darüber nicht, dass die Frauen Trish sofort beisprangen. Sie kümmerten sich mit derselben Liebe und Hingabe ums alltägliche Kochen wie um Hochzeiten und Geburtstage. Kein Wunder, dass Gabriella die Insel so sehr vermisste. Hätte sie in New York City geheiratet, wäre die Veranstaltungslocation wenige Stunden nach dem Ende geputzt worden und sie alle wären womöglich schon unterwegs zur nächsten Party. Gabriellas großer Tag wäre direkt wieder Schnee von gestern. Hier auf Elpitha hingen die von Duke organisierten Lichterketten und Dekorationen noch und man kümmerte sich um die Pflanzen, die er hatte liefern lassen. Nach dem Wochenende würden diese dann auf der Insel in die Erde gebracht. Die Frauen waren im Morgengrauen aufgestanden, um ein Festmahl für Verwandte und Freunde vorzubereiten, ehe sie nahtlos zur nächsten Aufgabe übergingen: Trish mit vollem Einsatz ihre perfekte Hochzeit zu schenken.

Angesichts des Zusammenhalts dieser Großfamilie – von denen einige nicht mal blutsverwandt waren – musste Addy unwillkürlich an ihre eigene denken. Sie konnte sich nicht vorstellen, dass ihre Mutter Teil einer solchen Gruppe wurde, und der Gedanke machte sie traurig. Oft fragte sie sich, ob es ihrer Mutter gefiel, dass man sich um all ihre Bedürfnisse kümmerte und sich Angestellte jeder Kleinigkeit annahmen. Genoss sie es, einfach nur zu erscheinen und hübsch auszusehen? Oder sehnte sie sich insgeheim danach, eine gleichberechtigtere Partnerin in ihrer Ehe zu sein? Verbarg sie ihre Enttäuschung hinter einer meisterhaft einstudierten Fassade? Diese Vorstellung ließ ihr einen noch viel beunruhigenderen Gedanken durch den Kopf schießen. Hatte sich ihre

Mutter ganz einfach damit abgefunden, wie ihre Großmutter die Rolle der stillen, bewundernden Ehefrau zu akzeptieren?

Addy durfte sich nicht in Grübeleien über die Ehe ihrer Eltern verlieren. Sie glaubte fest daran, dass Menschen ihr eigenes Glück bestimmten, und wenn sich ihre Mutter entschieden hatte, aus Loyalität oder sonst etwas auf ihres zu verzichten, war es nicht Addys Aufgabe, sie dort herauszuholen. Sie hatte selbst genug um die Ohren, denn die Gedanken an Jake ließen sie nicht los. Sie wurde von Erinnerungen an den hungrigen Ausdruck in seinen Augen bombardiert, als er den Kopf zwischen ihre Beine gesenkt hatte, und wie bestimmt und fordernd er gewesen war. Diese Bilder ließen sie erschauern.

»Ich kann immer noch nicht glauben, dass Boone all das organisiert hat, ohne dass du etwas mitbekommen hast«, sagte Siena zu Trish, während die anderen Frauen das Durcheinander aus goldenen Bändern am Rücken des Kleides lösten und den mehrschichtigen Rock zurechtzupften.

Addy atmete zittrig ein und schüttelte den Kopf, um die schmutzigen Gedanken zu vertreiben.

»Ich kann nicht glauben, dass mir das Hochzeitskleid meiner Mutter passt.« Trish lächelte Andrea an. »Und ich kann es nicht fassen, dass du es wirklich mitgebracht hast, Mom. Danke.«

»Liebling, als Boone bei uns um deine Hand angehalten hat, war uns klar, dass ihr sehr zeitnah heiraten werdet.« Andrea trat näher, doch die anderen Frauen standen im Weg. »Dieser Mann liebt dich so sehr, dass er nicht mehr weiß, wo oben und unten ist. Ich erinnere mich noch daran, wie Marilynn mir das Kleid geschenkt hat. Ich war zu ihrer Hochzeit in Oak Falls, Virginia.« Andrea schaute in die Runde. »Damals war sie noch Marilynn Calhoon, jetzt ist sie eine Montgomery. Sie war die jüngere Schwester meiner College-Mitbewohnerin und ist ein absoluter Schatz. Wie dem auch sei, Marilynn hat damals schon Kleidung geschneidert und das hier war einer ihrer Entwürfe. Die Leute sind von überall hergekommen, um ihre Sachen auch nur anzuschauen. Ihre Tochter Morgyn hat ihr Modetalent geerbt und ihren eigenen Laden eröffnet, aber Marilynn hat rein zum Spaß genäht. Sie hatte noch andere Hobbys ...«

»Mom«, unterbrach Trish sie sanft. »Du musst nicht Tante Marilynns Lebensgeschichte ausbreiten.«

Nicht zum ersten Mal sehnte sich Addy nach solchen Momenten mit ihrer eigenen Mutter. Obwohl sie im selben Haus aufgewachsen war, hatte Addy immer die Distanz zwischen ihnen gespürt. Ihre Mutter war weder annähernd so selbstbewusst oder fähig wie irgendeine dieser Frauen hier; noch sagte sie offen ihre Meinung. Noch kein einziges Mal hatte sie eine Anekdote aus ihrer Vergangenheit preisgegeben. Nicht so wie ihre Großmutter, die Addy von ihrer Ehe mit ihrem ersten Mann erzählt hatte, der gestorben war, als Addys Mutter ein kleines Mädchen gewesen war. Oder die ihr anvertraut hatte, wie sie über ihre zweite Ehe dachte, die genauso war wie die, in die ihre Mutter hineingerutscht war. Addy kam definitiv eher nach ihrer Großmutter als nach ihrer Mutter. Der oft gehörte Kommentar, dass sie sich nicht *ihren hübschen Kopf zerbrechen* sollte, weckte in ihr den Wunsch, ihren Eltern eine Lektion über das Frauenbild im 21. Jahrhundert zu geben. Ihr Vater war ein Philanthrop, der Addy alles ermöglichen konnte, was sie wollte – und das auch versuchte. Doch das, was sie sich wünschte, konnte man nicht kaufen. Ihre Eltern liebten sie abgöttisch und sie konnte ihnen keinen Vorwurf machen, dass sie andere Ideale hatten. Aber tief in ihrem Inneren würde sie alles dafür geben, dass ihre Eltern sie ermutigten, mehr zu tun, mehr zu sein, ihre behütete Welt zu verlassen und sich einen Namen zu machen. Dass sie Addys beruflichen Werdegang, und wie sie ihren eigenen Weg fand, wertschätzten, und ihre Erfolge anerkannten, anstatt sie für *unnötigen Aufwand* oder Rebellion zu halten. Ihnen wäre nichts lieber, als wenn sie zu Verstand käme, sich einen Mann aus ihren sozialen Kreisen suchte und mit ihm eine Familie gründete.

Das Problem war, dass Addy nicht rebellierte. Sie wollte intellektuellen Anspruch und sich selbst herausfordern. Und sie hatte nicht vor, zu heiraten. Die Vorstellung, den Rest ihres Lebens mit nur einem Mann zu verbringen, war ihr fremd. Himmel, letzte Nacht hatte sie zum ersten Mal etwas empfunden, was über reine körperliche Anziehung hinausging, und kämpfte noch immer mit dieser Erkenntnis.

Andrea schob ihre stylische bernsteinfarbene Brille auf ihrer Nase nach oben und richtete die Spitze an Trishs Kleid. Ihr ernster Gesichtsausdruck erinnerte Addy an Jake. Wie sich seine Mundwinkel anspannten und er die Brauen zusammenzog. Seine Stimme flüsterte in ihrem Kopf. *Nur noch einmal*, Sexy Girl. Zum hundertsten Mal schob Addy die Gedanken an Jake beiseite. Sie musste das restliche Wochenende überstehen, ohne den Verstand zu verlieren.

»Wie auch immer, Marilynn meinte, dass ich das Kleid anprobieren soll, und es war Liebe auf den ersten Blick. Auf die Idee mit dem goldenen Band ...« Andrea betrachtete liebevoll die breiten Satinbänder, die in einem Kreuzmuster über Trishs Taille und Rücken bis hoch zu den zarten Trägern verliefen. »... ist sie erst nachträglich gekommen.«

»Wirklich?«, fragte Gabriella. »Das passt fantastisch dazu.«

»Finde ich auch.« Trish strich behutsam über das mit kleinen Perlen besetzte Oberteil. »Mit der Stickerei, dem Gold und dem tiefen Ausschnitt ist es perfekt für den roten Teppich oder den Strand.«

»Oder die Stelle, an der wir am liebsten campen«, fügte Andrea hinzu und strahlte übers ganze Gesicht.

»Meine Eltern haben an einem Fluss geheiratet, wo sie beide bis heute gerne campen«, erklärte Trish. »Sie waren beide barfuß. Aber sie war nicht schwanger.«

»Das wäre auch nicht wichtig gewesen.« Der ausgeprägte Südstaatenakzent von Gabriellas Mutter Peggy Ann war das komplette Gegenteil von Andreas, die ganz offensichtlich aus New York stammte, aber herzlich und freundlich waren sie beide. Peggy Ann war Ende fünfzig, wirkte mit ihrer Energie und ihrem Optimismus eher wie eine Frau Mitte dreißig, die bereit war, die Welt zu erobern.

In Peggy Ann hatte Addy die Mutter gefunden, die sie sich immer gewünscht hatte. Von der unverblümten Einstellung bis hin zu ihren dunklen Haaren waren sie sich ähnlicher, als Addy und ihre eigene Mutter es je gewesen waren.

»Stimmt«, sagte Andrea. »Babys sind bei uns immer ein Grund zur Freude.«

»Bei uns auch. Wir wissen doch alle, wie schnell Liebe uns kalt erwischen kann.« Peggy Ann sah Addy an und ihr Blick ruhte gerade lang genug auf ihr, um ihr Herz einen Schlag aussetzen zu lassen. »Manchmal können wir einfach nicht anders. Und wenn wir dabei mit einem kleinen Wesen gesegnet werden, soll es eben so sein.«

Addy war wie erstarrt. War Peggy Ann heute Morgen mit Gabriellas Tanten in der Villa gewesen? Hatte sie Jake und sie an der Klippe gesehen? Addy wünschte sich, die Augen schließen und in der Zeit zurückkreisen zu können. Einen Moment lang dachte sie darüber nach, stellte jedoch fest, dass sie nur eine Sache ändern würde: Sie hätte dafür gesorgt, dass sie in ihr oder sein Zimmer gingen. Die gemeinsame Nacht wollte sie nicht rückgängig machen. Aber sie kannte Peggy Ann und die meisten von Gabriellas Verwandten schon über vier Jahre. Alle hatten sie mit offenen Armen in ihre Familie aufgenommen und wie eine Tochter behandelt. Und wie dankte sie es ihnen? Sie hatte Sex auf einem ihrer Tische und klaute ihre Kondome. Vielleicht verdiente sie eine Ersatzmutter wie Peggy Ann doch nicht.

»Mama«, sagte Gabriella. »Du liebst die Liebe so sehr.«

»Darauf kannst du deinen süßen Hintern verwetten.« Peggy Ann zog den Stoff an Trishs Taille etwas enger. »Nichts verdreht dir so schnell den Kopf wie der Mann, der dazu bestimmt ist, deine Welt in Brand zu stecken. Und Boone wird lichterloh brennen, wenn er dich in diesem Kleid sieht, Liebes.«

Damit setzten sich alle wieder in Bewegung, Gabriellas Tanten zogen Stoff zurecht, strichen Falten glatt, maßen und steckten das Kleid ab, während sie darin schwelgten, wie attraktiv Boone war und dass sie hinreißende Kinder zusammen bekommen würden.

»Trish, wir haben keine Brautjungfernkleider«, bemerkte Siena. »Sollen wir hier welche kaufen?«

»Nein. Ich möchte, dass ihr eure eigenen Kleider tragt. Das ist schöner und natürlicher. Ich habe in meinem Alltag schon genug Schickimicki«, versicherte Trish ihnen. »Ich wünsche mir eine ungezwungene Atmosphäre und dass ihr euch wohlfühlt und einfach Spaß habt.«

Sie besprachen die Einzelheiten der kleinen Zeremonie, zu der nur die engsten Familienmitglieder und Freunde eingeladen waren. Für Gabriellas erweiterte Verwandtschaft schien das genau so normal zu sein wie große, opulente Trauungen und sie wirkten nicht beleidigt, weil sie nicht dabei sein würden. Gefühlt stundenlang arbeiteten sie an Trishs Kleid, was Addy die perfekte Ablenkung bot, um sich unbemerkt davonzustehlen. Sie huschte auf die Damentoilette und versuchte, ihre Gedanken zu sammeln.

Ein paar Minuten später öffnete sich die Tür und Gabriella streckte den Kopf herein. »Dachte ich mir doch, dass ich dich gesehen habe.«

»Hey. Komm rein.«

Gabriella hatte Sally, Siena und Lizzie im Schlepptau, von denen eine breiter grinste als die andere.

Addy verschränkte die Arme. »Hast du es ihnen etwa erzählt?«

»Nein!«, beteuerte Gabriella.

»Das musste sie gar nicht. Ich hab euch heute Morgen gesehen«, erklärte Sally unschuldig. »Aber ich schwöre, dass ich euch nicht ausspionieren wollte. Ich hab die Zwillinge weinen hören und bin auf den Balkon gegangen, um zu sehen, ob Siena mit ihnen rausgeht. Da hab ich gesehen, wie Jake und du zu deinem Zimmer gegangen seid.« Sie zog den Kopf ein wenig zwischen die Schultern und versteckte sich hinter ihren glatten, blonden Haaren. »In denselben Klamotten wie gestern Abend.«

Oh Gott. Addy lehnte sich ans Waschbecken.

»Zu ihrer Verteidigung: Das mit den Zwillingen stimmt. Also ist es gewissermaßen unsere Schuld.« Siena warf einen Blick in den Spiegel und korrigierte mit einem Finger die Schminke an ihren Augen, ehe sie sich durch die langen, braunen Haare strich.

»Und du hast angenommen … Natürlich. Ist ja logisch.« Addy stand zu ihren kleinen Abenteuern, aber dieses Mal fühlte es sich anders an, weil jeder in diesem Raum zu Jakes Familie gehörte. Inklusive Sally, wenn auch nicht offiziell. Sie und Gage waren unzertrennlich.

»Jetzt kommt der Teil, bei dem du mich möglicherweise umbringen willst«, fuhr Sally fort. »Beim Frühstück habe ich vielleicht einen Fehler gemacht und erwähnt, dass ich euch beide zusammen gesehen habe.«

»Der Rest lag auf der Hand.« Lizzie lächelte, wodurch sich ihre Grübchen zeigten. »Wir freuen uns für dich!«

»Super. Warum hängen wir nicht gleich ein paar Plakate auf, falls es jemand noch nicht mitbekommen hat«, sagte Addy sarkastisch. Sie konnte nicht mal genießen, dass Lizzie gesagt hatte, sie würden sich für sie freuen. Stattdessen machte sie sich Sorgen, weil sie so vehement darauf bestanden hatte, dass Jake es niemandem erzählt. Jetzt wusste es nicht nur Gabriella, sondern auch der Rest der Mädels. *Was bedeutet, dass es seine Brüder auch erfahren haben.*

»Das Schlimmste weißt du ja noch nicht«, meinte Gabriella. »Und ich schwöre dir, bis vor zwei Minuten hatte ich davon auch keine Ahnung.«

»Es wird *noch* schlimmer?« Ihr sackte der Magen in die Kniekehlen.

»So wild ist es nicht. Wir haben schon Schadensbegrenzung betrieben«, fügte Siena hinzu.

»So wild, dass Schadensbegrenzung notwendig war?« Addy griff nach Gabriellas Hand.

»Meine Tanten haben Wind davon bekommen«, erklärte sie leise.

»Oh mein Gott. Alle wissen es?« Addy schloss die Augen und wünschte, sie könnte einfach losheulen, denn das würde sich um einiges besser anfühlen, als den Kopf gegen die Wand zu hämmern.

»Keine Sorge«, versicherte Siena ihr. »Wir haben sie erwischt, bevor es die Runde machen konnte. *Denke* ich.«

»Was soll das denn heißen? Wenn ich Glück habe, weiß es Gabriellas Großvater noch nicht? Kein Wunder, dass sie heute nicht mit mir geredet haben.«

»Sie versuchen, sich zurückzuhalten«, erklärte Lizzie. »Gabbys Mutter hat gedroht, ihren Ehemännern zu erzählen, was sie wirklich tun, wenn sie zum Friseur gehen, wenn sie auch nur ein Wort darüber verlieren.«

Addy sah Gabriella verständnislos an.

»Als meine Cousine Eva den Friseursalon übernommen hat, hat sie den anderen offensichtlich Pinterest nähergebracht. Sie hocken da alle zusammen und schmachten mit schlechter Internetverbindung attraktive ältere Männer an.«

Addy lachte. »Ernsthaft? Das reicht, damit sie den Mund halten?«

»Nur auf Elpitha.« Gabriella schüttelte den Kopf. »Eva schwört Stein und Bein, dass sie ihnen nur jugendfreie Pinnwände zeigt, aber trotzdem.«

»Hoffentlich finden die nie meine *Gemächte für einsame Nächte*-Tumblr-Seite.«

Alle lachten.

»Moment.« Siena fasste Addy am Arm. »Gibt es die wirklich?«

»Tumblr ist furchtbar«, sagte Lizzie. »Egal, was man sucht, am Ende landet man immer bei nackten Menschen und Sex, Sex, Sex.«

»Was denkst du denn, warum es Addy gefällt?«, stichelte Gabby.

»Vielleicht solltest du diese Seite mit uns teilen«, schlug Sally zurückhaltend vor. Alle Blicke richteten sich auf sie. »Was?

Es ist doch kein Geheimnis, dass ich seit dem Tod meines Mannes keinen Partner mehr hatte.« Ihr Mann war vor etlichen Jahren bei einem Skiunfall ums Leben gekommen, weswegen sie ihren Sohn Rusty, der mittlerweile ein Teenager war, allein großziehen musste.

Lizzie nahm sie in den Arm. »Blue hat mir erzählt, was du und dein Sohn durchgemacht habt. Das tut mir so leid.«

»Danke. Ist schon lange her. Unglaublich, wie viele Jahre inzwischen vergangen sind.« Sally lächelte, doch auf Addy wirkte es gezwungen. »Mir geht es gut, wirklich. Aber das mit der Seite meinte ich ernst. Ihr wisst schon, bis ich bereit bin, mich wieder in den Sattel zu schwingen.«

»Ich glaube, Gages Sattel wäre bereit und wartet auf dich«, bemerkte Siena, machte dann aber sofort den Mund erschrocken wieder zu. »Tut mir leid. Ich meinte nicht …«

»Schon in Ordnung. Ich weiß …« Sally kaute auf ihrer Unterlippe. »Die Situation ist kompliziert. Er und Rusty verstehen sich sehr gut und es steht viel auf dem Spiel.«

»Du könntest es mit Stalking versuchen, wie Addy. Bei ihr scheint das geklappt zu haben«, neckte Gabriella sie.

»Stalking?«, fauchte Addy.

»Erinnerst du dich noch, als ich Duke kennengelernt habe? Du wolltest was über ihn rausfinden, wurdest dabei aber abgelenkt. Ich glaube, deine genauen Worte waren, dass du *zwölf* Stunden lang seinen *heißen Bruder Jake* auf Facebook gestalkt hast.«

»Oh Gott, Gabby! Das stimmt sogar!« Stundenlang hatte sie sich Bilder von Jake beim Klettern an Felswänden, Arm in Arm mit seinen Brüdern, angesehen, oder wie er sich um ein Lagerfeuer kümmerte, oder bei unzähligen anderen Outdoor-Aktivitäten. Auf jedem Foto galt seine Aufmerksamkeit etwas oder jemand anderem, als wären ihm die Aufnahmen weniger wichtig als seine Aufgabe oder die Person neben ihm.

»Aber ich bin keine verrückte Stalkerin oder so. Das wisst ihr«, beharrte sie.

»Ja«, antworteten die Mädels einstimmig.

»Ihr habt monatelang miteinander geflirtet«, sagte Siena. »Ich war überrascht, dass ihr nicht in Flammen aufgegangen seid, als wir alle zum ersten Mal was trinken gegangen sind. Weißt du noch, Gabriella? Ich habe befürchtet, dass wir Cashs Kollegen rufen müssen, damit sie die Schläuche rausholen.«

»Ich erinnere mich noch, dass Jake seinen Schlauch rausholen wollte«, murmelte Addy und alle lachten. »Nun, da alle über mein Sexleben Bescheid wissen, könnten wir das bitte wieder vergessen?«

»Willst du es denn vergessen?«, fragte Lizzie. »Blue und ich haben ein Jahr gebraucht, um zusammenzukommen und als ich mir endlich erlaubt habe, mit ihm auszugehen, war's das. Ich war bis über beide Ohren verliebt und es gab kein Zurück.«

»Gutes Argument«, stimmte Sally zu. »Es gibt Dinge, die man nicht zurücknehmen sollte.«

»Ich bin nicht dafür gemacht, mich in irgendwen zu verlieben«, erklärte Addy nachdrücklich, doch noch während sie das sagte, war sie sich nicht mehr sicher, wofür sie eigentlich gemacht war.

»Jeder ist für die Liebe gemacht.« Lizzie schob sich ihre dunklen Haare hinters Ohr und wurde dann ernst. »Ich dachte wegen des *Naked Baker*-Webcasts, dass ich keine Chance auf Liebe bekomme. Ich meine, welcher Typ will eine Frau, die halb nackt im Internet herumhüpft, um Geld zu verdienen, damit ihre kleine Schwester aufs College gehen kann?«

»Blue«, erwiderten alle einstimmig.

Lizzie lächelte. »Ja. Ich habe unfassbares Glück. Dieser Mann … Gott, mein Mann ist so …«

»Wolltest du auf irgendwas hinaus?«, zog Siena sie auf.

»Oh, richtig. Ja.« Lizzie sah Addy an. »Ich weiß nicht, wie du darauf kommst, dass du nicht für die Liebe gemacht bist, aber ich kenne dich jetzt schon eine Weile und du bist einer der sinnlichsten, liebenswürdigsten Menschen, die ich kenne. Du bist klug, witzig, lässt dir von niemandem etwas gefallen und bist dazu noch wunderschön.« Sie zog die Nase kraus. »Sinnlich? Keine Ahnung, ob das das richtige Wort ist, aber du bist es. Das Gesamtpaket stimmt. Du bist für absolut alles gemacht, aber die Liebe wird erst kommen, wenn du sie reinlässt.«

»Es ist nicht so, dass ich mich dagegen sperre«, sagte Addy. »Bis jetzt habe ich einfach keinen Mann gefunden, den ich mehr als einmal sehen wollte, aber es ist nicht so, dass ich keine Liebe *will*. Ich schirme mich nicht bewusst davor ab. Ich fühle nur einfach nicht wie andere Menschen.«

»Du hast also nichts empfunden, als du mit Jake geschlafen hast?«, fragte Siena.

»Nein. Ich meine, doch, ich habe etwas gespürt.« Addy wollte diese Unterhaltung nicht führen. Sie hatte immer noch mit ihren Emotionen zu kämpfen und ob sie echt waren oder sie sich das Ganze nur einbildete.

Die Frauen drehten sich zur Tür, als es klopfte. Gabriella öffnete und ihre Mutter streckte den Kopf herein.

»Addy, Schätzchen, du hast Besuch.«

Sechs

Jake wusste, dass es ein großes Risiko war, in dem Geschäft aufzutauchen, in dem Addy und die anderen Frauen das taten, was auch immer Frauen vor einer Hochzeit so taten, doch er war entschlossen, die Sache zu klären und Addy zu sagen, dass er nicht mehr nach ihren Regeln spielen würde. Er stand im vorderen Teil des Ladens und fühlte sich wie eine Mischung aus einem Tier im Zoo und dem Teilnehmer einer Gameshow. Eine Gruppe von Gabriellas Verwandten beobachtete ihn, sie flüsterten, winkten ihm zu und streckten die Daumen nach oben. Lächelnd winkte er zurück und verschränkte die Arme vor der Brust. Das lenkte die Blicke der Frauen jedoch sofort auf seine Oberarme, also ließ er die Hände in einem plötzlichen Anfall von Unsicherheit wieder sinken.

Er hörte, wie sich Addys entschlossene Schritte schnell näherten, und sein Puls beschleunigte sich. In der engen, kurzen Hose und mit offenen Haaren sah sie einfach atemberaubend aus, doch ihre verengten Augen und die angespannte Haltung ließen ihn ernsthaft infrage stellen, warum er das hier für eine gute Idee gehalten hatte.

»Jake?«, fragte sie angespannt. »Was machst du hier?« Sie stemmte eine Hand in die Hüfte und sah ihn finster an.

»Können wir kurz reden?« Er deutete mit dem Daumen über die Schulter auf die Tür. »Allein?«

Sie warf einen Blick auf die Frauen, die sich hastig abwendeten und so taten, als würden sie nicht jedem Wort lauschen.

»Okay.« Sie marschierte an Jake vorbei zur Tür hinaus – und ging einfach weiter.

»Hey«, sagte er, nachdem er zu ihr aufgeholt hatte. »Tut mir leid, dass ich so reinplatze. Ich wollte nur reden.«

»Ich habe dich um *eine* Sache gebeten.« Sie blickte stur geradeaus auf die unbefestigte Straße. »Eine ganz einfache Sache, Jake. Ich habe dich nur darum gebeten, es nicht unangenehm zu machen. Und da tauchst du einfach so in diesem Laden auf?« Sie folgte einem Pfad hinter den Läden und marschierte einen grasbewachsenen Hügel hinauf.

Jake folgte ihr und wurde mit jeder Sekunde genervter. »Ich werde nicht mehr nach deinen Regeln spielen, Addy.«

Sie lachte. »Meinen Regeln?«

»Ja, deinen Regeln. Was hast du denn von mir erwartet? Du wolltest mich heute Morgen nicht mal ansehen.« Oben auf dem Hügel angekommen stapfte sie weiter über die Lichtung, die sich dahinter erstreckte. Er hielt mit ihr Schritt. Das Rauschen des Meeres verblasste und wurde von ihrem schweren Atmen und dem Geräusch ihrer Schritte im hohen Gras abgelöst.

»Und daraus ziehst du keine Schlussfolgerung?« Sie standen mitten auf einer Wiese, die ringsum von hohen Bäumen umgeben war. Die Ortschaft war inzwischen außer Sichtweite. »Sie wissen es, okay?« Mit jedem giftigen Wort erdolchte sie ihn praktisch mit Blicken. »Alle Frauen in diesem Laden wissen, dass wir die Nacht miteinander verbracht haben.«

Er fluchte unterdrückt und sein Beschützerinstinkt meldete sich eindringlich zu Wort. Er würde seinen Brüdern die Hälse umdrehen.

»Tu nicht so, als würde dich das stören.« Sie drehte sich um und marschierte weiter.

»Verdammt noch mal, Addy. Jetzt warte doch mal und rede mit mir.« Doch sie hörte nicht auf ihn, also packte er sie am Arm. So viel dazu, sie wie eine Lady zu behandeln, aber sie machte es ihm nicht gerade leicht. Ihr wütender Blick nervte ihn, erregte ihn aber auch über alle Maßen. »Glaubst du das wirklich? Dass es mich nicht interessiert, dass du dich schämst? Das stimmt nicht. Es interessiert mich deutlich mehr, als mir lieb ist.«

Sie entzog ihm ihren Arm. »Ich schäme mich nicht.«

Addy log nie, zumindest nicht, soweit Jake wusste, weshalb ihn der ungewohnte Unterton in ihrer Stimme innehalten ließ. »Du bist eine furchtbare Lügnerin.«

Sie verdrehte die Augen, wie sie es immer machte, wenn sie keine Antwort parat hatte. Verflucht, so gut kannte er sie also schon? Sie war ihm wirklich unter die Haut gegangen.

»Es ist meine Schuld«, gestand er widerwillig. »Ich habe es Blue und Gage erzählt, aber ich habe nicht erwartet, dass sie es weitertratschen.«

»Du hast es ihnen erzählt?«

»Eigentlich haben sie es erraten, aber ... Oh Mann. Ja, okay? Es tut mir leid. Aber sie haben versprochen, es niemandem zu sagen.« Die Schuldgefühle lagen ihm bleischwer im Magen. »Es tut mir leid.«

Sie wandte sich ab und ihre Schultern hoben sich sichtbar unter ihren schweren Atemzügen.

»Hör zu, Addy«, sagte er sanfter. »Du hast recht. Normalerweise wäre es mir schnurzegal, wer es weiß, aber bei dir ist das anders.«

Ihr entfuhr ein harsches Auflachen.

»Was denn? Glaubst du wirklich, ich wollte, dass die Frauen es erfahren?«

Sie schüttelte den Kopf, sah ihn jedoch immer noch nicht an. »Es war nicht deine Schuld. Sally hat heute Morgen gesehen, wie wir zu meinem Zimmer gegangen sind, und beim Frühstück einen Kommentar darüber fallenlassen, den irgendwer mitbekommen hat. Und ich habe es Gabriella gebeichtet.« Mit verschränkten Armen drehte sie sich um und schenkte ihm ein zerknirschtes Lächeln.

Er atmete erleichtert auf. »Wenn du es Gabriella erzählt hast, bist du vermutlich genauso durch den Wind von der Sache wie ich. Rede mit mir, Addy. Du bist so sauer. Wie kann ich es denn jetzt schon versaut haben?«

Sie straffte die Schultern. »Da gibt es nichts zu versauen.«

Das war eine bittere Pille, denn es bedeutete, dass ihm die Ereignisse der gestrigen Nacht mehr zu schaffen machten als ihr. Doch als er näher an sie herantrat, flammte die Hitze zwischen ihnen erneut auf. Ihre Augen verdunkelten sich und ihre Atmung wurde flacher. Das war *nicht* einseitig. Sie starrte auf seine Brust, als wäre sie nicht bereit, sich der Wahrheit zu stellen.

»Dieses Mal spielen wir nach meinen Regeln, Addison.« Er legte ihr einen Finger unters Kinn und hob ihren Kopf an, sodass sie keine andere Wahl hatte, als ihm in die Augen zu sehen. »Es gibt vielleicht noch nichts, was man versauen könnte, Sexy Girl, aber wir wissen beide, dass sich daraus etwas entwickeln könnte. Sei auf Trishs Hochzeit mein Date.«

»Dein *Date*? Du datest nicht, Jake, und wir wissen doch beide, dass ich es auch nicht tue.«

Um sie sich nicht sofort mit anderen Männern vorzustellen,

verschränkte er die Arme. Sofort fiel ihr Blick auf seinen Bizeps. Das gefiel ihm ziemlich gut. Er spannte die Muskeln an, was ihm ein leises Lachen einbrachte, das um einiges sexyer klang als der giftige Tonfall zuvor. Er trat noch dichter zu ihr und legte ihr die Hände auf die Hüften. Sie war so zierlich, dass er sie beschützen wollte, obwohl sie nicht beschützt werden wollte, wie sie ihm deutlich erklärt hatte. Noch eine bittere Pille.

»Geh mit mir aus, Addy. Lass mich dich wie ein richtiges Date zur Hochzeit begleiten.«

»Warum? Um Niko eins auszuwischen? Er ist übrigens ein sehr netter Kerl. Du solltest ihn nicht ständig anschauen, als würdest du ihn erwürgen wollen.«

Er wich einen Schritt zurück und begann, unruhig auf und ab zu gehen. »Also stehst du jetzt auf ihn?«

»Nein, ich stehe nicht auf ihn. Ich sage nur, dass er ein netter Kerl ist.« Ihr Blick wanderte über seinen Oberkörper und blieb erneut an seiner Brust hängen. »Zu nett für mich.«

Das ließ ihn innehalten. »Wie kann ein Typ *zu nett* für dich sein?«

»Nett ist vorhersehbar. Und oft nur vorgespielt. Ich will etwas Echtes.«

In ihren Augen loderte eine Herausforderung, die er ohne zu zögern annahm. Er zog sie an sich und rieb seine Bartstoppeln an ihrer Wange. Sie erschauerte genauso wie letzte Nacht. »Du willst *mich*, Addy«, flüsterte er leise an ihrem Ohr. »Ich bin absolut echt. Und ich will dich. Kämpf nicht dagegen an.«

Sie legte die Hände flach auf seine Brust, schob ihn jedoch nicht weg. Das war nicht viel, aber er würde sich nicht beschweren.

»Das ist nur ein fehlgeleiteter Sex-Kater.«

Er lachte. »Ich glaube, ich hatte schon genug Sex, um zu

wissen, ob ich zu so was neige.«

Ihre Miene verfinsterte sich wieder. »Das ist nicht hilfreich.«

»Komm schon, Sexy Girl. Was ist los? Habe ich dich für alle anderen Männer ruiniert? Das würde mir sehr gefallen.«

»Das hättest du wohl gern. Und nenn mich nicht so.« Sie wand sich aus seinen Armen.

»Oh, und wie ich dich so nennen werde.« Als sie nicht antwortete, fuhr er fort: »Du bemühst dich so sehr, mir zu beweisen, dass du mich nicht willst, aber dein Körper verrät mir sehr deutlich, was deine Worte nicht sagen. Wenn ich dich also irgendwie wütend gemacht habe, sag es mir.«

Sie wandte den Blick ab.

»Das ist doch Schwachsinn, Addy. Du versteckst dich nicht hinter Schweigen. Du packst den Stier bei den Hörnern und knallst ihn gegen die Wand. Ich habe keine Ahnung, warum du so sauer bist. Du wolltest mich gestern Nacht. Oder nicht?« Sein Magen verkrampfte sich. Er konnte sich nicht vorstellen, ihr Verlangen fehlgedeutet zu haben.

»Ja, okay?« Sie marschierte auf ihn zu und pikte ihm den Finger in die Brust – hart. »Aber ich wusste nicht, dass es die Büchse der Pandora öffnen würde. Gott sei Dank fahre ich in ein paar Tagen in die Berge, wo ich das hier vergessen kann. Und du kehrst in dein normales Leben zurück, in dem du jede Nacht eine andere Frau hast.«

Er umfasste ihren Finger und zog sie an sich, wobei er ihre Gegenwehr ignorierte. »Du willst mich, Addy. Gib es zu.«

Sie schob das Kinn nach vorn und ihre Augen wurden schmal. »Na und? Du warst eine gute Nummer.«

»Du provokantes, kleines Biest. Du bist so klein, wunderschön und dein Mundwerk würde jeden Seemann erröten lassen.« Er umfasste ihr Gesicht so wie letzte Nacht und diese alles verzehrende Hitze überwältigte ihn wieder. »Zufällig stehe ich sehr auf dein unanständiges Mundwerk.« Er grinste sie an. »Du warst auch eine gute Nummer.«

Sie krallte sich in sein Shirt. »Jake.« Wahrscheinlich sollte es eine Warnung sein, doch es klang eher nach einem Flehen.

»Geh mit mir aus, Addy.«

»Warum?«

»Weil du mir unter die Haut gegangen bist und mir den Kopf verdreht hast. Was auch immer das ist, es verschwindet nicht und wir beide wissen das. Ich will dich besser kennenlernen.«

Sie wirkte skeptisch.

»Und dann will ich wieder mit dir schlafen, genauso, wie *du* mit *mir* schlafen willst. Aber dieses Mal nicht in aller Öffentlichkeit und du wirst nicht beim ersten Sonnenstrahl das Weite suchen.«

Er küsste sie, sanft zuerst, um ihr die Chance zu geben, sich zurückzuziehen. Doch sie krallte sich fester in sein Shirt und er vertiefte den Kuss, ließ seine Hände zu ihrem Hintern gleiten und drückte sie an sich. Addy stellte sich auf die Zehenspitzen und klammerte sich so fest an ihn, dass sie ihm ein paar Brusthaare ausriss, doch das war ihm egal. Er würde alles nehmen, was sie zu geben hatte.

»Ich liebe dein unanständiges Mundwerk«, wiederholte er zwischen ihren Küssen.

Sie keuchte, als er mit den Lippen über ihren Hals strich und mit den Zähnen über die Stelle schabte, unter der ihr Puls schlug und die ihn schon seit gestern lockte.

»Oh, Jake…«

»Dieses Wochenende gehörst du mir, Addy.«

»Das mit uns ist nichts Ernstes.«

Er grub die Zähne in ihre Haut und sie schrie auf. Als er nicht nachließ, stöhnte sie und drängte sich an ihn.

»Was stellst du nur mit mir an?«, hauchte sie.

Er wollte sich mit ihr ins Gras legen, sie ausziehen und mit ihr auf jede nur erdenkliche Art schlafen, bis die Sonne hinterm Horizont verschwand und die Sterne am Himmel standen. Und dann wollte er von vorn anfangen, bis sie erschöpft in seinen Armen lag. Allerdings gab es etwas, was er noch mehr wollte als eine weitere, heiße Nummer. Er hob den Kopf und sah ihr tief in die Augen. Reine, unverfälschte Lust leuchtete ihm aus ihnen entgegen.

»Sag ja, Addison. Geh morgen mit mir zur Hochzeit.«

»Okay, aber das ist nichts Ernstes.«

»Wart's nur ab, Sexy Girl. Das wird es.«

Addy legte ein kurzes, schwarzes Kleid mit leicht ausgestelltem Rock und hübsche, schwarze Schnürsandalen aufs Bett. Die ließen sich leicht ausziehen, sobald sie für den Junggesellinnenabschied am Strand waren. Sie suchte ihre silbernen Lieblingsohrringe und die Silberkette mit dem Knotenmuster heraus und platzierte beides auf der Kommode. Sie hatte noch etwas über eine halbe Stunde Zeit, um sich fertigzumachen, bevor Gabriella sie zur Party abholte.

Sie ging ins Badezimmer und zog sich aus, während sie aus dem offenen Fenster sah, die salzige Luft einatmete und den traumhaften Anblick der Wellen in sich aufsog, die auf das sandige Ufer trafen. Die Sonne ging gerade unter und zog orangefarbene und goldene Schleier hinter sich her. Obwohl es ihr wehtat, morgen abzureisen, war es wahrscheinlich das Beste. Sie musste nicht nur packen und sich auf ihren Bergtrip vorbereiten, sondern auch ergründen, was sie wirklich für Jake empfand, nachdem sie heute auf dem Hügel so kurz davor gewesen war, sich einfach auf ihn zu stürzen.

Sie drehte das Wasser in der Dusche auf, froh darüber, dass die Männer ihren eigenen Junggesellenabschied feierten. Sie traute sich in Jakes Nähe selbst nicht über den Weg. Sein Auftritt im Laden hatte sie völlig aus dem Konzept gebracht und die Bitte um ein Date noch mehr. Abgesehen von ihrem sexy Geplänkel und dem ständigen Flirten hatten sie keine tiefere Beziehung. Es war immer oberflächlich geblieben. Oder? Mit diesem Gedanken trat sie in die Dusche und erinnerte sich an seinen durchdringenden Blick, als er sie gebeten hatte, sein Date zu sein. War er so eifersüchtig auf Niko? Wollte er sich nur wie ein Höhlenmensch auf die Brust schlagen? Oder empfand er wirklich mehr für sie, wie er behauptet hatte?

Sie schloss die Augen, legte den Kopf in den Nacken und ließ das warme Wasser über ihre Haare und ihren Körper fließen. Ihr fiel wieder ein, wie Jakes Beine sich beim Sex auf der Klippe an ihren gerieben hatten, und mit welcher Kraft er ihre Hüften gepackt hatte. Sie erinnerte sich daran, wie seine starken Finger mit ihren Brustwarzen gespielt hatten, die sich nun prompt wieder erregt zusammenzogen. Sie öffnete die Augen, drehte sich um und ließ sich das Wasser aufs Gesicht und die Brüste prasseln. Angestrengt versuchte sie, das Pochen zwischen ihren Beinen zu ignorieren, das durch die Gedanken an Jake ausgelöst wurde. Aber das Wasser fühlte sich wie sein Mund an, warm und feucht. Erneut schloss sie die Augen und zehrte von den Erinnerungen an sein leidenschaftliches Flüstern, das sie bewusst verdrängt hatte. *Du fühlst dich so gut an, Sexy Girl. So gut, dass ich dich die ganze Nacht will.* Sie liebte seine schmutzigen Worte, seine ungezügelte Lust und seine forsche Art. Langsam schob sie eine Hand zwischen ihre Beine und tauchte mit den Fingern in ihre Hitze ein, während sie sich den Bildern ihrer heißen Nacht hingab. Das Gefühl seines Munds zwischen ihren Beinen, wie er sie geleckt und an ihr gesaugt hatte, sorgte dafür, dass sie die Finger schneller bewegte und diese besondere Stelle in sich suchte. Sofort richtete sie sich auf die Zehenspitzen auf. Der Gedanke an seine Zähne an ihrer Klitoris ließ ihre andere Hand über diese empfindliche Stelle wandern. Lust pulsierte zwischen ihren Beinen und der Orgasmus schien zum Greifen nah. Sie biss sich auf die Unterlippe und kniff die Augen zusammen, als die Erinnerungen auf sie einströmten, wie er so tief in ihr gewesen war, dass sie jeden Stoß in ihrem gesamten Körper gespürt hatte. Noch immer fühlte sie, wie er sie so fest gehalten hatte, dass sie kaum atmen konnte, während er seine Erlösung fand und ihren Namen stöhnte – *Addy, Addy, Addy.*

»*Jake!*«, schrie sie, als sie von ihrem Höhepunkt erfasst wurde. Sie ließ sich von der Welle mitreißen, stellte sich vor, ihre Finger wären seine Länge und das Wasser seine Zunge. Bis sie schließlich befriedigt gegen die Wand sackte und mit geschlossenen Augen keuchend nach Luft schnappte.

»Addy?«

Sie fuhr erschrocken zusammen, rutschte prompt aus und fing sich gerade noch an der Duschtür ab. Was zum Teufel machte Jake in ihrem Zimmer? Warum – *warum* – schlossen die Türen in diesem Resort nicht automatisch ab? Dieser mediterrane Charme hatte auch einige Nachteile. Oder vielleicht war das ja nur der Gipfel der Südstaaten-Gastfreundschaft. *Oh, natürlich, komm ruhig in mein Zimmer, während ich mich mit mir selbst beschäftige.* Hastig verließ sie die Dusche, schnappte sich ein Handtuch und wickelte es sich um den Körper.

»Addy!«, rief er drängender.

Sie rannte aus dem Badezimmer und prallte prompt gegen seine Brust. Sie schnappte erschrocken nach Luft und das Handtuch ging zu Boden. Schon lagen seine Hände auf ihren Armen und hielten sie fest, während er ziemlich angesäuert ihr Gesicht musterte.

»Geht's dir gu...« Sein Blick huschte zu dem dampfigen Badezimmer und Belustigung breitete sich auf seinem Gesicht aus.

»Was machst du in meinem Zimmer?«, wollte sie wissen, schnappte sich das Handtuch in dem Versuch, sich wieder zu bedecken.

»Ich wollte ...« Sein Blick glitt an ihrem Körper hinab und löste erneut ein Feuer in ihr aus.

Dieser unmögliche ...

Das schmutzige Lächeln auf seinen Lippen steckte voller sinnlicher Versprechen und erweckte ihren Körper zum Leben. »Ich wollte fragen, ob ich dich zu eurer Strandparty bringen darf, und habe gehört, wie du meinen Namen gerufen hast. Es hat geklungen, als würde etwas nicht stimmen.«

Sie steckte die Ecke des Handtuchs zwischen ihren Brüsten fest und stemmte die Hände in die Hüften, was das Handtuch direkt wieder löste. »Mist.« Sie griff danach, doch Jake kam ihr zuvor, schlang es ihr behutsam um den Körper und hielt die beiden Enden zusammen.

»Ich hab deinen Namen nicht gerufen. Ich ...« *Du wolltest mich zur Party bringen?*

Er hob eine Braue und beim Anblick seines selbstgefälligen Grinsens breitete sich erneut das Flattern in ihrem Magen aus.

Leise fluchend trat sie einen Schritt nach hinten. Schlimm genug, dass sie ihn nicht aus dem Kopf bekam, aber dass er nun wusste, wie wenig er sie kalt ließ, war unerträglich.

Er zog sie mit einem Ruck an sich. »Mir gefällt die Vorstellung, dass du dich anfasst und dabei an mich denkst, aber ich könnte dir auch helfen.« Er strich mit einer Hand über ihr Bein und unter den Rand des Handtuchs. »Du musst das nicht allein machen.«

»Ich habe mich nicht angefasst und dabei an dich gedacht.«

»Ach nein?« Die freie Hand ließ er über ihren Arm und anschließend langsam nach oben gleiten.

Es war hoffnungslos, die Gänsehaut zu verbergen, die er in ihr auslöste, und das nervte sie noch mehr. Normalerweise lösten Männer nicht solche Reaktionen in ihr aus. Aber Jake war nicht wie die anderen Männer, die sie bisher kennengelernt hatte.

»Es ist wirklich süß, dass sich deine Stimmlage verändert, wenn du lügst«, stellte er grinsend fest.

»Meine Stimme verändert sich kein bisschen.«

»Nein? Deine Wangen sind rot und deine Haut ist ganz schön warm.« Die Hand unter ihrem Handtuch wanderte höher und umfasste ihren Oberschenkel von hinten. Dadurch glitten Jakes lange Finger automatisch zwischen ihre Beine.

»Jake«, brachte sie schwer atmend hervor. Er wusste ganz genau, wie er sie berühren musste. Die meisten Männer hätten sich direkt ihrer Vorderseite gewidmet, aber wo blieb denn da die Verführung? Jake war ein Meister darin, sie zu provozieren und sie dazu zu bringen, ihn zu wollen, mehr zu wollen. Alles zu wollen.

»Sexy Girl.« Hauchzart strichen seine Lippen über ihre und sie spürte, wie sich erneut Erregung in ihr aufbaute. »Du bist ganz feucht für mich.«

Sie verschloss die Augen vor der Wahrheit und spürte erneut seinen Mund an ihrem. Sie hob den Kopf ein Stück an und kam seinen warmen, weichen Lippen entgegen, doch er nahm die Einladung nicht an. Stattdessen strich er nur hauchzart darüber und atmete tief ein. Seine Fingerspitzen glitten über ihre Mitte und als sie die Augen öffnete, stellte sie fest, dass er sie mit so vielen widersprüchlichen Emotionen ansah, dass ihr ganz schwindlig wurde.

»Ich bin nicht hergekommen, um dich zu verführen.« Die Aufrichtigkeit in seiner Stimme konkurrierte mit dem Verlangen in seinem Blick.

»Du bist hergekommen, um mich zur Party zu bringen.« Ihre Stimme war leise und zittrig und Ungläubigkeit schwang darin mit. Wo blieb ihre schlagfertige, sarkastische Antwort? Sie musste nicht begleitet werden. Und der Jake, den sie kannte, interessierte sich nur für zwanglose Affären und nicht dafür, junge Frauen zu Partys zu bringen, als wären sie noch in den Fünfzigern. Andererseits war das hier auch der Mann, der im Laden aufgetaucht war und verlangt hatte, dass sie reinen Tisch machten. Derselbe Mann, der darauf bestanden hatte, sich nach einem Ausgehabend mit Gabriella, Duke und einigen ihrer Freunde ein Taxi mit ihr zu teilen, weil er sichergehen wollte, dass sie gut nach Hause kam. Außerdem hatte er ihr geholfen, ihre Schritte an jenem Abend nachzuverfolgen, als sie ihre Schlüssel verloren hatte. Der Mann, der während eines höllischen Wintersturms angerufen hatte, um sich zu vergewissern, dass es ihr gut ging, als er auf seiner Bergungsmission erfahren hatte, dass in ihrem Teil der Stadt der Strom ausgefallen war. Er hatte behauptet, auch bei allen anderen durchzurufen. *Und der Mann, der mir heute Morgen nicht von der Seite gewichen und trotz meines Protestes geblieben ist.* Das ließ etwas in ihr reagieren. Ihre Beziehung war doch nicht so oberflächlich gewesen, oder?

»Ja, ich wollte dich zur Party bringen«, erwiderte er schroff. »Aber jetzt will ich dich einfach nur unter meinen Lippen spüren.«

Ihr entwich ein flehender Laut. Absolut sprachlos ließ sie das Handtuch fallen.

Sieben

Jake würde für seine sündhaften Gedanken sicher in der Hölle landen, doch er küsste Addy trotzdem leidenschaftlich und drängte sie gegen die nächste Wand. Er war wirklich nur hergekommen, um sie zum Strand zu begleiten. Um sie wie eine Lady zu behandeln. Aber jegliche Hoffnung auf jugendfreie Aktivitäten war verpufft, als ihm klar wurde, was sie in der Dusche getan hatte.

Er spreizte ihre Beine mit dem Knie, ohne dabei von ihrem unglaublich weichen, heißen Mund abzulassen. Er konnte es nicht erwarten, ihn wieder an seinem Schaft zu spüren, doch dafür war später noch Zeit. Das Bedürfnis, sie zu schmecken, war überwältigend. Er löste den Kuss und musterte die leichte Röte auf ihrer Haut, die geschwollenen Lippen und wie sich ihre Lider flatternd senkten. Ein Knurren wollte seiner Kehle entweichen. Er war machtlos gegen den Drang, ihr einen weiteren, fordernden Kuss zu rauben. Seine Hände wanderten über ihre Hüften und umfassten ihren Hintern – Gott, wie er ihren Hintern liebte. Er schien wie für seine Hände gemacht zu sein, denn er passte perfekt hinein. Addy rieb sich an ihm und ihre Kurven, ihre nackte Haut schienen nach Berührungen zu betteln. So etwas Erotisches hatte er noch nie gespürt. Seine

Verführerin konnte nicht genug bekommen und das ließ ihn stahlhart werden.

Sie öffnete die Augen und beobachtete, wie er mit den Fingerspitzen über ihre Brüste zu ihren Rippen und der Vertiefung an ihrer Taille glitt. Dabei sank er auf die Knie, bis er mit den weichen, feuchten Locken zwischen ihren Beinen auf Augenhöhe war. Er küsste die Innenseite ihrer Oberschenkel, atmete den berauschenden Duft ihrer Lust ein und genoss ihr Zittern. Addy wandte den Blick auch dann nicht ab, als er ihre Hände nahm und über ihre Finger leckte. In seiner Fantasie hatte er gesehen, wie sie sich selbst unter der Dusche verwöhnte. Jetzt würde er es hautnah miterleben.

Er führte ihre Finger zwischen ihre Beine und sie zögerte nicht, über ihre Feuchtigkeit und ihre Klit zu streicheln, ohne dabei wegzuschauen.

»Du bist so unheimlich sexy.« Er leckte ihre Finger ab und schmeckte sie. »Du gehörst mir, Addy.«

»Das mit uns ist nichts …« Sie verstummte, als er den Mund zwischen ihre Beine drückte und mit der Zunge tief in sie eindrang. »… Ernstes«, flüsterte sie.

Er schob ihre Hand weg und biss gerade fest genug in ihre Klit, dass sie ein lustvoller Schmerzblitz durchzucken musste. Addy stieß keuchend die Hüften nach vorn.

»Das mit uns ist was Ernstes«, knurrte er. »Und was ziemlich Gutes noch dazu.«

Er saugte an ihren feuchten Fingern und zog sie zur Unterstützung seiner Zunge heran.

»Fass dich an, Addy. Fass dich so an, wie du es unter der Dusche getan hast.« Ihre Augen wurden schmal und er küsste die Innenseite ihres Schenkels. »Komm schon, Sexy Girl. Lass dich gehen.«

Sie schloss die Augen und bewegte ihre Finger.

»Sieh mich weiter an.«

Sie kam seiner Bitte nach und in ihrem Blick blitzte pure Lust auf. Fest griff sie in seine Haare und drückte seinen Kopf zwischen ihre Beine.

Ja. So kenne ich sie. Sie bewegte sich gegen seine Zunge, während er sie neckte und kostete, zwei Finger tief in sie schob und ihr damit ein weiteres, gieriges Stöhnen entlockte. Sie beobachtete ihn, wie er sie gekonnt kurz vor den Höhepunkt brachte und dann das Tempo wieder herausnahm, um sie am Rand der Klippe taumeln zu lassen.

»Jake«, flehte sie und bewegte die Finger schneller. »Bitte.«

Ihre Beine an seinen Wangen und die hinreißenden Laute, die seiner Frau leise über die Lippen kamen, gaben ihm beinahe den Rest. Er packte sie an den Hüften und gab ihr, wonach sie sich sehnte. Und gleichzeitig ging ihm auf, dass sie in seinem Kopf schon *seine Frau* war, ungeachtet dessen, was sie sich schon eingestanden hatte. Gefühle wallten in ihm auf, während sie die Beherrschung verlor, was den Moment noch viel schöner machte.

Er erhob sich und zog sie in seine Arme. »Wir passen gut zusammen, Addy. Sehr gut sogar.«

Sie seufzte lang gezogen und verträumt. »Da ist etwas zwischen uns, aber ich glaube eher, dass es in die Kategorie ›sehr kompatible Sexpartner‹ fällt.«

»Klar doch«, gab er grollend zurück. »Du bist echt irritierend. Hat dir das schon mal jemand gesagt?«

Sie hob das Gesicht an und lächelte. »Normalerweise sagen sie, dass ich eine Nervensäge bin. Aber dein Wort gefällt mir besser.« Sie sah über die Schulter und keuchte. »Oh nein. Gabby kommt und ich muss noch mal duschen.«

Er lachte leise und genoss den Anblick ihres süßen Hinterns, als sie zurück ins Badezimmer rannte und die Dusche anstellte.

»Du riechst nach mir«, rief sie ihm zu. »Du kannst dich hier waschen.«

Er hörte das Klicken der Duschtür und zog sich das Shirt über den Kopf, während er ihr ins Bad folgte und die Tür hinter sich schloss.

»Ich will dich ja nicht hängen lassen, aber ich treffe mich mit …«

Er öffnete die Dusche und ihr Blick fiel auf seine nicht zu übersehende Erektion.

»Was soll das werden?«

Er trat zu ihr. »Du hast doch gesagt, dass ich mich hier waschen kann.«

Sie verschränkte die Arme vor der Brust, aber ihr Kichern und ihre dunkler werdenden Augen verrieten ihm, dass er sie eher erregte, als ihre Grenzen zu überschreiten. »Ich meinte am Waschbecken.«

»Tja, Pech gehabt.« Er schnappte sich das Duschgel und drückte sich etwas auf die Hand.

»Jake«, ermahnte sie ihn und musterte seinen Schritt, während er ihre Hände auseinanderzog. »Das ist nichts Ernstes.«

»Ein Gentleman kümmert sich um sein Mädchen.« Zuerst wusch er ihren Nacken, löste dann die Verspannungen an ihren Schultern und massierte ihre Arme.

»Ich bin nicht dein Mädchen.« Da war er wieder, dieser verträumte Tonfall.

»Ja, ja. Ich weiß.« Er widmete sich ihren Brüsten und ihre Atmung beschleunigte sich. Als er bei ihren Rippen ankam, legte sie eine weiche Hand an seine Hüfte. »Schön anständig bleiben, Sexy Girl. Du musst zu einer Party.«

Er ließ sich Zeit, schäumte ihren Bauch und ihre Beine ein, und ließ seine Hände bis hinunter zu ihren schlanken Knöcheln wandern. Auf dem Weg nach oben kostete es ihn all seine Selbstbeherrschung, sie nicht gegen die Fliesen zu drücken und tief in sie einzudringen. Er strich über ihr Tattoo, das er nun zum ersten Mal deutlich sah. Schwere Ketten umschlossen eine verwitterte Kiste, die Ränder sahen aus, als hätte jemand mit groben Stichen einige Schnitte genäht. Jake hob den Kopf und sie bedeckte das Tattoo mit der Hand.

»Warum Ketten, Baby?«

»Bitte, nicht«, bat sie. Ihr verletzlicher Tonfall brachte ihn beinahe um den Verstand.

Er küsste das Tattoo und wollte sie mit jeder Sekunde mehr für sich allein. Die unterschiedlichsten Bedeutungen für das Motiv schossen ihm durch den Kopf, während er sie umrundete und ihren Rücken und ihre Schultern wusch. Keine davon war schön oder lebensbejahend oder auch nur annähernd akzeptabel. Er zog sie an seine Brust und küsste ihre Wange. Alles in ihm sehnte sich danach, dass sie ihn an sich heranließ.

Sie seufzte.

»Alles in Ordnung?«

»Nein«, antwortete sie leise, klang jedoch nur verwirrt und nicht aufgebracht. »Was tun wir hier, Jake?«

Er drehte sie in seinen Armen um, weil er ihr Gesicht sehen musste. Ihr süßes, überraschtes Lächeln löste eine neue Gefühlswelle in ihm aus. »Keine Ahnung, aber ich mag es. Es fühlt sich richtig an.«

Sie hielt sich an seinen Hüften fest und lehnte die Stirn an seine Brust. »Ich mache so was nicht.«

»Duschen? Ich bin ziemlich sicher, dass du vorhin unter der Dusche warst, als du meinen Namen gerufen hast.«

Sie hob den Kopf und er schenkte ihr ein Lächeln, bevor er sie zärtlich küsste. Und in diesem Moment ging ihm auf, dass er noch nie jemanden so geküsst hatte.

»*Das* hier, Jake. Das mit uns. Wahrscheinlich willst du auch nicht, dass mehr daraus wird, aber falls doch, suchst du nach etwas, das ich dir nicht geben kann. Ich bin nicht die Frau, die du brauchst.«

»Du musst deine Vergangenheit nicht verstecken, Addy«, erwiderte er ernst. »Ich verstehe es und kann damit umgehen.«

»Darum geht es doch gar nicht. Sondern um das hier. Um uns. Ich weiß nicht, wie ich sein soll, was du von mir willst.« Sie schaute ihn ernst an, doch er glaubte, auch Traurigkeit in ihrem Blick zu entdecken.

»Sei einfach du selbst. Ich mag dich, so wie du bist. Mit großer Klappe und allem Drum und Dran.« Er schob sie unters Wasser, um ihr den Schaum von der Haut zu spülen.

»Addy?«, rief Gabriella von der anderen Seite der Badezimmertür aus.

»Mist. Sei still.« Sie legte ihm einen Finger auf den Mund und rief zurück: »Wir treffen uns am Strand. Ich brauche noch ein bisschen.«

Keine Antwort. Addy schloss die Augen, ballte die Hände zu Fäusten und formte mit den Lippen: *Bitte geh weg. Bitte geh weg.* »Okay, Gabby?«

»Dann gehe ich schon mal vor«, erwiderte Gabriella durch die Tür. »Wenn ich Jake sehe, soll ich ihm von Duke sagen, dass er sich beeilen soll. Aber es reicht wohl, wenn ich nur seine Klamotten sehe.«

Wenn Blicke töten könnten, würde er nun leblos in der Dusche einer wunderschönen Frau liegen. Aber was sie danach tat, verriet ihm ihre wahren Gefühle, ebenso wie vorhin. Sie umfasste seine Handgelenke und ließ die Wange an seiner Brust ruhen, wodurch er am Ende doch wusste, wo genau sie ihn haben wollte.

»Ich bin so froh, dass die Paparazzi verschwunden sind.« Trish stemmte eine Hand in die Hüfte und sah hinaus aufs Wasser. In der anderen Hand hielt sie ein Weinglas, an dessen Rand ein kleiner Plastikmann in knapper Badehose hing – eine der Dekorationen des Junggesellinnenabschieds.

»Boones und Dukes Plan war genial«, lobte Gabriella und schenkte sich nach. »Ich freue mich sehr, dass er funktioniert hat. Ich hätte es ja nicht geglaubt.« Wie Motten dem Licht waren die sensationslüsternen Reporter den beiden Models gefolgt, die sich als Trish und Boone ausgegeben hatten.

»Sie haben Boone in den Wahnsinn getrieben«, gestand Trish. »Sein Beschützerinstinkt kann sehr ausgeprägt sein.«

Maggie, Boones Schwester, lachte und schüttelte den Kopf. Sie war heute Nachmittag mit dem Rest von Boones Familie angekommen. Sie war aufgeschlossen und freundlich und hatte sich sofort mit den anderen Frauen verstanden. »Das klingt nach meinem Bruder. Er lebt dafür, sich um alle zu kümmern.«

»Das ist einer der Gründe, aus denen ich ihn so sehr liebe«, gab Trish zu. »Ich liebe den Beschützer in ihm.«

»Hab ich euch von meiner ersten Begegnung mit Cash erzählt? Ich fand ihn zu aufdringlich, überfürsorglich und …« Das Lagerfeuer spiegelte sich in Sienas Augen und ihrem verschmitzten Blick. »so unglaublich heiß, dass es ihn noch nervtötender gemacht hat.«

»Auf heiße, überfürsorgliche Männer«, sagte Lizzie und hob ihr Glas.

Addy nippte an ihrem Wein, unsicher, wie sie zur Überfürsorglichkeit stand. Die kühle Abendbrise wehte ihnen die Haare ins Gesicht und bauschte ihre Kleider auf. Aber Addy bemerkte das kaum. Nach fast zwei Stunden und zwei Gläsern Wein versuchte sie noch immer, das Gefühlsdurcheinander zu entwirren, das ihre Gedanken beherrschte. Sie hatte ein schlechtes Gewissen, weil sie Jake die wahre Bedeutung ihres Tattoos nicht erklärt hatte, aber in gewisser Weise hatte sie das bereits. *Die Büchse der Pandora.* Die Worte ihrer Großmutter waren immer bei ihr, genau wie das Tattoo. *Stolz, Lust und Wut sind keine Todsünden, Addison. Sie sind deine Retter. Steh dazu. Sie werden dir die Kraft geben, dir das zu nehmen, was du willst, und dabei immer die Kontrolle zu haben. Nutz diese Macht, deine Meinung zu sagen, sonst landest du in einer lieblosen Ehe wie deine Mutter und ich.* Offensichtlich war sich diese Macht zunutze zu machen nicht das Problem.

Ihre Großmutter war schon einmal verheiratet gewesen, bevor sie mit dem Mann zusammengekommen war, den Addy als Großvater bezeichnete. Sie hatte ihren ersten Ehemann immer als *wild und stürmisch* beschrieben. Sie hatte erzählt, dass sie sich leidenschaftlich gestritten – und geliebt – hatten und er ihr Bedürfnis nach Unabhängigkeit respektierte. Und das in einer Zeit, in der Frauen eingetrichtert wurde, dass sich ihre Welt allein um Männer drehte. Sie waren nur wenige Jahre verheiratet gewesen, bevor er im Krieg umgekommen war und sie mit ihrer kleinen Tochter allein dastand. Ihren zweiten Mann hatte sie dann in der Hoffnung geheiratet, noch einmal die große Liebe zu finden, doch genau wie Addys Vater hatte er ihr bei jeder Gelegenheit das Recht auf eine eigene Meinung abgesprochen. Er behandelte sie wie ein kostbares Juwel, was für eine Frau, die nicht gerne eigene Entscheidungen traf, sicher schön war. Addys Großmutter war jedoch nicht diese Art Frau und es war kein Geheimnis, dass sie sich irgendwann der Rolle ergeben hatte, die Frauen ihrer Zeit ertragen mussten, um Addys Mutter ein stabiles Zuhause zu ermöglichen.

Addy berührte das Tattoo und erinnerte sich an die Warnung ihrer Großmutter auf dem Totenbett, mit der sie Addy ermutigt hatte, einen Mann wie ihren ersten Ehemann zu finden. Ihrer großen Liebe. *Du bist auch stürmisch, Addison. Jeder Mann, der nicht genauso ist, wird dir das Leben aussaugen. Lass dir von niemandem deine Leidenschaft nehmen. Schließ sie ein und finde jemanden, der zu dir passt. Die große Liebe gibt es nur einmal und nur eine Liebe in diesem Ausmaß kann jeden Sturm überdauern.*

Kurz nach dem Tod ihrer Großmutter hatte sie sich das Tattoo stechen lassen.

»Ich meine, mal ganz im Ernst«, fuhr Siena fort und lenkte Addys Aufmerksamkeit wieder auf die Party. »Klar, Cash hat mich gerettet, als mein Auto mitten in einem Schneesturm vom Highway abgekommen ist, aber er war immer so ernst.« Lizzie griff nach Sienas Handgelenk und schrieb etwas mit einem goldenen Filzstift auf ihre Haut, während Siena ihre Geschichte zu Ende erzählte. »Er hat mich in seinen Wagen gescheucht, damit ich dort auf den Abschlepper warte, und wurde wütend, als ich nicht da bleiben wollte.«

Lizzie ging zu Trish, drehte ihr Handgelenk nach oben und zeichnete etwas darauf.

»Was machst du da?« Trish hielt die Hand in den Schein des Feuers und keuchte entzückt auf. »Lizzie! Das ist ja toll!«

»Braut-Tattoos.« Als Nächstes schnappte sich Lizzie Gabriellas Arm. Alle versammelten sich, um ihre Kunstwerke zu bestaunen. »Na ja, es sind keine richtigen Tattoos, sondern nur goldene Farbe. Bei uns steht ›Team Braut‹ und Trish bekommt ›Braut‹.«

Alle waren begeistert, während Lizzie weiter die Runde machte.

»Cash hatte keine Ahnung, wie du drauf bist«, sagte Sally zu Siena. Die Frauen murmelten zustimmend.

»Nein«, stimmte Siena zu. »Aber er hat nicht lockergelassen und war ein richtiger Gentleman. Das war genauso erfrischend wie frustrierend. Als Model treffe ich ständig Typen, die in mir nur ein hübsches Gesicht und einen heißen Körper sehen. Ihr könnt euch vorstellen, wie gut das bei mir angekommen ist. Ich war kein hübsches, kleines Blümchen, das nur darauf wartet, gepflückt zu werden. Und Cash musste meine schlechten Erfahrungen ausbaden. Ich war es nicht gewohnt, mich so von jemandem umsorgen zu lassen.«

Zumindest bin ich mit meinem Wunsch nach Unabhängigkeit nicht allein.

»Armer Cash. Klingt, als hätten er und Boone beide Hände voll zu tun gehabt. Ich war so sauer auf Boone, als wir uns endlich persönlich kennengelernt haben, dass ich ihm am liebsten ins Gesicht gesprungen wäre.« Trish drehte das Gesicht in den Wind, um sich die Haare nach hinten pusten zu lassen. »Aber ich hatte ihn vollkommen falsch eingeschätzt. Er ist mehr, als ich mir je hätte wünschen können. Leidenschaftlich, rücksichtsvoll und so loyal wie die Männer, mit denen ich aufgewachsen bin, und die Latte lag da ziemlich hoch. Ihr wisst ja, wie die Ryder-Männer sind.«

Noch vor einem Tag hatte Addy geglaubt, einen Schwätzer auf Anhieb von einem aufrichtigen Mann unterscheiden zu können, aber jetzt war sie nicht mehr so sicher. Sie hatte Jake mental in eine Schublade mit der Aufschrift ›Player, *tabu*‹ gesteckt, und nun versuchte er nicht nur, sich da wieder rauszuschummeln, er zerstörte die Schublade einfach mit einem Vorschlaghammer.

»Was hat sich geändert, dass du ihm nicht mehr die Augen auskratzen wolltest?«, fragte Addy Trish.

Gabriella warf ihr einen neugierigen Seitenblick zu.

»Lass das, Gab. Nur weil du uns zusammen unter der Dusche erwischt hast, heißt das nicht, dass ich mehr von ihm will. Er ist einfach ein Freund mit gewissen Vorzügen, der für meine langen, einsamen Wochen in den Bergen vorsorgt.« Addy versuchte, den bitteren Geschmack dieser Lüge mit Wein hinunterzuspülen.

»Zusammen unter der Dusche erwischt?«, fragten Lizzie und Trish gleichzeitig.

Das war ihr einfach so herausgerutscht. Sie fluchte in sich hinein, weil das die Gerüchteküche nur noch mehr anheizte und stürzte noch mehr von ihrem Wein hinunter.

»Und wie ich das habe.« Gabriella lachte. »Wenn es zwei Menschen auf dieser Welt gibt, die Sex horten, um über die Runden zu kommen, dann sind es du und Jake.«

»Also ich finde Sex unter der Dusche heiß«, sagte Siena.

»Wir hatten keinen Sex unter der Dusche«, fuhr Addy sie etwas zu ruppig an.

»Warum nicht?«, wollte Siena wissen.

Trish hob die Hände. »Moment mal. Wir reden hier von meinem Bruder. Bitte antworte nicht darauf.«

»Wenn Jake ernste Absichten hat …« Lizzie beugte sich etwas schwankend zu Addy. »… wird er auf keinen Fall lockerlassen. Niemals. Die Ryder-Männer sind nicht dafür gemacht. Blue hat mich ein Jahr lang immer wieder um ein Date gebeten. Ein Jahr lang!« Sie gestikulierte ausladend mit dem Stift, und Addy nahm ihn ihr ab, damit sie die goldene Farbe nicht ins Gesicht bekam. »Ich habe mich so Hals über Kopf in ihn verliebt, dass es ein Wunder ist, dass ich mir dabei nichts gebrochen habe.«

Lizzie musste so heftig lachen, dass sie prompt grunzte, was alle anderen ebenfalls zum Lachen brachte. Bis auf Addy, die sich nicht vorstellen konnte, wie ein Mann einer Frau ein Jahr lang nachjagte, ohne aufzugeben. *Aber Jake hat mich monatelang angemacht.* Monate. Nicht Tage. Nicht Wochen. *Monate.* Ihre Gefühle kamen nicht aus heiterem Himmel. Sie brauten sich schon eine ganze Weile lang zusammen. Sie dachte an Blue und Lizzie. Könnte sie jemals so lieben und so geliebt werden? Würde sie das einengen? Sie schaute in die Runde ihrer Freundinnen, die sich so angeregt über ihre zuvorkommenden Männer unterhielten. Keine von ihnen schien sich eingeengt zu fühlen. Sie wirkten aufrichtig glücklich. Nicht zum ersten Mal fragte sie sich, was Sally davon abhielt, sich auf Gage einzulassen. Fiel es ihr schwer, Gefühle für ihn zu entwickeln, weil sie ihren Ehemann verloren hatte? Oder vielleicht, weil sie diesen so sehr geliebt hatte? Addy versank erneut in ihren Grübeleien. Sie hatte keine Ausrede dafür, warum sie sich vor Jake nie emotional auf einen Mann eingelassen hatte und das war frustrierend. Sie wollte mehr empfinden und hatte immer darauf gehofft, aber es war nie passiert. Die Kontrolle war ihr nie entglitten. Aber bei Jake konnte sie ihre Gefühle nicht beherrschen. Wie schaffte er es nur, sie so durcheinanderzubringen?

»Jake hat keine Absichten auf mich.« Die Worte kamen ihr ungewollt über die Lippen und ihre Freundinnen musterten sie genauso verwirrt, wie sie sich fühlte. »Nur damit das klar ist.

Wir haben nur eine gesunde Einstellung zu Sex. Da passen wir auch gut zusammen. Machen wir es nicht zu etwas, was es nicht ist.« Addy füllte ihr Glas nach, trank einen großen Schluck und fragte sich, wen sie eigentlich davon überzeugen wollte – die anderen oder sich selbst.

»Da wir gerade von einer gesunden Einstellung zu Sex sprechen.« Sallys Wangen röteten sich. »Möglicherweise habe ich etwas Zeit auf deiner Tumblr-Seite verbracht.«

»Und dann mit ihrem batteriebetriebenen Helferlein«, warf Lizzie ein.

Addy war froh über den Themenwechsel und nippte noch einmal an ihrem Wein.

»Nein, habe ich nicht!« Sally nahm ebenfalls einen Schluck und fügte sehr leise hinzu: »Ich habe ein *langes*, heißes Bad genommen.«

»Alles dasselbe«, sagte Lizzie.

»Tumblr-Seite?«, fragte Maggie. »Was habe ich verpasst?«

Siena erzählte Maggie bereitwillig von Addys *Gemächte für einsame Nächte*-Seite, während Lizzie Sally beruhigte.

»Das ist nichts Schlimmes, Sally«, sagte Lizzie. »Hey, ich habe auch einen Blick auf Addys Seite geworfen und mich dann auf Blue gestürzt. Natürlich war das eine einmalige Sache, weil dieser Mann unglaublich eifersüchtig ist.«

»Genau wie Cash, obwohl er es niemals zugeben würde.« Siena berichtete von einem Dessous-Shooting für ein Magazin und wie Cash die Zeitschriften vor seinen Kollegen auf der Feuerwache versteckt hatte. Das spornte die anderen an, ebenfalls Geschichten über die Eifersucht ihrer Männer zum Besten zu geben – und wie man ihr erotisch Abhilfe verschaffte.

Eifersucht hatte bei Affären nichts zu suchen, weshalb es Addy da an Anekdoten fehlte. Aber mit Verführung kannte sie sich aus. »Einen Mann mit Erotik von seiner Eifersucht ablenken. Gefällt mir! Vor allem, weil das so einfach ist, wie bis drei zu zählen.«

Die Mädels lehnten sich neugierig nach vorn.

»Erleuchte uns«, bettelte Siena. »Seit die Zwillinge da sind, habe ich ständig das Gefühl, nicht mehr aus dem Mutter-Modus rauszukommen.«

»Cash kann die Finger nicht von dir lassen«, widersprach Trish.

»Trotzdem«, beharrte Siena. »Ich brauche eine Auffrischung in Sachen Verführung und Gabby hat erzählt, dass Addy alle Tricks kennt.«

»Hat sie?«

Gabriella hob die Hände.

Addy lachte. »Tja, sie hat recht. Es gibt so viele Wege, euren Mann in eine Sexmaschine zu verwandeln und das meiste davon kann man sogar in der Öffentlichkeit machen. Die Belohnung kommt dann später.«

»Wortspiel beabsichtigt, nehme ich an«, fügte Maggie hinzu.

»Immer.« Hier konnte Addy glänzen. Sie wusste vielleicht nicht viel über tiefgreifende Gefühle, war aber eine Meisterin in der Kunst der Versuchung. »Okay, ihr zieht doch bestimmt extra hübsche Unterwäsche an, wenn ihr ausgeht? Zum Beispiel bei Gabbys Hochzeit. Ich wette, dass ihr alle sexy Spitzentangas oder ein passendes Set aus BH und Höschen getragen habt.«

Alle nickten.

»Aber was hat euch das gebracht?«

»Hey, ich fühle mich da nicht angesprochen«, warf Gabriella ein. »Ich hab letzte Nacht auf jeden Fall genug von meinem Mann bekommen.«

»Du warst die Braut. Das war zu erwarten. Aber eigentlich ist das überhaupt nicht wichtig. Es geht nicht um den Sex. Sondern um den Weg dahin. Die Vorfreude und dabei ein paar Regeln zu brechen.«

»Nicht, dass ich einen Freund hätte, aber ich bin nicht der Typ für Regelverstöße«, gestand Sally.

»Ich auch nicht«, fügte Lizzie hinzu.

»Ich meine damit keine echten Gesetze oder so. Sondern allgemeingültige Flirt-Regeln. Aber niemand außer euch und eurem Mann wird wissen, dass ihr sie brecht. Zieht euch für Trishs Hochzeit sexy an, aber anstatt nur zu hoffen, dass euer Mann es bemerkt, erzählt es ihm, aber *zeigt* es ihm nicht. Zieht euch nicht vor ihm an und dann geht ihr im Lauf des Tags immer mal wieder so zu ihm.« Sie stand auf und zog Gabriella mit sich. Gabriella schwankte schon ein bisschen und Addy musste sie stützen. »Kein Wein mehr für dich, Gabby. Mädels, schaut zu.«

Addy trat hinter Gabriella und berührte mit den Schultern Gabriellas Arm, während sie über ihre Brust streichelte. Sie legte eine Hand an Gabriellas Hals und flüsterte: »Ich trage ein neues Spitzenhöschen.« Langsam ließ sie die Hand über Gabriellas Brust nach unten gleiten, ehe sie mit langsamem Hüftschwung davonschlenderte und ihr noch einen verführerischen Blick über die Schulter zuwarf.

»Sie ist gut«, flüsterte Lizzie.

»Sag ich doch«, stimmte Gabriella stolz zu.

Eine Stunde lang probierten sie diese Tricks aneinander aus – und der reichlich fließende Wein weckte in Verbindung mit der ganzen Situation den Wunsch in Addy, ihre Verführungstechniken an Jake auszuprobieren. Irgendwann bemerkten sie Eva, die Friseurin des Ortes, die am Wasser entlangspazierte.

Sie winkten ihr zu, Eva hob den Saum ihres langen, locker sitzenden Rocks an und kam zu ihnen. Ihre dunklen Haare waren in einem unordentlichen Dutt auf ihrem Kopf zusammengebunden, doch einige Strähnchen hatten sich daraus gelöst und umspielten ihr Gesicht. Sie trug mehrere lange Ketten, die zwischen ihren Brüsten verschwanden.

Gabriella reichte ihr ein Weinglas. »Willst du dich zu uns gesellen?«

Eva zog die Augenbrauen zusammen. »Kann ich die ganze Flasche haben?«

»So gut ist dein Abend, ja?«, fragte Trish.

»Vielleicht habe ich eine nicht besonders gute Lebensentscheidung getroffen. Ich bin nicht sicher, ob ich für Elpitha gemacht bin«, gestand Eva zögernd. »Ich wollte wirklich zurückkommen und versuchen, den Salon meiner Mutter weiterzuführen, aber es sprach von Anfang an so viel dagegen. Jetzt glaube ich, dass ich einen großen Fehler gemacht habe.«

»Wo hast du vorher gewohnt?«, fragte Addy.

»Chicago, und mein Leben dort war wunderbar.« Eva ließ sich in den Sand sinken und die anderen taten es ihr ums Feuer herum gleich. »Die Insel engt mich ein bisschen ein. Ich hatte vergessen, wie ruhig und *klein* hier alles ist.«

»Aber alle mögen dich und dein Wissen über Pinterest«, sagte Gabriella.

»Irgendwie habe ich nicht das Gefühl, dass es darum geht, den Damen im Ort heiße Typen auf Pinterest zu zeigen«, warf Addy ein. »Ich könnte hier ja auch nicht leben. Ich komme gern zu Besuch, bin aber nicht für ein ruhiges Leben gemacht. Das macht mich rastlos.«

»Sie meint, dass sie von den Männern gelangweilt ist.« Gabriella kicherte und war inzwischen offensichtlich schon ein bisschen mehr als angetrunken. »Aber Jake bemüht sich angestrengt, deine sexy-hexy Bedürfnisse zu stillen.«

»Du hast es diesem Mann ziemlich angetan«, sagte Eva.

»Ist auf Elpitha denn nichts heilig?« Addy funkelte Gabriella finster an, die jedoch nur mit den Schultern zuckte.

»Nicht der Klatsch hat mir dein Geheimnis offenbart«, erklärte Eva. »Hat Gabriella es dir nicht erzählt? Ich bin eine Seherin. Als ich euch beide auf der Hochzeit kennengelernt habe, wusste ich, dass ihr dazu bestimmt seid, euch ineinander zu verlieben.«

»Ach ja?«, fragte Trish mit großen Augen. »Kannst du unsere Zukunft sehen?«

Gabriella nickte. »Kann sie.«

»Tut mir leid, Eva«, sagte Addy. »Aber ich glaube, deine Künste sind etwas eingerostet. Ich verliebe mich in niemanden.«

Eva tätschelte Addys Bein. »Okay, Schätzchen. Red dir das nur weiter ein, aber die Fragen, die dir gerade durch den Kopf gehen, sollten dir ein Hinweis sein. Wehr dich nicht so sehr dagegen. Du probierst doch gerne neue Sachen aus.«

In ihren Augen stand so viel Verständnis, dass sich Addy entblößt fühlte, als könnte Eva ihre Vergangenheit sehen und wie sie sich dazu entschieden hatte, zu ihrer Sexualität zu stehen.

»Das ist einfach eine andere Art von Ausprobieren.« Eva zwinkerte ihr zu, trank ihren Wein aus und stand auf. »Aber ich glaube, du hast mir geholfen, mich zu entscheiden.«

»Wie das denn?«, fragte Addy.

»Ich kann die Seherin in mir nicht abschalten und es ist nicht immer ein Geschenk, zu viel zu erfahren. Ich weiß schon mehr über meine Verwandten, als mir lieb ist. Aber als ich deinen geschockten Gesichtsausdruck gesehen habe, wusste ich, dass ich den Nagel auf den Kopf getroffen habe. Ich glaube, ich muss ernsthaft darüber nachdenken, wieder nach Chicago zu ziehen. Dort gibt es viele Fremde, die Hilfe gebrauchen können und ich muss mir nicht zu lange den Kopf darüber zerbrechen, wenn ich ihnen etwas sagen muss, das sie nicht hören wollen. Sobald sie meinen spirituellen Radius verlassen, sehe ich sie nie wieder. Aber wenn ich hier etwas offenbare wie gerade eben, bekomme ich jedes Mal den gleichen Gesichtsausdruck. Und dann werde ich gemieden. Bis die Person erkennt, dass ich recht hatte. Auf die unangenehmen Wochen dazwischen kann ich gut verzichten.«

»Tut mir leid, dich zu enttäuschen, Eva«, erwiderte Addy. »Aber ich habe keinen besonderen Gesichtsausdruck, weil ich nicht an übersinnliche Dinge glaube.«

»Das ist okay. Musst du auch nicht. Das Universum weiß, was es weiß.« Eva stellte ihr Weinglas auf den Tisch und ihr Blick huschte zu Maggie. Stirnrunzelnd nahm sie ihre Hand. »Du hast deinen Vater verloren«, sagte sie behutsam.

»Ja«, antwortete Maggie. »Vor vielen Jahren.«

Eva nickte. Dann wurde ihr Gesichtsausdruck sanfter. »Aber du sprichst noch mit ihm.«

Maggie errötete. »Nicht wortwörtlich, aber ich denke oft an ihn und hoffe, dass er mich hört.«

»Das tut er, Liebes.« Eva umarmte sie. »Und diese andere Sache?« Sie zwinkerte ihr zu, woraufhin Maggie wieder rot anlief. »Es gibt jemand Besonderes, der darauf wartet, dich kennenzulernen.«

»Gibt es eine Wegbeschreibung zu seinem Haus?«, fragte Maggie lachend.

»Die wirst du nicht brauchen.« Eva ging zu Trish, um auch sie in die Arme zu nehmen. »Glückwunsch zu deiner bevorstehenden Hochzeit. Deine Ehe wird glücklich sein und ihr werdet viele Kinder bekommen, die dich auf Trab halten.«

»Wirklich?«, quietschte Trish.

Eva warf Sally einen Seitenblick zu. »Ich erhalte eine Menge Baby-Schwingungen von dieser Gruppe.« Sie winkte. »Habt noch einen schönen Abend, Mädels.«

Während Eva davonschlenderte, rutschte Sally näher zu Addy. »Du hast recht. Sie weiß nicht, wovon sie redet. Babys? Dafür muss man Sex haben.«

Doch Addys Gedanken drifteten wieder zu Jake und sie war sich nicht mehr so sicher, ob das alles nur Humbug war.

Acht

»Falls ihr es noch nicht gemerkt habt: Mein Bruder ist ein weichherziger Trottel.« Boones jüngerer Bruder Cage klopfte ihm auf die Schulter. Cage war Profi-Boxer, was man ihm auch ansah. Er wirkte, als könnte er alles in seinem Weg Stehende niederwalzen.

Boone täuschte einen Schlag an, dem Cage auswich. »Von wegen weichherzig.«

»Ach ja?«, fragte Lucky. »Du hast ein Kätzchen adoptiert.«

Boone hatte ein Kätzchen gerettet, als er und Trish sich kennengelernt hatten. Er erinnerte Jake an Blue, der ständig streunende oder verletzte Tiere aus dem Wald hinter ihrem Elternhaus angeschleppt hatte. Auch Blue würde bald in den Hafen der Ehe einlaufen. Plötzlich traf Jake die Erkenntnis, dass nur Gage und er noch Singles waren, wobei Gage eigentlich auch nicht mehr zählte. *Will ich das noch?*

»So hat Boone das Herz unserer Schwester erobert.« Duke zwinkerte Boone zu, als würde er ihm seine Unterstützung zusichern. Er unterstützte jeden. Wie alle anderen in der Runde auch.

»Hey, du könntest diesen Trick bei Addy benutzen«, schlug Cash ihm vor.

Sie hatten vorhin eine schweißtreibende Joggingrunde um die Insel gedreht und sich darüber unterhalten, wie stolz sie auf Trish und Boone für die Oscar-Gerüchte waren. Schließlich war das Gespräch auf die Zwillinge und Siena gekommen – wie immer – und Jake hatte versucht, beim Thema zu bleiben, doch seine Gedanken waren immer wieder zu einer gewissen zierlichen Brünetten abgeschweift, die in seinen Armen aufgewacht und später nackt mit ihm unter die Dusche gehüpft war. Cash hatte seinen Familienmonolog kurz unterbrochen, um Jake einen weisen Ratschlag zu geben. *Für das, was du gerade empfindest und über das du nicht redest, gibt es keine Rettung. Es ist echt. Und es ist das Einzige, woran du Tag und Nacht denken wirst, bis du deine Frau bei dir hast.* Jake hatte es mit einem Lachen abgetan, aber während er nun bei Boones Junggesellenabschied in der Taverne saß und an Addy dachte, hatte er das Gefühl, dass sein Bruder gar nicht so danebenlag.

Lucky griff nach einem Bier, doch Boone schob es weg. »Achtzehn bleibt achtzehn. Nicht, wenn ich dabei bin, kleiner Bruder.«

Lucky schnaubte. »Wenigstens brauche ich kein Kätzchen, um flachgelegt zu werden.«

Das löste Gelächter am Tisch aus, was ihnen einige neugierige Blicke der anderen Gäste einbrachte. Fast alle Tische auf der Terrasse der Liakos Taverna waren besetzt und beladen mit Weinflaschen, Platten mit gegrilltem Fleisch und Gemüse, kleinen Auflaufformen und Körbchen mit frisch gebackenem Brot.

Niko und Dimitri kamen mit zwei riesigen Tellern voller Fleischspieße aus der Küche und stellten sie auf einem der Nachbartische ab. Da ihnen die Taverne gehörte, nahmen sie sich nie wirklich frei. Jake konnte sich nicht vorstellen, jeden

Tag am selben Ort zu arbeiten, weshalb er gerne Such- und Rettungsmissionen in unterschiedlichen Bundesstaaten annahm. Er konnte an einem Tag an der Westküste sein, am nächsten an der Ostküste und eine Woche später irgendwo im Landesinneren. Aber die nächsten vierzehn Tage würde er den Bundesstaat New York nicht verlassen. Als er von Addys zehntägiger Reise in die Berge erfahren hatte, hatte er beschlossen, dass er in der Nähe blieb, nur für den Fall, dass sie in Schwierigkeiten geriet. Allerdings hoffte er immer noch, dass sie ihn mitkommen ließ.

Niko sagte etwas auf Griechisch, was für lautes Gelächter von der Familie sorgte, die er und sein Bruder gerade bedienten, dann kehrte er zur Junggesellengruppe zurück und nahm neben Jake Platz. »Tut mir leid, dass ich dir gestern auf den Schlips getreten bin.«

»Kein Ding.« *Lass einfach die Finger von meiner Frau.*

»Gewöhn dich dran, Bruder. Wir sind jetzt eine Familie. Ich werde dich sicher noch ein paarmal zur Weißglut bringen, aber nicht wegen einer Frau. Ich wusste nicht, dass ihr zusammen seid, und wir haben nur harmlos geflirtet. Ich kenne Addy schon seit Jahren. Ich halt mich von ihr fern.« Niko hob sein Bierglas. »Auf die Familie.«

Jake stieß mit ihm an und wünschte sich, Addy auch schon seit Jahren zu kennen. Er ließ seinen Blick über die Runde schweifen. Den Sinn von Stripperinnen und Lap-Dance bei einem Junggesellenabschied hatte er nie verstanden. Warum wollten Männer einen Lap-Dance von einer anderen Frau als der, die sie zeitnah heiraten würden? Für ihn war ja sogar vor der Nacht mit Addy der Gedanke, mit einer anderen Frau zu schlafen, so abwegig gewesen, dass er ihn nur mit GPS hätte finden können.

Was sie wohl gerade mit ihren Freundinnen machte? Nikos

Anblick reichte aus, um die Erinnerung an Addy in den Armen seines angeheirateten »Bruders« zu wecken. Dieses Bild lag ihm bleischwer im Magen. Er wippte unter dem Tisch nervös mit dem Bein und wollte Addy unbedingt wieder in den Armen spüren. *Das mit uns ist nichts Ernstes.* Ihre Bemerkung über die Büchse der Pandora sagte etwas anderes. Wollte sie wirklich nicht mehr? Alles hatte sich geändert, und er wusste, dass sie es auch spürte.

Jake erhob sich, stützte sich mit den Händen auf dem Tisch ab und sah erneut in die Runde. »Wer hat Lust, den Junggesellinnenabschied zu stürmen?«

»Auf jeden Fall.« Boone schlug mit ihm ein. »Also, ich mag euch Jungs echt, aber ich würde lieber eure Schwester in den Arm nehmen, als die ganze Nacht zu trinken und Blödsinn zu reden.«

»Gibt es auch Single-Frauen auf dieser Party?«, fragte Cage.

»Nein«, antwortete Jake, ohne zu zögern.

Gage hob verblüfft die Brauen. »Theoretisch schon.« Er warf Cage einen warnenden Blick zu. »Aber das solltest du lieber lassen.«

Cage hob die Hände. »Keine Sorge. Lucky und ich setzen uns an die Bar.« Er lachte leise in sich hinein. »Oh, Moment. Du bist ja noch zu jung.« Er zerzauste seinem Bruder die Haare und stieß mit der Faust gegen Boones.

»Ernsthaft? Ihr lasst mich sitzen?« Lucky entdeckte eine Gruppe junger Frauen, die gerade an der Terrasse vorbeigingen. »Bis später, ihr Loser. Da drüben sind ein paar Ladys, die Gesellschaft brauchen. Sie wissen es nur noch nicht.«

»Benimm dich«, rief Boone ihm nach.

Cash sagte etwas, aber Jake war schon zu weit weg, um ihn zu hören. Er überquerte eilig die Straße und lief den Weg hinunter, der zum Strand führte. Die Flammen des Lagerfeuers waren bereits zu sehen, bevor sich seine Augen genug an die Dunkelheit gewöhnt hatten, um die Frauen auszumachen. Sofort fiel sein Blick auf Addys schlanke Gestalt. Ihre perfekten Kurven würden auf das Cover einer Zeitschrift passen und ihr wunderschönes Gesicht brachte ihn nicht nur zum Lächeln, sondern weckte auch Sehnsucht in ihm. Sie stand am Wasser, das Kleid wehte um ihre Beine und der Wind verwandelte ihre Haare in eine wilde Mähne.

»Jake? Ist alles okay?«, rief Trish, als er an ihr vorbeilief.

»Ja, gleich schon.«

Beim Klang seiner Stimme drehte sich Addy um und er nahm sie in die Arme, um dann mit ihr zusammen weiterzurennen.

»Jake!«, quietschte sie. »Was soll das werden?« Lachend versuchte sie, sich zu befreien. Etwas bohrte sich in seine Brust.

Die anderen Frauen feuerten sie an und er drosselte schließlich das Tempo und trug Addy zu einer abgeschiedenen Stelle, die er auf der Joggingrunde mit Cage entdeckt hatte. Er nahm ihr den Stift aus der Hand, der ihn in die Brust pikte und schob ihn in seine Hosentasche.

»Ich sollte dich ins Wasser werfen, weil du nicht eingestehen wolltest, dass das mit uns ernst ist.« Er schwang sie in seinen Armen hin und her, als würde er sie gleich in die Wellen schmeißen und sie schlang laut kreischend die Arme um seinen Nacken. »Was ist los? Hast du Angst vor ein bisschen Wasser, Sexy Girl?«

»Tu es!«, brüllte Gabriella und die anderen Frauen stimmten mit ein. »Tu es! Tu es! Tu es!«

»Nicht, nicht, nicht. Bitte nicht«, flehte sie.

Jake atmete den süßen Lavendelduft der Bodylotion ein, mit

der er erst vor ein paar Stunden ihren wunderschönen, nackten Körper eingecremt hatte. Er konnte ihre glatte Haut noch immer spüren, ihre süßen Protestlaute hören, als sie ihn rausgeschmissen hatte, bevor sie noch *die Party sausen und sich von ihm flachlegen ließ*. Deshalb hatte er sie nicht zum Strand begleiten können, aber die Zeit, die er davor mit ihr verbracht hatte, war noch besser gewesen.

»Ich sollte dich reinwerfen, nur um dir zu zeigen, wie blöd deine Regeln sind.«

»Das würdest du nicht wagen.« Sie klammerte sich fester an seinen Nacken.

Er schwang sie erneut durch die Luft und quietschend klammerte sie sich wie ein Äffchen an ihn. *Perfekt.* »Ist das was Ernstes mit uns?«

»Jake!« Sie vergrub das Gesicht an seinem Hals. »Lass das bitte. *Bitte?*«

Er sollte verlangen, dass sie nachgab und ihm sagte, was er ohnehin bereits wusste, doch sie sah ihn mit großen, flehenden Augen an, was in ihm erneut den Wunsch weckte, für sie da zu sein. Ihr Körper an seinem, ihre warmen, kleinen Hände an seinem Nacken und ihr wunderschönes Gesicht, das zum Küssen nah war, ließen ihn schneller laufen, um mit ihr allein zu sein.

»Jake! Lass mich runter! Wohin bringst du mich?« Sie pikste ihm in die Brust. »Hallo? Hörst du mich? Lass mich runter!«

Er legte sie sich wie einen Sack Kartoffeln über die Schulter und verpasste ihr einen Klaps auf den Hintern.

»Hey!«, protestierte sie mit dem erotischsten Lachen, das er je gehört hatte.

»Du brauchst einen Mann, der sich deinen Unsinn gefallen lässt *und* dir den Hintern versohlt.«

Seine Brüder, die es endlich auch zum Strand geschafft hatten, applaudierten und pfiffen ihnen hinterher.

Addy lachte erneut und es klang wie Musik in seinen Ohren. Er ließ sie wieder herunter und strich mit den Lippen über ihre, die sie jedoch trotzig zusammenpresste, was ihn zum Lachen brachte.

Er hatte die Nase voll.

Er gehörte ihr.

Kurz überlegte er, ob er sie ins Wasser werfen sollte, nur um zu beweisen, dass sie dieses Mal nach seinen Regeln spielen würden, doch er hatte sie endlich wieder bei sich. Und nun wollte er sie auf keinen Fall wieder loslassen.

Neun

Jake hatte in den letzten zehn Minuten, in denen er sie über den Strand trug, kein Wort gesagt. Sie hatten sich so weit entfernt, dass das Lagerfeuer nur noch ein Punkt in der Ferne war, doch er machte keine Anstalten, stehenzubleiben. »Glaubst du wirklich, dass ich es toll finde, wenn du dich wie ein Höhlenmensch aufführst?«, fragte Addy.

Er antwortete nicht, sondern ging einfach weiter und starrte stur geradeaus. Seine Brustmuskeln zuckten leicht, als er sie fester an sich drückte.

»Diese Nummer mit dem großen, toughen, stummen Typen ist echt nervig. Du kannst mich nicht einfach mitschleppen und hoffen, dass ich einverstanden bin.«

Mit schmalen Augen sah er sie an, dann richtete er den Blick wieder nach vorn, aber der wachsame Ausdruck blieb.

»Jake, ernsthaft. Lass mich wenigstens selbst laufen.« Nicht, dass sie laufen *wollte*, doch obwohl es sich unglaublich anfühlte, sich an ihn zu schmiegen, kam es ihr albern vor, von ihm getragen zu werden. Sie unterdrückte ein Lächeln, beobachtete, wie sich sein Körper verspannte, und musterte ihn einen Augenblick lang. Jake war kein klassisch schöner Mann. Seiner Haut sah man an, dass er sich täglich beißendem Wind und der unbarmherzigen Sonne aussetzte. Das brachten Rettungsmissionen eben so mit sich. Seine Gesichtszüge waren symmetrisch und sein kantiger Kiefer wirkte wie aus Stein gemeißelt. Dazu kamen seine Dauerbräune und ein Bartschatten. Die Erinnerung an seine rauen Stoppeln an ihren empfindlichen Beinen jagte ihren Puls in die Höhe.

Er steuerte eine Reihe großer Steine an. Der Leuchtturm blinkte langsam in der Ferne und der träge Rhythmus des flackernden Lichtscheins verdeutlichte ihr, wie schnell und heftig ihr Herz pochte. Mühelos erklomm Jake die Felsen, wobei er sie an sich drückte, als würde er das jeden Tag machen.

»Jake?«, fragte sie leise.

Auf einem der großen Felsen blieb er stehen und die Wachsamkeit in seinen Augen wich einer gewissen Sorge. Der Wind ließ ihm die Haare zu Berge stehen.

»Wohin gehen wir?«

Jake biss die Zähne zusammen und überquerte die Felsen zu einer kleinen Sand- und Grasfläche, die direkt dahinter lag. Dort ging er in die Hocke, setzte sie behutsam auf dem Boden ab und ließ sich dann neben sie sinken. Er zog die Knie an, stützte die Unterarme darauf und sah hinaus aufs Wasser, als wäre eine Entführung total normal für ihn.

Addy ließ den Blick über ihre Umgebung schweifen und grub die nackten Zehen in den groben Sand. Ihre Sandalen waren noch bei den Mädels, doch das war ihr egal. Die Felsen schützten sie vor dem Wind, der den Sand aufwirbelte und die Grashalme in Bewegung setzte. Sie folgte Jakes Blick zum blassen, goldenen Schein des Leuchtturms, der in die Dunkelheit hinausgriff und sich funkelnd auf dem tintenschwarzen Wasser spiegelte. Der sternenlose Himmel war tiefblau. Hier im Dunkeln neben dem einzigen Mann zu sitzen, der je eine echte

Herausforderung für sie dargestellt hatte, der verstand, dass sie einen Mann brauchte, der sich ihren Unsinn gefallen ließ *und* ihr den Hintern versohlte – wie wahr, wie wahr –, fühlte sich *romantisch* an. Selbst die Entführung war romantisch gewesen. Entweder verlor sie gerade den Verstand, oder sie verliebte sich tatsächlich in ihn.

»Es ist wunderschön hier«, sagte sie schließlich.

Jake senkte den Blick auf den Sand und wandte ihr dann das Gesicht zu. Das Mondlicht glänzte in seinen Augen und betonte den schmalen, grünen Ring um seine Iris. Der war ihr bisher nie aufgefallen. Die ganze Zeit über war sie zu sehr von seiner Dominanz und Männlichkeit gefesselt gewesen, um es zu bemerken. Was war ihr noch entgangen?

»*Du* bist wunderschön, Addy.«

Das unerwartete Kompliment raubte ihr den Atem. Aus dem Mund eines so großen Mannes klangen die zärtlichen Worte seltsam. Sie schluckte schwer und musterte ihn unwillkürlich erneut, suchte nach Anzeichen, dass er nur Witze machte oder das einfach nur wieder eine der üblichen Flirtattacken darstellte. Doch sie entdeckte nichts dergleichen. Sondern nur Ehrlichkeit.

Er lächelte. »Hast du etwas anderes erwartet?«

»Irgendwie schon. Ja«, gestand sie und war froh, ihre Stimme wiedergefunden zu haben. »Ich …«

»Du verstehst es nicht? Oder …?« Er beugte sich zu ihr und strich über ihre Wade.

Dieser hungrige Ausdruck in seinen Augen – das war der Mann, den sie kannte. Der von Sex angetriebene, fordernde Mann, mit dem sie gerechnet hatte.

»Du bist wunderschön, Addy, aber das ist nicht der Grund, aus dem ich auf dich stehe.« Er legte eine Hand an ihre Wange, ließ sich Zeit, ihr Gesicht zu betrachten, doch dann verblasste der fordernde Ausdruck in ihnen, was sie direkt wieder aus der Bahn warf.

Plötzlich wurde sie verlegen, was eine Lawine an Emotionen in ihr auslöste, auf die sie nicht mal ansatzweise vorbereitet war. Ihre Atmung beschleunigte sich und auf ihrer überempfindlichen Haut kribbelte alles – die kühle Luft, der vage Duft seines würzigen Parfüms, das sich mit dem Salzgeruch des Ozeans vermischte, seine raue Hand, die ihr Bein streichelte, und wie er sie ansah. Allein dieser Blick fühlte sich um einiges intimer an als alles, was sie in den letzten vierundzwanzig Stunden miteinander angestellt hatten.

Die Minuten verstrichen und endloses Schweigen dehnte sich zwischen ihnen aus, was ihre Anspannung immer weiter steigen ließ, während sie darauf wartete, dass er weitersprach.

»Verstehst du es nicht? Oder wolltest du etwas anderes sagen, Addy?«

Sie wollte den Kopf wegdrehen, um seinen Zauber zu brechen, doch leichter Druck an ihrem Kinn brachte sie dazu, ihn wieder anzusehen. Was hatte sie überhaupt sagen wollen? Auch das erschütterte sie. Er hatte sie entführt und weggetragen, als würde sie ihm gehören. Sie sollte fuchsteufelswild sein. Die Frau, für die sie sich hielt, würde sich so etwas niemals gefallen lassen. Diese Frau würde aufstehen, davonmarschieren und sich weigern, so behandelt zu werden. Aber ihre Blicke trafen sich erneut und ihre Entschlossenheit, ihre Unabhängigkeit zu beweisen, schwand. Emotionen stürzten auf sie ein. Angst? Unbehagen? Aufregung? Sie war nicht sicher, doch es war beunruhigend. Sie grub die Finger in den Sand und zwang sich, ihre Verwirrung abzuschütteln.

»Ich werde dich nicht wegen einer großen, romantischen

Geste anhimmeln.« *Große romantische Geste?* Mann, sie war wirklich kurz davor, zu einem hoffnungslosen Fall zu werden.

Seine Kiefermuskeln spannten sich an. Musste er so heiß aussehen, wenn er sauer war?

»Warum bist du so stur? Ich hab dich nicht wegen der Romantik hergebracht. Verdammt, Addy, so bin ich nicht. *Romantisch.*« Er murmelte das in sich hinein, als wäre es ein Schimpfwort.

»Warum dann?« Sie hatte nicht lauter werden wollen, doch die Achterbahnfahrt der Gefühle forderte ihren Tribut und sie konnte die Worte nicht aufhalten, die aus ihr heraussprudelten. Sie stand auf. »Ich werde nie eine dieser hirnlosen Frauen sein, denen du sagen kannst, was sie zu tun haben. Oder bei denen du dich einschleimen kannst. Da bist du an der falschen Adresse. Ich nehme mir, was ich will, und ziehe dann weiter. Daraus habe ich nie einen Hehl gemacht. Ich habe noch so viel in meinem Leben vor und niemand wird mich davon abhalten.«

Vor lauter Frust brannten ihr Tränen in den Augen. Jake erhob sich und umfasste ihre Oberarme gerade fest genug, um deutlich zu machen, dass er sie nicht loslassen würde. Er überragte sie um ein gutes Stück.

»Du hörst wirklich überhaupt nicht zu.« Die Worte waren harsch, doch mit jedem einzelnen bröckelte ihre Entschlossenheit, während ihr lebenslanges Bedürfnis nach Unabhängigkeit gegen ihr Verlangen ankämpfte, sich voll und ganz auf Jake einzulassen.

Wortlos starrte er sie an.

»Geht's noch weiter oder hältst du mich ewig hier fest?«

»Ich warte, bis du mit dem Gezeter aufhörst.«

»Gezeter? Das ist ganz schön fies.«

»Ach ja?« Sein Blick war knallhart. »Fies wäre für mich eher, wenn ich sagen würde: ›Komm von deinem hohen Ross runter. Ich habe kein Interesse, mich bei dir oder irgendeiner anderen Frau *einzuschleimen*.‹« Er lockerte seinen Griff um ihre Arme. »Ich würde gern den Mann kennenlernen, der glaubt, dir vorschreiben zu können, was du zu tun oder zu lassen hast.«

»Irgendwas hast du trotzdem vor, Jake«, gab sie giftig zurück. »Vielleicht willst du dich nicht bei mir einschleimen, aber irgendetwas willst du.«

»Ja. *Dich*, Addy. Ich will *dich*.«

Die Mauer in ihr bröckelte weiter … bis sie schließlich ganz in sich zusammenstürzte.

»Ich hab es dir schon mal gesagt, aber du bist zu dickköpfig, um das an dich ranzulassen. Mir gefällt deine aggressive, sarkastische Art. Wahrscheinlich werde ich bereuen, das zuzugeben, aber du bist die einzige Frau, für die ich jemals etwas empfunden habe. Wir sind erwachsen, Addison, und du bist nicht naiv. Wir passen zusammen. Sehr gut sogar. Ich verstehe dich. Was ist also wirklich los? Warum wehrst du dich dagegen?«

Er durfte die Gefühle nicht sehen, die er in ihr weckte. Sie bauten sich immer weiter auf und der Druck fühlte sich an wie in einer geschüttelten Limo-Dose, die jeden Moment platzte. Auf der Suche nach einer Antwort schloss sie einen Moment lang die Augen und versuchte, eine Beschreibung für ihre Emotionen zu finden, als seine Worte schließlich zu ihr durchdrangen. *Du bist die einzige Frau, für die ich jemals etwas empfunden habe.*

Sie hob den Kopf und hatte das Gefühl, ihn mit ganz neuen Augen zu sehen. Der wütende Kerl, der nur seinen Willen durchsetzen wollte, war verschwunden und von einem Mann abgelöst worden, der ihr sein Herz offenbarte. Schuldgefühle und etwas viel Gewichtigeres überkamen sie. Wenn das stimmte, dann verstand er sie tatsächlich.

»Was meinst du damit, dass ich die einzige Frau bin, für die du je etwas *empfunden* hast?«

»So, wie ich es sage«, erwiderte er nachdrücklich. »Ich reiße Frauen auf und nehme mir, was ich will. Sex ist Stressabbau für mich. Aber noch nie wollte ich mehr oder habe mich dafür interessiert, was die Frauen, mit denen ich geschlafen habe, danach machen – oder mit wem sie vor mir zusammen waren. Dich bekomme ich einfach nicht aus dem Kopf. Wenn ich mir vorstelle, wie dich ein anderer Mann berührt, will ich ihn Stück für Stück auseinandernehmen. Aber es ist mehr als das. Seit unserem ersten Treffen habe ich jeden einzelnen Tag an dich gedacht und dabei ging es nicht immer nur um Sex – auch wenn es mehr als genug schmutzige Fantasien über dich in meinem Kopf gibt. Ich habe versucht, mich mit anderen Frauen abzulenken, was ich vermutlich nicht zugeben sollte, weil du das auf jeden Fall gegen mich verwenden könntest, aber es ist wahr. Und es hat nicht funktioniert. Du warst immer da. Und dann gehst du endlich darauf ein und wir haben eine echte Verbindung zueinander, Addy. Wir passen in jeder Hinsicht zusammen. Du machst Witze, bist aggressiv, du …« Er fuhr sich mit einer Hand durch die Haare und seufzte. »Du bist genau wie ich, Addy. Du nimmst im Bett kein Blatt vor den Mund. Du magst es grob *und* zärtlich. Du reizt Grenzen aus. Allein der Gedanke, dich zu küssen, macht mich an. Dich zu *küssen*.«

Mich auch. Sie biss die Zähne zusammen und Ungläubigkeit verschlug ihr die Sprache.

»Und heute Abend wollte ich dich wirklich zur Party bringen, aber nicht, um mich bei dir einzuschleimen. Ich wollte Zeit mit dir verbringen. Zum Strand spazieren und mich wie ein normaler Mensch mit dir unterhalten. Dich kennenlernen – über den Sex und das Flirten hinaus. Ich wollte dich so behandeln, wie du es verdienst. Wie eine *Lady*.«

»Ich bin wohl kaum eine Lady«, erwiderte sie etwas zu scharf.

»Schwachsinn. Und ich habe das grandios in den Sand gesetzt. Aber meine Absicht war ehrlich, Addy. Du bringst mich um den Verstand und das ist …« Er ließ ihre Arme los und drehte sich weg. »Es ist ziemlich beängstigend.«

Beängstigend? Der Mann, der sich den schwierigsten Rettungsmissionen stellte, die man sich vorstellen konnte, und die Bedeutung des Wortes *Gefahr* nicht zu kennen schien, wenn es um seine eigene Sicherheit ging, hatte Angst? Sein Eingeständnis fühlte sich an, als wäre sie von einer heftigen Welle erfasst und aufs offene Meer hinausgezogen worden. Sie ging unter, ohne an die Oberfläche schwimmen zu können. Sie sank auf den sandigen Grund und starrte blicklos aufs Wasser.

Jake ging vor ihr in die Hocke. Mit dem dunklen Himmel im Hintergrund wirkte er noch beeindruckender, selbstbewusster und verlockender als je zuvor. Sein eindringlicher Blick war herausfordernd und verführerisch zugleich. Sie hatte nie aktiv nach einem Mann gesucht, der ihr ähnlich war, doch Jake verkörperte genau das. Er war unnachgiebig. Liebte Dirty Talk. Ging an Grenzen. Er war für sie der Inbegriff von Männlichkeit. *Und die lässt er auch gerne anderen Frauen zukommen.* Bei dem Gedanken krampfte sich ihr Magen zusammen, aber war sie nicht die weibliche Version davon? Seine Worte ließen sie glauben, dass er das nicht mehr wollte. Die Frage war, ging es ihr genauso?

Die Geräusche des Meeres traten in den Hintergrund und übrig blieb nur noch seine tiefe, selbstsichere Stimme. »Kennst du das, wenn du mit jemandem ins Bett gehst und dich schon im ersten Moment fragst, was zum Teufel du da eigentlich machst?«

Sie schluckte das unerwartete Schamgefühl hinunter und nickte.

»Diesen Bitte-was-Moment?«, sagte er. »Bei dir hatte ich den nicht.«

Sie schwiegen. Jake atmete schwer, als bräuchte er ebenso wie sie einen Augenblick, um zu begreifen, was er da gerade zugegeben hatte.

»Was hattest du stattdessen?«, fragte sie mit zittriger Stimme.

Jake schüttelte den Kopf und seine Stimme war leise und rau, als würde es ihm schwerfallen, die Worte auszusprechen. »In dem Moment, in dem sich unsere Körper berührt haben … Addison, allein bei dem Gedanken daran wird meine Brust …« Mit gequälter Miene schlug er sich mit der Faust aufs Herz. »Ich erinnere mich an die Wärme deiner Haut, wie perfekt sich dein Gesicht in meine Hand schmiegt, genauso wie der Rest von uns wie geschaffen füreinander ist. Als wären wir die einzigen beiden Menschen auf dieser Welt, die so gut zusammenpassen. Alles war anders – jeder Gedanke, jeder Impuls.« Er nahm ihre Hand. »Ich weiß, dass wir die Richtigen füreinander sind, Addy, und ich werde jede gemeinsame Minute dafür nutzen, dir das zu beweisen.«

»Ich reise morgen ab.« *Ich reise morgen ab?* Nach allem, was er offenbart hatte, war das wohl kaum eine angemessene oder passende Antwort, doch ihr schwirrte der Kopf. Und ihr Herz – ein Organ, an das sie in der Vergangenheit kaum einen Gedanken verschwendet hatte – schlug so heftig, dass sie es zwischen ihnen spürte.

»Ich weiß. Darüber wollte ich auch mit dir reden.«

»Ich blase das nicht ab, Jake.« Die Antwort kam ihr so schnell über die Lippen, dass sie sie nicht zurückhalten konnte.

»Ich bitte dich nicht, zu bleiben. Mann, Addy. Gib mir eine Chance. Ich will doch nur, dass dir in den Bergen nichts passiert. Was ist denn so schlimm daran?«

Sein frustrierter Tonfall weckte ihr schlechtes Gewissen. Noch so eine Emotion, mit der sie wenig Erfahrung hatte. Sie nahm sich einen Moment, um sich wieder auf ihre rebellische Ich-verändere-mich-für-keinen-Mann-Einstellung und die eine Sache zu besinnen, bei der sie sich sicher sein musste.

»Stimmt das alles, was du gerade gesagt hast?« Das Herz, auf das sie bisher nie geachtet hatte, verwandelte sich plötzlich in Glas, so zerbrechlich und verletzbar, was ihr sogar noch mehr Angst machte als seine Antwort.

Er sah ihr fest in die Augen. »Habe ich jemals gelogen?«

Sie schüttelte den Kopf und vor ihrem geistigen Auge sah sie, wie er behutsam ihr Glasherz mit beiden Händen umschloss. Ihr eigenes Geständnis wollte sich nach draußen kämpfen, doch die Angst hielt es gefangen.

Er drückte ihr einen Kuss auf ihren Handrücken. »Das mit uns ist ernst, Addy. Selbst wenn du etwas anderes behauptest, kannst du genauso wenig davor weglaufen wie ich. Auch wenn du nicht mehr hier bist, wirst du an mich denken. An uns. Bei jedem einzelnen Atemzug.«

Das stimmte, doch ihre Kehle fühlte sich wie zugeschnürt an. Jake setzte sich auf die Fersen zurück und legte die Hände auf seine Oberschenkel. Sein Blick schien sie aufzufordern, ihre eigenen Ängste zu überwinden und ihm entgegenzukommen. Wusste er, wie sehr sie sich fürchtete? Wie sehr sie das hasste? Konnte er es sehen? Spüren? Schon seit einer halben Ewigkeit erlaubte sie sich keine Angst mehr, aber Jake zerrte sie an die Oberfläche wie alle anderen Gefühle, die sie vor langer Zeit begraben hatte, und ließ nicht zu, dass sie sich dahinter versteckte.

»Ich empfinde auch etwas für dich«, räumte sie ein. »Und das macht mir Angst.«

Jake hatte gar nicht bemerkt, dass er die Luft angehalten hatte, bis er sie nun entweichen ließ. Sie hatte Angst. *Tja, willkommen im Club.*

»Guck nicht so erleichtert«, fuhr sie ihn an. »Ich falle nicht auf deine Neandertaler-Masche rein, nur weil ich zugegeben habe, dass mich meine Gefühle verunsichern.«

Er lachte, weil sie einfach so typisch … Addy war.

Sie machte ein finsteres Gesicht. »Ich gestehe dir so was und du lachst mich aus? Ich glaube, es hat mir besser gefallen, als wir noch versucht haben, das Verlangen, uns die Klamotten vom Leib zu reißen, zu ignorieren.«

Er zog sie an sich. Als sie sich widersetzte, übte er mehr Druck aus, wobei er sich nach hinten fallen ließ und sie mit sich zog. Er schlang die Arme um sie, drehte sie auf den Rücken und hielt sie unter sich fest.

Ihre nach unten gezogenen Mundwinkel zuckten, als sie ein Lächeln unterdrückte. »Du bist so …«

Er spürte, wie sich das überhebliche Grinsen, mit dem sie ihn immer aufzog, auf seinen Lippen ausbreitete. »Heiß? Hart? Stur? Nehme ich alles, vielen Dank.«

»Frustrierend.« Ein Lachen durchbrach ihre stahlharte Entschlossenheit.

Er drängte das Becken an ihren wundervoll weichen Körper. »Dagegen könnte ich was unternehmen.«

Sie lachte erneut.

»Ich liebe dein Lachen, Sexy Girl.«

»Du liebst gar nichts, außer Sex vielleicht.«

»Stimmt, ich liebe Sex, und Sex mit dir ist mehr als unglaublich, aber dein Lachen? Selbst wenn du nicht da bist, höre ich es.«

Sie verdrehte die Augen. »Lass die albernen Sprüche. Mir ist es lieber, wenn du das, was du sagst, auch ernst meinst. Du bist nur froh, dass ich mit dem Gezeter fertig bin und du jetzt über mich herfallen kannst.«

»Ja, ich bin froh, dass du mit dem Gezeter fertig bist. Und ich will über dich herfallen.« Er schob eine Hand unter sie und umfasste ihre Kehrseite. »Und ich liebe deinen Hintern.« Ihr Lächeln wurde breiter und er küsste ihren Hals, was ihm ein Kichern einbrachte, von dem er unbedingt mehr hören wollte. »Ich kann es kaum erwarten, dass du mich wieder in den Mund nimmst und ich deine vollen, sexy Lippen um mich spüre.« Er leckte über ihren Mund und sie kam ihm entgegen, doch er zog sich zurück.

Addy packte sein Shirt und riss ihn wieder nach unten. »Man könnte fast meinen, dass du mich hinhalten willst.«

»Ach ja?« Er ließ eine Hand unter ihr Kleid gleiten. Es war wundervoll, dass sie dieses Spiel noch spielen konnten, obwohl sich alles zwischen ihnen geändert hatte. Seine Finger ertasteten Spitze und er hielt inne. »Ich liebe dich in Spitze.«

Er küsste sie sanft, doch sie umfasste seinen Kopf und vertiefte den Kuss. Das verführerische Kreisen ihrer Hüften zu ignorieren, verlangte ihm alles ab. Er hatte es heute schon einmal nicht geschafft, sie angemessen zu behandeln, auch wenn es ihr anscheinend genauso gut gefallen hatte wie ihm, doch noch einmal würde er es nicht vermasseln. Sie musste verstehen, dass sie für ihn mehr als nur eine heiße Nummer war. Selbst das Wort *Nummer* fühlte sich in seinen Gedanken falsch an.

Dominanz war seine Stärke. Zurückhaltung? Eher weniger. Aber er zwang sich, genau das zu tun, zurückhaltend zu sein. Er versicherte sich selbst, dass er es später wiedergutmachen würde, ließ ihren Oberschenkel los und stützte sich auf den Händen ab. In ihren Augen loderte das Verlangen und lockte ihn, die Vernunft sausen zu lassen. Er bemühte sich krampfhaft, das Richtige zu tun, und sagte: »Aber wir werden hier jetzt keinen Sex haben und das sind auch nicht nur Sprüche. Ich liebe dein Lachen. Find dich damit ab.« Er setzte sich auf und die Luft zwischen ihnen knisterte so heftig, dass das Dünengras mit Sicherheit jeden Moment in Flammen aufgehen würde.

»Na schön«, gab sie bissig zurück. Die Atemlosigkeit in ihrer Stimme verriet ihm jedoch, dass sexuelle Frustration und nicht Wut für ihren Tonfall verantwortlich war. »Du magst mein Lachen.«

Er stand auf und zog sie mit sich auf die Füße, wobei ihm die Glitzerfarbe auf ihrem Handgelenk auffiel. »Team Braut?« Er erinnerte sich an den Stift, den er ihr abgenommen hatte, und holte ihn aus seiner Tasche. Addy legte neugierig den Kopf zur Seite, als er die Kappe abzog, ihr Handgelenk umdrehte und »Vergeben« über den vorhandenen Schriftzug kritzelte.

»Sind wir etwas besitzergreifend?«

»Nur so sehr, wie du es zulässt.« Er steckte den Stift wieder ein und beobachtete, wie sie sich den Sand von den Beinen klopfte. Er drehte sie an den Schultern herum, sodass sie mit dem Rücken zu ihm stand, und schob ihre Hand weg. »Ich mach das. Gewöhn dich dran. Tu einfach so, als wäre es deine Idee gewesen, wenn dir das hilft.« Er strich den Sand von ihren Beinen, und als er ihren Hintern abklopfte, wackelte sie ein wenig damit.

»Ist das *hart* für dich?«, stichelte sie.

»Verdammt.« Er verpasste ihr einen kräftigen Klaps auf den Po.

»Hey!« Mit einem verführerischen Ausdruck wandte sie sich ihm wieder zu und er führte sie zurück über die Steine. »Wohin soll ich denn jetzt schon wieder kommen?«

»Gleich hier und jetzt, wenn du nicht aufpasst.« Er legte einen Arm um ihre Schultern und zog sie so plötzlich an sich, dass ihr ein erschrockener Laut entwich und sie ihm eine Hand auf den Bauch legte. Allerdings nahm sie sie schnell wieder weg, doch er drückte sie zurück. »Das macht man so, wenn man zusammen ist.«

»Ich hab nie gesagt, dass wir zu…«

Er brachte sie mit einem Kuss zum Schweigen. Sie lehnte sich an ihn, schlang die Arme um seinen Nacken und ließ es zu. Er hatte absolut keine Ahnung, was sich in *ihrer* Büchse der Pandora befand, war aber ziemlich sicher, dass es nichts im Vergleich zu dem Wirbelsturm aus Emotionen war, den sie in ihm ausgelöst hatte.

Abrupt löste er sich aus dem Kuss.

»Was?« Sie lächelte so unschuldig wie ein Tigerweibchen, das sich die Lefzen leckte. Er führte sie zum Strand hinunter. »Wohin gehen wir?«

»Spazieren, bevor ich mich am Ende noch entscheide, dass es blöd ist, dich wie eine Lady zu behandeln und mir einen schönen Felsen für dich aussuche.«

Zehn

Erst eine ganze Weile, nachdem Addy und Jake ihren Spaziergang zum Abkühlen angetreten hatten, beruhigten sich ihre Hormone wieder, und sie lauschte einfach gebannt den Geschichten über seine Kindheit. Er erzählte ihr von Ausflügen an den Strand mit seiner Familie, wie sein Vater ihm und seinen Geschwistern beigebracht hatte, auf alles vorbereitet zu sein, und wie man in der Wildnis überlebte. Das war noch etwas, das sie an Jake und seiner Familie bewunderte. Es war kein Geheimnis, dass Jake und seine Geschwister aus einer vermögenden Familie stammten. Wie waren sie alle so bodenständig geblieben? Je länger sie sich unterhielten, desto klarer wurde die Antwort darauf. Ihre Eltern hatten sie darin bestärkt, an sich zu arbeiten und ihre Träume zu verwirklichen, und ihnen das Wissen und das Handwerkszeug vermittelt, um auch mit weniger Geld und in schlechteren Verhältnissen klarzukommen. Jake hatte sich Knochen gebrochen, war an Projekten gescheitert und hatte sich um die Lösung seiner eigenen Probleme bemühen müssen.

»Mein Vater hat immer gesagt, dass wir nicht aufgeben, bis wir es haben, wenn wir etwas wirklich wollen. Wenn nicht, dann …« Er zuckte mit den Schultern.

»Das erklärt eine Menge.«

»Wenn du meinst. *Ja*, ich wollte dich. *Ja*, ich habe nicht lockergelassen. Du kannst gern sarkastisch sein, aber immerhin stehe ich zu meinen Gefühlen.«

Das tat weh und machte ihr ziemlich zu schaffen, aber er hatte recht. »Entschuldige. Red bitte weiter. Ich mag die Geschichten über dich und deine Brüder.«

»Wie war deine Kindheit?«

»Im Vergleich zu deiner total langweilig. Privatschulen, Privatlehrer, die uns begleitet haben, wenn mein Vater zu einer Fashionshow musste. Schicke Kleider, noble Restaurants. Und meine Eltern haben nur auf zwei Dinge Wert gelegt: dass ich perfekt aussehe und mich gut benehme.« Sie lehnte ihren Kopf an seinen Arm. »Bitte, erzähl mir mehr. Es ist schön, ein Gefühl dafür zu bekommen, wie du der Mensch geworden bist, der du jetzt bist.«

»Was willst du wissen?«

»Keine Ahnung. Mit wem hast du die Welt erkundet, als du noch jünger warst?«

»Mit jedem, der mitkommen wollte«, erwiderte er lächelnd. »Cash und ich haben mal einen ganzen Sommer lang geübt, wie man Spuren liest. Wir sind von morgens bis abends im Wald gewesen. Ich war erst sieben oder acht, aber wir haben so getan, als wären wir Einsiedler in den Bergen. Wir mussten unsere Fähigkeiten verbessern und Tiere aufspüren.«

Bei den letzten beiden Sätzen senkte er die Stimme und Addy lachte. »Willst du dir jetzt auf die Brust schlagen?«

Er zog sie enger an sich. »Ha ha. Und ja, vielleicht schon. Na und?«

»Ich finde es süß.« Das war es wirklich, aber sie konnte auch sein Bedürfnis nachvollziehen, sich zu beweisen. Sie hatte sich sehr lange seine Fotos in den sozialen Medien angeschaut, und abgesehen davon, dass sie sich ein gutes Bild davon machen konnte, wer Jake war, hatte sie sich auch eingestehen müssen, wie selten sie sich selbst aus ihrer Komfortzone herauswagte. Das war der Anstoß für ihren bevorstehenden Campingausflug gewesen.

»Ach ja? Sag das bitte nicht vor meinen Brüdern. Sie werden mich ewig und drei Tage damit aufziehen, dass ich *süß* bin.«

»Memo an mich – *süß* oft in Gegenwart von Jakes Brüdern sagen.«

Er fasste sie an den Seiten und sie sprang mit einem lauten Quietschen nach vorn. Innerhalb weniger Sekunden lag sie in seinen Armen und wurde wie in einer dieser albernen Romantikkomödien herumgewirbelt. Allerdings fühlte sie sich überhaupt nicht albern. Sie fühlte sich glücklich, auch wenn sie noch unsicher war, wie sie sich auf diesem neuen Terrain zurechtfinden sollte. Jake setzte sie wieder ab und sie lächelte ihn an.

»Hast du immer noch Angst?«, fragte er.

»Und wie.« Sie legte die Hände auf seine Hüften, überrascht darüber, dass sie das so bereitwillig zugegeben hatte. Doch während des Spaziergangs hatte sich etwas verändert. Er drängte sie nicht, über die Gründe für ihre Angst zu sprechen, und er versuchte auch nicht, das Problem für sie aus der Welt zu schaffen. So unbedeutend das auch klingen mochte, war es für Addy das Bedeutsamste, das er hätte tun können. Und damit hatte Jake unwissentlich einen kleinen Riss in der Rüstung verursacht, mit der sie sich schützte. Es fühlte sich gut an, ihn nicht verführen zu wollen oder gegen die Versuchung anzukämpfen. Es fühlte sich richtig und schön an, seine Gesellschaft ohne Hintergedanken oder Sorgen, was das alles zu bedeuten hatte, zu genießen.

Er nahm ihre Hand und sie schlenderten schweigend weiter. Nach ein paar Minuten sagte er: »Ich verstehe es. Also, große Angst zu haben.«

»Hast du auch immer noch Angst?« Sie wandte den Blick ab und ihr wurde klar, dass ihr seine Antwort wichtiger war, als sie vermutet hätte.

»Nur davor, dass du gehst und ich nicht alles in meiner Macht Stehende getan habe, um dich davon zu überzeugen, dass wir gut füreinander sind.«

»Jake …« Sie hielt inne und schluckte die unzähligen Antworten hinunter, die ihr ganz automatisch auf der Zunge lagen. Er verdiente mehr als das.

Bevor sie jedoch ein weiteres Wort herausbringen konnte, bat er: »Erzähl mir von dem Trip in die Berge. Warum bist du so entschlossen, allein durch die Silver Mountains zu wandern?«

»Warum nicht?« *So viel dazu, keine schnippischen Antworten mehr zu geben.*

Sein unbeeindruckter Blick war berechtigt. Er war ihr gegenüber absolut ehrlich gewesen und verdiente es, die Wahrheit zu erfahren. Sie blieb stehen, denn ihre Beine konnten sie keinen Schritt weitertragen, und sie kratzte ihren Mut zusammen, um einen so großen Teil von sich preiszugeben. Addy atmete tief ein und sammelte jedes Quäntchen Stärke dafür. »Das weiß ich selbst nicht so richtig.«

»Komm schon, Addy. Ich dachte, wir würden nicht mehr miteinander spielen.«

»Es ist die Wahrheit«, erwiderte sie ruhig, obwohl sich alles in ihr verkrampfte.

»Du weißt es nicht? Warum bestehst du dann darauf, es allein zu machen? Lass mich dich begleiten …«

»Nein«, unterbrach sie ihn. »Ich werde definitiv allein gehen. Ich muss. Ich habe diesen großen Plan, den Kopf freizubekommen und herauszufinden, aus welchem Holz ich geschnitzt bin. Mein Camp werde ich auf Riser's Ridge aufschlagen und von da aus jeden Tag acht bis neun Kilometer wandern, um so viel wie möglich zu sehen. Eine Nacht will ich auf dem Pirate's Peak verbringen.«

Er atmete geräuschvoll aus. »Du kletterst allein auf den Pirate's Peak?«

»Natürlich. Das machen viele Leute. Tut mir leid, aber das muss ich allein tun.«

»Warum zehn Tage allein auf einem Berg? Das ist gefährlich.«

»Du hältst meine Gründe bestimmt für lächerlich, aber ich verrate sie dir trotzdem, weil sie es für mich nicht sind. Zehn Tage, weil es so lange dauert, um alles zu sehen, was ich erkunden will. Und was würde ich mir beweisen, wenn ich nur zwei oder drei Tage bleiben würde? Das ist gar nichts. *Jeder* könnte das schaffen. Außerdem hast *du* mich zu diesem Trip inspiriert. Das sollte dir doch gefallen.«

»Oh nein, dafür übernehme ich keine Verantwortung.«

»Beruhig dich, okay? Nicht du speziell. Als Gabby Duke kennengelernt hat, habe ich über ihn und seine Firma recherchiert. Du weißt schon, um herauszufinden, worauf Gabby sich da einlässt, und da habe ich auf deiner Facebook-Seite die Bilder von den Sachen gesehen, die du schon gemacht und die Orte, die du besucht …«

»*Meine* Facebook-Seite?«

»Duke hatte keine. Rein zu Forschungszwecken. Bild dir darauf nichts ein. Zu dem Zeitpunkt wusste ich noch nicht mal, dass du existierst, aber … dann bin ich hängen geblieben.« Seine attraktiven, markanten Gesichtszüge hatten sie sofort fasziniert. Je tiefer sie grub – *okay, schnüffelte* –, desto anziehender wurde er. Auf ihrem Lieblingsbild war Jake mit seiner Mutter auf einer Wiese zu sehen. Er wirkte entspannt, hatte den Kopf leicht schräg gelegt und lächelte seine Mutter an, die ihm eine Hand an die Wange legte. Es war offensichtlich, dass die beiden nicht mitbekommen hatten, wie sie jemand fotografierte. Addy hatte sich unzählige Nächte den Kopf darüber zerbrochen, wer der Mann hinter dem Bild war, der seine schroffe Fassade für die Frau ablegte, die ihn auf die Welt gebracht hatte. Und als sie ihn schließlich kennengelernt hatte, konnte sie dieses liebevolle Bild nicht mit dem übertrieben machohaften, aalglatten Player vereinen. Nun, da sie auch seine weichere Seite erlebt hatte, musste sie wieder an dieses Foto denken.

»Mhm«, sagte er. »Und wie lange warst du auf meiner Seite?«

»Keine Ahnung.« Auf keinen Fall würde sie ihm verraten, dass sie den halben Tag dort verbracht hatte. Auf vielen Fotos war er halb nackt an spannenden Orten wie auf Bergen oder in Wäldern zu sehen, was ihre spätnächtlichen Fantasien fütterte und sie für den nächsten langen Winter versorgte. Aber ihre Suche hatte auch etwas offenbart, mit dem sie niemals gerechnet hätte.

»Als ich mir deine Bilder angesehen habe, wurde mir klar, dass ich mich seit dem College nicht mehr aus meiner Komfortzone gewagt habe. Klar, ich habe das Geld meiner Eltern nicht angenommen und mir selbst ein Leben aufgebaut, aber es ist bequem. Während ich erster Klasse zu internationalen Fashionshows geflogen bin und von vorn bis hinten verwöhnt wurde, hast du dich in der freien Wildbahn durchgeschlagen. Ich wollte diese Erfahrung auch unbedingt machen. Ich war noch nie campen.«

»Wir kommen später noch mal auf diese Stalking-Sache zurück, aber du warst noch nie campen und willst jetzt allein in die Berge?« Er lachte ungläubig auf. »Das wirft noch mal ein ganz anderes Licht auf die Sache. Bist du irre? Schon erfahrene Leute sollten nicht so lange allein in den Bergen wandern, aber jemand, der das zum ersten Mal macht? Das ist gefährlich, Addy. Ich wünschte, du würdest es dir noch mal überlegen.«

»Sagt der Mann, der bei jeder Rettungsmission in unbekanntem Gelände sein Leben aufs Spiel setzt.« Die Lichter des Resorts erhellten den Abendhimmel über dem Strand. In den letzten beiden Tagen hatte sich so viel verändert. Monatelang hatte sie gegen den Impuls angekämpft, der Hitze zwischen ihnen nachzugeben. Nun hatten sie diese Hürde genommen und standen vor der nächsten. Wie waren sie an den Punkt gelangt, an dem er glaubte, ihre Entscheidungen infrage stellen zu dürfen? Und warum *wollte* sie es ihm erklären, anstatt ihm einfach nur zu sagen, dass es ihn nichts anging?

Sie war der Meinung gewesen, dass sie nur eine Sache verband: heißer, leidenschaftlicher Sex. Aber das war nicht alles. Nicht einmal annähernd. Er war genauso stur wie sie. Ihre Blicke trafen sich und die Kombination aus Frustration und Lust ließ sie wie angewurzelt stehen bleiben.

Er griff nach ihrer Hand. Sie brauchte Abstand, um ihm gegenüber so aufrichtig zu sein, wie er es verdiente. Doch sie atmete zittrig ein, konzentrierte sich auf das Kribbeln in ihrer Brust, seine große Hand und wie sehr sie all das mochte, anstatt sich auf die Unsicherheit in ihr zu fokussieren.

Sein Griff wurde fester, doch dann schien er es sich anders zu überlegen, ließ ihre Hand los und legte ihr besitzergreifend – *beschützend?* – einen Arm um die Schultern. Das fühlte sich sogar noch besser an, als seine Hand zu halten. Woher wusste er ganz genau, was sie brauchte, um diese Unterhaltung zu überstehen? Vor allem, wenn es das komplette Gegenteil von dem war, was sie *glaubte* zu brauchen.

Jake sagte nichts, sondern ließ das Schweigen zwischen ihnen zu, das nur von den Wellen unterbrochen wurde, die ans Ufer schwappten. Dann küsste er ihre Schläfe, was den Knoten in ihrem Bauch löste.

Addy nahm gedanklich all die Gründe auseinander, warum sie allein in die Berge reisen wollte, und kam zu dem Schluss, dass sie es nur erklären konnte, wenn sie ganz von vorn anfing. Dabei würde sie eine Seite an sich offenbaren müssen, die sie selbst Gabriella nur teilweise gezeigt hatte. Sie nahm all ihren Mut zusammen. »Du hast doch all diese wunderbaren Erinnerungen an Angel- und Campingausflüge mit deiner Familie und wie ihr coole neue Dinge gelernt habt.«

»Ja.«

»Von all diesen Kindheitserlebnissen, die du haben durftest, wurde ich abgeschirmt. Versteh mich nicht falsch, meine Eltern lieben mich. Ich bin kein kaputtes, ungeliebtes Mädchen, das rebelliert, um Aufmerksamkeit zu bekommen. Ich bin das Mädchen, das wie ein kostbarer Diamant gehegt und behütet wurde, obwohl ich eigentlich nur vom Leben zerkratzt und geprägt werden wollte.«

»Es ist für Eltern, die so gut betucht sind wie deine, nicht ungewöhnlich, ihre Kinder zu schützen, oder?«, fragte er. »Ich meine, sieh dir nur Paris Hilton an.«

»Du hast mich gerade nicht ernsthaft mit Paris Hilton verglichen.«

Er lachte und drückte sie etwas fester. »Nicht dich. Nur das Konzept, von vermögenden Eltern verhätschelt zu werden.«

Sie ließ sich seine Antwort durch den Kopf gehen und lächelte. »Okay, du darfst weiterleben.«

Er beugte sich mit einem teuflischen Grinsen auf seinem attraktiven Gesicht nach unten, legte ihr eine Hand in den Nacken und küsste sie. Er schmeckte gut und fühlte sich so richtig an, dass sie sich zu ihm drehte und sich dem langsamen, herrlichen Kuss hingab. So wie jetzt hatte er sie noch nie geküsst, mit einer Zärtlichkeit und einer besitzergreifenden Art, bei der ihr Herz dahinschmolz.

»Ich weiß, dass du kein verwöhntes Prinzesschen bist.« Die Zuneigung in seinem Blick war so aufrichtig, dass sie förmlich in ihn hineinkriechen und ihm ihr Herz ausschütten wollte. Diese Gefühle waren vielleicht neu, wurden ihr aber mit jeder Sekunde vertrauter und jegliche Zweifel daran, ob sie echt oder nur eingebildet waren, verpufften wie Rauch im Wind.

»Danke.« Jake betrachtete sie noch einen Augenblick schweigend, ehe er sich zurückzog. Sie hatte das Gefühl, als würde er ihr Raum geben, um sich von der brodelnden Hitze zwischen ihnen zu erholen. Sie war überrascht, wie sehr sie die Geste zu schätzen wusste, egal, wie ungern sie Abstand zwischen sie brachte.

Ihm schien aufzufallen, dass ihr dieser Abstand – zuvorkommend oder nicht – nicht besonders gefiel, denn er zog sie wieder fest an sich, küsste sie ziemlich zahm und setzte sich dann wieder in Bewegung. Dass Jake instinktiv zu wissen schien, was sie brauchte, ließ sich nicht so unmittelbar abschütteln, wie sie gehofft hatte. Die Gefühle waren einfach zu mächtig, um sie einfach beiseitezuschieben. *Kein Wunder, dass Gabriella sich so schnell in Duke verliebt hat.* Es war ebenso berauschend wie furchteinflößend, und den Sinn dahinter zu verstehen, ohne ihre gesamte Welt dabei in Brand zu setzen, fühlte sich an, als würde sie durch ein Minenfeld laufen.

»Mit diesem Ausflug holst du also das nach, was du als Kind gern gemacht hättest?«

»Im Prinzip ja. Aber das ist nicht der wahre Grund. Ich sprenge gern meine Grenzen, um herauszufinden, wozu ich fähig bin. Es ist schwer zu erklären, weil es nicht nur daran liegt. Ich weiß, dass ich alles schaffen kann, was ich mir in den Kopf setze, aber ich will mehr erleben. Und ich halte meinen Eltern nicht vor, wie sie mich erzogen haben, oder dass ich das Gefühl habe, etwas verpasst zu haben. Ich liebe sie und ich hatte eine tolle Kindheit, auch wenn es wahrscheinlich nicht so aussieht, weil ich ihren Treuhandfond abgelehnt habe und …«

»Moment mal«, sagte er und riss übertrieben die Augen auf. »Du hast einen Treuhandfond? Oh, Baby. Das ändert alles. Lass uns heiraten!«

»Als würdest du Geld brauchen.«

»Geld ist so ziemlich das Letzte, was ich brauche.«

Er starrte sie so lange an, dass sie sich fragte, ob er etwas anderes implizierte. Als sie schon dachte, dass er ihr jeden Moment sagen würde, dass er sie brauchte, fügte er hinzu: »Ich könnte vollkommen autark in einer Waldhütte leben und wäre glücklicher als in einem Schloss. In meiner Familie sind alle so. Na ja, Duke vielleicht nicht. Er steht auf die Annehmlichkeiten der Zivilisation. Aber sieh dir nur das Haus an, das Trish und Boone in West Virginia gekauft haben. Es ist klein, heruntergekommen und der nächste Ort ist nur ein kleiner Fleck auf der Landkarte. Sie verdienen genug, um den ganzen Bundesstaat kaufen zu können, aber Trish ist nicht anspruchsvoll. Sie ist echt tough, und wenn sie müsste, käme sie auch als Selbstversorgerin durch.« Er schüttelte leise lachend den Kopf. »Sie ist genauso dickköpfig wie du. Als wir noch klein waren, hat sie immer versucht, in allem besser zu sein als wir. Das ist eine der Eigenschaften, die ich an ihr am meisten respektiere.«

Dass Jake ausgerechnet das an Trish schätzte, berührte eine weitere Saite in Addy. Es war toll, dass er Intelligenz und Ehrgeiz mochte, egal ob bei Mann oder Frau. Das war ganz anders als die Umgebung, in der sie aufgewachsen war.

»Genau das meine ich. Ich will mehr erreichen. Vermutlich will ich mich selbst besiegen. Ich will mich mit siebzig nicht fragen, warum ich nie campen war. Du wurdest dazu ermutigt, dich in allem, was du tust, anzustrengen. Ich hatte das nie. Selbst Bildung war bei uns ein einziger Kampf. Mein Vater wollte, dass ich auf eins der Prestige-Colleges gehe oder im Ausland studiere. Ich dagegen wollte einfach nur normal sein und auf ein College gehen, das nicht nur den reichen Familien offensteht. Wahrscheinlich denkst du jetzt, dass ich nur versuche, mein eigenes Selbstwertgefühl zu stärken, gegen meine überfürsorglichen Eltern zu rebellieren oder irgend so ein anderer Psychomist. Und vielleicht ist das auch so. Wer weiß?«

»Da kennst du mich aber schlecht, Sexy Girl. Ich finde es bewundernswert.«

»Entschuldige. Ich hätte das nicht einfach annehmen sollen, aber sicher würden viele Leute es so sehen. Ich weiß nur, dass ich mich gern herausfordere, und wenn das bedeutet, auf Sicherheit zu verzichten, dann ist das eben so. Ich habe bewiesen, dass ich allein klarkomme. Aber da ich das geschafft habe, will ich jetzt *mehr*. Es fühlt sich noch immer an, als würde irgendetwas … ich weiß auch nicht. Fehlen?«

Sie hielt inne, denn irgendwie hörte sich das falsch an. »Wenn ich es laut ausspreche, klinge ich wie ein Teenager, albern und wahrscheinlich total verzogen, denn wie kann etwas fehlen, wenn man in eine Familie hineingeboren wurde, die alles hat? Ich kann es nicht erklären. Meine Mom ist absolut zufrieden mit ihrem Jet-Set-Leben – heute in Paris und morgen Gott weiß wo. Dabei lässt sie meinen Vater alle Entscheidungen für sie treffen. Aber ich bin anders gestrickt. Ich brauche mehr. Ich werde rastlos, wenn mein Verstand nicht stimuliert wird.«

Er hob die Brauen.

»Du hast eine schmutzige Fantasie.« *Und sie ist großartig.*

»Ich hab dir doch gesagt, dass wir perfekt füreinander sind.«

Er beugte sich zu einem weiteren Kuss zu ihr herunter, und als sich ihre Lippen trafen, übernahm er die Kontrolle. Die Meeresbrise strich über ihren Rücken und sie spürte Jakes harte Muskeln von der Brust bis zu den Oberschenkeln. Funken entzündeten sich auf ihrer Haut und sie ließ zu, dass er sich immer mehr nahm. Die Tatsache, dass sie sich nach seiner Dominanz sehnte, entging ihr nicht. Ebenso wenig wie die Erkenntnis, dass sie es nicht eilig hatte, wieder die Oberhand zu gewinnen.

»Ich verstehe dich, Sexy Girl«, raunte er ihr sinnlich zu. »Du bist klug und fähig und willst dir nicht vorschreiben lassen, was oder wann du etwas tun sollst. Aber …«

Er küsste ihren Hals und sah ihr dann tief in die Augen. Die Emotionen in seinem Blick raubten ihr den Atem und sie erkannte, dass er von ihnen überwältigt wurde. *Aber …?*

Er wollte ihre Lippen erneut erobern, doch sie legte ihm eine Hand auf die Brust, um den nächsten Kuss zu verhindern. Sie durfte sich noch nicht hinreißen lassen. Nicht, wenn der Rest noch unausgesprochen war.

»Warte, Jake. Da Gabby und Duke eine Familie gründen wollen und Gabby ihre Stunden in der Kanzlei reduziert, habe ich jetzt die Chance, die Welt so zu erkunden, wie ich es will. Du wirst mich nicht davon abhalten.«

Jake war nicht gut darin, seine Gedanken für sich zu behalten, aber in Addy hatte er nicht nur eine Frau gefunden, die er begehrte, sondern auch jemanden, mit dem er sich in jeder Hinsicht identifizieren konnte. Sie war eine willensstarke, intelligente, risikofreudige Schönheit mit einer Vorliebe dafür, ihre Grenzen auszutesten – innerhalb und außerhalb des Schlafzimmers. Aber er wusste, was passierte, wenn ihm jemand etwas verbot. Er setzte sich nicht nur über dieses Verbot hinweg, sondern wollte darüber hinaus auch beweisen, wie falsch die Person lag. Zweifellos würde Addys Reaktion ähnlich ausfallen, und er war nicht bereit, ihre letzte gemeinsame Nacht aufs Spiel zu setzen, nur um auf seinem Standpunkt zu beharren. Es gab mehr als einen Weg, einen Berg zu besteigen.

Wenn er seinen Beschützerinstinkt ausschalten wollte, hätte er genauso gut versuchen können, einen Bären mit bloßen Händen zu zähmen, aber seine Gefühle für Addy waren stärker als der Wunsch, dass sie nachgab.

»Ich will dich von nichts abhalten«, versprach er, obwohl er ihr durchaus etwas zu diesem Wandertrip einbläuen wollte. Ein Blick auf Addys entschlossene Miene reichte, um zu wissen, dass er alles tun würde, um mit ihr zusammen zu sein. Das bedeutete auch, bis zum Morgen zu warten, ehe er mit ihr über den Ausflug sprach. Seine Brüder würden das wohl einen »Beziehungskompromiss« nennen. Er hatte nicht so viel Ahnung von Beziehungen, aber das war vielleicht auch gar nicht nötig. Er musste nur wissen, was *Addy* brauchte. Und im Moment durfte er nicht zu viel Druck ausüben. Sie musste geliebt und unterstützt werden. Außerdem musste er ihr zeigen, dass er nicht vorhatte, sie zu kontrollieren, sondern sie einfach nur beschützen wollte.

»Ich will heute Nacht«, sagte er leise und entlockte ihr ein lang gezogenes, sinnliches Seufzen. »Und morgen.« Ihre Lippen berührten sich sacht. »Ich will dich in meinem Bett, Addy. Ich will morgen mit dir in meinen Armen aufwachen.«

Sie zog ihre Unterlippe zwischen ihre ebenmäßigen weißen Zähne und wirkte damit ganz anders als die draufgängerische Frau, an die er gewöhnt war, weshalb er sie vor dem Grund für diese verletzliche Reaktion beschützen wollte. Aber es war unmöglich, sie vor allen Widrigkeiten des Lebens zu schützen. Jedes Mal, wenn sie einander nahe waren, schien es für sie schwieriger zu werden, die Mauern hochzuziehen, mit denen sie sich umgab. Ihm ging es nicht anders.

Jake strich mit den Lippen über ihr Ohr. »Sollen wir es hier im Sand tun? Oder soll ich dich in der Sicherheit meines Schlafzimmers ausziehen, dir die hübschen Augen verbinden und dafür sorgen, dass du mehr fühlst als jemals zuvor?«

Sie ließ von ihrer Lippe ab und die Verletzlichkeit verpuffte unter all der Hitze in ihrem Blick. Auf den Zehenspitzen kam sie ihm für einen leidenschaftlichen Kuss entgegen. Gemeinsam stolperten sie küssend über den Strand, den Pfad hinauf zu der unbefestigten Straße, die zurück zum Resort führte, blieben jedoch immer wieder stehen, weil sie die Finger nicht voneinander lassen konnten. Als sie schließlich sein Zimmer erreichten, waren sie beide vollkommen außer Atem. Jake schob Addy ins Zimmer und schubste die Tür hinter ihnen mit dem Fuß zu.

»Schließ ab«, wies sie ihn an, während sie sich das Kleid über den Kopf zog und es auf den Boden warf.

Erledigt.

Er drehte sich wieder um und erstarrte bei ihrem Anblick.

Sie trug nur einen schwarzen Spitzen-BH und ein dazu passendes Höschen. »Du bist unglaublich.« Und sie gehörte ganz ihm. Er zog sich das Shirt aus, behielt es jedoch weiter in der Hand, während er aus seinen restlichen Klamotten schlüpfte.

Sie betrachtete sein Shirt. »Schmusedecke?«

»Ich hab dir etwas versprochen und bei so was mache ich nie einen Rückzieher, Baby.« Er hob sie hoch und staunte wieder einmal, wie zierlich sie war. Addy schlang die Beine um seine Taille und ihre Lippen fanden sich erneut, während er sie ins Schlafzimmer trug.

Er schlug die Decke zurück, legte sie aufs Bett und beugte sich über sie. »Ich habe so lange davon geträumt, dich in meinem Bett zu sehen, dass ich dir in allen Einzelheiten erklären könnte, was ich mit dir anstellen werde.« Ihre Augen weiteten sich minimal, ehe sie sie in einer unheimlich verführerischen Geste wieder verengte. »Aber das würde die Überraschung verderben, oder?«

Sie leckte sich über die Lippen und an ihrem Hals pochte ihr hektischer Puls.

Er hielt das Shirt an einem Zipfel fest und strich damit über ihre Brust. »Sag Hallo zu deiner Augenbinde, Sexy Girl.«

Ihre Mundwinkel hoben sich. »Meine neue beste Freundin.«

Während er ihre wunderschönen Augen mit seinem Shirt bedeckte und es festknotete, ermahnte er sich, dass es egal war, dass sie sich etwas zu wohl damit zu fühlen schien, eine Augenbinde zu tragen. Behutsam bettete er ihren Kopf auf die Matratze und strich ihr über die Wange, wobei er sich anstrengen musste, seine Eifersucht im Zaum zu halten.

Sie legte die Hände auf seine. »Jake?«

Seine Stimme klang unerwartet zittrig. »Alles in Ordnung,

Sexy Girl?«

Sie schloss die Finger um seine Hand und kaute erneut auf ihrer Unterlippe. »Ich hätte nicht erwartet, dass ich es vermissen würde, dein Gesicht zu sehen.«

Er seufzte erleichtert und küsste sie sanft. »Soll ich sie abnehmen?«

Sie schüttelte den Kopf. »Nein. Ich wollte nur, dass du das weißt. Ich hatte nicht erwartet, so viel für dich zu empfinden.«

»Geht mir genauso«, erwiderte er aufrichtig. Ihm fiel auf, wie viel leichter er seine Gefühle offenbaren konnte, wenn sie ihn nicht sah. Dadurch wollte er sich ihr Vertrauen noch mehr verdienen.

Er küsste sie erneut, streichelte mit dem Daumen über ihre Wange und sie ließ ihn los, sodass ihre Hände locker neben ihrem Kopf lagen. Er verschränkte ihre Finger miteinander und sog den Anblick in sich auf, wie sie sich ihm vollständig auslieferte. Ihre Lippen waren leicht geöffnet und glänzten feucht von ihren Küssen. Ihre Brust hob und senkte sich mit jedem schnellen Atemzug. Er wollte sich Zeit lassen, sie erkunden, jede empfindsame Stelle finden, bis sie lichterloh brannte. Er hob ihre Hand an den Mund, küsste jeden ihrer zarten Finger und drückte sie mit der Handfläche nach oben neben ihren Kopf. Dann küsste er sich vom Handgelenk über ihren schlanken Unterarm bis zu ihrer Ellenbeuge. Seine Härte strich über ihr Spitzenhöschen, als er erst ihre Schulter liebkoste und dann den BH-Träger über ihren Arm zog. Er biss sie in die Schulter und saugte dann kräftig an ihrer Haut, um herauszufinden, wie sie darauf reagierte. Addy wölbte sich ihm entgegen und stöhnte leidenschaftlich auf.

»Mein Mädchen steht auf Schmerz und Lust.« Er leckte über die empfindliche Stelle.

»Manchmal«, hauchte sie atemlos.

Er verwöhnte ihre Brüste mit Lippen und Zunge, während er den Rand des BHs mit dem Finger nachfuhr. Sein Daumen glitt über ihren harten Nippel unter dem Spitzenstoff und sie biss sich erneut auf die Unterlippe. Sie war so sexy, so wunderschön, wie sie sich unter ihm wand, während er jede Rundung ihres Körpers kennenlernte und herausfand, was sie am liebsten mochte und was die schüchterne Frau zum Vorschein brachte, auf die er bisher nur einen kurzen Blick erhascht hatte. Er kostete die weiche Haut zwischen ihren Brüsten, was ihr einen sinnlichen Laut entlockte. Ohne davon abzulassen, öffnete er den Vorderverschluss des BHs und schob die Körbchen zur Seite. Mit der Zungenspitze neckte er eine der rosigen Brustwarzen.

»Mehr«, flehte sie und bog den Rücken durch.

»Nicht so schnell, meine Schöne.« Er ließ sich Zeit, schob gemächlich die Träger ihres BHs nach unten und hob Addy dann weit genug vom Bett an, um ihn ihr vollständig auszuziehen.

»Du bist atemberaubend.« Er beugte sich tiefer über ihren Bauch, drückte ihre Brüste zusammen und leckte über beide Nippel.

Sie krallte sich ins Laken und er saugte fest an einer der Brustwarzen. Ein tiefes Stöhnen entfuhr ihr. Das Wissen, dass er ihr solche Lust bereiten konnte, gefiel ihm ausnehmend gut, und dabei hatte er gerade erst angefangen. Auf seinem Weg von ihren Nippeln über die Unterseite ihrer Brüste zu ihrem Brustkorb kostete er jeden Zentimeter ihrer warmen, weichen Haut und genoss das Wimmern und die anderen sexy Laute, die er ihr entlockte. Als er kurz vor ihren Beinen ankam, kniff er sie in eine Brustwarze, gerade fest genug, um eine weitere Welle aus berauschendem Flehen auszulösen. Ihre feuchte Mitte und der Geschmack ihres Verlangens waren himmlisch und gleichzeitig eine Qual.

»*Jake*«, bettelte sie und drängte ihm ihr Becken entgegen.

»Ich werde nie genug davon bekommen, dass du mich so anbettelst.« Er brauchte mehr von ihr und verschloss ihr die Lippen mit einem weiteren, glühenden Kuss. Sie schlang die Arme um ihn, spreizte die Beine weiter und rieb ihre Hitze an seiner Länge.

»Verdammt«, presste er hervor und riss sich von ihrem Mund los. »Ich will dich unbedingt vögeln.« Reue erfasste ihn. Das hätte er so nicht sagen sollen. Das zwischen ihnen fühlte sich anders an als ein bisschen vögeln. Aber ganz falsch war das Wort auch nicht, denn so waren sie nun einmal – zwei Menschen, die kein Blatt vor den Mund nahmen und gerne ihre Grenzen austesteten.

»Dann tu es«, forderte sie ihn auf.

Er grinste. »Ich habe dich noch nicht mit dem Mund zum Kommen gebracht, Süße, und ich will dich morgen beim Frühstück noch schmecken.« Im nächsten Moment zog er ihr das Höschen aus. »Du gehörst allein mir, Sexy Girl.«

Ihre Atmung ging so schwer und sie krallte sich derart fest ins Laken, dass ihre Knöchel weiß hervortraten, dass er ihre Reaktion beinahe mit Angst verwechselt hätte, doch dann spreizte sie die Beine und hob einladend die Hüften. Und er zögerte nicht. Er vergrub das Gesicht zwischen ihren Schenkeln und nahm sich, was er wollte.

»Oh Gott, Jake!«, schrie sie.

Er verwöhnte sie mit der Zunge, reizte ihre sensibelsten Nerven mit den Zähnen und trieb sie damit an den Rand des Höhepunkts. Ihr Körper bebte und sie bog sich ihm entgegen.

Jake wanderte tiefer zu der zarten Haut zwischen ihrer süßen Mitte und ihrem Hintern. Erneut testete er ihre Grenzen, indem er mit der Zunge noch tiefer glitt. Ihr Körper versteifte sich.

Er fühlte sich mies, dass sich bei der Entdeckung dieser Tabuzone Erleichterung in ihm breitmachte. Gleichzeitig bereitete es ihm auch immense Freude, dass es doch noch einige Dinge gab, die sie gemeinsam zum ersten Mal erleben konnten.

»Keine Sorge, Süße. Ich werde nichts tun, was du nicht willst.«

Um ihr zu beweisen, wie ernst es ihm war, wanderte er mit den Lippen wieder nach oben, schob zwei Finger in ihre feuchte Hitze und widmete sich direkt dem Lustpunkt, den er letzte Nacht entdeckt hatte. Dabei verwöhnte er sie mit der Zunge, bis sie sich keuchend an allem festkrallte, was ihr in die Finger kam, und auch noch den letzten Funken Kontrolle verlor. Addy stieß die Hüften nach oben und schrie seinen Namen. »Jake …!«

Er ließ nicht von ihr ab, bis das letzte Pulsieren ihres Höhepunkts abgeebbt war, und dann schickte er sie erneut in den Himmel. Zweimal.

Elf

Während Addy langsam wieder von ihrem Hoch herunterkam, zog Jake ihren bebenden Körper in seine Arme und küsste sie. Alles an ihr kribbelte und pochte. Die Augenbinde verstärkte ihre restlichen Sinne, sodass sie die Härchen seiner Brust an ihrer Haut und seine rauen Hände überdeutlich wahrnahm. Seine Bartstoppeln an ihrem Kinn fühlten sich unglaublich erotisch an. Sie konnte ihre Erregung an ihm riechen und sogar schmecken, als sich ihre Zungen umspielten und er ihr wieder Leben einhauchte. Sie krallte sich an seine Schultern, seinen Rücken, seine Arme, konnte nicht genug bekommen, nicht genug fühlen, nicht genug nehmen. Er reizte Nerven, von deren Existenz sie nicht einmal gewusst hatte, und sie wollte *mehr*. Es gab nur wenige Dinge im Bett, für die sie nie den Mut aufgebracht oder bei denen einfach das Vertrauen in ihren Partner gefehlt hatte, um sie auszuprobieren. Sich die Augen verbinden zu lassen war eines davon, ihre zweitintimste Stelle von einem Mann berühren zu lassen die andere. In einer einzigen Nacht hatte sie unbewusst eines davon überwunden, eine weitere Sache entdeckt und sehnte sich wie eine Süchtige nach der dritten. Und sie würde bekommen, was sie wollte.

»Jake.« Nun behinderte sie die Augenbinde. So erregend

seine Erkundung ihres Körpers dadurch auch gewesen war, fühlte sich der Stoff jetzt wie ein Hindernis zwischen ihnen an. »Ich will *dich*.«

»Oh, du bekommst mich, Sexy Girl.«

»*Jetzt.*« Sie nahm die Augenbinde ab, denn sie wollte ihn so dringend sehen, wie sie ihn berühren und schmecken wollte.

»Da ist aber jemand fordernd, hm?«, neckte er sie.

Plötzlich überkam sie der Drang, ihn mit dem Mund zu verwöhnen, also schlüpfte sie unter ihm hervor, warf das Shirt auf den Boden und musterte ihn hungrig von oben bis unten. Er kniete auf der Matratze und seine beeindruckende Erektion zuckte gegen seinen Bauch und die wundervollen Muskeln, die nur darauf warteten, dass sie sie kostete. Er war wirklich unfassbar heiß. Selbst die Kerle auf Tumblr stellte er mühelos in den Schatten.

»Meine Augen sind hier oben, Süße.«

Sie schenkte ihm einen verführerischen Blick. »Dein eingebildetes Grinsen kenne ich doch schon. Jetzt muss ich den Rest von dir ebenso genau anschauen, es sei denn, du gibst mir ein Foto für meine *Gemächte für heiße Nächte*-Tumblr-Seite.« *Oh, Mist.* Das hatte sie nicht sagen wollen, aber manchmal platzten die Worte aus ihr heraus, bevor sie sie aufhalten konnte.

»Bitte wa…«

»Nicht so genau drüber nachdenken«, unterbrach sie ihn hastig. Sie bedeutete ihm, sich an das Kopfende zu lehnen, und hoffte, ihn damit ablenken zu können. »Ich bin dran. Da ist keine Augenbinde nötig.«

Seine Bewegungen waren steif. »Du hast wirklich eine Tumblr-Seite?«

Sie kniete sich zwischen seine Beine und die heftige Eifersucht in seinen Augen war unübersehbar. »Irgendwie musste ich ja die vielen Nächte überstehen, in denen ich an das hier gedacht habe.« Sie umfasste seine Erektion, was ihm einen Zischlaut entlockte. »Du solltest dich darüber freuen, dass ich noch nie einem Mann genug vertraut habe, um mir von ihm die Augen verbinden zu lassen.«

Einmal strich sie langsam und fest über seine Härte, dann beugte sie sich vor und verwickelte ihn in einen langsamen Kuss, der dem vom Strand Konkurrenz machte. Dem Kuss, der sie in Lichtgeschwindigkeit in sein Schlafzimmer gebracht hatte. Als sie sich voneinander lösten, war die Eifersucht jedoch nicht aus seinem Blick verschwunden. Am liebsten hätte sie sich in den Hintern getreten, weil sie das so nebenbei erwähnt hatte. Die Tumblr-Seite konnte ihm unmöglich das Wasser reichen. Am liebsten würde sie die Worte zurücknehmen, denn umgekehrt wäre sie genauso eifersüchtig gewesen wie er. Die Vorstellung von Jake mit anderen Frauen weckte in ihr das Bedürfnis, jemandem die Augen auszukratzen.

Allerdings würde sie ihm gleich etwas erlauben, was sie noch keinem anderen Mann zuvor gestattet hatte, und sie wusste, dass er darüber die alberne Tumblr-Seite vergessen würde.

»Halt mir die Haare aus dem Gesicht. Du wirst gleich ein weiteres erstes Mal mit Addison Dahl bekommen.«

»Du hast mir gestern schon einen …« Verstehen glomm in seinen Augen auf. Das genüssliche Stöhnen, mit dem er sich in ihre Haare krallte, entlockte ihr ein Lächeln. Sie beugte sich über seine Härte und nahm sie bis zum Anschlag in sich auf.

»Gott, Addy.« Sein Griff wurde fester und er hob die Hüften vom Bett.

Sie löste den Blick nicht von ihm und spürte, wie er in ihrem Mund noch größer wurde. Jedes Mal, wenn sie ihn tief in sich aufnahm, stöhnte er auf und das jagte heiße Blitze zwischen ihre Beine. Mit der freien Hand zupfte sie leicht an seinen Hoden und er gab einen weiteren berauschenden Laut von sich. Er fixierte sie mit seinem drängenden Blick. Als er mit beiden Händen ihren Kopf umfasste, überließ sie ihm die Führung, denn sie wollte ihm so viel Lust wie möglich schenken.

Er versuchte, sie wegzuziehen, doch sie wehrte sich dagegen, saugte fester an ihm und streichelte ihn intensiver, denn sie wollte jeden einzelnen Tropfen von ihm.

»Addy, ich komme gleich.«

Sie lächelte an seiner Länge.

»Oh verdammt. Bist du sicher, Baby?«

Ihre Antwort bestand darin, das Tempo anzuziehen. Jake folgte ihrem Beispiel, stieß mit den Hüften nach vorn und streichelte über ihre Wangen. Sie ging davon aus, dass er sie fester halten und ihr mit seinen Stößen fast die Luft rauben würde, wenn er kam. Doch er liebkoste sie weiter unablässig, während er in ihren Mund kam. Diese Zärtlichkeit widersprach seiner unbändigen Kraft und schlich sich wie ein Geist in ihr Herz.

Erneut zog er sie an sich und schloss sie in die Arme. Er küsste sie tief und nahm ohne jegliches Zögern ihren Mund in Besitz – ungeachtet dessen, was sie gerade getan hatte. Dadurch wurde der Kuss so heiß, dass sie es kaum ertrug. Sie wollte für immer genau hier bleiben, von ihm geküsst werden, sicher geborgen in seinen Armen liegen und diese unzähligen Funken in sich spüren. Wie hatte sie ihr Leben bisher ohne all das ausgehalten? Ohne zu wissen, dass ihr etwas fehlte, das so wundervoll war, dass es sich fast schon illegal anfühlte?

Sie küssten sich lange und rutschten auf dem Bett nach unten, sodass sie nebeneinander lagen. Jake legte ihr eine Hand auf den Rücken und sie spürte jede Stelle, an der sie sich berührten, angefangen von seinen Füßen an ihren Beinen, bis hin zu ihren Nasen, die sich beim Küssen streiften.

»Ich kann nicht genug von dir bekommen«, sagte er zwischen ihren Küssen. »Ich will dich küssen, bis dein Mund zu müde dafür ist.«

»Du bist ganz anders, als ich gedacht hatte.«

Ihre Lippen trafen sich erneut und er zog die Brauen zusammen. »Du hast mir den Kopf verdreht. Bisher fand ich küssen nie toll. Ich bin eher der Typ für schnelle Nummern.«

Schmerz durchzuckte ihre Brust und löste eine weitere Welle aus Schuldgefühlen aus. »Es tut mir leid, dass ich meine Tumblr-Seite erwähnt habe.«

»Ja, das war nicht gerade angenehm.« Sein verletzter Tonfall tat ihr weh.

»Deine Schnelle-Nummer-Angewohnheit auch nicht«, räumte sie ein. Er legte eine Hand an ihre Wange und sie lehnte sich dagegen. Wie konnte sie sich jetzt schon so sehr nach seiner Berührung sehnen?

»Entschuldige. Wir sind beide keine Heiligen«, sagte er ernst. »Aber unsere Vergangenheit hat uns hierhergeführt. Und ich weiß, dass du keine feste Beziehung willst ...«

»Aber wenn ich mir vorstelle, dass du mit anderen Frauen ins Bett gehst, wird mir ganz schlecht.« Sie hielt die Luft an, denn sie konnte nicht glauben, dass sie ihm das gestanden hatte.

»Gut«, erwiderte er grinsend, obwohl seine Stimme todernst klang.

»Gut? Nicht gut, Jake. Vor diesem Wochenende hat es mich nicht so krank gemacht, an dich zusammen mit anderen Frauen zu denken.« Noch während sie das sagte, fiel ihr auf, dass sie sich vorher überhaupt nicht gestattet hatte, über ein solches Szenario nachzudenken. Sie wusste, und hatte auch akzeptiert, dass er ein ziemlicher Player war, aber das waren nur Worte. Sie hatte sich ihn nicht wirklich mit anderen Frauen vorgestellt.

Er hob eine Augenbraue, als würde er ihr das nicht abkaufen.

»Na schön.« Ein frustriertes Stöhnen ging ihrem großen, peinlichen Geständnis voraus. »Wenn wir was trinken waren, habe ich mir eingeredet, dass du danach genau wie ich allein nach Hause gehst.«

»Dann haben wir beide dasselbe Gedankenspiel gespielt. Du willst das mit uns, Addy. Ich sehe es in deinen Augen. Ich spüre es, wenn du mich berührst. Und du siehst mich nicht an, als wäre ich nur eine Wochenendaffäre.«

Sie wollte es leugnen, doch die Wahrheit entschlüpfte ihr einfach so. »Ich mag dich, Jake. Mehr als eine Wochenendaffäre.«

»Danke«, sagte er selbstzufrieden.

Sie lachte. »Aber ich werde meinen Trip in die Berge nicht absagen, und du wirst mich auch nicht begleiten.«

»Das hast du deutlich klargemacht.«

»Gut. Kannst du bitte nicht mehr über deine ... *Angewohnheit* sprechen?«

»Wenn du deine ... *Seite* nicht mehr erwähnst.«

»In Ordnung.«

»Oder sie dir ansiehst«, fügte er hinzu.

»Dieses Wochenende? Okay. Aber dann hoffe ich für dich, dass du noch eine Menge Energie für diese Nacht übrig hast, denn ich fange gerade erst an.«

Er drehte sie auf den Rücken und küsste sie. »Addison Dahl, ich werde das Duracell-Häschen nicht nur an diesem Wochenende vor Neid erblassen lassen.« Er schien nicht genug von ihren Lippen zu bekommen und erstickte ihr Lachen, während er ihre Beine weiter auseinanderdrängte. »Sag, dass du mir gehörst.«

»Küss mich noch mal«, flüsterte sie verführerisch. Sie wusste nicht, was sie davon abhielt, die Worte auszusprechen. Vielleicht lag es daran, dass sie morgen Nachmittag abreiste und gestern noch entschlossen gewesen war, sich ihn aus dem Kopf zu schlagen. Oder vielleicht lag es daran, dass sie automatisch an Besitzansprüche dachte, wenn sie diesen Schritt wagte und sich als *sein* bezeichnete. Und Besitzansprüche erinnerten sie unwillkürlich an all die Gründe, warum sie nicht mehr unter der Fuchtel ihres Vaters hatte stehen wollen. Was auch immer sie zurückhielt, war jedoch nicht stark genug, um die Emotionen hinter diesen Worten unter Kontrolle zu halten.

»Du wirst mich echt auf Trab halten, nicht wahr?«, flüsterte er und rieb mit der Nasenspitze über ihren Hals.

»Nur auf die bestmögliche Art.« Sie drängte das Becken gegen seines und er schmiegte seine Härte zwischen ihre Beine.

»Sag es, Baby. Sag, dass du mir gehörst. Gib zu, dass das mit uns ernst ist, und ich werde dich lieben, wie du noch nie zuvor geliebt wurdest.«

»Das sollte einfach sein«, erwiderte sie leise. »Ich wurde noch nie zuvor geliebt.«

Er umfasste ihr Gesicht und flehte sie mit seinem Blick an, die nächste Hürde zu überwinden. »Ich auch nicht. Sag, dass du mir gehörst, dann erleben wir das gemeinsam.«

Ihr Herz war kurz davor, zu explodieren, und ihre Kehle war zu eng, um die Worte hindurchzulassen, also nickte sie.

Ihre Körper fanden zueinander, Jake schlang die Arme um sie, hielt sie so fest wie nur irgend möglich und flüsterte: »Du gehörst mir, Addy. Vielleicht bist du noch nicht bereit, es zuzugeben, aber wir werden alle Gedanken daran auslöschen, dass es jemals einen anderen Mann in deinem Leben gegeben hat.«

Sie hatte das Gefühl, dass sie das bereits getan hatten.

Zwölf

Es gab zehn Dinge, die man auf einem Trip in die Wildnis dabeihaben sollte, wobei Jake auf einen Großteil davon verzichten konnte. Eine Karte und einen Kompass zur Orientierung. Ohne die kam er aus. Er kannte sich in der Natur so gut aus, dass er einen Baum wiedererkennen würde, an dem er vor einer Woche vorbeigekommen war, und er konnte seine Position anhand von Sonne, Mond und Sternen bestimmen. Eine Sonnenbrille und Sonnencreme waren wichtig, damit man keinen Sonnenbrand bekam, aber zur Not konnte er sich etwas aus dem basteln, was er im Wald fand, und Schlamm bot außerdem einen natürlichen Sonnenschutz. Wechselkleidung, eine Stirnlampe, Erste-Hilfe-Utensilien standen natürlich außer Frage, auch wenn er ohne die Stirnlampe und die Wechselkleidung klarkam. Feuerzeug und Streichhölzer, ein Messer und natürlich Vorräte rundeten die Liste ab. Er wusste, wie man ohne Hilfsmittel ein Feuer machte, und wenn nötig könnte er sich aus Steinen und Ästen eine Waffe bauen. Und er war Profi darin, sich Nahrung aus der Natur zu beschaffen. Für Jake war Überleben in der Wildnis wie das kleine Einmaleins. Aber wenn es um Herzensangelegenheiten ging, war er ziemlich ahnungslos. Addy schlummerte sicher in seinen Armen. Wie sollte er ihr

Raum geben und das überleben, ohne den Verstand zu verlieren?

Jake war nicht der Typ, der über Nacht blieb, aber mit Addy wollte er mehr davon. Ihr schlanker Rücken schmiegte sich an seinen Oberkörper, ihre Hüften ruhten an seinen, und selbst im Schlaf klammerte sie sich an seine Hand, als würde sie sich auch mehr wünschen. War es seinen Brüdern auch so ergangen? An einem Tag fantasierten sie von einer Frau und am nächsten konnten sie sich nicht vorstellen, sie je wieder gehen zu lassen? Addy und er hatten in der vergangenen Nacht so oft miteinander geschlafen, dass er schon nicht mehr mitzählen konnte, aber gerade dachte er nicht über den rein körperlichen Akt nach. Es war die Vielzahl der intimen Momente in diesen leidenschaftlichen Stunden. Die Blicke, das Händchenhalten, das Lachen. So etwas hatte er noch nie zuvor erlebt und jeder Augenblick hatte sich in sein Gedächtnis eingebrannt.

Addy regte sich, er küsste ihre Wange und drückte sie fester an sich. Hätte sie etwas dagegen, wenn er sie nie wieder losließ? Morgen um diese Zeit würde sie weg sein, während er für einen abendlichen Angelausflug mit seinem Vater und seinen Brüdern auf der Insel blieb, ehe er am nächsten Tag nach New York zurückkehrte.

Er küsste sie erneut und sie drehte sich mit einem verschlafenen Lächeln zu ihm um. »Hi«, murmelte sie leise.

Sanft suchte er mit den Lippen ihre. »Hey, Sexy Girl. Der befriedigte Gesichtsausdruck steht dir gut.«

Sie lehnte die Stirn an seine Brust. »Oh Mann, diese Sprüche klingen so …«

»Echt?«

Sie schüttelte den Kopf. »Wo ist mein Neandertaler? Dieser Typ hier bringt mich in Verlegenheit und das mag ich nicht.«

Er küsste sie erneut. »Du hast mich *deinen* Neandertaler genannt.«

»Hab ich das?« Ihre Finger glitten hauchzart über seine Brust. »Ich habe wohl eine Schwäche für Höhlenmenschen.«

»Du hast eine Schwäche für *mich*.«

Sie lächelte ihn süß und verschmitzt an. »Es gibt noch viel, was ich nicht über dich weiß, also steht das Urteil darüber noch aus.«

Er verpasste ihr einen leichten Klaps auf den Hintern und ihr Kichern ließ sein Herz schneller schlagen.

»Wie spät ist es?«

Er warf einen Blick auf die Uhr. »Kurz nach vier.«

»Ich sollte gehen.« Sie rührte sich jedoch nicht von der Stelle.

»Bleib.«

»Deine Familie könnte es mitbekommen.«

Wie konnten sechs Worte einem Mann von seinem Kaliber so zusetzen? »Und wenn ich will, dass die Welt erfährt, dass du mir gehörst?« Sie biss sich auf die Unterlippe, und Jake rutschte tiefer, sodass sie auf Augenhöhe waren. »Warum spielst du mit mir?«

»Tu ich nicht. Also, nicht mit Absicht.«

»Tja, Süße, es ist aber so und das macht mich sauer.«

»Das ist irgendwie eine reflexartige Reaktion. Und gleichzeitig auch wieder nicht.« Sie hielt inne, als würde sie über ihre nächsten Worte nachdenken. »Alle wissen von uns, aber sollten wir es ihnen wirklich unter die Nase reiben? Ich meine, wir sind ja kein Paar oder so. Ich reise heute ab und du wirst wieder das tun, was du den lieben langen Tag eben so machst. Ich weiß wirklich nicht viel über dich, außer …«

»Außer das, was du schon weißt? Zum Beispiel, dass ich ein

ehrlicher Kerl bin, der verrückt nach dir ist? Ich verbringe meine Tage mit Bergungs- und Rettungsmissionen, wo immer ich gebraucht werde. Manchmal bin ich ein paar Stunden beschäftigt, manchmal dauert es länger. Es ist immer anders. Und ab sofort …« Er küsste sie wieder. »… will ich meine Nächte mit dir verbringen. Was willst du noch wissen?«

»Hm …« Sie zog die Nase kraus und tippte ihm auf die Brust, was unheimlich entzückend aussah. Sie war so ungehemmt, so offen, süß und verspielt, dass es sich anfühlte, als wäre er wieder ein Stück weitergekommen und hätte einen weiteren, verborgenen Teil offengelegt.

»Da gibt es so viel, zum Beispiel … keine Ahnung … was dein Lieblingsessen ist.«

»Du.« Er raubte sich einen Kuss und sie lachte.

»Ernsthaft. Ich muss so was über dich wissen.«

»Ich bezweifle ernsthaft, dass mein Lieblingsessen so wichtig ist.«

Sie verdrehte die Augen. »Wie soll ich es denn auf meinem Körper verteilen, damit du es ablecken kannst, wenn ich nicht weiß, was du magst?«

»Verdammt. Wie soll ich dieses Bild je wieder aus dem Kopf bekommen?« Er küsste sie lang und innig und wollte doch so viel mehr. »In diesem Fall«, fuhr er fort, »die Windbeutel meiner Mutter. Sie sind so schon großartig, aber wenn ich sie von deinem Körper essen könnte, wären sie überirdisch köstlich.«

Als er sich erneut zu ihr beugte, hielt sie ihn mit einer Hand auf seiner Brust zurück. »Okay, nächster wichtiger Punkt: Was tust du, wenn du nicht gerade Menschen das Leben rettest oder versuchst, mich ins Bett zu bekommen?«

»Gerade habe ich nur Zeit für Letzteres, also …«

»Komm schon«, nörgelte sie. »Was tust du, wenn du nicht im Einsatz bist? Gabby hat erzählt, dass du das ehrenamtlich machst, also was ist dein richtiger Job? Wie verdienst du dein Geld, wenn du ständig quer durchs Land fliegst?«

Jakes erster Impuls war, ihr das zu sagen, was er allen anderen erzählte, nämlich, dass er Rettungspersonal ausbildete. Normalerweise reichte das, um die Neugier zu befriedigen, weil die meisten Leute nicht wussten, dass der Großteil dieser Trainer ebenfalls nicht bezahlt wurde. Er hatte jedoch das Gefühl, dass Addy zu klug für diese Standardantwort war. Sein zweiter Gedanke war, dass Lügen in ihrem Bett keinen Platz hatten, also sagte er ihr die Wahrheit.

»Vor ein paar Jahren haben ein Kumpel und ich eine Rettungsapp entwickelt. Durch das Einkommen konnte ich meinen Job als Parkranger kündigen und meine Zeit komplett den Missionen widmen.« Er war ziemlich sicher, dass Addy wusste, wie viel Geld seine Familie besaß, sah jedoch keine Notwendigkeit, es anzusprechen, da er seinen Treuhandfond nie anrührte.

»Wow, wirklich? Du warst also erst Parkranger? Einer von diesen Typen in den niedlichen Uniformen, die den Leuten sagen, dass sie ihren Müll nicht rumliegen lassen sollen?«

Er lachte. »So was in der Art.«

»Ich wette, dass sich in deinem Park viele Mädels absichtlich verlaufen haben.«

»Wahrscheinlich ist es sicherer, wenn ich das unkommentiert lasse.«

Sie versetzte ihm einen Klaps auf den Arm und er hielt ihr Handgelenk fest, um sie zu küssen. Ihr Lächeln an seinen Lippen fühlte sich wunderbar an.

»Wir wollten doch nichts sagen, was einen Nerv treffen könnte, schon vergessen?« Er zog sie wieder an sich. »Oh Mann,

Baby. Jetzt muss ich dich schon vor dir selbst schützen.«

»Hm. Eventuell werde ich den Fehler noch ein paar Mal machen.«

Er konnte nicht genug von ihr bekommen, denn sie schmeckte einfach zu gut. »Meine Lippen stehen dir zur Verfügung. Und jetzt sollten wir das Fragespiel langsam abschließen, damit ich zu den schöneren Aktivitäten übergehen kann.«

»Okay, ich beeile mich, aber nur, wenn du versprichst, dir mit den schönen Aktivitäten *viel* Zeit zu lassen.«

Er rollte sich über sie und ließ sie spüren, welche *schönen* Dinge er für sie parat hatte. »Du darfst noch zwei Fragen stellen. Danach wird nicht mehr geredet.«

Das brachte ihm ein breites, verspieltes Grinsen ein. »Wie bist du als Parkranger darauf gekommen, eine App zu entwickeln, und braucht man dafür keine technischen Fähigkeiten? Das zählt als eine Frage, weil ich dazwischen keine Pause gemacht habe.«

»Ich mag dich wirklich.« Er senkte den Kopf, doch sie hielt ihn erneut zurück.

»Raus damit, denn wenn ich deine Lippen noch eine Sekunde auf meinen spüre, setzt mein Verstand aus.«

»Gut zu wissen.« Er stahl sich noch schnell einen weiteren Kuss und sprach dann, so schnell er konnte. »Zusätzlich zu meinem *putzigen* kleinen Job als Parkranger habe ich einen technischen Abschluss. Mein Kumpel Chris Boyer ist Luftfahrtingenieur und ebenfalls als BUR-Spezialist tätig – das steht für Bergung und Rettung. Wir hatten eine Idee und haben die dann umgesetzt.«

»Jake, das ist der Wahnsinn! Wie viele Leute können von sich behaupten, eine App entwickelt zu haben?«

»Ja, es ist ziemlich cool, aber ich gehe damit nicht hausieren, also posaun es bitte nicht rum.«

»Warum? Bist du nicht stolz auf das, was du erreicht hast?«

»Das sind mehr als zwei Fragen, aber ja, ich bin sehr stolz darauf. Aber ich tue es nicht, um Anerkennung zu bekommen. Ich hab es getan, weil es ein Werkzeug für das ist, wofür ich brenne. Bergung und Rettung. Die App ist echt cool. Ein paar der größten BUR-Teams haben vor Kurzem angefangen, unsere neuesten Updates zu integrieren. Dabei werden Bilder von einer normalen, einer Wärmebild- und einer Infrarotkamera durch Georeferenz auf eine Karte übertragen. Dadurch kann man direkt auf der Karte zwischen den Bildern hin und her wechseln. Die werden live von Drohnen übermittelt und können auf Handys, iPads, Computern …« Ihm wurde klar, dass er von Einzelheiten faselte, die sie wahrscheinlich nicht interessierten. »Entschuldige. Ich weiß, dass das langweilig ist. Ich lasse mich ein wenig mitreißen, wenn ich erst mal anfange, davon zu erzählen.«

»Langweilig? Ganz und gar nicht. Du strahlst förmlich, wenn du davon sprichst. Ich hätte nie gedacht, dass du eine nerdige Seite hast. Ich sehe dich in deinem Element und nicht nur den flirtenden Aufreißer.«

Er kitzelte sie und sie quietschte vergnügt.

»Flirtender Aufreißer?« Er verschränkte ihre Finger miteinander, hielt ihre Hände neben ihrem Kopf fest und knabberte an ihrer Unterlippe.

»Es ist ziemlich heiß, wenn du diese ganzen technischen Begriffe runterrasselst. Vielleicht sogar noch heißer als der flirtende Aufreißer.«

»Ach ja?« Das gefiel ihm sehr. »Ich hätte dich nicht für eine Frau gehalten, die sich für Technik-Gerede begeistert.«

»Ich mag es, wenn *du* redest«, flüsterte sie. »Und auch, wenn dein Mund zu beschäftigt ist, um zu reden.« Sie entzog ihm eine Hand und streichelte ihm über die Wange.

»Mmh.« Er schloss die Augen und spürte der Berührung nach. »Ich liebe es, wenn du mich anfasst.«

»Dann solltest du es besser genießen«, hauchte sie. »Wenn deine Eltern mich für zu billig halten, weil ich mit ihrem Goldjungen geschlafen habe, bekommst du vielleicht keine Berührungen mehr.«

Glaubte sie das wirklich? »Willst du deshalb nicht riskieren, dass dich jemand aus meinem Zimmer kommen sieht?«

Sie zog als Antwort eine Schulter hoch und offenbarte damit wieder ihre verletzliche Seite. Warum hatte er nicht daran gedacht? Sie lebte ihre Sexualität so unverblümt aus, dass ihm nicht in den Sinn gekommen war, was seine Familie davon halten könnte.

»Es tut mir leid. Ich hätte daran denken müssen.«

»Nein, hättest du nicht. Ich glaube einfach, dass du recht hast. Wenn wir zusammen sind, fühlt es sich anders an. Intim.«

»Es ist intim, Baby. Es ist etwas Besonderes. Du bist etwas Besonderes.« Er rieb mit der Nase über ihre Wange und atmete ihren Duft ein. »Zum Glück kannst du es endlich eingestehen.«

Sie schürzte die Lippen, doch ihre zuckenden Mundwinkel straften ihren gespielt finsteren Gesichtsausdruck Lügen.

»Provozier mich nicht, Addison, sonst …« Ihm wurde klar, dass es nur eine Möglichkeit gab, sie dazu zu bringen, die Worte auszusprechen, die er so dringend hören wollte. Er rollte sich von ihr herunter und auf den Rücken. »Dann werden wir uns wohl doch nicht amüsieren.«

»Was?« Sie beugte sich über ihn, wobei ihr die Haare ins hübsche Gesicht fielen. »Du verweigerst ernsthaft den Sex?«

»Es gab mal eine Zeit, in der ich leichter zu haben war, aber jetzt bin ich ein Mann mit strengeren Moralvorstellungen. Ich schlafe nicht mehr mit jeder.« Er legte einen Arm über die geschlossenen Augen, um der Versuchung zu widerstehen, sie anzusehen – sie hatte die Macht, ihn mit einem einzigen, sinnlichen Blick dazu zu bringen, alles für sie zu tun.

Addy setzte sich rittlings auf ihn und er spürte ihre warme, feuchte Mitte an seiner Erektion. Leise fluchend biss er die Zähne zusammen, als sie sich über ihn beugte und ihre Nippel seine Brust streiften.

»Ich bin mir nicht zu schade zum Betteln«, flüsterte sie, ehe sie seine Ohrmuschel mit der Zunge nachfuhr. Sie glitt über seine Härte und übte dabei gerade genug Druck aus, um ihn in den Wahnsinn zu treiben.

Er packte ihre Oberschenkel und hielt sie fest.

»Du weißt, dass du mich willst«, hauchte sie an seinen Lippen.

Die warme Reibung war die reinste Qual.

Sie strich über seinen Unterarm, verschränkte ihre Finger miteinander und drückte seine Hände neben seinen Kopf, wie er es gerade eben bei ihr getan hatte. Jake öffnete die Augen und sie zog ihn sofort in ihren Bann. Ihre Haare waren zerzaust, ihre Augen dunkel und verlockend. Er war nicht stark genug, um ihr irgendetwas zu verweigern.

»Ich will dich, Baby«, sagte er im selben Augenblick, in dem sie sagte: »Das mit uns ist was Ernstes.« Sie mussten beide lachen, und als er die Arme um sie schlang und sich mit ihr herumrollte, wiederholte sie es immer und immer wieder.

»War das so hart?«, neckte er sie.

»Nein, aber das hier schon.« Sie hob die Hüften und rutschte etwas tiefer, um ihre Körper perfekt aneinanderzuschmiegen.

»Du hast mir versprochen, dir sehr viel Zeit zu lassen.«

»Baby, wenn es nach mir geht, verlassen wir dieses Zimmer vielleicht nie mehr.«

Dreizehn

»Du verlierst noch deinen Ruf«, zog Addy ihn auf. Sie verließen Jakes Zimmer, um zu ihrem zu gehen, das sich ein paar Türen weiter befand. Nachdem Jake sein Versprechen mehrere Male eingelöst hatte, hatte sie den ganzen Tag im Bett bleiben wollen, um die Nachwirkungen ihrer Liebesnacht zu genießen. Und sie hatten sich definitiv geliebt und es nicht einfach nur wild miteinander getrieben, wie sie es in den vergangenen zwei Tagen sonst immer getan hatten. Aber Jake hatte darauf bestanden, dass sie sich am Strand den Sonnenaufgang ansahen. Ihre wilden Seiten waren dann beim Sex unter der Dusche herausgekommen und damit war ein weiteres erstes Mal abgehakt, das sie auf ihrer Liste vergessen hatte.

»Muss ich dich über die Schulter werfen und zurück in mein Bett schleppen?« Er hatte eine Decke dabei und auf seinen Lippen lag ein selbstbewusstes, freches Grinsen. »Ich will mir mit meiner Freundin den Sonnenaufgang ansehen. Das ist vollkommen normal.«

»Freundin?«, flüsterte sie mehr zu sich selbst. Das hörte sich viel besser an, als sie gedacht hätte, auch wenn sie bis jetzt noch keine Verbindung zwischen »was Ernstes« und »Freundin« hergestellt hatte.

»Flipp jetzt nicht aus. Multiple Orgasmen geben mir das Recht, dich meine Freundin zu nennen.«

»Wie wäre es mit ›besserer Hälfte‹?« In ihrem Zimmer angekommen entdeckte sie eine handgeschriebene Nachricht von Gabriella auf ihren Flip-Flops. *Das war ja wie bei Tarzan! Ihr gehört zusammen, Addy. Er ist genauso stur wie du. Viel Spaß! XO, G.* Sie drehte den Zettel um, denn es war ihr peinlich, wie sehr es ihr gefallen hatte, von Jake weggetragen zu werden. Es war romantisch, sexy und verflucht männlich gewesen.

Jake legte eine Hand an ihre Taille und zog sie wieder an sich.

»Wie wäre es, wenn ich dich über die Couch da beuge und mich um deine bessere Hälfte kümmere?«

»Versprechungen, Versprechungen.« Sie wand sich aus seinem Griff. Er war so groß und kräftig, dass sich ihr gemütliches Zimmer klein anfühlte. »Bin gleich wieder da. Ich will mich nur schnell umziehen. Mach es dir bequem.«

Alle Zimmer der Pension besaßen einen vom Schlafzimmer getrennten Wohnbereich. Beim Umziehen bemerkte sie, dass sie von ihren Horizontalaktivitäten Muskelkater hatte. Sie schlüpfte in saubere Shorts und ein T-Shirt und zog sich einen Kapuzenpulli über, ehe sie zurück ins Wohnzimmer ging.

Die Decke, die Jake mit an den Strand nehmen wollte, lag auf dem Couchtisch. Jake saß auf dem Sofa, hatte die langen Beine gespreizt und seine nackten Füße ruhten auf dem Boden. Oh, sie liebte ausgefranste Jeans über maskulinen, nackten Füßen. Er hatte die Arme auf der Rückenlehne ausgestreckt, wobei er fast von einem Ende bis zum anderen kam, den Kopf nach hinten gelegt und die Augen geschlossen. Er war … *umwerfend.* Bei der Erinnerung, wie schön es gewesen war, in seine warmen Arme geschmiegt aufzuwachen, breitete sich ein

Flattern in ihrem Bauch aus.

Er hob den Kopf und jagte ihren Puls in die Höhe, als er ihr in die Augen schaute. Er richtete sich zu voller Größe auf und musterte sie langsam und bewundernd von oben bis unten. Unsicherheit machte sich in ihr breit und sie wünschte, etwas Attraktiveres als einen lilafarbenen Kapuzenpulli und ein lockeres, bequemes T-Shirt angezogen zu haben. Das verführerische Lächeln, das sie nur zu gut kannte, breitete sich auf seinen Lippen aus. *Mein verführerisches Lächeln.* Kraft und Wärme durchströmten sie bei diesem sexy Gedanken.

Mit zwei Schritten war er bei ihr und legte eine Hand an ihre Taille. »Wenn du vorhast, den ganzen Tag so heiß auszusehen, bekommen wir ein Problem.« Er ließ seine Hände über ihre Oberschenkel, dann wieder zu ihren Hüften gleiten und umfasste dann ihren Hintern. Fest.

Sie genoss jede Sekunde, rieb sich an ihm und freute sich darüber, dass er trotz des vielen Sex kaum erwarten konnte, es noch einmal zu tun. »Ich hätte nie gedacht, dass du so auf Hintern stehst.«

Er küsste ihren Hals. »Bei dir stehe ich auf alles. Wir sollten los, Sexy Girl, sonst sind wir den ganzen Tag hier.«

»Das wäre nicht so schlimm.« Sie legte die Arme um seinen Nacken und stellte sich auf die Zehenspitzen, während er ihren Mund mit den Lippen neckte.

»Ich verspreche dir, dass es sehr, sehr gut werden würde. Aber mir bleibt nur noch ein Sonnenaufgang, den ich mir mit dir ansehen kann, bis du von deinem Bergtrip zurück bist.« Er küsste sich ihren Hals hinunter zu der empfindlichen Stelle und leckte darüber.

Ihr wurden die Knie weich. Er hatte all die Punkte gefunden, die sie heiß machten.

»Es sei denn, du lässt mich doch mitkommen«, raunte er verführerisch. »Dann haben wir zehn Tage Sonnenaufgänge und zehn Nächte mit sinnlichem Sex und Sonnenuntergängen.«

Sie krallte sich in seinen Unterarm und zwang sich, den Lustnebel in ihrem Kopf zu durchdringen. »Jake«, keuchte sie verlangend. »Ich mache das allein.«

Er lehnte sich zurück und es war ihm anzusehen, wie sehr er sich beherrschen musste, nicht seiner Lust nachzugeben – und in seinen Augen stand Enttäuschung. Das hätte beinahe gereicht, damit sie es sich anders überlegte.

»Tut mir leid«, flüsterte sie.

Er tat es mit einem Schulterzucken ab und schnappte sich die Decke. Dann nahm er ihre Hand und beugte sich zu einem weiteren Kuss nach vorn und sie wiederholte: »Entschuldige.«

»Wie ich schon sagte, ich werde mir nicht meine einzige Chance entgehen lassen, mir vor deiner Abreise den Sonnenaufgang mit dir anzusehen.«

Dieses Mal entdeckte sie Akzeptanz und noch etwas anderes in seinem Blick. Verständnis? Er überraschte sie jedes Mal aufs Neue und es bedeutete ihr ungeheuer viel, dass er sie nicht stärker bedrängte.

»Du bist ein Romantiker«, sagte sie, als sie das Zimmer verließen. Draußen schlug ihnen die frische Meeresbrise entgegen.

»Wenn du meinst«, sagte er. »Behalt das für dich.«

»Noch etwas, was ich deinen Brüdern erzählen muss.« Sie war noch nie umworben worden. Hand in Hand gingen sie die unbefestigte Straße hinunter, Morgentau bedeckte das Gras und Nebel hing in der Luft, was alles nur noch intimer machte. Ihre Angst davor, sich Jake zu öffnen und zu akzeptieren, dass sie Gefühle für ihn hatte, überlagerte nicht länger die schönen

Empfindungen.

»Es fühlt sich an, als wäre es einen Monat her, seit du mich vom Junggesellinnenabschied entführt hast«, bemerkte sie, als sie die Main Street überquerten.

Er beugte sich zu ihr, um sie zu küssen, und ihr fiel auf, dass er auch das nun öfter tat. Als hätte er einen Vorrat an Küssen eingelagert, bis sie die Schleusen öffnete.

»Weil dich jeder Gedanke wieder zu mir zurückbringt?«, fragte er.

»Selbst wenn das stimmen würde, würde ich das niemals zugeben. Dein Ego muss nicht wirklich gepusht werden«, neckte sie ihn, lehnte sich jedoch an ihn.

Am Ende der Straße streckten große, wunderschöne, mit Moos bedeckte Eichen ihre langen, dicken Äste am Waldrand aus. Direkt dahinter befand sich der frisch renovierte Steg, der im Morgennebel das perfekte Postkartenmotiv abgab. Addy erinnerte sich noch an ihren ersten Besuch auf der Insel mit Gabriella und wie sie gewitzelt hatten, dass der alte Steg eines Tages unter ihnen wegbröseln würde, wenn sie das Schiff verließen.

Jake drückte sie ein wenig fester an sich, als sie den kühlen, weichen Sand betraten. »Woran denkst du?«

»An Dukes Arbeit auf der Insel. Ich bin froh, dass er sich darum kümmert. Irgendwie komisch, dass Gabriella befürchtet hat, ein Investor könnte die kulturellen Elemente zerstören, die ihr und ihrer Familie so wichtig sind. Wusstest du, dass ihre Familie aus Griechenland hierher emigriert ist? Sie waren die ersten Siedler. Dann kamen die Südstaatler vom Festland. Ich finde es überraschend, dass es keinen Streit zwischen diesen zwei starken Kulturen gab.«

Er breitete die Decke im Sand aus. »So was würde Duke

niemals tun. Dafür respektiert er Familie zu sehr.«

»Das scheint im Ryder-Clan ziemlich verbreitet zu sein.« Sie warf einen Blick über die Schulter und erschrak, als sie sah, dass Jakes Eltern in ihre Richtung kamen. Andrea trug einen Picknick-Korb, Ned eine Decke und die beiden schauten neugierig zu ihnen herüber.

»Ähm, Jake …?«, fragte sie nervös.

Jake legte besitzergreifend einen Arm um Addys Schulter und sie erstarrte, wofür sie sich augenblicklich hasste.

»Ich hatte nicht erwartet, dass noch jemand so früh herkommt«, rief Andrea über den Strand. »Dürfen wir uns zu euch setzen?«

»Natürlich.« Er hielt sie fester.

»Hi, ja, klar doch. Bitte, kommt her«, fügte Addy hinzu und warf Jake einen wütenden Blick zu. So viel dazu, es ihnen behutsam beizubringen. Er ignorierte sie jedoch, setzte sich auf die Decke und zog sie mit sich. Addy überschlug die Beine, stützte sich nach hinten auf den Händen ab und ließ ein wenig Abstand zwischen ihnen.

Jake drehte sie jedoch so, dass sie seitlich an ihm lehnte und er einen Arm um sie legen konnte. Trotz ihrer Vorbehalte fühlte es sich unheimlich schön an.

»Hier braucht jemand etwas Nachhilfe in Sachen Freundin sein«, erklärte er seinen Eltern.

Himmel, wieso musste er so direkt sein? »Ich bin etwas aus der Übung und bin unverhofft in eine Beziehung gestolpert.«

Auf dem College war sie mit ein paar Typen zusammen gewesen, hatte sich aber auch schon damals niemandem besonders nah gefühlt. Allerdings war sie irgendwie froh darüber, weil ihr sonst eventuell die kleinen Dinge nicht aufgefallen wären, die sie gestern so überwältigt hatten und bis vor ein paar Minuten überraschend aufregend gewesen waren. Jetzt war sie so nervös wie ein Teenager beim ersten Date, und egal, wie sehr sie sich bemühte, ihre Nerven zu beruhigen, es klappte einfach nicht. Ihr war bewusst gewesen, dass sie sich Gabbys Segen wünschte, aber sie hätte nie damit gerechnet, auch den seiner Eltern so sehr haben zu wollen.

»In Sachen Freundin? Hätte nicht gedacht, dass ich das mal erlebe.« Sein Vater legte ebenfalls einen Arm um seine Frau und küsste sie auf die Wange. »Du hattest recht, Schatz.«

Addy war überrumpelt und noch immer damit beschäftigt, die *Hätte nicht gedacht, dass ich das mal erlebe*-Bemerkung zu verarbeiten, als sich Jakes Eltern zueinander beugten. Fasziniert beobachtete sie, wie sie sich mit derselben intensiven Anziehung in die Augen sahen, die auch Jake und sie in den letzten beiden Tagen gespürt hatten. Bei ihren eigenen Eltern hatte sie nie Leidenschaft bemerkt und im Moment fühlte sie sich wie eine Voyeurin.

»Ich kenne meine Jungs.« Andrea küsste Ned und schenkte Addy anschließend ein Lächeln. »Man sieht es in ihrem Blick. Meine Jungs denken, sie könnten ihre Emotionen hinter ihren Muskeln und ruppigen Worten verbergen, aber …« Sie deutete auf ihre Augen. »… hier können sie nichts verstecken.«

»Toll«, murmelte Jake.

Addy drehte den Kopf und beobachtete, wie seine Gesichtszüge weicher wurden. *Das. Das ist der Ausdruck, den ich auf dem Foto von dir und deiner Mom gesehen habe.* Ihr Verlangen nach Abstand wurde wie von einer Gezeitenwelle davongetragen.

Er ertappte sie beim Starren und flüsterte ihr ins Ohr: »Selbst sie weiß, dass das mit uns was Ernstes ist. Gewöhn dich dran. Die Katze ist aus dem Sack und kann nicht mehr zurück.«

Ein aufregender Schauer erfasste sie. Sie war mit dem Mann,

den sie hatte vergessen wollen, in einer Beziehung. Wie hatte sie so dumm sein können? Sie hätte beinahe all diese wunderschönen Momente verpasst.

Ned entnahm dem Picknickkorb zwei Teller und Muffins, die er jeweils in der Mitte teilte, und reichte Jake anschließend einen Teller. Andrea schenkte Kaffee aus einer Thermoskanne aus und gab ihnen eine Tasse.

»Danke«, sagte Addy und bot Jake die Tasse an.

»Du zuerst, Sexy Girl«, flüsterte er ihr ins Ohr, ohne seinen Arm von ihr zu lösen.

Sexy Girl. Wollte er sie noch nervöser machen, indem er all seine Verführungstechniken auffuhr? Dazu gehörten jedoch zwei und für eine Runde heimlicher Versuchung war sie immer zu haben.

Sie umfasste die Tasse mit beiden Händen, atmete tief ein und leckte sich über die Lippen.

»Mmh. Riecht himmlisch.« Sie nippte am Kaffee, schloss die Augen, als die warme Flüssigkeit ihre Kehle hinabbrann, und gab einen lustvollen Laut von sich. Nur Jake konnte den lockenden Ausdruck in ihren Augen sehen, als sie sich erneut langsam und sinnlich über die Lippen leckte. Nun hatte sie seine ungeteilte Aufmerksamkeit. »Absolut göttlich. Möchtest du auch?« Sie schenkte ihm einen unschuldigen Augenaufschlag.

Jake suchte sich eine andere Sitzposition und nahm ihr die Tasse ab. Ein kurzer Blick nach unten bestätigte ihr, dass sie die gewünschte Wirkung auf ihn hatte. *Ein Punkt für mich!*

Der Sonnenaufgang färbte den Himmel golden und purpurrot. Sie frühstückten und unterhielten sich dabei ungezwungen. Es war schön, ohne die Witze und das Chaos der ganzen Familie mit Jakes Eltern zusammenzusitzen. Und so entspannt mit Jake Zeit zu verbringen, war noch schöner.

»Ich werde unseren ersten Sonnenaufgang nie vergessen«, sagte Ned zu Andrea.

»Wir waren campen«, erwiderte sie gedankenverloren. »Ned hat mich in aller Herrgottsfrühe aus dem Zelt gezerrt, um auf den Gipfel zu klettern. Da wird man schnell munter. In den Bergen ist es morgens selbst im Sommer kalt.«

»Da wir gerade davon sprechen«, sagte Ned. »Erzähl uns von deiner geplanten Bergtour. Zehn Tage allein wandern?« Er sah Jake ernst an, ehe er seinen Blick etwas freundlicher wieder auf Addy richtete. »Bist du darauf vorbereitet? Hat dir jemand die wichtigsten Dinge beigebracht?«

»Beigebracht?« *Wandern für Anfänger? Einen Fuß vor den anderen setzen.* Addy stellte sich eine Gruppe Frauen vor, die über der Anleitung für den Zeltaufbau grübelten. Sie hatte sich das unkomplizierte Modell besorgt. Nylonplane auslegen, ein paar Heringe in den Boden schlagen, das Zelt ausklappen, in die Heringe einhaken und, ta-da! Ein Zelt. Der Kerl im Outdoor-Laden hatte ihr versichert, dass es für ihre Anforderungen perfekt war. »Nein, aber ich habe mich online informiert, was ich mitnehmen muss und zu erwarten habe. Und ich habe Wechselkleidung, neue Wanderschuhe und einen Kompass gekauft. Alles, was ich brauche. Damit sollte ich klarkommen.«

Jake und sein Vater tauschten einen besorgten Blick miteinander, doch es war die angespannte Stimmung, bei der sich ihre Nackenhaare aufrichteten.

»Addy«, sagte Ned. »Übernachtungen in den Bergen sind kein Pappenstiel. Das kann ernsthaft gefährlich werden.«

Oh Mann, der Apfel fällt nicht weit vom Stamm. Jake und sein Vater würden schon noch sehen, dass sie eine praktisch veranlagte Frau war, die die Dinge gern selbst in die Hand nahm. Sie musste sich nicht von Männern erklären lass, wie die Welt funktionierte. Sie würde es schaffen und nichts würde sie davon abhalten.

»Darüber unterhalten wir uns noch.« Jake stupste sie an. »Nicht wahr, Addy?«

Nicht, dass ich wüsste. »Äh, sicher. Klar. Aber wirklich, Mr. Ryder …«

»Schätzchen, wie oft hab ich dich gebeten, mich Ned zu nennen? Verpass mir nicht noch mehr vorzeitig graue Haare.« Er rieb sich über den Kinnbart, der mehr grau als braun war.

»Ned«, sagte sie. »Ich bin keine verwöhnte Prinzessin. Ich werde sicher klarkommen.«

»Ich habe dich nie für verwöhnt gehalten, Schätzchen. Aber die Wildnis ist unberechenbar. Selbst die erfahrensten Wanderer können in Schwierigkeiten geraten.« Da war wieder dieser Blick zu Jake.

»Oh, Ned, hör auf. Du machst ihr noch Angst«, mischte sich Andrea ein und nahm Addy damit einen Teil der Anspannung. »Man kann zwar den Mann aus den Bergen holen, bekommt den BUR-Spezialisten aber nicht aus dem Mann raus. Wo willst du campen?«

»In den Silver Mountains, nicht weit von der Stadt entfernt. Mein Freund Logan hat dort eine Hütte, wenn ich also Probleme habe, kann ich dorthin gehen. Nicht, dass ich davon ausgehe.« Sie spürte, wie sich Jake wieder anspannte, und als sie ihn ansah, blitzte ihr erneut Eifersucht entgegen.

Jake liebte seine Eltern, aber das war wirklich zu viel. Zuerst hatten sie sich mit Addy und ihm den Sonnenaufgang angesehen, dann waren sie gemeinsam zurück zum Resort gelaufen und nun krochen langsam alle anderen aus den Betten, um sich für Trishs und Boones Hochzeit fertigzumachen. Die Frauen huschten durch die Zimmer, redeten über Kleider und Schuhe, und hatten sich mit Addy aus dem Staub gemacht, sobald sie wieder im Resort waren. Boones Mutter Raine und ihr Freund Patrick waren mit Jakes Mutter verschwunden, und Boone und seine Brüder schien dieser ganze Trubel genauso zu überfordern wie Jake. Wenn das so weiterging, würde er nie einen Moment mit Addy allein sein. Er hing in Gedanken noch immer so sehr bei diesem Logan fest, dass ihm vor Wut sicher schon Rauch aus den Ohren kam. Wie hatte er dreißig Jahre lang nicht bemerken können, wie eifersüchtig er werden konnte? Die Erkenntnis gefiel ihm nicht, aber er konnte es nicht ändern, und wenn er Addy nicht allein erwischte und herausfand, wie gut sie diesen Typ kannte und wieso sie ihn bis jetzt mit keiner Silbe erwähnt hatte, würde er explodieren. *Eine Hütte in den Bergen.* Er war nicht sicher, ob er wissen wollte, woher sie davon wusste.

»Hey, könntest du beim Grübeln mal eben Seth übernehmen?« Cash reichte ihm seinen kleinen Sohn. »Ich bin in ein paar Minuten wieder da. Ich muss Duke und Blue helfen, was aus der Küche zu holen.« Cash gab Seth schnell einen Kuss, dann verpasste er Jake einen leichten Klaps auf die Wange. »Was auch mit dir los ist, reiß dich zusammen. Trish braucht dich bei Verstand, genau wie mein Kleiner.«

Jake knirschte mit den Zähnen und betrachtete seinen Neffen, der ihn stumm anblinzelte. Seth war erst zwei Monate alt und fühlte sich an, als hätte man einen weichen Football im Arm. Ein Football, der Cash verdammt ähnlich sah – von den hellbraunen Haaren bis hin zu dem ernsten Ausdruck in seinen Augen. Es war schwer, mit einem so süßen Fratz im Arm sauer zu sein. Er senkte den Kopf und küsste Seth auf die Wange.

»Ich sag dir was, Kumpel.« Beim Klang seiner Stimme wurden Seths Augen groß. »Eines Tages wirst du eine Frau kennenlernen, die dich umhaut. Sie wird in dir den Wunsch wecken, sie festzuhalten und gleichzeitig vor ihr wegzulaufen.« Seth schob schmollend die Unterlippe vor. »Ja, das ist irgendwie blöd, aber auch ziemlich cool. Es sei denn, dieser Typ mit der Hütte im Wald ist einer ihrer ehemaligen One-Night-Stands. Dann ist es überhaupt nicht cool. Dann ist es Mist. Dann …«

Seth verzog das Gesicht und heulte schrill auf.

»Oh nein.« Jake legte das Baby an seine Schulter, klopfte ihm auf den Rücken und wanderte den Flur entlang. »Schon okay. Das ist er nicht. Bestimmt nicht. Sonst hätte sie es nicht so beiläufig erwähnt.« Warum erklärte er das einem Baby?

»Hey Kumpel, brauchst du Hilfe?«, fragte Boone.

»Ja, aber nicht mit dem Kleinen.« Seth beruhigte sich wieder, aber Jake lief weiter auf und ab, in der Hoffnung, einen Teil seines Frusts darüber abzubauen.

»Mit deiner Frau?«, fragte Lucky. »Da könnte ich dir helfen. Ich nehm sie dir ab und verschaffe ihr ein kleines Abenteuer.«

»Lucky!« Boone sah ihn finster an. »Ignorier ihn einfach.«

»Was denn?« Lucky streckte sich und behielt Cage im Auge, der ihm einen Klaps auf den Hinterkopf verpasste und ihn anwies, sich zu benehmen. »Egal. Ich geh zur Villa und fang an, den ganzen Scheiß zum Strand runterzuschleppen.«

»Achte auf deine Wortwahl«, rief Boone ihm zu. »Tut mir leid, Mann. Er ist halt immer noch ein Kind.«

»Kein Ding.« Jake war in Luckys Alter ähnlich gewesen. Verdammt, noch vor einer Woche war er so gewesen. Er ging weiter den Flur entlang, tätschelte Seth den Rücken und lauschte Boone und Cage, die sich über Lucky unterhielten, wobei ihm klar wurde, dass er vor ein paar Monaten noch stolz darauf gewesen war, ein Player zu sein, der jede Woche mit einer anderen ins Bett ging. Jetzt war er nicht mehr so sicher, ob er diesen Typ überhaupt noch kannte.

Eine sanfte, vertraute Berührung an seinem Rücken riss ihn aus seinen Gedanken. Er drehte sich um und Addy betrachtete das Baby in seinen Armen.

Ihre Augen weiteten sich und sie schlug sich eine Hand vor den Mund. »Ich glaube, meine Hormone schießen gerade durch die Decke.«

Obwohl die Eifersucht noch an ihm nagte, zupfte ein Lächeln an seinen Lippen. »Er ist ziemlich süß.«

Sie schüttelte den Kopf. »Nicht nur er, obwohl er wirklich zum Anbeißen ist.« Sie zog spielerisch an Seths Fuß. Seth lächelte und strampelte vergnügt mit den Beinen. Dann legte Addy die Hand auf Jakes Arm und ihr Blick wurde verträumt. »Dich mit einem Baby im Arm zu sehen haut mich aus den Socken. Als würde man einen Löwen sehen, der ein Junges am Nacken herumträgt.«

Er küsste Seth auf die Stirn und sein Frust legte sich nach Addys Reaktion ein wenig. Vor Seths und Cocos Geburt hatte er nie an Kinder gedacht, aber seine Nichte und sein Neffe hatten sich sofort in sein Herz geschlichen – obwohl das nicht bedeutete, dass er bereit für eigene Kinder war. »Komm nicht auf dumme Gedanken. Ich stehe immer auf Abruf für Rettungseinsätze bereit.«

»Du bist etwas vorschnell, meinst du nicht?« Sie kitzelte Seths Wange, was ihr ein weiteres hinreißendes Grinsen einbrachte. »Ich weiß noch nicht mal, wie man eine gute Freundin ist.«

»Apropos … Hattest du vor, mir von *Logan* zu erzählen?« Er

sprach den Namen wie ein Schimpfwort aus.

»Wusste ich doch, dass du deswegen sauer bist, wozu du übrigens kein Recht hast. Ich hab dir gesagt, dass ich mich nicht mit alberner Eifersucht rumschlagen will, egal, wie schmeichelhaft die auch ist.«

»Schmeichelhaft?« Er schnaubte spöttisch. »Was meinst du damit, dass ich kein Recht habe, sauer zu sein? Ich darf dich nicht begleiten, aber du übernachtest mit irgendeinem Typ in seiner Hütte?«

Sie verschränkte die Arme und machte ein finsteres Gesicht, während Boone und Cage sich aus dem Staub machten. Dann senkte sie die Stimme. »Vielleicht solltest du mal drüber nachdenken, ob du ein guter Partner bist.«

»Wie bitte?«

»Wie wäre es, wenn du mich erst mal fragst, *wer* Logan ist, bevor ich Todesblicke ernte und du voreilige Schlüsse ziehst?«

»Verdammt«, grummelte er. »Ja, das hätte ich machen sollen. Aber was soll ich denn deiner Meinung nach denken?«

»Oh, keine Ahnung. Vielleicht, dass ich als Anwaltsassistentin arbeite und ein Leben habe, das über Affären und zwanglosen Sex hinausgeht?«

Der verletzte Ton ihrer Stimme traf ihn bis ins Mark.

»Wir haben gerade erst darüber gesprochen, unsere wunden Punkte in Ruhe zu lassen. Glaubst du ernsthaft, ich wäre so gemein, dir den Namen eines Typen an den Kopf zu knallen, mit dem ich geschlafen habe? Und das auch noch vor deinen Eltern?« Ein mörderischer Ausdruck lag auf ihrem Gesicht, als sie einen Schritt auf ihn zumachte. Dann betrachtete sie das Baby und die Anspannung in ihrem Gesicht löste sich ein wenig.

Nicht genug.

Nicht einmal ansatzweise genug.

»Ich hab's verbockt«, gab er aufrichtig zu. »Es tut mir leid.«

Sie starrte ihn lange an und nahm ihm damit die Luft zum Atmen.

»Was machen wir hier, Jake?« Ihre Stimme war ruhig, obwohl er das Gefühl hatte, dass sie es für das Baby tat, denn sie atmete schwer und eine Mischung aus Flehen und Wut schimmerte in ihren Augen.

Er wusste nicht, ob sie schreien, weinen oder gehen wollte, hoffte jedoch auf Erstes, denn er hatte keine Ahnung, wie er mit Tränen umgehen sollte, und er wollte sie ganz sicher nicht verlieren.

»Vielleicht sind wir nicht für diese Art von Beziehung gemacht. Ich bin zumindest bei mir immer davon ausgegangen.« Erneut verschränkte sie die Arme vor der Brust. Jake wollte sie einfach nur umarmen und sich entschuldigen, doch bevor er auch nur einen Muskel bewegen konnte, fuhr sie fort: »Wenn ich Gabby und Duke, Trish und Boone und alle anderen ansehe, wirken sie so glücklich, als wären sie füreinander bestimmt. Und deine Eltern? Das zwischen ihnen ist einfach so *echt*. Ich bin mit Luftküssen und Umarmungen aufgewachsen, die keine Knitter in Kleidung machten. Mit dir zusammen zu sein, von dir im Arm gehalten und berührt zu werden ...« Sie presste die Lippen zu einer schmalen Linie zusammen und wandte den Blick ab. »Für einen kurzen Augenblick habe ich vergessen, wer ich schon immer war. Kein Wunder, dass das deine Schlussfolgerung war.«

Als sie ihn wieder anschaute, loderte Entschlossenheit in ihren Augen, die ihm erneut einen Stich ins Herz versetzte. Sie bemühte sich so sehr, stark zu sein, und dieses Mal war es seine Schuld, dass sie ihre Mauer hochgezogen hatte.

Er streckte die Hand nach ihr aus. »Addy ...«

Sie betrachtete seine Hand, ohne sie zu ergreifen, und sein Blick fiel auf das Baby. Der Flur war leer. Wo zum Teufel waren denn alle hin? Die Aussicht, diese Sache nicht hier und jetzt ausdiskutieren zu können, löste Panik in ihm aus. Aber wie sollten sie, solange er ein Baby im Arm hielt, das erstaunlicherweise inzwischen eingeschlafen war? Er nahm Addys Hand und zog sie zu den Türen, die zur Veranda führten.

»Wir werden jetzt darüber reden.« Es kostete ihn all seine Kraft, leise zu sein, obwohl er alles rauslassen wollte, egal, wie laut oder wütend er dabei wurde. Manchmal musste man einfach schreien und mit den Türen knallen, um sich etwas von der Seele zu reden, und das war in Ordnung. Addy war es wert. Er stieß die Tür auf und zog Addy mit sich nach draußen.

»Das können wir auf später verschieben«, erwiderte sie und schirmte ihre Augen gegen die grelle Sonne ab.

»Nein, können wir nicht.« Er zog einen Stuhl unter einem der runden Glastische hervor und bedeutete ihr, sich zu setzen, ehe er neben ihr Platz nahm. Anschließend nahm er Seth von seiner Schulter und drückte ihn sich behutsam an die Brust. »Hör zu, es war mies von mir, dich nicht nach diesem Typen ...«

»Logan«, warf sie ausdruckslos ein.

»Richtig, *Logan*. Es tut mir leid, dass ich so dumm war und voreilige Schlüsse gezogen habe. Offensichtlich bin ich ein eifersüchtiger Mistkerl, aber nicht bei jeder x-beliebigen Frau, Addy. Nur bei *dir*. Das ist keine Entschuldigung. Du weißt, dass ich nichts von Ausreden halte. Ich bin zwar manchmal unausstehlich, aber ein ehrlicher Kerl.« Da er noch immer das Baby im Arm hielt, flüsterte er harsch und kämpfte gegen den Drang an, die Stimme zu erheben. »Also ja, in mir steckt möglicherweise noch mehr von dieser affigen Eifersucht, und das wird für uns beide nicht schön, bis ich gelernt habe, sie zu beherrschen. Aber das ist kein Grund, es nicht zu versuchen. Wir haben beide eine Vergangenheit.«

»Eine umfangreiche«, fügte sie hinzu.

Sie strich mit einem Finger über Seths Haare und der versonnene Ausdruck in ihren Augen erwischte Jake vollkommen unvorbereitet. Er betrachtete seinen entzückenden, unschuldigen Neffen und die Gefühle überwältigten ihn. Wie gelangte man von dem Punkt, an dem Addy und er waren, an den von Duke und Gabby? Oder Cash und Siena mit zwei wunderschönen Babys? Duke war kein Heiliger. Das war keiner von ihnen. Außer Gage vielleicht. Aber wenn jeder seiner Brüder hatte lernen können, seine Eifersucht im Zaum zu halten und sich mit der Vergangenheit ihrer Partnerinnen zu arrangieren, konnte er das auch.

Er hob den Kopf und stellte fest, dass Addy ihn beobachtete. Obwohl sie ihn explizit darauf hingewiesen hatte, hatte er sie noch immer nicht gefragt, woher sie diesen Typ kannte. Oh Mann, er war wirklich ein Arsch.

»Es tut mir leid, dass ich nicht gefragt habe, woher du Logan kennst.«

»Er ist Privatermittler. Gabby hat ihn angeheuert, um in einem Fall zu recherchieren. Er ist ein netter Kerl und frisch *verheiratet*.«

»Wie ich schon sagte, ich bin ein eifersüchtiger Mistkerl.«

Sie verengte die Augen. »Eifersüchtig, ja, aber du bist nicht wirklich ein Mistkerl. Wenn unsere Rollen vertauscht wären, hätte ich vermutlich dieselbe Schlussfolgerung gezogen.«

»Gott sei Dank. Hör zu, Addy, ich würde gern behaupten, dass es mir egal ist, mit wem du vor mir zusammen warst, aber das würde den Eindruck vermitteln, dass mir ein Teil von dir egal ist, und das wäre gelogen. Du bist mir wichtig, auch wenn die Männer, mit denen du vor mir etwas hattest, es nicht sind. Aber das heißt nicht, dass ich in solchen Momenten nicht instinktiv reagiere.«

Ihre Miene blieb verschlossen.

»Wir können die Vergangenheit nicht ändern, Addy, und ganz ehrlich, so ungern ich mir auch vorstelle, dass du mit einem anderen Mann zusammen warst, würde es dich zu einem anderen Menschen machen, wenn du deine Vorgeschichte änderst. Und ich stehe ziemlich auf die Person, die du jetzt bist.« Ihr Gesichtsausdruck wurde weicher. »Ich kann meine Reaktion auf diesen Ty… *Logan* nicht ändern. Aber ich kann dafür sorgen, dass ich es in Zukunft anders ausdrücke.«

»Gut«, sagte sie und die Entschlossenheit kehrte in ihre Miene zurück. »Denn ich werde nicht gern beschuldigt, und will ganz sicher nicht streiten oder verteidigen müssen, wer ich bin. Ich mag es ja, wenn wir uns mal sarkastische Kommentare an den Kopf werfen, aber ich streite nicht gern und diese Unterstellungen verletzen mich. Das kann ich echt nicht brauchen.«

»Verständlich. Und es tut mir leid. Ich werde alles tun, damit es funktioniert, wenn du bereit bist, es mit mir zu versuchen.« Er griff nach ihrer Hand. »Niemand hat behauptet, dass es einfach wird.«

»Du glaubst doch nicht ernsthaft, ich wäre davon ausgegangen, dass es einfach wird, oder?« Sie lächelte und das rückte ein paar Teile seiner durcheinandergebrachten Welt wieder an ihren Platz. »Wir sind leidenschaftliche Menschen und Leidenschaft hat zwei Seiten. Die eine, die so heiß brennt, dass man ihr nicht entkommen kann, und die andere, die eine tiefe Verletzlichkeit offenbart. Nichts an uns beiden ist einfach, aber aus irgendeinem unerfindlichen Grund gefällt mir das an dir.«

Er rutschte an die Stuhlkante, schlang einen Arm um ihren Nacken und zog sie an sich. Selbst das fühlte sich noch zu weit weg an. »Du stehst auf einen leidenschaftlichen Mistkerl. Was sagt das über *dich* aus?«

Leise lachend schüttelte sie den Kopf und schloss einen Moment die Augen. Als sie ihn wieder ansah, waren ihre Mauern verschwunden.

»Du bist wirklich frustrierend.«

»Danke. Meine Freundin mag mich so.« Schließlich küsste er sie, langsam und innig, und legte seine Entschuldigung, seine Dankbarkeit und etwas noch viel Tieferes hinein. »Es tut mir leid, Baby. Ich werde versuchen, mich besser zu beherrschen. Aber sieh es mal positiv, ich glaube, wir haben gerade unseren ersten Streit erfolgreich überstanden.«

Sie betrachteten den schlafenden Seth zwischen ihnen.

»Ich denke, jedes Paar sollte ein Baby dabeihaben, wenn es sich streitet«, flüsterte sie.

»Dafür muss ich mich bei Cash bedanken.« Er ließ sich ihre Worte durch den Kopf gehen und hatte das Gefühl, dass es noch so viel zu sagen gab. »Addy, ich möchte nicht, dass du dich wegen mir schlecht fühlst oder wütend wirst oder ich dich verletze, obwohl ich dich sicher oft genug unabsichtlich sauer machen werde. Aber was du vorhin gesagt hast ... Baby, ich wünschte, wir hätten uns damals schon gekannt, um jeden Luftkuss und jede Umarmung, die deine Klamotten nicht zerknittert, auszugleichen.«

Sie beugte sich vor und streichelte ihm über die Wange. Das gefiel ihm so unendlich gut, dass er seine Hand auf ihre legte, damit sie sie nicht wegnahm.

»Wir können unsere Vergangenheit nicht ändern«, erinnerte sie ihn. »Die eigentliche Frage ist doch: Können wir uns weiterentwickeln, ohne dabei durchzudrehen?«

»Das steht nicht zur Debatte.« Er küsste sie erneut, achtete jedoch darauf, genug Platz zwischen ihnen zu lassen, damit sie Seth nicht erdrückten. »Natürlich werden wir durchdrehen. Aber mit dir finde ich das toll.«

»Ich auch.« Sie bot ihm den Hals an, was er gerne annahm. »Ich werde besser darauf achten, wie ich mich ausdrücke«, hauchte sie atemlos. »Ich liebe deinen Mund.«

»Du liebst, was ich in der Hose habe«, knurrte er ihr ins Ohr.

»Schh.« Sie kicherte. »Du verpasst dem Baby noch ein unterschwelliges Trauma.«

»Der kleine Racker hat uns gezwungen, im Flüsterton zu streiten, und jetzt hindert er mich daran, dass ich dich ein bisschen befummle.«

»Hmm. Tut er das? Dann kann ich ja machen, was immer ich will.« Sie schob eine Hand unter sein Shirt und strich über seine Bauchmuskeln. »Das gefällt mir. Wenn es doch nur nicht so falsch wäre, dir in die Hose zu fassen, während du ihn hältst. Oder nackt auf der Veranda zu sitzen. Hm. Vielleicht hätten wir das gestern machen sollen, nachdem alle ins Bett gegangen sind.«

»Sexy Girl, ich verspreche, all deine unanständigen Fantasien wahr zu machen.« Ihre Hand wanderte über seinen Bauch nach unten, bis sie einen Finger in seinen Hosenbund einhaken konnte, und er küsste sie erneut. Allein die Vorfreude auf ihre Berührung ließ ihn hart werden. Ihr so nah zu sein und sie nicht so anfassen zu können, wie er wollte, schickte ein Ziehen in seinen Schritt. »Ich stehe dir jederzeit zur Verfügung.«

»Nicht, während du mein Baby auf dem Schoß hast«, warf Cash ein.

Addy schnappte nach Luft und biss sich auf die Lippe, konnte ihr Grinsen jedoch nicht verbergen. Sie lugte über Jakes Schulter.

»Tut mir leid …?« Das brachte sie alle zum Lachen.

Cash schüttelte den Kopf und nahm Seth aus Jakes Armen. »Kleine Vorwarnung. Die Mädels sind …«

»Da sind sie ja!« Trish platzte mit ihrem Gefolge im Schlepptau durch die Tür.

Da Jake nun nicht mehr das kuschlige, unhandliche Baby hielt, zog er Addy in die Arme, bevor die Mädels sie mitnehmen konnten. »Bis später, meine Schöne.«

Endlich konnte er sie mit all der Leidenschaft überschütten, die er zurückgehalten hatte. Ohne auf die Rufe und den Jubel der Frauen oder die Sticheleien seines Bruders zu achten, genoss er Addys Lächeln an seinen Lippen. Immer mehr vertiefte er den Kuss, bis sie das Lachen schließlich aufgab und sich ihrem Feuer hingab.

Und dann nahm er sich einfach noch mehr davon.

Vierzehn

Addy hoffte, durch das Fenster der Strandhütte, in der die Mädels und sie sich für die Hochzeit umzogen, einen Blick auf Jake zu erhaschen, während die anderen mit ihren Haaren und ihrem Make-up beschäftigt waren. Vorhin war er mit einem Strauß frisch gepflückter Wildblumen an ihrer Tür aufgetaucht, um sie zur Hütte zu bringen, und ihr waren sofort Tränen in die Augen gestiegen. Trotz all der Hektik, Tische und Stühle aus der Villa an den Strand zu bringen und mit seinen Brüdern den Altar aufzubauen, hatte er sich die Zeit genommen, ihr Blumen zu pflücken.

Als sie ihm gesagt hatte, dass die Hochzeit nicht als ihr erstes Date zählen sollte, weil sich die Mädels zusammen fertig machten und als Gruppe zu den anderen stoßen würden, hatte sie seine Antwort darauf glücklicher gemacht, als sie sich hätte vorstellen können. *Ich weiß, dass du mit mir da bist. Alles andere ist unwichtig.* Ihre Gefühle für ihn waren so tief, dass ihr Kopf schwirrte. Da alle mit den Hochzeitsvorbereitungen beschäftigt waren, hatte sie nur flüchtige Blicke auf ihn erhaschen können, doch jedes Mal hatte er mit einem Lächeln, einem Winken, einem Kuss, oder – typisch Jake – einer diskreten Bewegung seines Beckens oder einem lockenden, verführerischen Blick geantwortet.

Siena trat neben sie ans Fenster. Sie hatte sich die Haare zu einem französischen Knoten hochgesteckt, mit dem sie noch größer als sonst wirkte und einfach umwerfend aussah. Sie überragte Addy um gut zwanzig Zentimeter und das pfirsichfarbene Minikleid betonte ihre endlos langen Beine. Obwohl Addy die mit unechten Diamanten und Perlen besetzten Sandalen liebte, die Maggie für alle mitgebracht hatte, würde sie für ein bisschen Absatz gerade alles geben. Nicht nur, weil sie mit ihren knapp eins fünfundfünfzig die Kleinste der Gruppe war, sondern weil ein paar Zentimeter zusätzlich neben Jake nicht schaden konnten.

»Hältst du nach meinem Schwager Ausschau?«, fragte Siena.

»Eventuell.«

»Hat es dich auf Ideen gebracht, als du ihn mit dem Baby im Arm gesehen hast?«

»Nach nur einem gemeinsamen Wochenende? Du machst Witze, oder?« Addy strich ihr türkisfarbenes Vintage-Hemdkleid glatt, um sich davon abzulenken, was der Anblick von Jake mit dem Baby in ihr ausgelöst hatte. Alle Mädels trugen hübsche Sommerkleider, und ihr eigenes passte mit den durchsichtigen Rüschen, den bestickten Einsätzen und dem tiefen Rückenausschnitt perfekt dazu. Darauf konzentrierte sie sich jetzt, damit ihre Gedanken nicht an dem Bild von Jake mit Seth im Arm hängen blieben. Aber es war zwecklos. Es hatte sich in ihr Gedächtnis eingebrannt. In Seths Nähe verlor Jake seine harte, abweisende Schale. Er hatte so fürsorglich darauf geachtet, ihn vorsichtig zu halten und die Stimme zu senken, auch wenn offensichtlich gewesen war, dass er auf und ab marschieren und ihre Unterschiede laut hatte ausdiskutieren wollen.

»Du musst mir nichts vormachen«, flüsterte Siena. »Das

läuft schon länger, oder? Jake und du, ihr schlaft schon seit Monaten miteinander, nicht wahr?«

Dachten das alle? »Nein, tun wir nicht. Erst, seit wir hier sind.«

»Aber ...« Siena runzelte die Stirn. »Cash hat erzählt, dass Jake seit Monaten mit keiner anderen Frau zusammen war. Wir sind davon ausgegangen, dass es daran liegt, dass er mit dir schläft.«

Addys Gedanken wanderten unwillkürlich zum Abend von Gabriellas Hochzeit zurück. Jake hatte ihre Frage nie beantwortet, ob er in jener Nacht vor ein paar Monaten in der Bar gelogen hatte, dass er seit Wochen auf Sex verzichtete.

»Tut mir leid«, flüsterte Siena. »Ich hoffe, ich habe dich nicht beleidigt, oder ...«

»Hast du nicht«, versicherte Addy ihr. *Ganz im Gegenteil.* Freude wallte in ihr auf. Konnte das stimmen? Konnte Jake von den Gedanken an sie so vereinnahmt gewesen sein, dass er schon vor Monaten nicht mehr durch die Betten geturnt war?

Ging es mir nicht genauso?

Durch die Vorhänge entdeckte sie Jake, der sich mit seinem Vater und Boone vor dem zauberhaften, in Weiß und Gold gehaltenen Hochzeitspavillon unterhielt. *Möglicherweise geht das mit uns doch nicht zu schnell.*

»Da bin ich froh«, sagte Siena. »Konntet ihr euch für eine Runde Versöhnungssex wegschleichen?«

Als die Mädels sie am Vormittag von Jake entführt hatten, war ihnen aufgefallen, dass sie nicht bei der Sache war, und sie hatten sie mit Fragen gelöchert. Also hatte sie ihnen von Jakes Eifersucht erzählt und im Verlauf des Gesprächs war ihr erneut klar geworden, dass sie wahrscheinlich ähnlich reagiert hätte. Jetzt erinnerte sie sich daran, dass Cash während ihres Gesprächs hereingekommen war und kurz danach hatte sie Jake mit Seth entdeckt. Ob Cash und Siena ihm das Baby in die Arme gelegt hatten, um die Spannung zwischen ihnen zu lösen? Sie war nicht sicher, ob sie für diese Einmischung in ihre Privatsphäre dankbar oder davon genervt sein sollte. *Dankbar. Definitiv dankbar.* Immerhin hatte man dafür doch Freunde, oder? Man half sich in guten und schlechten Zeiten.

»Soll ich dein Schweigen als Bestätigung für großartigen Versöhnungssex werten?«

»Machst du Witze?« Addy lachte, obwohl der leidenschaftliche Kuss auf der Veranda in ihr das Verlangen nach mehr geweckt hatte. »So beschäftigt, wie wir heute waren? Ich habe ihn kaum gesehen.«

»Immerhin hast du etwas, worauf du dich freuen kannst. Jede Menge Versöhnungssex. Unsere Ryder-Männer sind so eifersüchtig.«

Unsere Ryder-Männer. Das hörte sich wunderbar an.

»Irgendwie ist es süß, wie sie versuchen, es zu verbergen«, fügte Siena hinzu. »Als ihr heute Morgen mit Ned und Andrea vom Strand zurückgekommen seid und ich Jakes saure Miene gesehen habe, wusste ich sofort, dass er eifersüchtig ist. Du lernst das auch noch. Er wird auf jeden anderen Kerl in deinem Leben eifersüchtig sein. Punkt.«

Das hörte sich allerdings nicht so toll an. »Das wird mich schneller vertreiben, als er sich entschuldigen kann.«

»Mit der Zeit wird es besser«, versicherte Siena ihr. »Genau wie bei uns. Männer sind gerne mal eifersüchtig und spucken große Töne, Frauen brauchen vielleicht öfter Hilfe und reden mehr … So ist das nun mal.«

Addy hatte noch nicht einmal in ihrem Leben Hilfe von einem Mann gebraucht. Allerdings ließ sie sich in sexueller

Hinsicht gerne mal von Jake helfen. Zählte das? Nein, entschied sie, denn das war etwas anderes, als außerhalb des Schlafzimmers seine Aufmerksamkeit zu brauchen. Vielleicht waren Jake und sie wirklich anders gestrickt als die meisten Paare. Andere Paare konnten ihr sexuelles Verlangen zügeln, aber Jake und sie fielen ständig übereinander her. *Wie bei Grandma.* Addy berührte ihr Tattoo. Die Ähnlichkeiten zwischen Jake und ihr und der ersten, glücklichen Ehe ihrer Großmutter ließen ihr ganz warm ums Herz werden.

»Los geht's, Mädels.« Andrea winkte sie zu sich. In ihrem marineblauen, knielangen Kleid mit kurzen Ärmeln und hübschen Perlenohrringen sah sie umwerfend und jünger aus, als sie war. »Wir können jetzt die Fotos machen.«

Gabriellas Tanten hatten genug Blumen organisiert, um einen atemberaubenden, tropischen Garten zu erschaffen und die Hütte in einen Hochzeitstraum zu verwandeln. Trish war wunderschön im Kleid und mit den Diamantohrringen ihrer Mutter und strahlte übers ganze Gesicht. Cash und Siena hatten ihr ein blaues Lapislazuli-Armband geschenkt und Lizzie hatte ihr eine Diamant-Kette geborgt, die perfekt zu den Ohrringen passte. Das weiße Strumpfband von Maggie zählte als etwas *Neues.* Sie hatte alles, was eine Braut brauchte.

»Du bist nur zwei Worte von deinem Happy End entfernt«, sagte Addy und schob sich zwischen Andrea und Sally, während Gabriellas Cousine Marnie – die beste Fotografin der Insel – hereineilte.

»Ihr Mädels seht aus, als würdet ihr das jeden Tag machen.« Marnie bewunderte die Frauen in ihren bunten Kleidern und den offenen Sandalen. »Hinreißend. Ihr könntet auf dem Cover der nächsten Ausgabe jeder Hochzeitszeitschrift sein.« Marnie war als Hochzeitsfotografin häufig auf Reisen, für Gabriellas

Feier aber in der Stadt und hatte mit Freuden zugestimmt, auch Trishs und Boones Fotos zu schießen.

»Wir hatten in letzter Zeit viel Übung«, erwiderte Lizzie. »Ich kann meine eigene Hochzeit kaum erwarten.«

»Oh mein Gott!«, rief Trish. »Ich habe eine fantastische Idee!«

»Oh-oh«, sagte Andrea. »Wenn meine Tochter so guckt, plant sie etwas.«

Marnie huschte um sie herum und fing Trishs Begeisterung in ihren Aufnahmen ein.

»Warum heiratet ihr nicht jetzt gleich? Mit uns zusammen?« Trish griff nach Lizzies Händen. »Ich meine es ernst. Unsere Familie ist hier!«

»Das ist wirklich lieb von dir«, sagte Lizzie. »Aber … meine Familie ist es nicht.«

»Oh je, ich bin ja so dumm.« Trish zog sie in ihre Arme. »Es tut mir leid. Natürlich. Ich habe mich einfach so davon mitreißen lassen, deine Schwägerin zu werden, dass ich nicht nachgedacht habe.«

Andrea tätschelte Trish den Rücken. »Wir lieben deinen Enthusiasmus, meine Kleine. Aber Lizzies Familie muss auf jeden Fall bei ihrer Hochzeit dabei sein. Und außerdem – hast du nicht zugehört, als Blue erzählt hat, dass sie heiraten wollen, wenn Lizzies Schwester über die Feiertage frei hat?«

»Nein. Ich war zu sehr von Boones Antrag abgelenkt.« Trish entfuhr ein aufgeregtes Quietschen. »Okay, dann eben an den Feiertagen! Das ist nicht mehr lange hin und wir helfen dir, deine Traumhochzeit zu organisieren!«

Addy hatte sich nie besonders für Hochzeiten begeistern können. Aber nachdem sie an diesem Wochenende das Glück von Trish und Boone und Gabriella und Duke gesehen hatte, bildete sich ein Kloß in ihrer Kehle. Sie freute sich für sie, dass sie ihr Happy End gefunden hatten. Addy schmunzelte bei der Vorstellung, welches *Happy End* sie Jake heute Nacht bescheren würde. Eine kleine Aufmerksamkeit für den ruppigen Kerl, der es geschafft hatte, endlich Gefühle in ihr zu wecken. Oh ja, sie würde ihn auch etwas fühlen lassen. *Ja, wir sind wirklich anders. Die Mädels denken an Blumen und Brautkleider und ich kann es nicht erwarten, meinen Mann auszuziehen.*

Im Raum wurde es still und Trish fixierte Addy mit einem verschmitzten Blick fest. »Doppelhochzeit, Addy?«

»Was?« Addy winkte ab und wich einen Schritt zurück. »Nein, nein, nein. Hier wird es keine Hochzeit geben. Wir sind noch nicht mal zwei Tage zusammen.«

Die Frauen lachten.

Addy hielt den Atem an.

Marnie fotografierte weiter.

Super. Hast du meinen entsetzten Blick erwischt?

»Ach, Schätzchen«, sagte Andrea. »In Herzensangelegenheiten hat Zeit keine Bedeutung. Ich wusste in dem Moment, in dem ich Ned das erste Mal gesehen habe, dass er der Eine für mich ist.«

»Hach«, seufzte Maggie. »Ich hoffe, dass ich so etwas eines Tages auch erlebe.«

»So wie Niko dich vorhin abgecheckt hat, könntest du auf dem besten Weg dazu sein«, warf Gabriella ein und Maggie errötete.

Addy war auch aufgefallen, dass Niko Maggie interessiert musterte, und ihr war auch der Funke zwischen den beiden nicht entgangen. Der war nur schwer zu übersehen. *Wie der Funke zwischen Jake und mir.*

Andrea berührte Addy an der Hand. »Jake ist genau wie

Ned. Mehr als meine anderen Jungs. Ned wurde mit dem Alter etwas lockerer, aber in jungen Jahren war er genauso besessen wie Jake. Wenn Ned sich etwas – oder in meinem Fall *jemanden* – in den Kopf gesetzt hat, hat er sich durch nichts aufhalten lassen. Bis du aufgetaucht bist, war Jake von seiner Arbeit besessen. Ich habe mich schon gefragt, ob jemand seine Mauern überwinden und zu seinem großzügigen Herz durchdringen kann.«

»Ich finde *besessen* etwas übertrieben«, sagte Addy. Jakes Worte hallten in ihrem Kopf. *Du gehörst mir, Addy.* Möglicherweise lag seine Mutter doch nicht so weit daneben.

»Du hast recht. Ich meinte auch nicht besessen wie ein Serienmörder. Ich meinte unbeirrbar. Er weiß, was er will, und nichts hält ihn davon ab, es sich zu holen.« Andrea zwinkerte Trish zu. »All unsere Kinder sind ehrgeizig …«

»Und loyal«, warf Lizzie ein und sah Sally an, die zustimmend nickte.

»Ja. Sie sind loyal«, erwiderte Andrea. »Ich bin stolz darauf, dass aus ihnen verantwortungsvolle, fürsorgliche Erwachsene geworden sind. Gut zu wissen, dass wir etwas richtig gemacht haben.«

»Jake ist wirklich ein toller Kerl, und ich will eure Traumblasen wirklich nicht platzen lassen, aber …«, sagte Addy. »Wir sind nicht mal lang genug zusammen, um zu wissen, ob wir dasselbe Essen mögen, geschweige denn, ob wir dasselbe im Leben wollen.« Man hörte ihr an, wie unwohl sie sich fühlte. Sie kannte ihn doch jetzt schon besser als die meisten Leute in ihrem Umfeld.

»Red dir das nur weiter ein, Schätzchen«, erwiderte Andrea honigsüß.

Ob sie die Panik sehen konnte, die die Erkenntnis in ihr

auslöste, dass alle wussten, wie nah Jake und sie sich standen, obwohl sie sich selbst noch darüber klar werden mussten?

»Ladys?«, fragte Marnie. »Ich unterbreche nur ungern, aber wenn wir die Fotos nicht bald machen, verpasse ich mein Boot zurück zum Festland und ich muss heute Abend in Chicago sein.«

Boot? Addy war wie vom Donner gerührt. Sie reiste in ein paar Stunden ab. Hier war es so hektisch gewesen, dass sie das vollkommen vergessen hatte. Es würde keinen Versöhnungssex geben und sie würde morgen auch nicht in Jakes Armen aufwachen. Zehn lange Tage würde sie überhaupt nichts von Jake haben.

Andrea trat näher. »Dein Herz ist aufgewacht, Schätzchen, und die Liebe gewinnt immer. Sie ist stärker als alles andere. Selbst größer als unser Selbsterhaltungstrieb.«

Sie hatte nicht vorgehabt, mit Jake zu schlafen, und schon gar nicht, eine monogame Beziehung mit ihm zu führen. Und jetzt konnte sie sich nicht vorstellen, zehn Tage ohne ihn zu sein.

Trish und Boone gaben sich unter dem goldenen und weißen Baldachin, den Blue entworfen und mithilfe von Jake und seinen Brüdern gebaut hatte, das Ja-Wort. Addy hatte Tränen in den Augen, als sie ihre Ehegelübde sprachen, und es war hinreißend, wie sie versuchte, es zu verbergen, indem sie in den Wind blinzelte. Jake hatte während der ganzen Zeremonie, die fast genauso schön war wie sie, den Blick nicht von ihr nehmen können. Das war nun zwei Stunden her und seine Brüder unterhielten sich gerade angeregt über den geplanten Angelausflug am Abend, während sich die Frauen auf einen weiteren Mädelsabend an der Klippe freuten. Allerdings würde er Addy heute nicht entführen können. Sie reiste in ein paar Stunden ab und Jake bemühte sich angestrengt, nicht daran zu denken.

Addy stand mit Gabriella und seiner Mutter am Ufer und wiegte die Hüften im Takt der Musik. Gerade erst hatten sie fünf Lieder lang getanzt und bereits jetzt vermisste er es, sie in den Armen zu halten. Die Nachmittagsbrise wehte ihr die dunklen Haare wie eine wilde Mähne über den Rücken und drückte das kurze, sexy Kleid an ihren Körper, wodurch nichts der Fantasie überlassen wurde. Sie unterhielt sich jetzt schon eine Weile mit seiner Mutter und er fragte sich, was seine Mutter ihr erzählte. Peinliche Geschichten aus seiner Kindheit? Wohl kaum. Seine Mutter gab so was nur zum Besten, wenn sie damit eine große Wirkung erzielen und ihre Kinder in Verlegenheit bringen konnte. Jake vermutete, dass sie über Frauensachen sprachen. Klamotten, Schuhe ... Wobei, nein. Addy war bei diesen Dingen nicht so aus dem Häuschen wie andere Frauen. Wobei passierte ihr das wohl? Er lachte in sich hinein. Addy war nie so aus dem Häuschen. Sie war ernst, sexy, verführerisch, und letztlich hatte er das Privileg bekommen, auch ihre sanftere, verletzliche Seite kennenzulernen. Aber da er sein Mädchen kannte, wusste er, wie selten und besonders diese Einblicke waren. Monatelang hatte er ihre Reaktionen beobachtet und an sie gedacht, also konnte er sie inzwischen ziemlich gut einschätzen.

Er spürte die Präsenz seines Vaters, noch bevor dieser neben ihm auftauchte. So war es zwischen ihnen schon immer gewesen. Sein Vater hatte ihm beigebracht, seine Sinne für seinen Job zu schärfen, und im Laufe der Jahre hatte er diese

Fähigkeiten auch auf andere Aspekte seines Lebens übertragen.

»Hey, Dad. Wie läuft's?«

»Das sollte ich wohl eher dich fragen.« Sein Vater deutete mit dem Kopf in Addys Richtung. »Sie ist dir wirklich unter die Haut gegangen.«

»Könnte man so sagen.« Jake und sein Vater hatten eine besondere Verbindung. Während seiner prägenden Jahre war er seinem Vater wie ein Schatten gefolgt und hatte jedes Quäntchen Wissen aufgesogen, das er mit ihm geteilt hatte. Sie verband mehr als die Liebe dafür, anderen zu helfen und ihre eigenen Grenzen zu überwinden. Jake hatte die Furchtlosigkeit seines Vaters geerbt. Sich den Naturgewalten, wilden Tieren, rauem Wetter oder generell dem Unbekannten zu stellen, machte ihm keine Angst. Bei einer Rettungsmission zu scheitern jedoch schon. Das war ein Grund dafür, dass Jake sein Leben so ungebunden führte. Schon vor langer Zeit hatte er seine Emotionen von allem außer seiner Familie und den Missionen abgekapselt. Er konnte es sich nicht leisten, sich ablenken zu lassen, wenn Leben von ihm abhingen. Er beobachtete, wie Addy ihre Haare über eine Schulter zusammenfasste, und wusste, dass er sich der größten Ablenkung von allen gegenübersah. Gerade war er heilfroh, dass er sich während ihrer Bergtour zwei Wochen freigenommen hatte. Das gab ihm die Zeit, sich in den Griff zu bekommen.

»Wie sieht dein Plan aus?«, fragte sein Vater.

»Plan?«, fragte er. »Für …?«

»Ihren Wanderausflug. Komm schon, Junge. Ich kenne dich doch.« Sein Vater schmunzelte. »Entweder schmiedest du gerade einen Plan, um sie aufzuhalten, oder du suchst nach einer Möglichkeit, wie du sie dazu überredest, dich mitkommen zu lassen.«

»Hab beides schon versucht.«

Sein Vater lachte und klopfte ihm auf den Rücken. »Sie lässt sich nichts von dir sagen.«

»Ach was.« Natürlich ging sein Vater davon aus, dass er sich in seiner Beziehung verhielt, als würde er eine Mission leiten. Aber Addy hatte deutlich gemacht, wie wenig sie davon hielt.

»Gib ihr Raum, Jake.«

Ja, klar.

»Du warst nie gut darin, dich zurückzuziehen. Wenn du ein Problem siehst, stürzt du dich darauf. Du gehst alles geradeheraus an und kannst Variablen nicht ausstehen.«

»Ich stelle mich jedes Mal einem Haufen Variablen, wenn ich eine Suchmission annehme. Das weißt du. Du machst es genauso.« Sein Vater hatte sein ganzes Leben in diesem Beruf gearbeitet und schließlich *East Coast Search and Rescue* gegründet. Jetzt behauptete er zwar, im Ruhestand zu sein, aber Jake glaubte nicht, dass sich sein Vater jemals endgültig zur Ruhe setzen würde. Er verbrachte viel Zeit damit, die Freiwilligen anzuleiten und die Ausbildung zu überwachen.

»Ja, wir stellen uns ihnen damit.« Sein Vater tippte sich gegen den Kopf. »Aber du hast dich ihnen nie hiermit gestellt.« Er legte seine Hand auf Jakes Herz. »Das beschützt du mit allem, was du hast.«

Jake schnaubte spöttisch. »Vor Addy habe ich nie groß über dieses spezielle Organ nachgedacht. Und jetzt bin ich total am Ar… im Eimer.«

»Am Arsch? Ja, das glaube ich gern.«

Jake verschränkte die Arme. »Wieso?«

»Das liegt in der Natur der Dinge. Wenn die richtige Frau auftaucht, stellt sie deine gesamte Welt auf den Kopf.«

»Ach ja? Tja, ich denke, es ist mehr als das. Ich bin nicht gut in Beziehungen und werde es ziemlich sicher vermasseln.«

»Woher willst du das wissen? Du hast noch nie versucht, eine Beziehung zu führen.«

»Ich wollte keine Ablenkungen. Und jetzt, wo ich jemanden gefunden habe, für den sich diese Ablenkung lohnt, fühle ich mich vollkommen unvorbereitet. Ich. Unvorbereitet. Dad, seit ich fünf Jahre alt bin, bin ich auf jede einzelne Situation in meinem Leben vorbereitet gewesen. *Über*vorbereitet.« Die Belustigung in der Miene seines Vaters ließ ihn innehalten. »Was ist denn daran bitte so lustig?«

»Du kannst dich nicht auf die Liebe vorbereiten. Sie erfasst dich wie ein Sturm und schlägt alles in tausend Stücke.« Er berührte Jake an der Schulter und drehte ihn in Addys Richtung. »Sie ist ein kluges Mädchen, Jake. Sie ist tough und nach dem, was Gabriella uns erzählt hat, ist sie ein großes Risiko eingegangen, als sie sich gegen die Wünsche ihres Vaters gestellt hat. Sie hat sich von allem abgewandt, was ihr ihre Eltern geboten haben, und war entschlossen, es allein zu schaffen. Diese Frau wird sich nichts von dir vorschreiben lassen, Junge. Und vertrau mir, du wärst mit so einer Frau auch nicht zufrieden.«

Jake atmete frustriert aus. »Du weißt, wie gefährlich es werden kann, wenn man allein campen geht.«

»Ja, und die Vorstellung, dass diese kleine Elfe allein durch die Wildnis streift, jagt mir eine Heidenangst ein. Aber weißt du, was noch gefährlicher ist, Jake? Wenn du versuchst, sie einzusperren. Bring es ihr bei. Sei für sie da, wenn sie um Hilfe bittet. Aber ich glaube, dass du dir dieses Mal ein Beispiel an Gage nehmen solltest. Mach einen Schritt zurück und überlass ihr die Führung.«

Jake schnaubte. »Gage? Er schmachtet seit *Jahren*.«

Sein Vater schüttelte den Kopf. »Er ist seit Jahren *verliebt*. Das ist ein Unterschied. Gage ist ein kluger Mann. Er walzt vielleicht nicht so durchs Leben wie du, aber er weiß, wann er sich anstrengen und wann er sich lieber zurückziehen sollte. Vertrau mir. Wenn du diese Frau einsperrst, beißt dich das mit Sicherheit in den Hintern.«

Addy drehte sich um, ihre Blicke trafen sich und entflammten die Luft zwischen ihnen.

»Geh behutsam vor«, riet ihm sein Vater noch, ehe er ging.

Jake näherte sich Addy. Sie legte nachdenklich den Kopf zur Seite und beobachtete, wie er sie beobachtete. *Woran denkst du, Sexy Girl?*

Jeder Schritt befeuerte die Hitze und steigerte das Verlangen, sie in seinen Armen zu halten. In seinem Bett. In seinem Leben.

Zieh dich zurück. Überlass ihr die Führung.

Er versuchte, sich den Rat seines Vaters zu Herzen zu nehmen, allerdings war er nicht gut darin, sich zurückzuhalten. Er war ein geborener Anführer. Jemand, der Dinge in Ordnung brachte. Der Rettungsspezialist, der Berge erklomm, um selbst in den tückischsten Situationen die gefährlichsten Höhlen zu überprüfen, weil jemandes Leben davon abhing.

Jetzt stand niemandes Leben auf dem Spiel, aber es fühlte sich sehr danach an.

Addy sagte etwas zu Gabriella und ihr sexy Lächeln stellte erneut merkwürdige Dinge mit seinem Magen an. *Verflucht.* Würde sich das jemals legen? Mit verführerischem Hüftschwung kam sie auf ihn zu. Das Kleid umspielte ihre Beine und sie hatte nur Augen für ihn. Dann war sie bei ihm, legte die Arme um seinen Nacken und ihm ging das Herz auf.

»Hey, Großer«, sagte sie. »Suchst du nach einem Date?«

Wie sollte er sich zurückziehen, wenn die Frau, die ihm schon den Verstand geraubt hatte, bevor sie ihrem ersten Date zugestimmt hatte, in seinen Armen lag?

Sie bewegten sich gemeinsam zur Musik, als würden sie das ständig machen. »Nur wenn du es bist.« Er beugte sich zu ihr hinunter, doch sie legte ihm einen Finger auf die Lippen. »Verweigerst du mir einen Kuss?«

»Ich nehme ganz kurz das Tempo raus, denn sobald sich unsere Lippen berühren, schlagen meine Gedanken eine von zwei möglichen Richtungen ein – entweder wandern sie sofort ins Schlafzimmer oder machen sich direkt aus dem Staub. Und im Moment muss ich mich konzentrieren, weil ich sonst mein Boot verpasse.«

»Dafür gibt es eine einfache Lösung. *Bleib*.«

Fünfzehn

Okay, lag ihr bereits auf der Zunge. Es gab keinen Ort auf dieser Welt, an dem sie lieber wäre als in Jakes Armen. Genau das hatte sie gerade Gabriella und seiner Mutter gestanden, aber wenn sie blieb, würde sie damit ihre Pläne um einen Tag aufschieben. Eigentlich keine große Sache, aber für Addy war es das. Dadurch gab sie Jake die Macht über ihre Entscheidungen.

»Jake«, sagte sie ruhig und suchte nach einem Weg, ihm zu erklären, was sie Gabriella – die sie *verrückt* genannt hatte – und seiner Mutter – die sie *stark* genannt hatte – gerade erläutert hatte, ohne dabei den Eindruck zu erwecken, sie würde nicht bei ihm sein wollen. »Du weißt doch, dass ich bleiben will. Ich will morgen in deinen Armen aufwachen, den Sonnenaufgang beobachten und an den Blumen schnuppern, die du mir gepflückt hast.« Ihre Augen wurden feucht, doch sie atmete tief durch und zwang sich, stark zu bleiben. »Ich habe darüber nachgedacht, zu bleiben, kann aber nicht.«

Er zog sich nur ein winziges Stück zurück, doch sie bemerkte es trotzdem. Und wie sie es bemerkte.

»Du willst nicht, Addy. Das ist ein Unterschied.«

Sie stellte sich wieder normal hin. »Ja, du hast recht. Und es tut mir leid, aber meine Pläne zu ändern wäre …« An dieser

Stelle war sie schon bei Gabriella ins Stocken geraten, und wenn Jake sie ansah, als wäre sie alles, was er je gewollt hatte, war es noch schwieriger, die richtigen Worte zu finden. »Du wusstest von Anfang an, dass ich das durchziehen werde.«

»Dinge verändern sich«, erwiderte er ein wenig leiser. »Addy, es ist nur ein Tag, keine ganze Woche. Ich bitte dich nicht, dich begleiten zu dürfen, oder halte dich davon ab, überhaupt zu fahren. Ich will nur eine weitere gemeinsame Nacht, dir ein paar allgemeine Sicherheitsregeln erklären und mich versichern, dass du weißt, was du in einem Notfall tun musst. Ich kann dir Dinge zeigen, an die du vielleicht gar nicht gedacht hast, zum Beispiel, welche Pflanzen und Schlangen giftig sind, welche Knoten du für bestimmte Dinge brauchst, und …«

»Hör auf.« Das war wieder eine reflexartige Reaktion, aber dieses Wissen machte es ihr nicht leichter, sich aus seinem Griff zu lösen. »Ich weiß dein Angebot zu schätzen, aber wie ich schon sagte, habe ich mich informiert. Ich bin durchaus in der Lage, mich auf einen Campingausflug vorzubereiten, und falls nicht, werde ich mich damit auseinandersetzen, sollte etwas schiefgehen.« Sie hatte sich Bücher über Knoten und Campinggrundlagen gekauft, doch obwohl sie sie noch nicht gelesen hatte, hätte sie noch genügend Zeit dafür, sobald sie ihr Lager auf dem Berg aufgeschlagen hatte. Wichtige Dinge wie Ausrüstung, womit sie rechnen und welche wilden Tiere ihr über den Weg laufen konnten, hatte sie bereits verinnerlicht. Abgesehen davon wusste sie, wie man am Feuer saß, eine Schüssel Suppe aufwärmte und in einem Zelt schlief.

»Es ist ja nicht so, als gäbe es da oben Löwen, Tiger und Bären«, fügte sie hinzu, um die Stimmung aufzulockern. »Na ja, es gibt Schwarzbären, aber ich bin keine Beere, also sollte ich sicher sein. Und ja, mir ist klar, dass ich einem Berglöwen begegnen könnte, aber das passiert nur selten, also können wir bitte nicht deswegen streiten? Du weißt, dass ich nicht nachgeben werde.«

Er zog sie an sich und gab ihr einen Kuss auf den Scheitel. Alles an ihm strahlte Anspannung aus, aber seine Berührung war liebevoll und zärtlich. Dieser Widerspruch erschütterte sie bis ins Mark. Ihr Herz rief *bleib, bleib, bleib*, aber ihr Kopf wehrte sich verbissen dagegen, ihre Pläne zu ändern. Sie hatte schon so viel verändert, wenn sie jetzt nachgab, würde Jake bestimmt glauben, dass sie das jederzeit für ihn tun würde. Das traf fast ins Schwarze.

Erhobenen Hauptes sah sie ihm in die Augen und ihr Herz flüsterte erneut: *Bleib.* Wie um alles in der Welt sollte sie an ihrem Entschluss festhalten, wenn sie doch nur in seinen Armen bleiben wollte? Verloren sich Frauen auf diese Weise selbst? Ihre Unabhängigkeit? Würde sie sich so in ihre Mutter verwandeln? Indem sie erst bei einer kleinen Sache nachgab, dann bei der nächsten und übernächsten, bis ihre Fähigkeiten, Probleme zu lösen und Entscheidungen zu treffen, vollkommen ausgelöscht waren und er sich um alles kümmerte? Der Gedanke ließ sie erschaudern.

»Ich kann nicht bleiben, Jake. Außerdem gehst du heute Abend mit den anderen angeln und ich will nicht der Grund dafür sein, dass du das verpasst.« Sie griff nach seiner Hand. »Wir haben noch etwas Zeit, bevor ich aufbreche. Ich muss packen und mich von allen verabschieden, aber ich würde das gern mit dir zusammen tun, wenn du möchtest.«

Er biss die Zähne zusammen und die Enttäuschung war ihm deutlich anzusehen.

Die Zeit verging zu schnell, während sie packten und sich dabei über das Wetter, die Hochzeit und die Insel unterhielten. Im Grunde über alles, außer der unausgesprochenen Sache zwischen ihnen. Zu Beginn dieses Wochenendes hatte sie Regeln und Erwartungen aufgestellt, sowohl für sich selbst als auch für ihn, und hatte diese bereits in den Wind geschossen. Ihr gefiel das Gefühl nicht, sich nicht einen einzigen Tag ohne ihn vorstellen zu können – oder sonst jemanden. Das widersprach allem, was sie über sich selbst wusste, aber im Moment kam ihr die Aussicht auf den Wandertrip vor allem einsam vor.

Jake trug ihren Koffer aus dem Resort. »Wie kommst du morgen in die Berge?«

»Ich habe mir ein Auto gemietet, das ich in Sweetwater zurückgebe. In dem Ort beginnt der Wanderweg, an dem ich anfange. Die Frau von der Mietwagenfirma meinte, dass sie mich dort absetzen können.«

Er nickte und sie sah, wie die Rädchen in seinem Kopf arbeiteten. Sie wusste, dass es ihn genauso quälte wie sie.

»Ich möchte wirklich nicht mehr darüber sprechen«, sagte sie. Schon die wenigen Worte darüber brachten ihren Entschluss ins Wanken.

Er stellte ihren Koffer ab und zog sie an sich. Sie standen an der Biegung der unbefestigten Straße zwischen dem Resort und der Stadt, umgeben von Bäumen, die ihnen einen Hauch von Privatsphäre boten.

»Für eine so zierliche kleine Frau bist du viel zu dickköpfig.« Er umfasste ihren Brustkorb, hob sie hoch, sodass ihre Beine in der Luft baumelten, und sah ihr in die Augen. »Du wirst mich vermissen, wenn du nachts ganz allein an dem Ort bist, über den wir nicht sprechen.« Ohne sie wieder auf den Boden zu setzen, küsste er sie. »Aber nicht halb so sehr, wie ich dich vermissen werde.« Er legte einen seiner starken Arme um ihre Taille und drückte sie an sich. »Dein Schweigen setzt mir ganz schön zu.«

Sie schluckte den Kloß in ihrer Kehle hinunter und presste hervor: »Ich denke nach …«

Er stellte sie wieder auf die Füße und es war unmöglich, die Hoffnung in seiner Miene zu ignorieren. Sie lehnte die Stirn an seine Brust, schloss die Augen und zwang sich, nicht preiszugeben, was in ihr vorging. Doch das alles war zu groß, zu ablenkend und zu entschlossen, aus ihr herauszubrechen.

»Ich wollte mich nicht in dich verlieben«, sagte sie und legte die Hände auf seine Brust. »Ich wollte nur mit dir schlafen.«

Er umfasste ihr Kinn mit Daumen und Zeigefinger, hob ihren Kopf an und hauchte ihr einen weiteren, zärtlichen Kuss auf die Lippen. »Ich habe mich schon in dich verliebt, bevor wir überhaupt auf diese Insel gekommen sind. Es ist nur fair, dass du auch einen kleinen Teil dieser Quälerei durchmachst.«

Wie konnte er sie zum Lächeln bringen, wenn sie doch das Gefühl hatte, gleich in Tränen auszubrechen? »Du freust dich viel zu sehr über die Tatsache, dass ich nicht weiß, was gerade aus mir wird, und ich nicht aus den Augen verlieren will, wer ich bin.«

»Mach dir nichts vor, Sexy Girl. Ich freue mich darüber, dass du mich in deine Welt lässt. Dafür änderst du nicht, wer du bist.« Wie zum Beweis hob er ihren Koffer an und stellte ihn dann wieder ab. »Das zwischen uns lässt sich einfach nicht verleugnen.«

Sein arrogantes Grinsen verriet ihr, was als Nächstes kommen würde. Sie legte ihm eine Hand auf den Mund, sah ihn aus schmalen Augen an und versuchte zu ignorieren, dass er ihr sinnlich und provokant über die Handfläche leckte.

»Spar dir dein ›Ich hab's dir ja gesagt‹.« Trotz ihrer Bemühungen, es zu verbergen, zitterte ihre Stimme. »Das sorgt nur dafür, dass ich gegen diese Gefühle ankämpfe, um dir das Gegenteil zu beweisen.«

Er umfasste ihr Handgelenk und seine Arroganz verwandelte sich in pure Versuchung. »Du glaubst, eine kleine Rebellion würde mich abschrecken?« Ohne den Blickkontakt zu unterbrechen, senkte er die Lippen auf ihren Hals.

Jede Berührung seiner talentierten Zunge jagte Hitze zwischen ihre Beine. Sie hielt sich an seiner Taille fest und wehrte sich gegen ihre wackligen Knie, während er sie weiter sinnlich neckte. Jake legte die freie Hand auf ihre Hüfte. Der dünne Stoff ihres Kleides konnte seine Hitze nicht abhalten, als er ihren Hintern streichelte und ihr damit jede Möglichkeit raubte, über das wachsende Verlangen in ihr hinauszudenken. Er knabberte an ihrer Schulter, kehrte dann zu ihrem Hals zurück – *oh Gott, ja, genau da.* Ihre Zehen verkrampften sich und sie lehnte sich an ihn. Mit einem Stoß seines Beckens rieb er seine harte Länge an ihrem Bauch. Sie schloss die Augen, zwang sich, sich zurückzuziehen und gegen die Lust anzukämpfen, die sich tief in ihr sammelte. Ihre Lippen fanden zueinander und Jake schob seine langen, geschickten Finger unter ihr Kleid, unter ihr Höschen und drang in ihre feuchte Hitze ein. Damit raubte er ihr den Atem und sie spürte sein Lächeln. Addy stellte sich auf die Zehenspitzen, ließ sich dann wieder auf seine Finger sinken und forderte ihn auf, sich zu nehmen, was er wollte – ihr zu geben, was sie wollte.

»Verdammt, Addy«, raunte er knurrend an ihren Lippen.

»Hör nicht auf.« Sie umklammerte sein Handgelenk, damit er seine Hand bloß nicht zwischen ihren Beinen hervorzog.

»Auf keinen Fall. Ich will dich über meine Schulter werfen und dich in den Wald schleppen.«

Sie schaute ihm in die Augen. Ihre stumme und sehr deutliche Zustimmung explodierte förmlich zwischen ihnen und schon im nächsten Atemzug lag sie über seiner Schulter und er stürmte in den Wald, was sie beide zum Lachen brachte. Zwischen Blättern und Gras, umgeben von dichtem Gebüsch legte er sie auf den Boden und öffnete hastig seine Hose.

»Beeil dich«, flehte sie, als er sich über sie beugte.

Mit einem harten Stoß drang er in sie ein, was ihr einen lustvollen Aufschrei entlockte. Er brachte sie mit einem berauschenden Kuss zum Schweigen. Addy wurde von einer Welle der Lust nach der anderen erfasst, die immer stärker wurden, sie höher aufsteigen ließen und sie näher zueinander brachten. Vor ihrem geistigen Auge blitzten ihre gemeinsamen Momente auf – das Lachen, das Necken, die Liebe. Die schnellen Nummern. Er war der wilde und leidenschaftliche Mann, auf den sie nie zu hoffen gewagt hatte. Er wusste genau, wann er sich zurückziehen musste, merkte aber auch, wann er nicht nachgeben sollte. Sie wollte den Mann nicht mehr aus den Augen lassen, der ihr Herz zum Leben erweckt und ihren Körper in Höhen getrieben hatte, von denen sie bisher nur träumen konnte. Das Verlangen in seinem Blick war so intensiv, dass es mit Sicherheit in seinen Venen brodelte. Das Risiko, entdeckt zu werden, der wilde Hunger in seiner Miene und dass er ihr genau das geben konnte, was sie brauchte, vermischte sich miteinander und zerrte all ihre Gefühle an die Oberfläche. Ihre Verbindung war so frei und mächtig. Sie war brutal schön. Er verwickelte sie erneut in einen besitzergreifenden Kuss, bewegte sich tiefer und härter in ihr, als würde er versuchen, alles von ihr in Besitz zu nehmen. Immer wieder stieß er in sie, bis die alles verschlingende, atemberaubende Lust ihres gemeinsamen Höhepunktes alles war, was sie noch spürte.

Sechzehn

Jake warf die Angel aus, stellte einen Fuß auf die Bank und fragte sich, wie er zehn Tage ohne Addy überstehen sollte.

»Sie ist tatsächlich abgereist.« Duke lehnte mit einem Bier in der Hand an der Reling. »Ich wette, damit hast du nicht gerechnet.«

Jake richtete seine Aufmerksamkeit weiter auf das dunkle Wasser. Addy und er waren zum Resort zurückgerannt, denn sie hatte darauf bestanden, noch schnell duschen zu gehen – allein –, wodurch sie beinahe ihr Schiff verpasst hätte. Er hätte mit ihr unter die Dusche springen und genau dafür sorgen sollen. »Du kennst Addy kein Stück, oder? Natürlich wusste ich, dass sie geht. Sie ist keine Frau, die sich von anderen etwas vorschreiben lässt.«

Duke lachte leise. »Dann bin ich wohl derjenige, der nicht damit gerechnet hat.« Er nippte an seinem Bier. »Klingt, als wärst du ziemlich aufgebracht.«

Jake schnaubte spöttisch. »Was hat mich verraten?«

Seit einer Stunde angelten sie nun schon und hatten noch nicht das Geringste gefangen. Normalerweise wäre Jake das egal, da es immer Spaß machte, mit seinen Brüdern Zeit zu verbringen, aber gerade kostete es ihn all seine Willenskraft, das Schiff nicht im Eiltempo ans Festland zu steuern, um in ein Flugzeug nach New York zu steigen. Außerdem musste er sich auch noch anhören, wie die Jungs nur davon erzählten, wieder zu ihren Partnerinnen zurückzukehren.

»Also erst mal brauchst du dringend ein Bier«, stellte Duke fest.

Aber ich habe die Idee, ihr nachzufahren, noch nicht ganz abgehakt. Und ich muss nüchtern sein, um ein Schiff zu steuern, mich am Flughafen zurechtzufinden und mir einen Mietwagen zu besorgen.

Addy hatte versucht, nicht an Jake zu denken, während Elpitha Island in der Ferne verschwand und das kleine Schiff sie nach South Carolina brachte. Sie klammerte sich an die Reling und blinzelte zum zweiten Mal an diesem Tag in den Wind. Ihre Emotionen hatten sich wirklich einen hervorragenden Zeit- punkt ausgesucht.

Das Flugzeug war voll. Sie wollte nicht an Gabriella und Jake denken, die ihr vom Steg aus zugewunken hatten, und versuchte sogar, auf dem Flug nach New York ein wenig zu schlafen. Das anstrengende Wochenende müsste seinen Tribut fordern, wenn man bedachte, dass sie kaum mehr als ein paar Stunden geschlafen hatten, aber sie hörte ständig Jakes Stimme, was Schlaf unmöglich machte. *Dir gehört so viel von mir*, hatte er gesagt, als er sie so fest umarmt hatte, dass sie kaum atmen konnte. *Es würde mich umbringen, wenn dir etwas zustößt.* Doch er hatte sie nicht mehr gebeten, zu bleiben. Obwohl sich anscheinend alles in ihm dagegen sträubte, sie gehen zu lassen, hatte er ihre Wünsche respektiert.

Nun warf sie einen Haufen Campingausrüstung auf die Couch und ihr wurde etwas sehr bitter bewusst. Wo sollte sie zwischen den Kleiderbergen, Decken, Feuerzeugen, Karten, dem Kompass und den unzähligen anderen lebensnotwendigen Dingen ihr einsames Herz verstauen? Sie hatte genau das bekommen, was sie wollte. Sie hatte nur nicht damit gerechnet, dass es so sehr wehtun würde. Jetzt konnte sie nicht einmal Gabriella anrufen und mit ihr ausgehen, um ihren Kummer zu ertränken. Ein Wasserflugzeug würde ihre Freundin und Duke nach dem Angelausflug in die Flitterwochen bringen.

Addy stemmte die Hände in die Hüften und wandte sich dem Spiegel zu, den sie im Kamin hatte einbauen lassen. Dem noblen Lebensstil ihrer Eltern mochte sie vielleicht nicht folgen, aber in gewisser Hinsicht fiel der Apfel nicht weit vom Stamm. Addy hatte das Gespür ihres Vaters für Design. Durch den Spiegel wirkte ihre gemütliche Wohnung größer und verpasste ihrem wilden Mix aus Grün-, Lachs- und verschiedenen Grautönen mehr Klasse. Als sie die Wohnung angemietet hatte, war ihr nie in den Sinn gekommen, den Kamin zu benutzen, wenn sie doch einfach nur die Heizung etwas hochdrehen musste. Ihr entging die Ironie nicht, dass sie sich auf einen Ausflug begab, bei dem Feuer das Einzige war, das sie in den kalten Bergnächten wärmen würde.

Schwer seufzend ließ sie sich auf die Couch fallen, wobei das feinsäuberlich verpackte Zelt, einer ihrer pinken Wanderschuhe und die Erste-Hilfe-Ausrüstung mit einem dumpfen Laut auf dem dicken Teppich landeten.

Was zum Teufel mache ich hier?

Addy neigte nicht zu Selbstzweifeln oder dazu, sich in Selbstmitleid zu suhlen, doch die Tatsache, dass sie gerade beides tat, löste ein unangenehmes Brennen in ihrem Bauch aus. Sie stemmte sich von der Couch hoch, wodurch noch mehr Sachen auf den Boden fielen, und marschierte in die Küche, um sich eine Flasche Wein zu holen. Wahllos nahm sie irgendeine aus dem Regal, entfernte den Korken und trank einen großzügigen Schluck.

»Okay, Addison. Schwing die Hufe.« Mit der offenen Flasche ging sie ins Schlafzimmer, schwang sich den Rucksack, den sie für den Ausflug gekauft hatte, über die Schulter und nahm noch einen Schluck Wein. Sie schaffte das. Wie bei allem anderen in ihrem Leben würde sie einen Schritt nach dem anderen machen und dabei sicher nicht an ihren großen, mürrischen Freund denken, den sie zurückgelassen hatte. Schon jetzt fühlte sie sich etwas besser, schnappte sich die Camping-Bücher, die sie beinahe vergessen hatte einzupacken, und wurde unwillkürlich daran erinnert, dass Jake sie gebeten hatte, sich von ihm einige Sicherheitsmaßnahmen erklären zu lassen. Sein Wunsch zu helfen war so aufrichtig und ehrlich gemeint. Sofort blitzte vor ihrem inneren Auge auf, wie er in der Dusche vor ihr gekniet, sie liebevoll gewaschen und dabei das Tattoo entdeckt hatte. Er hatte ebenso besorgt wie neugierig gewirkt. Ein Kloß bildete sich in ihrer Kehle. *Denk nicht daran.* Sie schluckte die Schuldgefühle darüber hinunter, ihr Geheimnis nicht preisgegeben zu haben, klemmte sich die Bücher unter den Arm und gönnte sich noch einen Schluck flüssigen Mut.

Eine Stunde später saß sie im Schlafanzug auf dem Wohnzimmerboden zwischen ihrer Ausrüstung und beäugte ihren Laptop. Sie musste Jake aus ihrem Kopf verbannen. Und wie ließe sich das besser anstellen, als jemand anderen hineinzulassen? Sie griff nach ihrem Tastenfreund, erinnerte sich dann jedoch an das Versprechen, das sie Jake gegeben hatte. *Meine*

Tumblr-Seite ist tabu.

An diesem Wochenende.

In der Ecke wurde die Uhrzeit angezeigt. Es war nach Mitternacht.

Sie tippte mit dem Finger auf den Rand und überlegte, ob sie nur einen kurzen Blick darauf werfen sollte. *Na klar, als würde es dabei bleiben. Würde es mich stören, wenn Jake nur einen kurzen Blick auf eine Tumblr-Seite mit heißen Frauen wirft?* Eifersucht machte sich in ihr breit. *Es sei denn, wir würden uns zusammen eine Tumblr-Seite mit heißen Paaren anschauen.*

Hmm …

Sie nahm ihr Handy vom Couchtisch und rief Jake an, landete jedoch direkt auf der Mailbox. Natürlich. Der Empfang auf Elpitha war bescheiden. Sie klappte den Laptop zu und gönnte sich noch einen Schluck Wein. Sie wollte sich niemand anderen ansehen. Sie wollte Jake und war selbst Schuld daran, dass er jetzt nicht hier war.

Siebzehn

Addy wusste nicht, wie lange sie das nachdrückliche Klopfen an ihrer Tür in ihre Träume eingebaut hatte, doch noch während sie verschlafen nach ihrem Handy tastete, das neben der Couch auf dem Boden lag, setzte es wieder ein. *Da hat jemand Todessehnsucht.* Ihr Akku war leer. Ein weiteres Klopfen an der Tür brachte sie auf die Beine. Sie taumelte durchs Wohnzimmer, nur vom Mondlicht geführt, das durch die Vorhänge fiel, und stolperte dabei über einen Haufen Campingausrüstung, den sie nicht mehr eingepackt hatte, bevor sie eingeschlafen war.

Es klopfte erneut.

»Moment!« *Was soll das denn?* »Wehe, wenn das Haus nicht in Flammen steht.«

Müde blickte sie durch den Spion, doch wer auch immer auf der anderen Seite war, stand in einem seltsamen Winkel, denn sie konnte nur eine Schulter erkennen. *Super. Wahrscheinlich irgendein Betrunkener, der sich in der Wohnung geirrt hat.* Der Mann rieb sich den Nacken und Addy blieb die Luft weg.

Ihr Magen machte einen aufgeregten Hüpfer, als sie die Tür aufriss und Jake vor ihr stand. Er stützte sich noch immer mit einem Arm am Türrahmen ab.

»Hey, Sexy Girl«, begrüßte er sie und lächelte lässig. Er trug die tief sitzende Jeans vom Vorabend und ein dunkles T-Shirt, das sich an seine breite Brust schmiegte. Doch es war der sehnsüchtige Ausdruck auf seinem Gesicht, bei dem ihr beinahe das Herz stehen blieb.

»Was machst du denn hier?«

Er schlang einen Arm um ihre Taille und zog sie an sich. »Ich habe dich auch vermisst.« Ihr blieb erneut die Luft weg, als er sie küsste und nur Platz für das Inferno zwischen ihnen ließ.

Atemlos, aber entschlossen drückte sie die Hände gegen seine Brust. Sie krümmte die Finger, weil sie ihn nicht mehr weglassen wollte. »Warum bist du hier?«

Er rieb die Nase an ihrem Hals. »Begrüßt man so um zwei Uhr morgens seinen Freund?«

Sie zog ihn am Kragen in die Wohnung und schloss die Tür hinter ihnen, bevor sie mit einer Hand noch schnell das Licht anmachte. Albern grinsend riss er sie wieder an sich und lehnte sich mit dem Rücken gegen die Tür. Dann stellte er die Beine weiter auseinander und ging ein wenig in die Knie, sodass sie sich auf Augenhöhe befanden. Sie hatte seinen hungrigen Blick und das überhebliche Grinsen so vermisst. Als sie ihm eine Hand auf die stoppelige Wange legte, kam ihr kurz der Gedanke, dass sie dieser Übergriff nerven sollte, doch sie empfand nur Erleichterung und überwältigende Freude.

»Ist das ein Kontrollbesuch?«, fragte sie neckend.

»Muss ich denn irgendwas kontrollieren?« Sein Blick wanderte über ihr Tanktop und blieb an den aufgedruckten Worten darauf hängen: *Eat clean. Play dirty.* Seine Augen verdunkelten sich und er sah für den Bruchteil einer Sekunde zu ihr auf, ehe seine Aufmerksamkeit den Worten galt, die sich von einer Hüfte zur anderen über ihre Boy Shorts zogen: *All night buffet.*

Sie zog verlegen den Kopf zwischen die Schultern.

Er umfasste ihren Hintern und zog sie fest an sich. »Zufällig bin ich am Verhungern.«

Ihr Körper vibrierte vor Verlangen, doch da war auch ein Hauch von Sorge. War er gekommen, damit sie ihre Meinung bezüglich des Trips änderte? »Ist das so?« Sie küsste ihn direkt unterm Ohr, ehe sie ihn fest in die Stelle biss.

»Autsch! Verflixt, du kleines Biest.« Er versetzte ihr einen Klaps auf den Hintern.

Sie zog sich zurück, hielt sich an seinen Oberarmen fest und zog ein finsteres Gesicht. »Bist du hergekommen, damit ich mir das mit dem Wanderausflug noch mal überlege?«

»Nein. Ich bin hier, weil …« Sein Blick wanderte über ihre Schulter und schnaubte ungläubig lachend, ehe er sie wieder ansah. »Weil ich dich vermisst habe, und jemand muss dafür sorgen, dass du mit allem versorgt bist, bevor du aufbrichst. In Sachen Sicherheit, meine ich.« Er zog ein ledernes Notizbuch hinter dem Rücken hervor, das er sich in den Hosenbund gesteckt haben musste, weil es unmöglich in seine Hosentaschen passte. »Und ich habe dir das hier mitgebracht. Für den Fall, dass du über dein Abenteuer Tagebuch führen willst.«

Sie verengte die Augen zu Schlitzen. »Wirklich? Das ist echt süß, aber … du willst mich damit nicht weichkochen, oder? Um mich mit einem unglaublichen Sexmarathon abzulenken und mich zu überreden, dass ich einen eins neunzig großen Tourguide brauche?«

Er legte das wunderschöne Notizbuch auf den Boden und strich mit einer Hand über ihre Haare, die mit Sicherheit vollkommen zerzaust waren. »Ich würde mir nie verzeihen, wenn dir etwas passiert und ich nicht da bin, um dich zu beschützen, aber ich weiß, dass du es allein schaffen willst. Also nein, ich will dich mit diesem Besuch nicht dazu überreden, mich mitzunehmen. Ich will die grundlegenden Sicherheitsregeln mit dir durchgehen und …« Er nahm sie in die Arme und hielt sie so fest, als würde er sie nie wieder loslassen wollen. »Ich musste dich noch ein letztes Mal spüren. Zehn Tage sind ziemlich lang.«

Früher wäre ihr das nie in den Sinn gekommen, aber schon zehn *Stunden* ohne ihn erschienen ihr wie eine Ewigkeit.

»Baby?«, flüsterte er ihr ins Ohr.

»Mhm.« Sie wollte direkt hier in seinen Armen ihr Zelt aufschlagen.

»Ist das ein *pinker* Wanderschuh?«

»Hast du ein Problem mit pink?« Sie wollte beleidigt klingen, konnte aber nicht aufhören zu lächeln. Er war hier, als hätte er irgendwie geahnt, dass sie ihn vermisste, und drängte sie nicht, den Ausflug abzubrechen.

Er richtete sich wieder auf und zog sie dabei mit sich. Addy schlang die Beine um seine Taille. Sie hatte sich nie für eine Frau gehalten, die sich von irgendwem tragen ließ, doch Jake sorgte binnen eines Herzschlags dafür, dass sie sich nicht dagegen wehrte, sondern sich danach sehnte.

»Lass mich dir zeigen, wie sehr ich pink liebe.« Er trug sie durchs Wohnzimmer. »Du hast ja echt gut gepackt.«

»Ruhe auf den billigen Plätzen. Du bist nicht hier, um mich zu kritisieren. Du bist hier, um …« Sie musterte ihn. War er wirklich ohne Hintergedanken hier? Er vermisste sie? Wollte ihr tatsächlich nur Sicherheitsregeln beibringen?

Auf der Schwelle zum Schlafzimmer blieb er stehen und küsste sie. Er schob eine Hand in ihre Shorts und sie löste ihre Lippen von seinen.

»Du willst doch nur Sex«, stichelte sie.

Er trug sie ins Schlafzimmer, setzte sich aufs Bett und zog

sie dabei rittlings auf seinen Schoß. »Das wäre eine lange Reise für nur ein bisschen Sex.«

Sie warf dramatisch die Haare nach hinten und schenkte ihm einen Augenaufschlag. »Für mich lohnt sich das. Ich habe dich für alle anderen Frauen verdorben.«

Er zog ihr das Top über den Kopf und warf es zur Seite. Die kühle Luft strich über ihre Brustwarzen, die sich prompt zusammenzogen.

»Ziemlich selbstgefällig, hm?«, neckte er sie, ehe er seine wunderbaren Lippen auf ihre Brüste senkte. Er ließ seine Zunge über einen Nippel gleiten und löste damit einen Schauer in ihr aus.

Addy fuhr mit den Fingern durch seine Haare. Oh, wie sie das vermisst hatte. »Genauso wie du mich für alle anderen Männer verdorben hast.«

Er drehte sich mit ihr um, legte sie aufs Bett und küsste sich langsam an ihrem Körper hinunter zu ihren Shorts. »Baby, ich hab noch nicht mal angefangen, dich zu verderben. Und jetzt lass uns mal sehen, was heute auf der Speisekarte steht.«

Langsam zog er ihr die Shorts von den Beinen und leckte sich über die Lippen, während er sie zur Seite warf. Der raubtierhafte Ausdruck in seinen Augen weckte Sehnsucht in ihr.

Breit grinsend bedeckte sie ihre Scham mit den Händen. »Es soll ja fair sein. Ausziehen, Großer. Sofort.«

Er lachte leise auf. »Sieh an, sieh an. Ich liebe es, wenn du fordernd wirst.« Er zog sich das Shirt über den Kopf und warf es quer durch den Raum.

Sie jubelte lautstark und richtete sich auf die Ellbogen auf, um die Show zu genießen.

Jake knöpfte seine Jeans auf und bewegte die Hüften von

einer Seite zur anderen, während er den Reißverschluss nach unten zog und die ersten dunklen Härchen entblößte. Großer Gott, der Mann konnte tanzen und war auch noch ohne Unterwäsche unterwegs.

»Du solltest dich lieber beeilen. Dass du kein Schlüpferli anhast, macht mich unheimlich scharf.«

»Schlüpferli«, murmelte er und lächelte dabei sexy. »Ich werde mir merken, dass es meinem Mädchen gefällt, wenn ich zu allen Schandtaten bereit bin.«

Während sie sich noch über den Kosenamen freute, hob Jake die Brauen und ließ sich genüsslich Zeit, sich die Jeans bis zu den Knien zu schieben. Seine Länge wippte nach oben und Addy rutschte hastig zur Bettkante, um ihn mit einem Finger zu sich zu locken. Er wollte sich die Hose ganz ausziehen, doch sie schüttelte den Kopf und umfasste seine Härte.

»Lass sie an.« Sie leckte einmal von unten bis zur Spitze und entlockte ihm damit ein Stöhnen.

»Verdammt, du bist wirklich mein unanständiges Mädchen.«

Sie nahm ihn ganz in den Mund und umfasste dabei seinen Hintern, woraufhin er einen weiteren, lustvollen Laut von sich gab.

»Addy, wie soll ich zehn Tage ohne dich überstehen?« Er schob die Finger in ihre Haare und sie sah ihm in die Augen, während sie ihn mit der Zunge umspielte.

»Was denkst du denn, wie es mir geht?« Erneut leckte sie über die ganze Länge und streichelte ihn dabei mit einer Hand. »Ich gehe ohne eines meiner Spielzeuge wandern.« Ihre Augen weiteten sich. Warum hatte sie nicht daran gedacht, eins einzupacken?

»Verflucht«, presste er hervor. »Du nimmst doch eins mit,

nicht wahr?«

Sie zuckte mit den Schultern und war sicher, dass sie gerade sehr selbstzufrieden aussah. Doch obwohl sie ihn damit aufziehen wollte, war ihr bereits bewusst, dass sie ein batteriebetriebenes Helferlein nicht länger befriedigen konnte.

Jake stieg aus seiner Jeans, drehte sie auf den Bauch und verpasste ihr einen Klaps auf den Hintern. Sie quietschte erschrocken auf, lachte, und versuchte wegzukriechen, doch er zog sie an den Knöcheln zurück und legte sich mit seinem ganzen herrlichen Gewicht auf sie. Er vereinnahmte sie so sehr, dass sie kaum klar denken konnte.

»Dir ist ein Spielzeug lieber als ich?«, raunte er ihr erregt ins Ohr.

Sie rieb ihren Hintern an seiner Erektion und konnte sich nicht davon abhalten, ihn noch ein wenig zu provozieren. »Mein Neandertaler ist ja nicht da, um mich zu befriedigen.«

Er rieb seine Stoppeln an ihrer Wange und sie stöhnte unwillkürlich auf.

»Und wessen Schuld ist das?«, knurrte er.

Lachend versuchte sie, sich unter ihm zu drehen, aber er war zu schwer und zu stark.

»Weich der Frage nicht aus.« Er küsste ihren Nacken.

»Machst du Witze? Ich will mich umdrehen, damit ich die volle Verantwortung für meine Entscheidungen übernehmen kann.« Das schien ihm zu gefallen, denn er richtete sich auf, damit sie sich auf den Rücken rollen konnte. Addy nutzte das aus, um das Becken an seiner Härte zu reiben.

»Denkst du etwa, du könntest mich ablenken, damit ich deine Spielzeuge vergesse?«

Breit grinsend schüttelte sie den Kopf. »Du bist mir immer lieber als irgendein Spielzeug, aber nur für den Fall, und da du *hungrig* bist, solltest du dich vielleicht ausgiebig bedienen und mich diese Spielzeuge vergessen lassen. Sonst …«

»Sexy Girl, wenn ich mit dir fertig bin, ist es ein Wunder, wenn du noch laufen kannst.«

Jake machte die ganze Nacht kein Auge zu. Er hatte sein Versprechen gehalten und Addy bis zur Erschöpfung geliebt, sodass sie schließlich auf ihm eingeschlafen war. Er wollte sie nicht wegschieben. Ihre Haare fielen über seine Seiten, eine ihrer Hände lag auf seiner Brust und er prägte sich ihren kräftigen, gleichmäßigen Herzschlag und das Gefühl ein, sie auf sich zu spüren. Er wollte ihr sagen, dass er sie heute begleiten würde und sie sich damit abfinden sollte, aber die Worte seines Vaters hielten ihn zurück. *Wenn du diese Frau einsperrst, beißt dich das mit Sicherheit in den Hintern.*

Den ganzen Vormittag rang er schon damit. Als sie unter der Dusche Sex hatten, wollte er es ihr sagen, und jetzt wieder, während er zusah, wie sie in eine hübsche, kurze Hose und ein weißes T-Shirt schlüpfte. Sie rundete das Outfit mit einem roten Flanell-Hemd ab, das sie sich um die Taille band. Die Haare fielen ihr ins Gesicht, als sie die Ärmel verknotete, und sie schenkte ihm ein süßes Lächeln. Er war so von ihr berauscht, dass er keinen klaren Gedanken fassen konnte.

Langsam kam sie auf ihn zu, streckte die Hand nach ihm aus und hakte einen Finger in den Bund seiner Jeans.

»Hast du dein Gepäck in deine Wohnung gebracht?«

Er schüttelte den Kopf. Er war zu durcheinander, um etwas zu sagen.

»Steht es im Flur?« Sie warf einen Blick aus dem Schlafzimmer hinaus.

Erneut schüttelte er den Kopf, räusperte sich und riss sich endlich am Riemen. »Beim Angeln haben meine Brüder ununterbrochen darüber geredet, wie sexy ihre Ehefrauen auf der Hochzeit waren.«

Sie biss sich auf die Unterlippe, doch das strahlende Lächeln, das seit seiner Ankunft ihr Gesicht zierte, verblasste nicht. »Möglicherweise habe ich den Mädels ein wenig Nachhilfe in Sachen Verführung gegeben.«

»War ja klar.« Er zog sie an sich und küsste ihren hübschen Dickschädel. »Oh Mann, diese Jungs hat das mit Sicherheit kalt erwischt.«

Addy küsste seine Brust und sah zu ihm auf. »Wie erklärt das dein fehlendes Gepäck?«

»Ich habe es nicht mehr ausgehalten und musste die ganze Zeit an dich denken. Wir haben den Angelausflug abgebrochen und ich hab meinen Vater gebeten, mein Gepäck am nächsten Morgen mitzunehmen. Dann habe ich mir Lucky und Cage geschnappt. Und das Boot.«

Sie lachte. »Wissen sie überhaupt, wie man ein Boot fährt?«

»Deshalb habe ich Cage mitgenommen. Meine Brüder waren zu spitz, um auch nur eine Minute ruhig zu sitzen, und ich konnte meinen Vater nicht mitschleppen, weil er mir die Leviten gelesen hätte, dass ich dir nicht genug Raum lasse. Als wir wieder auf der Insel waren, bin ich Lucky und Cage in der Taverne über den Weg gelaufen. Lucky war sofort bereit, mir zu helfen. Wie es aussieht, hat Cage ein Boot und Lucky beigebracht, wie man es fährt, aber da er es gerne mal übertreibt, ist Cage mitgekommen.«

Sie schlang die Arme um seine Taille. »Du hast also alles

stehen und liegen lassen, ein Boot geklaut, und wahrscheinlich eine horrende Summe für das Flugticket bezahlt, nur um mich zu sehen.«

Er beugte sich zu ihr hinunter. »Und um sicherzugehen, dass du heil wiederkommst, Baby.«

Sie presste die Lippen zusammen und verengte die Augen. Er rechnete mit einer Diskussion, doch ihre nächsten Worte ließen ihn erleichtert aufseufzen. »So was Süßes und Romantisches hat noch niemand für mich getan.«

»Du übertreibst und ich habe es nicht getan, um romantisch zu sein.«

Sie berührte seine Brust und er legte eine Hand auf ihre.

»Und ich dachte nicht, dass mir Romantik gefällt«, erwiderte sie zärtlich. »Aber wir testen beide neue Grenzen aus.«

Ja, Baby, ich würde deine Grenzen liebend gern austesten. Er zog sie mit sich aus dem Schlafzimmer.

»Was ist los?«

»Sobald das Wort ›Grenzen‹ über deine sexy Lippen kommt, wandern meine Gedanken nur noch in eine Richtung.« Er schloss die Arme um sie, denn er musste so viel wie möglich von ihr aufsaugen. »Ich werde dir Frühstück machen und so tun, als würde das Wort nicht existieren, andernfalls schaffst du es niemals in die Berge.«

Achtzehn

Addy saß auf einem Barhocker an der Anrichte und beobachtete, wie sich Jake in ihrer Küche bewegte, als hätte er nie etwas anderes getan. Mühelos fand er Pfannen und Geschirr und schnippelte Gemüse wie ein Profi. »Ich hätte nie gedacht, dass du kochen kannst. Das macht dich noch heißer. Nicht, dass dein Ego weiter poliert werden müsste.«

»Ich hab dir doch gesagt, dass uns unsere Eltern aufs Leben vorbereitet haben.« Er beugte sich über die Arbeitsplatte und küsste sie handzahm. »Und von dir höre ich mir das gerne jeden Tag an.«

»Schleimer.« Sie nippte an ihrem Kaffee. »Ich dachte, damit meinst du in der Wildnis und was deine Karriere angeht.«

Er gestikulierte mit dem Pfannenwender in ihre Richtung. »In allen Lebensbereichen. Kochen, putzen, Wäsche waschen. Wir können alles. Und das ist wahrscheinlich auch gut so, sonst wären wir nach unserem Auszug alle verhungert. Man kann sich halt nicht ewig von Pizza ernähren.« Er drehte sich wieder zum Herd, legte die riesigen Gemüse-Käse-Omeletts zusammen mit einer Scheibe Toast auf die Teller und stellte einen davon vor Addy ab.

»So erzieht man seine Kinder richtig. Meine Eltern haben

mir beigebracht, wie man mit dem Privatkoch spricht.« Sie betrachtete die gewaltige Portion. »Das sieht großartig aus, aber ich frühstücke normalerweise nicht so viel.«

»Sexy Girl, das ist keine angemessene Antwort für deinen Privatkoch. Ich sollte mich wohl mal mit deinen Eltern unterhalten. Du wirst zehn Tage wandern gehen. Zehn Tage. Da musst du so viel essen, wie du nur kannst.« Er reichte ihr eine Gabel und nahm selbst einen Bissen von seinem Teller.

Der warme Ausdruck in Jakes grünbraunen Augen ließ ihr einen wohligen Schauer über den Rücken rieseln. Sie konnte immer noch nicht glauben, dass er hier war. »Danke, aber ich frühstücke praktisch nie. Kaffee reicht mir.«

Er lehnte die Unterarme auf die Anrichte, sodass sein ernstes Gesicht direkt vor ihr war. »Du hast nicht genug auf den Rippen, um zu widersprechen. Du musst essen.«

Sie verschränkte die Arme und fühlte sich schlecht, weil sie sich weigerte, doch sie hatte morgens nie Hunger.

»Du hast das noch nie gemacht, Addy. Eine Rucksacktour ist kräftezehrend, wahrscheinlich das Härteste, was du jemals tun wirst. Allein beim Aufstieg zum Riser's Ridge wirst du tausende Kalorien verbrennen.«

»Du hast keine Ahnung, was ich in Zukunft noch machen werde. Vielleicht wird das hier nicht das Härteste bleiben.« Diese automatische Antwort war ihr unangenehm, doch offensichtlich hatte sie zu viele Jahre damit verbracht, die gehorsame Frau in sich wegzusperren und ihre unabhängige Seite zu kultivieren.

Jake richtete sich auf und sah sie eindringlich an. »Addy, hier geht es nicht darum, wer eine Diskussion gewinnt. Das ist simple Mathematik. Der Durchschnittsmensch braucht täglich eine bestimmte Anzahl an Kalorien. Dazu kommen jetzt dreibis fünftausend Kalorien extra, die du verbrennst, wenn du mit einem Rucksack vier oder fünf Stunden täglich wandern gehst. Folglich ist dein Kalorienbedarf viel höher, als du dir im Moment vorstellen kannst. Wenn du die nicht zu dir nimmst, rächt sich das.« Sein Gesichtsausdruck wurde weicher und er beugte sich wieder zu ihr. »Ich will dich nicht ärgern, Liebling. Ich will nur dafür sorgen, dass du am Ende nicht zu erschöpft bist, um den Berg wieder runterzukommen.«

Sie biss die Zähne zusammen. Es wäre ihr lieber, wenn er nicht so vernünftig wäre.

»Du knickst nicht ein, indem du auf dich achtest. Von anderen zu lernen ist keine Schwäche, Addy. Sondern klug.«

Im Moment kämpfte sie im Grunde eher gegen sich selbst als gegen ihn. »Ich bin nicht absichtlich so stur und weiß deinen Rat wirklich zu schätzen.« Sie spießte eine Gabel voll Ei auf und lächelte ihn an. »Ich bemühe mich, aber denk bloß nicht, dass du mich jetzt herumkommandieren oder meine Fähigkeiten kleinreden kannst. Nur weil du einmal was Einleuchtendes gesagt hast, macht dich das noch lange nicht zu Superman. Trotz deines Tattoos.«

»Wirst du beim Packen die ganze Zeit so angriffslustig sein?«

Sie zuckte mit den Schultern. »Ich könnte nein sagen, aber wir wüssten beide, dass es gelogen ist.« Sie aß das Omelett und die Mischung aus Gewürzen und Gemüse sorgte für eine Geschmacksexplosion in ihrem Mund. »Mmh. Okay, das schmeckt köstlich.«

Er grinste zufrieden.

Sie zeigte mit der Gabel auf ihn. »Ja, das hab ich verdient, aber pass bloß auf, Freundchen. Jetzt erzähl mir, was es mit deinem Superman-Tattoo auf sich hat.« Sie schaufelte sich mehr von dem Omelett auf die Gabel. »Aber nur, wenn es nichts mit einer Frau zu tun hat. Heute will ich mich nicht aufregen.«

Jake widmete sich seinem eigenen Frühstück und ermutigte sie, ebenfalls weiterzuessen, was sie auch tat.

»*Keine Aufregung.* Ich glaube, das sollte ich dir aufs Handgelenk tätowieren lassen.« Er leerte seinen Teller mit wenigen Bissen und rieb mit einer Hand über sein Tattoo.

Bei dem Gedanken daran, dass sie ihn erst vor Kurzem mit ihrem Spielzeuge-Kommentar *aufgeregt* hatte, wurden ihre Wangen heiß. Vielleicht brauchte sie doch eine kleine Erinnerung daran, sich zu benehmen. »Mir gefällt *vergeben* besser.«

Er setzte sich auf den Stuhl neben sie und küsste sie. »Ich bin froh, dass du es endlich eingestehen kannst.« Er schob den Ärmel seines Shirts nach oben und die Muskeln spannten sich unter dem Tattoo an. »Glaubst du wirklich, ich würde mir ein Superman-Tattoo stechen lassen, weil ich finde, diese Bezeichnung zu verdienen?«

Sie bewunderte seine Brust. »Wenn ich du wäre, würde ich es vielleicht tun.«

Er beugte sich mit einem sexy Lächeln vor. »So arrogant bin ich dann doch nicht.«

Sie hob eine Braue, was ihn zum Lachen brachte.

»Okay, vielleicht schon, aber nicht in diesem Fall.« Er zog den Ärmel über das Tattoo, ließ seine Hand jedoch auf dem Stoff ruhen. »Ich hab dir ja von meinem alten College-Kumpel Chris erzählt. Na ja, Superman – Samson – war sein älterer Bruder.«

Gebannt von den Emotionen in seiner Stimme, legte Addy eine Hand auf sein Bein.

»Sammy war wie ein Bruder für mich. Er war unglaublich witzig und hat Chris und mich ständig damit aufgezogen, dass wir genauso dumm sind, wie die meisten Jungs auf dem College sind. Aber er hat uns auch bei jeder sich bietenden Gelegenheit Verantwortungsbewusstsein eingebläut.«

»Was ist mit ihm passiert?«

»Früher haben wir immer einmal im Jahr einen Angelausflug zum Aucilla River gemacht. Wir haben gezeltet, geangelt, waren wandern und haben darüber gesprochen, dass wir diesen Ausflug auch noch machen werden, wenn wir siebzig sind. Sammy war ein massiger Kerl. Ein Stück größer als ich und gut zwanzig Kilo schwerer. Es gab nichts, was er nicht konnte. Sport, Lernstoff, egal was, er war der Beste. Die Frauen standen auf ihn. Er war attraktiv. Dunkle Augen, pechschwarze Haare, ordentlich Muskeln, aber trotz seiner Größe eine warme, freundliche Art. Clark Kent. *Superman.*« Seine Stimme wurde leiser. Jake senkte den Kopf und blinzelte heftig, und ließ sie einmal mehr den sensiblen Mann hinter dem großmäuligen Kerl sehen.

Sie hatte bereits kurze Blicke auf diese Seite von ihm erhascht, aber sein innerer Kampf zerriss ihr das Herz.

Jake räusperte sich, legte seine Hand auf ihre und schloss seine kräftigen Finger um sie. »Es war der Sommer vor unserem Abschlussjahr. Wir haben vom Boot aus geangelt und uns amüsiert, als Samson sich über die Reling gebeugt hat, um eine Angelschnur einzuholen.« Er schluckte schwer und sah sie immer noch nicht an, deutete mit dem Kopf jedoch auf ihren Teller. »Iss noch was, Baby.«

Gedankenverloren biss sie von ihrem Toast ab. Wie konnte er noch auf sie achten, wenn er gerade über etwas sprach, das immer schwerer zwischen ihnen in der Luft hing? »Erzähl weiter.«

»Ich sehe noch, wie er über etwas lacht, was Chris gesagt

hat, während er sich über den Rand gebeugt hat, um nach der Schnur zu greifen. Er hat so breit gelächelt. Wir kannten den Fluss. Die Gefahren. Wir waren immer vorsichtig. Aber er hat nicht hingesehen, bevor er den Arm ausgestreckt hat. Eine Wassermokassinotter hatte seine Speichenarterie erwischt. Wie hoch ist die Wahrscheinlichkeit dafür? Sammy hat die Augen aufgerissen und ein, zwei Sekunden war uns gar nicht klar, dass was passiert ist, doch dann hat er so laut geschrien, dass es von den Bäumen widerhallte. Die Schlange hat sich in ihm verbissen und er hat versucht, sie abzuschütteln.«

Ihm versagte die Stimme, in seinen Augen schimmerten Tränen und er schüttelte den Arm, als wäre er Sammy, der die Schlange loswerden wollte. »Er hat sie hinter dem Kopf gepackt und abgerissen. Und wir wussten es. Wir *wussten ...*« Er verstummte und ließ ihre Hand los, um erneut über sein Tattoo zu streichen. »Wir waren zu sehr damit beschäftigt gewesen, rumzublödeln. Wir haben es nicht kommen sehen.« Ohne sich für seine feuchten Augen zu schämen, fügte er hinzu: »Es war so schnell vorbei. Wenn Gift in eine Hauptschlagader gelangt, kann man es nicht aufhalten. Er wusste es. Wir wussten es. Die zwei Minuten danach waren die schlimmsten meines ganzen Lebens.«

Addy konnte ihre Tränen nicht zurückhalten, obwohl sie wusste, dass sie für Jake stark sein sollte. Sie kletterte auf seinen Schoß und erinnerte sich an den Blick, den er gestern beim Frühstück mit seinem Vater gewechselt hatte. Eine Gänsehaut breitete sich auf ihren Armen aus. Er hielt sie schweigend fest und das Gewicht seines Geständnisses schuf eine ganz neue Verbindung zwischen ihnen.

Sie wusste nicht, ob eine oder zehn Minuten vergangen waren, als er wieder das Wort ergriff. »Na komm, Baby. Du musst noch was essen.«

Addy vertilgte den Großteil ihres Frühstücks, auch wenn sie nun erst recht keinen Hunger hatte. Jake räumte währenddessen die Küche auf.

»Das mit deinem Freund tut mir leid«, sagte sie schließlich. Es gab keine Worte, die ausdrückten, wie tief ihr Mitgefühl wirklich reichte.

Er nickte und zwang sich zu einem Lächeln. »Ja, mir auch.«

Jake trocknete schweigend die Pfanne ab und räumte sie zurück an ihren Platz. Addy wusch ihr Geschirr ab, dann gingen sie gemeinsam ins Wohnzimmer. Jake begutachtete ihre Ausrüstung, zeigte ihr, wie man den Kompass benutzte, und blätterte ihre ungelesenen Bücher durch, um ihr Seiten zu markieren, die sie sich ansehen sollte. Und Addy wurde klar, dass sich erneut alles verändert hatte. Während sie in den letzten Tagen damit beschäftigt gewesen war, auf ihre Unabhängigkeit zu pochen, hatte er gedanklich erneut diesen Albtraum durchlebt. Wie oft dachte er an Samson? *Superman*. Addy setzte sich neben Jake auf den Boden und betrachtete den unteren Teil des Tattoos, der unter seinem Ärmel hervorblitzte, und wusste, dass er jeden einzelnen Tag an seinen Freund dachte. Ob er nun wollte, oder nicht.

Drei Stunden später stand Addy in ihren pinken Wanderstiefeln und der kurzen Hose am Beginn des Wanderweges, stemmte die Hände in die Hüften und schüttelte den Kopf über ihn, wobei sie unerlaubt süß aussah.

»Jake …«

»Sieh mich nicht an, als wäre das albern, Addy.« Nachdem er ihr von Samson erzählt hatte, war sie nicht mehr ganz so versessen darauf, diesen Campingausflug komplett allein durchzuziehen. Sie hatte ihm erlaubt, ihr die Grundlagen über Camping, Wandern und Erste Hilfe zu erklären, jedoch abgeblockt, als er ihren Essensplan durchgehen und sich ihre Vorräte ansehen wollte. Die Zeit reichte bei Weitem nicht aus, ihr alles nahezubringen, was ihm wichtig erschien, und er hatte nachgegeben, denn ein Streit mit Addy würde den Abschied nicht leichter machen. Auf dem Weg in die Berge und mit der Erinnerung an den Verlust seines Freundes so präsent traf ihn die Erkenntnis, was sie sich da vorgenommen hatte, wie ein Schlag ins Gesicht. Er hatte nicht mit dem Bedürfnis gerechnet, seine Teilnahme an diesem Trip erzwingen zu wollen, aber die Vorstellung, dass sie ohne ihn diesen Weg beschritt, ging gegen alles, was er fühlte.

»Dir könnte da draußen alles Mögliche passieren«, ermahnte er sie noch einmal eindringlich.

Sie trat zu ihm und nahm mit einem ehrlichen Lächeln seine Hand. »Ich weiß, dass dir unzählige beängstigende Gedanken darüber durch den Kopf gehen, was mir passieren könnte. Und nach dem, was du mir über Samson erzählt hast, muss ich zugeben, dass ich auch etwas nervöser bin.«

»Dann lass mich mitkommen. Zumindest am ersten Tag.«

Sie schüttelte den Kopf und ihm sackte der Magen in die Kniekehlen.

»Ich nehme es dir nicht übel, dass du sauer bist, vor allem, da sich die Dinge zwischen uns sehr verändert haben. Ehrlich gesagt habe ich keine Ahnung, wie ich es die nächsten zehn Tage überstehen soll, mich nicht mit dir zu streiten.« Lächelnd berührte sie seine Wange. Sie war sein Kryptonit. »Oder dich zu küssen oder in deinen Armen zu liegen. Aber trotz all dieser wundervollen neuen Gefühle hat sich in Bezug auf diesen Ausflug nichts geändert. Das klingt sicher trotzig, und ich will nicht, dass du dir Sorgen machst, aber ich *muss* das allein tun. Ich habe einen Plan. Ein Ziel. Und ich habe von Anfang an mit offenen Karten gespielt. Ich muss meine Pläne durchziehen, sonst werde ich mir das niemals verzeihen und wahrscheinlich dir die Schuld dafür geben.«

Jake biss die Zähne zusammen und zog sie an sich. »Du bist echt furchtbar.«

Sie lachte. »Das haben wir doch schon festgestellt. Mehr hast du nicht anzubieten? Und denk gar nicht daran, den Neandertaler rauszulassen und mir zu folgen, denn damit wirst du mich ganz sicher nur wütend machen.«

Seine Miene verfinsterte sich noch.

Sie gab ihm einen Kuss auf die Brust und legte dann die Hände flach darauf. Diese zarten Hände gehörten genau da hin. Er würde ihre Berührung, ihre Stimme, ihre sarkastischen Widerworte vermissen. Als sie den Kopf hob, waren ihre Augen verdächtig feucht, und sein Magen krampfte sich erneut zusammen.

»Ich sag dir was«, fuhr sie fort. »Ich schreibe dir heute Abend, damit du weißt, dass ich eine sichere Stelle für mein Camp gefunden habe.«

Er nickte, denn er wusste, dass er nehmen musste, was sie ihm anbot, auch wenn es nicht annähernd genug war.

»Jeden Abend«, erwiderte er strenger als beabsichtigt. Sie verstummte und ihm war klar, dass er es zu weit getrieben hatte. »Na schön. Himmel, Addy. Ist dir überhaupt klar, wie es mir gehen wird?«

»Ja, weil ich es auch durchmachen werde.«

»Ach ja?« Trotz seiner Bemühungen, ruhig zu bleiben, wurde seine Stimme lauter. Er ballte die Hände zu Fäusten, um seine Frustration umzulenken, und tigerte auf und ab.

»Das war jetzt echt unnötig.« Sie wandte sich ab und wirkte vor den emporragenden Bäumen und der Bergkulisse unfassbar klein und zerbrechlich.

Er wollte sie doch nur beschützen, doch er hörte ihr an, wie sehr er sie verletzt hatte. Sie griff nach ihrem Rucksack – natürlich hatte sich auch darüber eine Diskussion entbrannt, weil er zu schwer für sie war. Jake nahm ihn, bevor sie es konnte. Das Ding wog fast ein Drittel von ihr, aber stur, wie sie war, behauptete sie natürlich, dass sie das packen würde.

Er hielt ihr den Rucksack hin, damit sie die Arme durch die Schlaufen schieben konnte. »Es tut mir leid, dass ich so ätzend bin, aber du bist mir wichtig, Addy.«

Anstatt ihre Arme unter die Riemen zu schieben, schlang sie sie um seine Taille und umarmte ihn so fest, dass er ihr Zittern spürte, und seine Kehle wurde eng.

»Es tut mir leid, Sexy Girl.« Das Ganze war auch für sie schwer. In seiner Frustration hatte er nicht bemerkt, dass sie auch Angst hatte. So schwer es ihm auch fiel, das nicht zu seinem Vorteil zu nutzen, wusste er doch, dass er sie aufbauen musste, denn wenn sie mit dem Kopf woanders war, würde sie nicht so schnell auf Schwierigkeiten reagieren können. »Ich weiß, dass du alles schaffen kannst, was du dir in deinen wunderschönen Kopf setzt.«

Sie nickte und hielt ihn fester, was den Frust auf ihn selbst umlenkte. Er umfasste ihr Gesicht und sah ihr in die Augen. »Du packst das. Versprich mir einfach, dass du besonders vorsichtig sein wirst. Denk nach, plane vorausschauend und, du weißt ja …« Er war nicht so dumm, ihr zu sagen, dass er zu ihr kommen würde, wenn sie Hilfe brauchte. »Es ist keine Schande, den Ausflug vorzeitig abzubrechen, sollte dir langweilig werden.«

Sie legte die Arme um seinen Hals. »Küss mich, Jake. Bitte, küss mich einfach, hilf mir in den Rucksack und fahr weg. Und dann holst du mich in zehn Tagen mit einem Lächeln im Gesicht, Vorfreude in der Hose und der Aussicht auf eine Fußmassage wieder ab.«

Wie konnte er da widersprechen? Er küsste sie innig, wieder und wieder, bis sie beide so erregt waren, dass sie ihn von sich wegschob. Er half ihr, den massiven Rucksack zu schultern, und hoffte sehr, dass sie die richtigen Vorräte, ausreichend Wasser und die Vernunft eingepackt hatte, früher von diesem verfluchten Berg herunterzusteigen und wieder in seine Arme zu kommen, wo sie hingehörte.

Neunzehn

Addy hatte das Gefühl, einen über zweihundert Kilo schweren Gorilla den Berg hinaufzuschleppen. Der Rucksack bohrte sich in ihre Hüften und durch die Riemen rieb ihr Shirt wie Sandpapier auf ihrer Haut. Jake hatte sie gewarnt, dass das Gepäck zu schwer war, aber was sollte sie denn tun? Laut Jake brauchte sie die kleine Handschaufel nicht, die sie eingepackt hatte. *Du bist im Wald. Du kannst einen Stein benutzen.* Aber in einem Campingforum für Frauen hatte sie alles über Wasserreinigungstabletten, biologisch abbaubares Toilettenpapier und das Vergraben von Fäkalien gelesen, worauf sie sich ganz und gar nicht freute. Aber hey, wenn sie schon auf jeglichen Luxus verzichtete, dann richtig. *Na ja, fast.* Sie brauchte diese Schaufel.

Die erste Etappe ihrer Reise führte sie knapp dreizehn Kilometer den Berg hinauf zum Riser's Ridge. In der Nähe gab es einen Bach, an dem sie sich mit Wasser versorgen konnte, und der Platz lag abseits des Weges, sodass sie nicht von anderen Wanderern gestört werden würde. Auf der Karte hatte die Strecke sehr kurz und nicht ansatzweise so steil ausgesehen, wie sie tatsächlich war. Addy hielt sich an einem Baum fest und nutzte ihn als Griff, um sich den Berg hinaufzuziehen. Die grobe Rinde zerkratzte ihr die Haut, doch auch daran würde sie sich gewöhnen. Nach Luft schnappend hielt sie inne, nahm den Rucksack ab und ließ die Schultern kreisen, um den Schmerz zu lindern. Sie hatte sich vorgestellt, auf der Wanderung den Berg hinauf von einem euphorischen Gefühl erfasst zu werden und die Schönheit um sie herum zu genießen. Doch alles, woran sie denken konnte, war das Brennen in ihrer Brust, das nichts mit dem zermürbenden Aufstieg zu tun hatte.

Sie lief weiter und zog dabei den Rucksack hinter sich her. Sie musste doch inzwischen fast da sein. Immerhin war sie schon eine Ewigkeit unterwegs. Während sie sich an einem weiteren Baum festhielt und sich die Haut an einem scharfen Stück Borke aufriss, fragte sie sich, warum sie diesen gewaltigen Berg erklomm, wenn sie sich auch auf Jakes nacktem Körper rekeln konnte.

Diesen Gedankengang durfte sie nicht weiterverfolgen. Nicht am ersten Tag der Wanderung, auf die sie sich schon seit Monaten freute. Ihr Rucksack blieb an einem Stein hängen, also hievte sie ihn sich wieder auf die Schultern und schob die Gedanken an Jake beiseite. *Erneut.* Als sie sich wie ein hartnäckiger Sonnenbrand hielten, begrub sie sie noch tiefer und kämpfte sich weiter voran.

Einige Stunden später fühlten sich ihre Beine wie Gummi an, ihre Füße waren wund und ihr Herz beschwerte sich lautstark. Addy war versucht, anzuhalten und sich auszuruhen, war aber nicht sicher, ob sie danach die Energie hätte, wieder aufzustehen, sobald sie einmal saß. Vielleicht hätte sie in Vorbereitung auf diese Reise ein bisschen trainieren sollen, wie Gabriella es in den vergangenen Monaten wiederholt vorgeschlagen hatte. Aber Addy hatte nicht erwartet, dass es *so* schwer werden würde. Gerade als die graue Abenddämmerung hereinbrach, entdeckte sie eine Lücke zwischen den Bäumen und ihr Puls beschleunigte sich. Sie klammerte sich an die Schulterriemen ihres Rucksacks, zog das Tempo noch einmal an und zwang ihre müden Beine, sie die letzten Meter bis zur Lichtung zu tragen. Hinter der Baumreihe befand sich felsiger Untergrund. Addy atmete laut aus. Um sie herum bot sich ein atemberaubender Ausblick über die umliegende Hügellandschaft.

Sie zog den Rucksack von ihren Schultern und ließ ihn mit einem dumpfen Schlag zu Boden fallen. Eine Staubwolke bildete sich zu ihren Füßen und sie betrachtete weiter Bäume und Berge. Addy atmete tief durch und lachte laut auf, denn sie konnte nicht glauben, dass sie es tatsächlich geschafft hatte. Vor nicht einmal vierundzwanzig Stunden hatte sie noch geglaubt, der Ausblick aufs Meer wäre mit das Spektakulärste gewesen, was sie je gesehen hatte. Aber das hier war noch unglaublicher. Stolz ragten die Berge, so weit das Auge reichte, in den Himmel hinauf und verblassten in der Ferne erst in ein mattes Blau und dann ein geisterhaftes Grau. Mit ihren Eltern hatte sie die ganze Welt bereist, aber noch nie im Leben hatte sie etwas so Beeindruckendes gesehen. *Und ich bin ganz allein hierhergekommen.* Es fühlte sich albern an, stolz darauf zu sein, dass sie einen Tag lang gewandert war. Nichtsdestotrotz war sie es. Sie hatte nicht aufgegeben, als es anstrengend geworden war. Sie hatte der Sehnsucht nach Jake nicht nachgegeben und war auch nicht in seine offenen Arme zurückgerannt. Nein, die Frau, die in eine Welt der Promis, Diamanten, Pelze, Villen und Privatjets hineingeboren worden war, hatte sich ihre Fünfzig-Dollar-Wanderschuhe geschnürt und war ganz allein mit schwerem Gepäck auf dem Rücken einen Berg hinaufgestiegen.

Sie hatte es geschafft.

Und das war nur der Anfang. Vor ihr lagen zehn Tage Natur pur.

Sie ging in die Hocke, um ihr Handy aus dem Rucksack zu holen, wobei sie jeden Muskel spürte. Während sie darauf wartete, dass sich das Gerät einschaltete, trank sie etwas Wasser. Sie war so entschlossen gewesen, zu beweisen, dass sie zehn Tage in den Bergen verbringen konnte, und sich obendrein auch noch Jake aus dem Kopf zu schlagen. Nun war die Zeit allein in Reichweite, und den Mann zu *vergessen*, der sie mehr empfinden ließ, als sie sich je hätte vorstellen können, kam ihr nicht einmal mehr in den Sinn. Ihr Handy vibrierte, als es mehrere Nachrichten empfing. Zwei von Jake und eine von Gabriella, was sehr überraschend war, immerhin war sie in den Flitterwochen. Sie las Gabriellas Nachricht zuerst, da sie sich Jakes aufsparen wollte.

»Wow«, flüsterte sie leise vor sich hin. Wann war sie zu einer *dieser* Frauen geworden?

Sie schüttelte den Gedanken ab und widmete sich Gabriellas Nachricht. *Bist du unterwegs? Geht's dir gut? Ist Jake bei dir?*

Mit dem umwerfenden Ausblick hinter sich schoss sie lächelnd ein Selfie. Dann machte sie noch ein zweites, auf dem sie der Kamera einen Luftkuss zuwarf.

Das erste Foto schickte sie Gabriella. *Ich bin da! Riser's Ridge ist wunderschön und Jake ist nicht hier. Aber … halt dich fest! Ich vermisse ihn wie verrückt! Wer hätte das gedacht?? Genieß deine Flitterwochen, Mrs. Ryder! Hab dich ganz doll lieb, deine bergsteigende Assistentin (Ist das zu fassen?!?!?!?).*

Addy öffnete Jakes Nachricht. Überraschenderweise hatte er ihr ein Selfie geschickt. Er saß in seinem SUV neben einem Stück Karton, auf den er *Du solltest hier sein* geschrieben hatte. Er hielt das Handy mit einer Hand und zeigte mit der anderen auf den Beifahrersitz. Sein Gesichtsausdruck war todernst.

Dann las sie die Nachricht unter dem Bild. *Ich halte einen Platz für meine süße, absolut furchtbare Freundin frei. Ich bin stolz auf dich. Pass auf dich auf, Sexy Girl. Ich vermisse dich jetzt schon. Ja, ich hab es zugegeben. Was hast du mit mir gemacht?*

Ihr ging das Herz auf. Sie las die Nachricht dreimal, bevor sie antwortete, und stellte sich dabei seine angespannte Miene vor, als er geschrieben hatte, dass er sie vermisste, und wie viel Mühe es ihn gekostet haben musste, die letzte Zeile zu schreiben. Sie hatte keine Ahnung, wie es passiert war, doch all die Monate voller Verlangen schmolzen zusammen. Auf einmal schien sie einen Hang hinunterzuschlittern, an dessen Ende drei beängstigende Worte auf sie warteten.

Sie wählte ihr Selfie von eben aus. Ihre Haare waren zerzaust und ein paar Strähnen wurden ihr ins Gesicht geweht. Sie hatte etwas Schmutz am Kinn und im Taillenbereich waren Fingerabdrücke auf ihrem T-Shirt zu sehen. Sie warf einen Blick auf ihre Hand, entdeckte den Grund und wischte sich den Dreck an der Hose ab, ehe sie ihm eine Antwort schrieb.

Sieh dir deine knallharte Freundin an. Bis jetzt gab es noch keine großen Katastrophen! Ich bin am Riser's Ridge, schlage jetzt mein Lager auf und schreibe in mein wunderschönes neues Tagebuch. Ich vermisse dich auch, was auch immer ich also mit dir gemacht habe, passiert mir genauso. Ich würde dich jetzt so gern küssen.

Nachdem sie noch ein paar Herz-Emojis hinzugefügt hatte, schickte sie das Ganze ab und drückte sich das Handy an die Brust. Ihr war bewusst gewesen, dass dieser Ausflug eines der schwierigsten Dinge werden würde, die sie sich je vorgenommen hatte, aber da war Jake noch nicht Teil ihres Lebens gewesen. Sich von ihren Eltern abzunabeln, war nicht einfach gewesen, was hauptsächlich daran lag, dass sie sie damit verletzte. Doch schon mit achtzehn hatte sie gewusst, dass sie nicht für ein Leben gemacht war, in dem sich jemand anderes um ihre Angelegenheiten kümmerte, oder von ihr erwartet wurde, einer bestimmten Rolle zu entsprechen. Das College und ihre Karriere hatten harte Arbeit und Ehrgeiz erfordert. Beides konnte sie kontrollieren. Aber zehn Tage ohne Jake würde einen Teil von ihr fordern, über den sie keine Macht hatte. Sie wusste kaum, was ihr Herz brauchte, geschweige denn, wie sie damit umgehen sollte, wenn es sich nach ihm sehnte. *Das* würde das Schwierigste werden, was sie sich je in den Kopf gesetzt hatte. Und wenn der Muskelkater von heute ein Hinweis war, würde ihr eine ziemlich schmerzhafte Zeit bevorstehen.

Aber sie würde es durchziehen und wusste, dass sie dadurch stärker werden würde.

Ihr Handy vibrierte und ihr Puls beschleunigte sich. *Gabriella.* Addy kämpfte gegen die Enttäuschung an und öffnete die Nachricht, musste dann jedoch unwillkürlich lächeln. Gabriella hatte ihr ein Bild von sich und ihrem frisch Angetrauten geschickt. Die beiden drückten die Wangen aneinander und strahlten bis über beide Ohren. Sie konnte nicht mal neidisch sein, denn genau das könnte sie mit Jake haben. Er könnte gerade hier sein mit der Aussicht auf eine weitere, heiße und sexy Nacht unter den Sternen.

Oh Mist. Die Sonne ging unter und sie musste immer noch ihr Lager aufschlagen.

Sie schickte Jake noch schnell eine Nachricht. *Ich schalte mein Handy wieder aus, um Akku zu sparen.* Sie hielt den Atem an, während sie die Worte hinzufügte, die vor zwei Tagen noch unvorstellbar gewesen waren, sich jetzt jedoch nicht unterdrücken ließen. *Du hattest recht. Ich muss die ganze Zeit an dich denken.*

Sie schickte die Nachricht ab und schaltete ihr Handy aus. War sie der Sache überhaupt gewachsen? Dem Ausflug und Jake?

Ein Tag nach dem anderen, erinnerte sie sich und machte sich daran, ihr Zelt aufzustellen.

Nachdem sie die Nylon-Plane ausgelegt hatte, die den Boden des Zelts schützen sollte, schob sie in jeden Ring an den Ecken einen dünnen Metallhering und klopfte ihn mit einem Stein fest. *Kinderleicht.* Gleich würde sie ein Übergangszuhause für ihren Trip haben. Gegen den Rat des Verkäufers hatte sie sich ein Vier-Mann-Zelt gegönnt, damit sie ein bisschen Bewegungsfreiheit und genug Platz hatte, um ihre Sachen auszupacken.

Der Verkäufer hatte nicht gelogen – das Pop-up-Zelt ließ sich leicht aufstellen und eine halbe Stunde später hatte sie es über der Plane befestigt. Sie zog ihren Rucksack zum Rand der Plane, die sich über das Gestell des Zelts hinaus erstreckte und ihr somit eine kleine, saubere Sitzfläche bot. Dann packte sie aus. Sie rollte ihren Schlafsack im Zelt aus, platzierte ihre Kleidung in ordentlichen Stapeln daneben, pustete das aufblasbare Kissen auf und wickelte es in eines ihres T-Shirts ein, da sie den Bezug vergessen hatte. Sie wusste nicht, warum sich alle solche Sorgen machten. Im Vergleich zum Aufstieg auf den Berg war diese Campingsache ein Kinderspiel. Es war nicht das Hilton, aber das Zelt war geräumig genug, um ihre Kochutensilien und das Essen in einer Ecke zu lagern und ihr trotzdem genug Platz zu bieten.

Da Jake schon auf das riesige Frühstück bestanden hatte, hatte sie ihren Essensplan nicht mit ihm besprechen wollen. Sie war ziemlich sicher, dass er über ihre Wahl entsetzt gewesen wäre. Energieriegel, Suppen und Fertigmahlzeiten, die sie online gefunden hatte. Sie waren leicht und ließen sich einfach zubereiten. Sie öffnete eine der faltbaren Schüsseln und warf die Energieriegel hinein. Anschließend sortierte sie die Mahlzeiten, Dosensuppen, Wasserflaschen und die Wasserreinigungstabletten, um sich einen Überblick zu verschaffen. Sie würde das wirklich durchziehen. Zehn Tage in der Wildnis. Allein. So weit, so gut. Bis auf den dumpfen Schmerz, weil sie ihren Freund vermisste.

Freund.

Auch wenn sie sich für Gabriella gefreut hatte, als diese Duke kennengelernt hatte, war sie auch ein wenig neidisch gewesen. Sie hätte nie gedacht, dass sie einmal einen Mann finden würde, bei dem sie so ins Schwärmen geriet wie Gabriella bei Duke. Wie falsch sie gelegen hatte.

Ihr Magen knurrte und sie betrachtete das Essen. Ein Feuer zu machen, wenn es schon fast dunkel war, erschien ihr albern, und sie war zu erschöpft, um nach dem Bach zu suchen, in dem sie anschließend ihr Geschirr abwaschen konnte. Also schnappte sie sich einen der Riegel und ging zurück nach draußen, um den Rest ihres kleinen Lagers vorzubereiten.

Sie befestigte die Laterne an einem Ast und hob mit ihrer Schaufel eine kleine Feuergrube aus. Als sie damit fertig war, Steine zu sammeln, die sie um die Grube legen konnte, war sie so müde, dass sie sich nur noch auf ihre kleine Nylon-Veranda legen konnte. Sie nahm Jakes Ledernotizbuch und wünschte, sie könnte sich auf seinen Schoß setzen und sich von seinen großen, starken Händen massieren lassen. Lächelnd strich sie über das abgewetzte Leder. Erst jetzt fiel ihr auf, wie aufmerksam dieses Geschenk tatsächlich war. Sie blickte hinauf in den schwarzen Himmel und fragte sich, was er wohl gerade tat. War er zu Hause? Mit Freunden unterwegs? Dachte er an sie? Sie könnte ihn anrufen, aber dadurch würde sie nur unselbstständig wirken.

Sie klappte das Buch auf und las Jakes handgeschriebene Notiz. *Sexy Girl, du kannst kilometerweit wandern, aber alles, wonach du suchst, wartet hier auf dich. Dein Neandertaler, J.R.*

Schmetterlinge flatterten in ihrem Bauch und sie griff nach ihrem Handy.

Vielleicht brauche ich doch ab und zu etwas Hilfe.

Nachdem er mit seinen Eltern zu Abend gegessen und sein Gepäck geholt hatte, das sie von der Insel mitgebracht hatten, umarmte er sie zum Abschied, warf seinen Koffer auf den Rücksitz und fuhr nach Hause. Seine Eltern lebten noch immer in dem Haus außerhalb von New York City, in dem er aufgewachsen war. Er überlegte, ob er in seine Hütte fahren sollte, die nur zwanzig Minuten von seinem Elternhaus entfernt war, aber seine Wohnung in der Stadt würde ihn Addy näher bringen. Er wollte ihr so schnell wie möglich zu Hilfe eilen können, sollte sie in Schwierigkeiten geraten. Eigentlich störte ihn die Fahrt nicht, aber als heute die Lichter der Stadt näher rückten, kostete es ihn all seine Willenskraft, nicht auf den Highway abzubiegen und in die Berge zu fahren. Addys Nachricht hatte ihn beim Abendessen mit seinen Eltern auf der Terrasse erreicht und eine langwierige Unterhaltung darüber ausgelöst, dass es richtig war, ihr den Freiraum zu geben, um den sie gebeten hatte. Aber das bedeutete nicht, dass es ihm gefiel.

Er navigierte durch die immer noch gut befahrenen Straßen

und versuchte, sich abzulenken. In letzter Zeit tat er das häufig. Sich von der Frau abzulenken, die einen so großen Teil von ihm für sich beanspruchte, dass er nicht glaubte, sich davon erholen zu können, sollte sie ihn verlassen.

Auf dem Weg ins Parkhaus vibrierte sein Handy und Addys Foto tauchte auf seinem Display auf. Er nahm es vom Armaturenbrett, wischte über den Bildschirm und parkte zwischen zwei Autos.

»Hey, Baby. Geht's dir gut?« Mehr als ein Rauschen war nicht zu hören. Er sprang aus dem Auto und verließ hastig das Parkhaus. *Verfluchter Beton-Dschungel.* »Addy? Bist du da? Geht's dir gut?«

»Ja, das ist besser.«

Ihre süße, ruhige Stimme zauberte ihm ein Lächeln aufs Gesicht. »Alles in Ordnung?«

»Natürlich. Aber du klingst gestresst. Alles in Ordnung?«

Er marschierte auf dem Bürgersteig auf und ab. »Ich hab nicht mit deinem Anruf gerechnet. Deshalb habe ich befürchtet, dass was passiert ist.«

»Wie süß, du hast dir Sorgen um mich gemacht.«

»Natürlich hab ich mir Sorgen um dich gemacht.« *Also wirklich.* »Wie geht's dir? Trinkst du genug? Hast du das Zelt aufbauen können?«

»Mir geht's … wirklich prima. Ja, ich trinke genug und hatte keine Probleme mit dem Zelt. Ich habe dir doch gesagt, dass ich das schaffe.«

»Das weiß ich doch, aber das heißt nicht, dass ich nicht gern bei dir wäre. Bist du sicher, dass alles in Ordnung ist?«

»Mhm.«

Das nachfolgende Schweigen sorgte dafür, dass sich sein Magen verknotete. »Addy, was ist los?« Sie seufzte und der

Knoten zog sich fester zusammen. »Baby, was ist? Hast du Angst?«

»Nein«, fuhr sie ihn an. »Wie kommst du sofort darauf? Ich hab dir gesagt, dass ich damit klarkomme.«

Er rieb sich den Nacken. »Du warst so entschlossen, mich nicht anzurufen, und jetzt hast du es doch getan, und darüber freue ich mich wirklich, aber du klingst, als würde etwas nicht stimmen.«

»Vielleicht ist das auch so«, erwiderte sie sanfter. »Aber nicht, weil ich Angst im Dunkeln habe.«

Konnte sie noch frustrierender sein? »Addy, du machst mich wahnsinnig. Bitte sag mir, was los ist, sonst bin ich schneller bei dir, als du sauer werden kannst.«

Sie lachte. »Im Moment ist das nicht wirklich eine Drohung, weil ich dich sehr vermisse. Wahrscheinlich mehr, als ich sollte.«

Er atmete erleichtert auf und lehnte sich an das Gebäude. »Ich vermisse dich auch, Baby, aber du *solltest* mich vermissen. Das machen Freundinnen so.«

»Ja, ich bekomme eine ziemlich große Dosis dieser Freundinnen-Sache ab. Ich habe gerade das Notizbuch aufgeschlagen.«

Er hatte sich schon gefragt, wann sie sich wohl damit beschäftigen würde. Und wie sie auf seine Nachricht reagierte. »Und?«

»Und … es ist gut, dass du in der Stadt bist, weil ich mich gerade auf dich stürzen will.«

»Das ist nicht gut. Soll ich raufkommen?«

»Das ist eine sehr schwierige Frage.«

Hoffnung wallte in ihm auf.

»Aber ich muss es allein durchziehen, Jake.«

Er unterdrückte die kurz angebundene Antwort, die drohte, ihm über die Lippen zu kommen. »Okay. Hör zu, ich stehe mitten auf dem Gehweg. Lass mich kurz nach oben gehen und dann rufe ich dich sofort zurück.«

»Du musst nicht …«

»Addy, ich will aber. Du bist mir den ganzen Tag nicht aus dem Kopf gegangen. Ich will einfach nur nicht draußen rumstehen, wenn ich mit dir rede.« Nachdem sie aufgelegt hatten, fuhr er mit dem Fahrstuhl in seine Wohnung, nahm sich ein Bier aus dem Kühlschrank und ging dann auf die Dachterrasse, um sie zurückzurufen.

»So fühlt es sich also an, seinen Freund zu vermissen?«, fragte sie ohne Begrüßung.

»Das ist für mich auch ziemlich neu. Also, dich zu vermissen.«

»Es ist nicht schlimm, tut dem Herzen aber nicht gut. Also, *Freund*, wo wohnst du überhaupt?«

Jake streckte sich auf einem der Liegestühle auf seiner Penthouse-Terrasse aus. »Ich habe eine kleine Wohnung nicht weit von dir.«

»Ich versuche, mir vorzustellen, wie deine Wohnung aussehen könnte, aber ich sehe immer nur, wie wir auf einer Decke an der Klippe liegen. Wie ist deine Wohnung so?«

Die Erinnerung daran, wie sie leicht panisch geworden war, als Gabriellas Verwandte am Morgen nach der Hochzeit an der Villa aufgetaucht waren, brachte ihn zum Lächeln. »Ich zeige sie dir, wenn du wieder da bist. Was machst du gerade?«

»Ich liege vor meinem Zelt und sehe mir die Sterne an. *Bitte* erzähl mir von deiner Wohnung. Ich will mir dich dort vorstellen.«

»Warum kann ich dir einfach nichts abschlagen?«

Sie lachte. »Keine Ahnung, aber irgendwann werde ich das mal ausnutzen.«

Er vermisste sie so sehr, dass es wehtat. »Das hoffe ich«, erwiderte er. »Ich habe die Wohnung meinem College-Freund Jett Masters abgekauft. Er ist Immobilieninvestor, und als ich ihm erzählt habe, dass ich eine Stadtwohnung brauche, in der ich draußen leben kann, hat er sie mir vermittelt.«

»Draußen leben? Was hat er gemacht, dich zu einer Brücke geführt und dann drunter gezeigt?«

»Nein. Er hat mir eine Dachwohnung gezeigt. Sein Bruder Dean besitzt ein Gartenbauunternehmen und hat eine Art *Freiraumwohnung* mit Rasen, Pflanzen, Steingarten und einer überdachten Schlafveranda geschaffen, auf der ich gerade sitze.«

»Du hast also ein *Penthouse*? Das kann ich mir bei dir gar nicht vorstellen.«

Er nahm einen Schluck von seinem Bier. »Ich auch nicht, deshalb habe ich auch eine Hütte in der Nähe meiner Eltern, aber ich kann ja schlecht mit meinen Brüdern in eine Bar gehen und dann noch fahren. Außerdem ist es kein Penthouse. Es ist eine *Dachwohnung* und war die einzige Möglichkeit, um so einen Außenbereich zu bekommen. Ich wünschte, du würdest jetzt neben mir liegen.«

»Ja«, flüsterte sie. »Das wünsche ich mir auch.«

Angenehmes Schweigen breitete sich zwischen ihnen aus und er lauschte ihrer Atmung. Vielleicht war diese Stille sogar notwendig, während sie sich mit der Intensität ihrer Verbindung auseinandersetzten.

»Verrat mir ein Geheimnis«, bat sie. »Irgendetwas, das niemand sonst weiß.«

Darüber musste er gar nicht erst nachdenken. »Ich kann es nicht ertragen, von dir getrennt zu sein.«

»Jake.« Sie hauchte seinen Namen.

»Ich meine es ernst, Addy. Monatelang habe ich versucht, nicht darüber nachzudenken, wie es wäre, wenn du mir gehören würdest, und jetzt, da wir zusammen sind, scheint all das, worüber ich nicht nachdenken wollte, mit einem Schlag zu explodieren.«

Sie schwieg wieder.

»War das zu ehrlich?«, fragte er und nahm noch einen Schluck, um seine Nerven zu beruhigen.

»Nein. Vielleicht. Ich weiß nicht.«

Er hörte das Lächeln in ihrer Stimme und stellte sich diese hinreißende Verletzlichkeit in ihren Augen vor. Wie gern würde er sie jetzt richtig sehen.

»Findest du es nicht seltsam, dass eine Frau, die sich nichts vorschreiben lassen will, mit einem Mann zusammen ist, der Worte wie *mir gehören* benutzt?«

»Nein.« Er trank sein Bier aus und stellte die leere Flasche neben sich. »Du willst deine Unabhängigkeit, brauchst aber jemanden, der stark genug ist, um zu wissen, dass du eigentlich mehr möchtest.«

»Du denkst, du hättest mich durchschaut.«

»Wohl kaum. Wir passen zusammen, Addy. Wir ergänzen uns auf eine Weise, die ich nie für möglich gehalten hätte, und du spürst es auch. Das weiß ich. Sonst würdest du jetzt nicht mit mir telefonieren.«

Addy verstummte erneut und Jake wartete geduldig. Als sich die Stille zu lang ausdehnte, fürchtete er schon, es zu weit getrieben zu haben. »Sag mir, dass ich falsch liege, und ich ziehe mich zurück.«

»Nein, wirst du nicht.« Ihre Stimme war kaum lauter als ein Flüstern. »Weil du es nicht kannst. Genauso wenig wie ich.«

Er schloss die Augen und genoss ihr Eingeständnis. »Lass mich zu dir kommen, Addy. Lass mich die nächsten zehn Tage deinen ersten Wanderausflug mit dir zusammen erleben.«

Schon wieder antwortete ihm Schweigen.

»Addy, hab keine Angst.« Mist. Er hätte nicht so forsch sein dürfen.

»Es ist mehr nötig, damit ich Angst bekomme«, erwiderte sie sanft. »Aber ich sollte jetzt auflegen. Ich muss Akku sparen, sonst macht sich mein Freund Sorgen. Ich schreibe dir morgen Abend.«

Er richtete sich auf und seine Gefühle schnürten ihm die Kehle zu. »Warte, Addy. Geh ni…«

Sie hatte bereits aufgelegt.

Zwanzig

Muskeln waren nicht für Bergbesteigungen geschaffen worden. Das war offensichtlich. Addy drehte sich am frühen Dienstagmorgen auf die Seite und zuckte schmerzerfüllt zusammen. Ihre Schultern pochten, ihre Beine brannten und ihr Bauch fühlte sich an, als hätte ihn eine Horde Kinder als Trampolin benutzt. Sie atmete die klare Bergluft ein und zog sich den Schlafsack höher um die Schultern. Großer Fehler. Das schmerzhafte Ziehen in ihrem Oberarm ließ ihr ein Zischen entweichen. Sie war Wandern und Graben nicht gewohnt, geschweige denn, gefühlt einen großen Mann auf den Schultern zu tragen.

Sie drehte sich auf den Rücken, blinzelte zur Zeltplane hinauf und erinnerte sich daran, wie feige es gewesen war, ihr Telefonat mit Jake so abrupt zu beenden. Es war furchtbar, dass ihr Verlangen nach Unabhängigkeit so tief in ihr verwurzelt war, dass ihre erste Reaktion auf seinen rücksichtsvollen Vorschlag gewesen war, auf Distanz zu gehen. Was ihr jedoch noch mehr Angst machte, war die zweite Reaktion, die sie dazu gebracht hatte, den Anruf zu beenden. Sie hatte ihn so sehr bei sich haben wollen, dass ihr das bestimmt herausgerutscht wäre, wenn sie nicht aufgelegt hätte.

Addy richtete sich gequält stöhnend auf und weigerte sich,

nach dem Handy zu greifen und Jake anzurufen. Es war ihm gegenüber nicht fair, sich mit ihren chaotischen Gefühlen herumschlagen zu müssen. Sie musste sich aus diesem Schlafsack schälen, den Bach finden, sich nicht mehr selbst bemitleiden und einen klaren Kopf bekommen. *Ich muss noch viele Kilometer hinter mich bringen und die Wildnis erobern!*

Und einen Mann vermissen! Er hatte recht. Jeder einzelne Gedanke führte sie wieder zu ihm.

Und … sie musste pinkeln.

Dringend.

Sie stand auf, doch ihre Muskeln rächten sich und ließen sie wie Frankensteins Monster herumhinken, wobei sie bei jedem Schritt ein erbärmliches Wimmern von sich gab. Nachdem sie sich einige Ibuprofen aus ihrem Erste-Hilfe-Set eingeworfen hatte, öffnete sie die Zeltklappe und fröstelte in der morgendlichen Kälte. Ihre Blase tat schon weh, weil sie so dringend musste. Sie konnte sich der Kälte stellen. Nach ihrem Telefonat gestern Abend und einem kurzen Bericht in ihrem Tagebuch hatte sie gerade noch genug Energie gehabt, um ihre Hose auszuziehen und dann einzuschlafen. Nun schlüpfte sie in ihre Schuhe, die sie vor dem Zelt gelassen hatte, und ging in Richtung Bäume. Dann schrie sie jedoch abrupt auf, als sich plötzlich etwas unter ihrer Fußsohle bewegte. Kreischend hüpfte sie auf einem Fuß und trat mit dem anderen um sich, sodass der Schuh einmal quer durch ihr Lager flog. Sie hielt sich an einem Baum fest und hob den Fuß, um sich die Sohle anzusehen. Keine Bissspuren oder andere Anzeichen der bösen Kreatur, die sich über Nacht in ihrem Wanderstiefel versteckt hatte. Aber jetzt musste sie noch dringender pinkeln. Halb hüpfend, halb auf Zehenspitzen laufend, ging sie tiefer in den Wald hinein, wobei sie das Gefühl nicht abschütteln konnte, dass irgendetwas an ihr hinaufkroch. Allerdings würde sie ihren Stiefel erst suchen, wenn sie sich erleichtert hatte. Sie fand eine Stelle hinter einem Gebüsch, zog das Höschen herunter und hockte sich hin. Süße Erleichterung machte sich breit, bis ihr klar wurde, dass sie das Toilettenpapier vergessen hatte.

Wunderbar.

Wie könnte man den Tag besser beginnen als mit abschütteln?

Sie schlüpfte aus ihrer Unterwäsche und spähte um das Gebüsch herum. *Wonach halte ich denn überhaupt Ausschau?* Bilder von neugierigen Rehen blitzten in ihrem Kopf auf. Addy lachte über sich selbst und tänzelte auf Zehenspitzen zurück zu ihrem Zelt, säuberte sich untenrum und zog sich frische Unterwäsche, eine kurze Hose und einen Kapuzenpullover an. Nachdem sie in dicke Socken geschlüpft war, hüpfte sie mit nur einem Schuh in Richtung des Stiefels, den sie weggeworfen hatte.

Zumindest war ihr Muskelkater für den Moment vergessen.

Ihr pinker Schuh wirkte zwischen dem dunklen Laub und den Zweigen auf dem Boden gruselig fehl am Platz. Ihre Gedanken wanderten sofort zurück zu Jake. Bekam Jake solche Szenen zu sehen, wenn er nach einer vermissten Person suchte? Einen einzelnen Schuh im Wald? Ihr wurde bewusst, wie schrecklich das für Rettungskräfte aussehen musste, und langsam fügten sich die Teile von Jake zusammen, die sie bereits kennengelernt hatte. Er war nicht einfach nur übervorsichtig. Jedes Mal, wenn er nach einer vermissten Person suchte, durchlebte er seine schlimmsten Ängste. *Nur bin ich es jetzt, um die er sich Sorgen macht.* Schuldgefühle erfassten sie.

Addy schüttelte ihren Schuh aus, doch bis auf ein paar Zweige fiel nichts heraus. Sie zog die Sohle zurück und tastete den Boden nach irgendwelchen vier- oder mehrbeinigen blinden

Passagieren ab. Zum Glück war das, was sich darin versteckt hatte, bereits verschwunden. Sie wischte ihren Strumpf ab, zog sich den Schuh über und ermahnte sich, ihre Stiefel von jetzt an *im* Zelt abzustellen.

Anschließend putzte sie sich mit Wasser aus einer ihrer Flaschen die Zähne, steckte Toilettenartikel, Seife, die Wasserflasche und ein Handtuch in einen kleineren Rucksack und machte sich auf die Suche nach dem Bach. Addy kannte sich nicht wirklich mit Himmelsrichtungen aus, wusste aber, dass sie den Berg gerade nach oben bestiegen hatte und der Bach demnach rechts von ihr sein musste.

Vögel stoben auf und ihre Geräusche hallten in dem friedlichen Wald wider. Sie schirmte sich die Augen gegen die Morgensonne ab und sah den Vögeln nach. Sie konnte sich nicht erinnern, wann sie sich das letzte Mal die Zeit genommen hatte, Vögel bei irgendetwas zu beobachten, und genoss einen Augenblick lang einfach nur ihre Umgebung. Der Duft von Kiefern und feuchter Erde lag in der Luft und war ganz anders als die Gerüche der Stadt. Sie atmete tief ein, schloss die Augen und konzentrierte sich auf die Ruhe um sie herum und das Ziehen in ihrem Rücken und ihren Beinen. Der Schmerz war angenehm. Er bewies, dass sie sich aus ihrer Komfortzone herauswagte. Dann drangen die Geräusche des Bachs an ihre Ohren und sie öffnete die Augen wieder. Wie war ihr das bis jetzt entgangen? Sie folgte dem Plätschern zu einem breiten, mäandernden Bachlauf und legte ihre Utensilien am Ufer ab. Während ihre Gedanken schon wieder zu Jake wanderten, redete sie sich ein, dass das hier genau das war, was sie brauchte. Sie musste sich ein paar Tage lang aus ihrer Komfortzone zwingen, ohne das ständige Gewusel und die Hektik der Stadt.

Aber sie glaubte nicht mehr so fest daran wie noch vor ein

paar Tagen.

Nach einem kurzen Rundumblick, um sicher zu gehen, dass ihr keine neugierigen Rehe zusahen, zog sie sich aus, schnappte sich ihre Seife und stieg in den Fluss.

»Oh verflixt!« Gänsehaut breitete sich über ihren Körper aus und sie hüpfte von einem Fuß auf den anderen in die Mitte des Flusses, um sich im eisigen Wasser zu waschen. Addy ging in die Hocke, hoffte, dass kein Fisch auf Höhlentour gehen wollte, und spülte die Seife so schnell wie möglich ab. Ihre Zähne klapperten, doch auch das war gut so. Sie verzichtete auf jeglichen Luxus. Jetzt konnte sie wirklich behaupten, es durchgezogen zu haben.

Aus dem Wasser zu rennen war noch schlimmer als hinein-zutauchen. Zitternd trocknete sie sich mit dem kleinen Handtuch ab und wünschte, sie hätte ein größeres mitgenom-men, ehe sie sich ihr T-Shirt und den Pullover überzog. Ihr fiel auf, dass sie ihren BH vergessen hatte, und entschied, für den Rest des Ausflugs einfach darauf zu verzichten. Das hatte sie sich wohl verdient, wenn sie schon einen schmerzenden Körper und ein eiskaltes Bad ertrug. Ihre Füße waren schlammig, was zu einem ganz neuen Problem führte. Sie konnte ihre Unterwäsche nicht anziehen, ohne sie schmutzig zu machen. Mit nacktem Hintern trug sie ihre Stiefel und das Handtuch zum Wasser. Dort entdeckte sie einen Baumstamm. Bis jetzt hatte sie noch für alles eine Lösung gefunden.

Sie legte Handtuch und Stiefel auf den Stamm, der ein Stück übers Wasser hinausragte und wusch sich die Füße. Und? Ganz einfach. Anschließend machte sie einen großen Schritt über das matschige Ufer auf den Stamm. Sie schwankte ein wenig, schaffte es jedoch, sich hinzusetzen und sich die Füße abzutrocknen. Irgendetwas krabbelte über ihr Bein, ihre Hüfte und dann – oh Gott, überall waren Ameisen! – ihren Hintern und unteren Rücken hinauf. Addy rannte ins Wasser, wobei sie sich das Shirt bis zum Hals zog, nach den Insekten schlug und lauthals kreischte, während sie versuchte, sich die Viecher vom Körper zu spülen.

Als sie mit triefend nassen Haaren und einem ebenso durchnässten Oberteil wieder zu ihrem Lager kam, war sie frustriert und wütend, dass sie nicht über ihre Morgenroutine nachgedacht hatte, bevor sie sich kopfüber hineinstürzte. Das würde definitiv nicht noch einmal passieren.

Sie zog sich trockene Klamotten an, kämmte ihre Haare und band sie sich zu einem Pferdeschwanz zusammen, damit sich nichts hineinverirren konnte. Danach spannte sie ein Seil zwischen zwei Bäumen, hängte ihre nassen Klamotten darüber und entzündete ein kleines Feuer, um Wasser für Kaffee zu erhitzen.

Viel Kaffee.

Sie knabberte an einem Energieriegel und blätterte durch das Tagebuch. Anfangs hatte sie nur ihre Wanderung den Berg hinauf beschrieben, dann aber letztendlich eine Seite nach der anderen mit ihren Gefühlen für Jake gefüllt. Einmal entfesselt, waren die Empfindungen nur so aus ihr herausgesprudelt. Ihre Gefühle waren *echt* und beängstigend. *Und unfair Jake gegenüber.* Sie musste lernen, sich ihnen wie allem anderen in ihrem Leben zu stellen. Direkt.

Sie legte das Notizbuch beiseite, schoss ein Selfie für Jake und schrieb dazu: *Die Schönheit der Wildnis vom Feinsten. Tag zwei ist gekommen und ich bin bereit!*

Sie betrachtete die Worte, die überhaupt nicht ausdrückten, was sie empfand. Es kostete sie all ihren Mut, sie wieder zu löschen und die Wahrheit zu schreiben, doch sobald sie einmal angefangen hatte, fiel es ihr immer leichter. *Es tut mir leid, dass ich gestern so feige war und aufgelegt habe. Du willst sicher herkommen, mich an den Haaren in eine Höhle zerren und mich zwingen, dir zuzuhören, aber ich muss erst lernen, mir selbst zuzuhören, bevor ich es bei jemand anderem tun kann. Ich vermisse dich. Wirklich. Danke, dass du so geduldig mit mir bist.* Sie schickte die Nachricht ab und schlug das Buch auf. Wenige Sekunden später kam Jakes Antwort und sie konnte sie gar nicht schnell genug öffnen.

Wenn du das Geheimnis lüftest, wie man mein Sexy Girl zum Zuhören bringt, teil es bitte mit mir.

Sie lächelte erleichtert. Wie glücklich sie sich doch schätzen konnte. Rasch tippte sie eine Nachricht, von der sie wusste, dass sie auch ihn zum Lächeln bringen würde. *Wo bliebe denn da der Spaß?* Sie fügte Herzen und einen lächelnden Smiley hinzu. *Ich schalte jetzt mein Handy wieder aus, um Akku zu sparen. Dieses Mal lege ich nicht einfach auf. XOX*

Trotz des anstrengenden Morgens fühlte sie sich nun entspannter, kochte Kaffee und schwelgte darin, dass Jake sie zu verstehen schien. Während das heiße Getränk sie von innen heraus wärmte, wurde ihr klar, dass er sie vielleicht sogar besser kannte als sie sich selbst. Es war an der Zeit, dass sie Addison Dahl kennenlernte.

Also schüttete sie dem Papier ihr Herz aus.

Ich hätte nie gedacht, dass mein Bedürfnis nach Unabhängigkeit solche Angst in mir auslöst, auch nur einen Teil davon loszulassen. Sie dachte an ihre Großmutter und schrieb: *Du hast mir beigebracht, zu meinem Stolz, meiner Sexualität und meiner Wut zu stehen, und ich trage sie wie Ehrenabzeichen. Und jetzt bin ich hier allein und wünsche mir ständig, dass Jake bei mir wäre. Ich sehne mich nach ihm. Nach Zeit mit ihm, dem Klang seiner Stimme, seinen Händen auf meiner Haut. Selbst nach unserem Geplänkel, weil es uns zu dem macht, was wir sind. Ich kann nicht so tun, als würden mich diese Gefühle, die ich noch nie zuvor hatte, nicht seit unserem ersten Kuss überwältigen. Aber es macht mir panische Angst, ihnen nachzugeben, weil ich weiß, dass ich eine Beziehung, wie du und Mom sie hattet, nicht überleben würde, und ich fürchte, genauso zu werden. Ihn an mich heranzulassen und genau die Person zu werden, vor der ich Angst habe.*

Sie klappte das Tagebuch zu und atmete tief durch. Ob sie wohl dazu bestimmt war, sich ihr Leben lang die Unabhängigkeit mühsam zu bewahren, die sie sich so hart erarbeitet hatte — oder dagegen anzukämpfen?

Nach einer späten Joggingrunde am Dienstagabend stieg Jake aus der Dusche und schaute direkt auf sein Handy. Er schlang sich ein Handtuch um die Hüften und las Addys Nachricht, während er ins Schlafzimmer ging. *Wie geht's meinem Neandertaler?*

Er blieb am Fußende des Bettes stehen und schrieb: *Bin gerade nach dem Joggen aus der Dusche gekommen. Vermisse dich. Alles klar?*

Sie antwortete sofort. *Bis eben ja, jetzt hast du mir* dieses *Bild in den Kopf gesetzt.*

Ich wünschte, du wärst hier bei mir. Er fuhr sich mit einer Hand durch die Haare und machte ein Selfie, auf dem er sich mit einem arroganten Grinsen bis hin zum Handtuch um seine Hüften einfing. *Will mein Mädchen spielen?*, schrieb er dazu.

Er ließ sich aufs Bett fallen und schon war ihre Antwort da.

Ihr Foto zeigte sie vom Hals an abwärts. Sie lag auf einer Decke und trug eine blaue Jacke, die so weit geöffnet war, dass die glatte Haut zwischen ihren Brüsten sichtbar war. *Kein BH. Nett.* Ihre Hand ruhte auf ihrem Bein und sie hatte die Finger unter den ausgefransten Saum ihrer kurzen Hose geschoben.

»Oh ja, Baby, du willst spielen.« Er lehnte sich gegen sein Kissen, erleichtert, dass es ihr gut ging, und schrieb zurück: *Schieb die Finger in dein Höschen und schick mir ein Bild davon.*

Allein bei dem Gedanken daran, dass sie sich selbst anfasste, wurde er hart. Er nahm das Handtuch ab, umfasste seine Länge und strich einmal fest daran hinunter. Sein Handy vibrierte und er öffnete die Nachricht einhändig. Addy hatte ihre Hose geöffnet und die Hand zwischen die Beine geschoben. Sein Puls beschleunigte sich und er streichelte sich selbst, während Addy ihm ein weiteres Bild schickte. Dieses Mal hatte sie gar keine Hose mehr an, berührte sich aber immer noch.

»Oh Mann, Sexy Girl. Du machst mich fertig«, murmelte er und schrieb ihr genau das. Dann fotografierte er seine Hand an seinem Schaft und schickte es ihr. *Du willst spielen? Ich bin dabei, Baby.* Jake griff nach der Creme auf seinem Nachttisch, drückte sich etwas davon auf die linke Hand, da er die rechte zum Schreiben brauchte, legte sich das Handy auf den Bauch, damit er das Bild seines unanständigen Mädchens sehen konnte, und umfasste sich erneut. Das nächste Foto von Addy zeigte sie mit vollständig geöffneter Jacke, sodass er ihre herrlichen Brüste sehen konnte und wie sie sich in einen Nippel zwickte.

»Ja«, stöhnte er und streichelte sich fester. Dieses Mal schickte er ihr eine Sprachnachricht. »Addy, ruf mich an.« Er machte noch ein Foto von seiner glänzenden, harten Länge und dem Lusttropfen an der Spitze für sie.

Addy antwortete mit einem Bild, das sie nackt vom Hals bis

zu den Knien zeigte. Sie wölbte den Rücken, hatte die Knie angezogen und eine Hand flach zwischen ihre Beine geschoben, sodass ihre glänzenden Finger auf ihrer Klit lagen. Auf dem Bild danach war sie von der Taille an abwärts fotografiert und war mit zwei Fingern in sich eingedrungen. Er stellte sich vor, seine Hand wäre ihre, während er sich streichelte und daran dachte, wie sie sich beim Gedanken an ihn verwöhnte. Es war schon viel zu lange her, seit er sie geküsst, sie berührt, mit ihr geschlafen hatte. Sie schickte ihm das nächste Bild, das sie aus derselben Perspektive zeigte, allerdings bog sie nun den Rücken durch und jeder Muskel in ihrem Körper war angespannt. Himmel, er konnte sie praktisch schmecken und spüren, wie ihr Körper bebte. Mehr als ein Blick war nicht nötig. Sein Höhepunkt riss ihn mit sich, während er ihren Namen stöhnte und alles vor seinem inneren Auge sah – ihr Lächeln, ihre Hüften, ihre wunderschönen Brüste. Nachdem die letzte Welle verklungen war, sackte er atemlos gegen das Kissen.

Er wischte sich die Hand am Handtuch ab, machte ein Foto, das ihr zeigte, wie viel Macht sie über ihn hatte, und schrieb: *Das landet besser nicht auf deiner Tumblr-Seite.*

Manno. Gerade hatte sie ihn noch um den Verstand gebracht und schon dachte er wieder an diese Seite. Addy machte ihn immer wahnsinnig, egal, ob sie panisch davonlief oder erotische, versaute Spielchen spielte. Er hatte schon viel zu viel Zeit ohne sie verbracht. Wie sollte er den Rest ihrer Reise durchstehen?

Sein Handy vibrierte, denn Addy hatte ihm ein weiteres Foto geschickt. Der Mond hinter ihr verlieh ihr einen engelsgleichen Schimmer. Sie hatte die Lider halb geschlossen und die leichte Röte auf ihren Wangen raubte ihm den Atem. In ihren Augen lag der unmissverständliche Ausdruck einer Frau, die sich heftig in einen Mann verliebte. Unter dem Bild erschien eine Nachricht. *Noch ein erstes Mal mit meinem Freund. Wer braucht schon Tumblr, wenn ich das perfekte Gemächt in echt habe?*

Etwas Befriedigenderes hätte sie wohl kaum sagen können. Er brauchte sie hier bei sich wie ein Fisch das Wasser. Er ging ins Badezimmer, um sich zu waschen, dann zog er sich frische Unterwäsche an und klingelte bei Addy durch. Sie ging fast sofort ran. »Hey, Baby.«

»Hi«, begrüßte sie ihn mit diesem schläfrigen, verführerischen Tonfall, der in ihm den Wunsch weckte, durchs Handy zu kriechen und sie in die Arme zu nehmen.

»Das war wirklich die heißeste Überraschung aller Zeiten.« Er schlüpfte in ein T-Shirt und ging hinaus auf die Terrasse. »Wie geht's meinem Mädchen?«

»Jetzt besser«, erwiderte sie atemlos.

Jake streckte sich auf dem überdachten Bett aus und wünschte, sie wäre jetzt hier, um sich an ihn zu schmiegen. »Ja, mir auch, aber ich vermisse dich noch mehr. Was hast du heute gemacht?«

»Mir gewünscht, ich hätte einen Whirlpool, in dem ich mich entspannen kann.«

»Muskelkater? Ich könnte raufkommen und dich ordentlich massieren.«

»Ich bin jetzt schon viel entspannter«, neckte sie ihn. »Aber wenn ich wieder da bin, erinnere ich dich daran.«

»Wenn du wieder da bist, werde ich dafür sorgen, dass du dich so gut fühlst, dass du nie wieder gehen willst.«

Stille senkte sich über sie und er fluchte leise.

»Addy, krieg jetzt keine Panik. Ich will dir nicht vorschreiben, was du tun sollst. Ich sage dir nur, wie sehr ich dich vermisse.«

»Ich kriege keine Panik. Ich …«

Er hörte, wie sie sich bewegte, und fürchtete, sie könnte das Gespräch beenden. »Du versteckst dich, Addy. Versteck dich nicht vor uns.«

»Tue ich nicht«, erwiderte sie etwas zu heftig. Er stellte sich den skeptischen Blick in ihren wunderschönen Augen vor. »Hier draußen ist es eiskalt. Lass mich ins Zelt wechseln. Moment.« Einen Augenblick später sagte sie: »Schon besser. Ich musste mir eine Jogginghose anziehen. Entschuldige.«

»Kein Problem«, antwortete er, auch wenn er sich Sorgen machte. Innerhalb einer Sekunde hatte sie sich von einer Sexgöttin zur süßen Freundin verwandelt und dann sofort dichtgemacht. Er musste einen Weg finden, die Lücke zwischen ihrem Verlangen nach Unabhängigkeit und seinem Verlangen nach mehr zu überbrücken. Er würde alles dafür geben, jetzt auf diesem Berg zu sein, damit er ihr in die Augen sehen und direkt mit ihr darüber reden konnte.

Er stand wieder auf und tigerte auf der Terrasse herum, während sich erneut Schweigen zwischen ihnen ausbreitete. Jake betrachtete die Lichter der Stadt und mahnte sich, sich zurückzuhalten und ihr Raum zu geben. Er hatte Monate gewartet, um so weit zu kommen. Was waren schon ein paar Tage mehr?

»Was machst du gerade?«, fragte sie.

»Ich denke daran, wie sehr du mein Leben verändert hast.«

»Hab ich nicht. Wie auch? Wir sind erst seit ein paar Tagen zusammen.«

Körperlich, ja, aber sie war schon viel länger bei ihm. In den vergangenen Tagen hatte er eine Menge über Addy erfahren, doch die für ihn wichtigste Erkenntnis war, dass sie wie ein Reh im Scheinwerferlicht erstarrte, wenn es ernst wurde. Sie musste wissen, wie sehr sie schon Teil seines Lebens war, doch ihm war auch klar, dass er ihr nicht das Gefühl geben durfte, eingesperrt zu sein.

»Kommt mir viel länger vor. Ich habe gerade daran gedacht, dass ich es immer gehasst habe, zu den verstopften Straßen, dem Gestank der Abgase und den Menschenmengen in die Stadt zurückzukehren.«

»Warum wohnst du dann nicht in deiner Hütte?«

»Ich war fast nur in meiner Hütte, bis ich dich kennengelernt habe.« Er ließ seine Worte einen Augenblick wirken, denn er rechnete damit, dass sie eine sarkastische Bemerkung dazu machen würde, doch als sie es nicht tat, fuhr er fort: »Ich wollte es irgendwie abtun, dass ich mich von Anfang an so zu dir hingezogen gefühlt habe – obwohl *besessen* wohl das bessere Wort wäre –, wollte so tun, als wärst du einfach nur irgendeine eine heiße Frau, aber sobald du deinen klugen Mund aufgemacht hast, war ich fasziniert.« Er hielt erneut inne und zählte die Sekunden, bevor sie sicher auflegte.

»Ich glaube, mir ging es genauso«, erwiderte sie leise und warf ihn damit erneut aus der Bahn.

Von ihren wechselnden Stimmungen bekam er noch ein Schleudertrauma. »Deshalb habe ich ab da in der Stadt übernachtet, wenn ich sowieso hier war. Ich wollte in der Nähe sein, um mir keine Chance entgehen zu lassen, dich in einer Bar oder beim Abendessen zu sehen. Ich habe immer gehofft, dass du zur Vernunft kommst und auf meinen Flirt eingehst.«

»Du bist also nur deswegen in der Stadt geblieben? Warum hast du mich nicht einfach um ein Date gebeten?«, fragte sie aufgebracht.

»Warum ich nicht …?« Er lachte. »Ist das dein Ernst? Jedes Mal, wenn ich dich gesehen habe, habe ich mich dir auf einem

Silbertablett angeboten. Ich musste Duke und Gabriella bitten, sich irgendwo mit mir zu treffen, um dich überhaupt in den gleichen Raum zu bekommen.«

»Die Ausgehabende sind auf deinem Mist gewachsen? Ich dachte, das waren Duke und Cash.«

»Nein. Sie wissen nie, wann ich in der Stadt bin. Nach dem ersten Abend, den ich nicht eingefädelt habe, wollte ich es nicht dem Zufall überlassen, dich wiederzusehen. Du hast mich praktisch mit Blicken ausgezogen, mich dann aber nie rangelassen.«

Sie lachte. »Tja, jetzt lasse ich dich ständig ran und nackt sind wir dabei auch noch, also ist doch alles gut.«

»Du bringst mich noch um.«

»Ach was. Ich mache dich glücklich und das weißt du auch. Da wir gerade von ausziehen sprechen, hast du die Bilder von Gabbys und Dukes Flitterwochen gesehen? Sie hat mir geschrieben und die Art, wie Duke sie ansieht …«

»Ist auch nicht heißer als die Art, wie ich dich ansehe.«

Sie schwieg einen Augenblick, dann klang ihre Stimme leise, aber entschlossen. »Nichts ist heißer als die Art, wie du mich ansiehst.«

Es fühlte sich an, als hätte er ein Geschenk bekommen. Langsam akzeptierte sie seine Gefühle für sie, anstatt dagegen anzukämpfen. »Wie schlägst du dich wirklich, Baby? Hattest du mit irgendwas Schwierigkeiten?«

»Mir geht's gut. Hier oben ist es wunderschön, obwohl es zugegeben etwas primitiver ist als erwartet. Der Fluss war heute Morgen eiskalt, deshalb bezweifle ich, dass ich mir oft die Haare waschen werde, und ich hatte heute Nachmittag auf meiner Wanderung ein paar kleine Orientierungsprobleme, aber ich komme gut zurecht.«

Er nahm seine unruhige Wanderung wieder auf und konzentrierte sich auf den Teil ihrer Antwort, den er ihrer Meinung nach sicher ignorieren sollte. »Was für Probleme?«

»Nichts Ernstes. Ich hab mich kurz verirrt und anfangs den Rückweg nicht gefunden. Aber letztendlich hab ich es geschafft, es geht mir gut und du musst dich deswegen nicht aufregen.«

Sagt die Frau, die sich ständig aufregt, wenn ich das Falsche sage. »Hast du deinen Kompass benutzt?«

Sie schwieg wieder.

»Addy, ich hab dir nicht ohne Grund gezeigt, wie man ihn benutzt.« Der Frust in seiner Stimme ließ sich unmöglich verbergen.

»Es ist alles in Ordnung, okay? Ich nehme ihn morgen mit. Aber ich hab den Rückweg ja gefunden und das ist das Wichtigste.«

»Ja, aber wenn nicht, würde ich es nie erfahren. Niemand würde dir helfen und du wärst tagelang allein da draußen.« Er lauschte ihrer Atmung und wusste, dass er die Sache schon wieder ganz falsch anging. »Wie viel Akku hast du noch?«

»Vierzig Prozent. Ich wollte eine Powerbank mitnehmen, aber ich glaube, dass ich die in der Tasche neben der Couch vergessen habe.«

»Schalt das Handy aus, aber nimm es immer mit. Falls du dich wieder verirrst, benutz die *FindMe*-App, die ich dir installiert habe. Ich hab Riser's Ridge einprogrammiert. Dadurch findest du wieder zurück. Okay?«

»Das hast du getan?«

Ihr Tonfall war vollkommen erstaunt und es haute ihn um, dass sie ihn nicht anschrie, weil er nicht auf ihre Orientierungsfähigkeiten vertraute oder so. »Ja, natürlich.«

»Du bist davon ausgegangen, dass ich es nicht alleine schaffe, oder?«

Jetzt geht's los … »Natürlich nicht, aber man kann nie vorbereitet genug sein. Da oben kann man sich leicht verlaufen.«

»Ich weiß nicht, ob ich mich bei dir bedanken oder von dir genervt sein soll, weil du ein Sicherheitsnetz aufgespannt hast, obwohl ich es allein schaffen wollte.«

Er massierte sich die Nasenwurzel und musste unwillkürlich lächeln.

»Versuchst du, mich auf die Palme zu bringen, oder ist das ein Bonus?«

»*Dich* auf die Palme bringen? Ich werde hier doch verhätschelt.«

»Bei dir klingt es, als wäre das etwas Schlimmes. Es ist was Gutes, Addy, weil es bedeutet, dass du mir wichtig bist, also solltest du mir tatsächlich danken. Und ich werde dich wohl *Sturkopf* und nicht mehr Sexy Girl nennen. Außerdem *schaffst* du es doch gerade schon alleine. Du bist auf dem Berg. Wann lernst du endlich, dass es dich nicht schwach macht, Hilfe von anderen anzunehmen? Es macht dich klug und du bist intelligent, also solltest du das verstehen und dich damit abfinden können.«

»Na schön!«, fauchte sie. »Du weißt das mit meinem Vater, also gib mir bitte ein bisschen Spielraum.«

Er ließ sich ins Gras sinken und ihm ging endlich ein Licht auf. »Es tut mir leid, Addy. Du hast recht. Ich sollte etwas Nachsicht haben. Aber vielleicht solltest du die auch mit mir haben, denn ich bin nun mal so. Nur weil du viele Kilometer entfernt bist, wird mir deine Sicherheit nicht weniger wichtig. Du bedeutest mir so viel und ich weiß, dass es dir mit mir auch so geht, also hör auf, jedes Mal auf Distanz zu gehen, wenn ich versuche, mich wie dein Partner zu verhalten.«

Er biss die Zähne zusammen und je mehr Zeit verging, desto fester verspannten sich seine Halsmuskeln. Mit Sicherheit würde sie ihn zusammenstauchen oder einfach auflegen, aber je länger sich die Stille ausdehnte, desto mehr verwandelten sich seine Sorgen in qualvolle Schuldgefühle. Das Letzte, was er wollte, war, sie zu verletzen, und er hatte so ruppig mit ihr gesprochen …

»Bist du noch da?«

»Ja.« Ihre Stimme klang heiser und leise.

»Tut mir leid, dass ich wütend geworden bin. Es ist nur … Verdammt, Addy. Du bist mir wichtig, und jedes Mal, wenn ich das sage, ziehst du dich zurück. Ich verstehe es. Wirklich. Du willst dir nicht sagen lassen, was du tun sollst. Darauf sind wir oft genug herumgeritten. Aber ich brauche mehr, weil ich sonst den Verstand verliere.«

»Ich glaube, dass ich dir heute Nacht im Grunde meine Seele offenbart habe«, erwiderte sie selbstsicherer.

»Das haben wir beide, aber ich will mehr als nur Sex mit dir. Du bist heiß, aber auch klug und dickköpfig und fähig. Du bist so viel mehr als nur sexy. Und wenn ich sage, dass ich mehr will, dann meine ich, dass du nicht jedes Mal dicht machst, wenn ich dir verspreche, dass du dich so gut fühlen wirst, dass du nicht mehr gehen willst. Mir ist klar, dass jetzt nicht der richtige Zeitpunkt ist, um das zu besprechen, weil du für den Rest der Woche Akku sparen musst, aber denk einfach darüber nach, was ich gesagt habe, okay?«

»Keine Sorge«, erwiderte sie, klang jedoch nicht verärgert. »Ich verbringe den Großteil meiner Zeit mit nachdenken.«

»Wie kann ich dir helfen, dich davon zu überzeugen, dass es dich als Person nicht auslöscht oder dir die Fähigkeit nimmt, der Mensch zu sein, der du sein willst, wenn du mich in dein

Leben lässt? Was brauchst du von mir, um das zu überwinden?«

»Wenn ich eine Antwort darauf hätte, würden wir diese Unterhaltung nicht führen.«

Sie drehten sich im Kreis und kamen nicht weiter, aber immerhin schien sie ihm dieses Mal wirklich zugehört zu haben. »Okay. Ich war heute Abend mit ein paar Kollegen von der Rettung essen und sie haben mich gebeten, in den nächsten beiden Tagen ein paar Kurse zu geben. Aber ich kann dir morgen früh eine Powerbank vorbeibringen, bevor ich hinfahre.«

»Jake«, sagte sie sanft, »du musst zulassen, dass ich es allein schaffe oder eben auf die Nase falle. Es ist wundervoll, dass du dich um mich sorgst, aber bis ich herausgefunden habe, wie ich das akzeptieren kann, stößt du mich damit nur immer wieder weg.«

Hätte er gerade eine Wand vor sich, würde er mit dem Kopf dagegen schlagen. »Vielleicht solltest du mal darüber nachdenken, wie sehr du mich wegstößt.« Als die Leitung dieses Mal still wurde, war Jake es, der aufgelegt hatte.

Einundzwanzig

Am Mittwoch wanderte Addy den ganzen Tag und versuchte, zu greifen, warum sie einfach nicht den Mund halten konnte. Sie musste sich zusammenreißen. Dieser Ausflug sollte der Reflexion und Regeneration dienen, tief in sich hineinzuhorchen und herauszufinden, wie stark sie wirklich war. Bis jetzt war das Ergebnis nicht beeindruckend. Klar, sie wanderte mittlerweile jeden Tag sechs bis neun Kilometer und fand auch ohne einen Rettungseinsatz zurück zu ihrem Lager, aber bis gestern hatte sie es nicht einen Abend lang ausgehalten, Jakes Stimme nicht zu hören. Was sollte das? Sie war entschlossen, sich über einige Dinge klar zu werden und deswegen von Sonnenauf- bis Sonnenuntergang unterwegs, bevor sie dann vollständig bekleidet einschlief, ohne etwas zu essen.

Donnerstagmorgen kämpfte sie sich trotz Muskelkater auf die Beine, was nicht annähernd so schwierig war, wie sich durch das allumfassende Chaos in ihrer Brust zu kämpfen. Ihr Magen krampfte sich zusammen, als sie daran dachte, wie ihr Telefonat mit Jake am Dienstag geendet hatte, vor allem nach diesem sehr intimen Anfang. Sie wusste, dass es ihre Schuld war, aber sie hatte absolut keine Ahnung, wie sie sich davon abhalten sollte, mit irgendwas herauszuplatzen, bevor sie Zeit hatte, ihre

Antworten zu überdenken. Sie musste herausfinden, woran das lag und was sie wollte.

Ich will Jake.

Aber ich will auch meine Unabhängigkeit.

Sie musste dringend ein klärendes Gespräch mit ihrer besten Freundin führen. Und ja, Gabriella war in den Flitterwochen und wollte wahrscheinlich nichts von Addys Beziehungskummer wissen, aber wenn man bedachte, dass sie noch nie zuvor Beziehungskummer gehabt hatte, war Gabby ihr das wohl schuldig.

Sie schaltete ihr Handy ein. Insgeheim hoffte sie, dass Jake ihr gestern noch einmal geschrieben hatte, doch das Benachrichtigungsfenster blieb leer und sie weigerte sich, deswegen enttäuscht zu sein. Sie war ja selbst schuld. Sein Angebot, ihr vor seinem Kurs eine Powerbank zu bringen, war mehr als lieb und großzügig. Aber überschritt es eine Grenze? Verletzte es ihre Unabhängigkeit? Oder zeigten sich einfach nur ihre hässlichen Unsicherheiten aus der Vergangenheit, obwohl das überhaupt nicht nötig war? Ihr Kopf kannte die Antwort, doch bei seinen Worten hatte augenblicklich ihr Instinkt eingesetzt und sie hatte ihn behandelt, als würde er sich ihr aufdrängen oder irgendwas für sie richten wollen, als würde sie damit nicht allein klarkommen.

Sie hatte es versaut, aber intensiver darüber nachzudenken, tat ganz schön weh. Also schrieb sie Gabriella eine Nachricht. *Ich bin auf diesen Bergtrip gegangen, um meine Grenzen zu testen und mich selbst zu finden, aber jetzt bin ich noch verlorener als vorher. Was soll das? Bitte sag mir, dass ich nicht so verkorkst bin, dass ich nicht lieben oder geliebt werden kann.* Sie steckte ihr Handy in den Rucksack und fasste erneut den Entschluss, für ein bisschen mehr Klarheit zu sorgen. Der knapp zehn Kilometer lange Marsch zum Pirate's Peak würde ihr die Einsamkeit bieten, nach der sie suchte.

Aber zuerst musste sie sich aus dem Zelt bewegen und zum Fluss gehen, wo ein weiteres Problem auf sie wartete. Wie man ohne Matschfüße aus dem Wasser kam. Vielleicht sollte sie einfach aufs Waschen verzichten. Beim Wandern würde sie ohnehin wieder schwitzen.

Vielleicht kann ich mich an fettige Haare und etwas Körpergeruch gewöhnen. Aber das war kein erstrebenswertes Ziel für sie. Sie packte ihre Sachen und ging zum Fluss, wobei sie sich einen Plan zurechtlegte.

Sie sammelte ein paar Äste, an denen noch Blätter und Nadeln hingen, und legte sie am Ufer aus, damit sie sich beim Abtrocknen und Anziehen daraufstellen konnte. Das war der erste Erfolg des Tages. Zurück im Lager dachte sie an das Toilettenpapier, bevor sie hinterm Busch verschwand. *Zweiter Erfolg.* Und als sie über einen Stamm stolperte und sich das Knie aufschlug, säuberte und verpflasterte sie die Schramme wie ein Profi. *Dritter Erfolg.* Da sie ihr Glück jedoch nicht herausfordern wollte, steckte sie den Kompass ein und packte auch ihr Tagebuch, zusätzliche Energieriegel, Wasser, Abendessen, die Campingbücher, die sie noch immer nicht gelesen hatte, und einen Kapuzenpullover in ihren Rucksack. Anschließend rollte sie ihren Schlafsack und die Decke zusammen und befestigte beides an ihrem Rucksack, den sie die ersten Meter hinter sich herzog, damit sie ihre Schultern lockern konnte. Eine Nacht am Pirate's Peak, ein anderer Ausblick, würden ihr sicher die Möglichkeit bieten, einen klaren Kopf zu bekommen.

Die ersten Stunden der Wanderung stellten ihre Willenskraft ordentlich auf die Probe, da der steile Anstieg ihre Muskeln stark beanspruchte. Aber sie war entschlossen, es zu schaffen, also kämpfte sie sich weiter und überquerte mit kargem Gras bewachsene Steinfelder. Dichter Wald breitete sich vor ihr aus. Spitze Äste schlugen gegen ihre Brust und durchbohrten ihre Klamotten wie Nadeln. Sie hielt mehrmals an, um sich auszuruhen, verzieh sich die Pausen aber, anstatt sich deswegen selbst runterzumachen. Wie bei ihrer Beziehung mit Jake musste sie manchmal eben einen Gang runterschalten, um vorwärtszukommen.

Das richtige Abenteuer begann am späten Nachmittag, als sie den Fuß des Pirate's Peak erreichte. Sie stellte ihren Rucksack ab und ließ die Schultern kreisen, um den Schmerz zu lindern, an den sie sich inzwischen fast schon gewöhnt hatte. Über ihr ragten die unglaublichen, beeindruckenden Felsen auf. Es sah aus, als hätte jemand einen gewaltigen Stein abgelegt und ihn dann ein paar Mal grob mit der Axt bearbeitet, sodass ein perfekter Hang daraus wurde, den man erklimmen konnte. Addy atmete tief durch und zweifelte ihre Entscheidung an, die Spitze nicht nur besteigen, sondern auch dort übernachten zu wollen. In ihrem Zelt hatte sie sich halbwegs häuslich eingerichtet. Die Felsklippe fühlte sich wie ihre private Oase an, aber das hier war neues Terrain und sie hatte keine Ahnung, was sie dort oben erwarten würde. Jakes ernster Gesichtsausdruck tauchte vor ihrem inneren Auge auf. Sie konnte seinen durchdringenden Blick beinahe spüren. *Warum, Sexy Girl? Warum musst du es allein machen?*

Das fragte sie sich langsam selbst. Sie nahm einen großen Schluck aus ihrer Wasserflasche, wischte sich den Schweiß von der Stirn und betrachtete die Umgebung. *Was mache ich hier draußen wirklich?* Wie sollte sie sich mit der Vorstellung anfreunden, ihr Leben mit Jake zu teilen, wenn sie noch nicht einmal herausgefunden hatte, was ihr in genau diesem Leben fehlte?

Hinter den Wipfeln der großen Kiefern ging die Hügellandschaft in ein riesiges Tal über. Es war nur schwer zu erkennen, aber die gewundenen Straßen und die flachere Landschaft deuteten auf eine Ortschaft hin. Ein spiegelglatter See reflektierte die Nachmittagssonne. *Sweetwater.* Logan hatte ihr von dem idyllischen Städtchen mit seinem Kopfsteinpflaster und den altmodischen Ladenfronten erzählt. Vielleicht könnte sie mit Jake einen Ausflug dorthin machen. Vor den Toren der Stadt gab es so viel Schönheit zu entdecken. Warum hatte sie so lange gewartet, sie zu erkunden? Sie verspürte den Drang, Jake anzurufen und ihre Begeisterung mit ihm zu teilen. So umwerfend der Ausblick auch war und so sehr sie sich auch darüber freute, es auf ihrer Reise endlich so weit zu schaffen, fehlte immer noch etwas. Nachdem sie gesehen hatte, welche Orte Jake schon bereist und was er alles erreicht hatte, war ihr dieser Ausflug aufregend und notwendig vorgekommen. Doch nun wurde ihr klar, dass es nicht die Orte gewesen waren, die sie so faszinierten. *Die mein Herz fasziniert haben.* Es ging so viel tiefer. Es war seine Leidenschaft, anderen Menschen zu helfen. Seine Loyalität für das, woran er glaubte. Die Loyalität zu seiner Familie.

Und deine Loyalität mir gegenüber.

Er sah nie in die Kamera, weil er das Geheimnis von Zufriedenheit kannte. Und es lag nicht darin, dass andere sahen, was er erreichte, oder dass er seine Familie vergötterte. Seine Zufriedenheit kam von innen, weil er Dinge tat, die er liebte. Diese Fotos hatten etwas Größeres in ihr ausgelöst als nur das Bedürfnis, zu beweisen, dass sie von ihrer bequemen Couch aufstehen und einen Berg besteigen konnte. Aber sie hatte so viele Jahre damit verbracht, sich selbst, ihrer Familie und jedem, der in ihr ein Mädchen sah, das mit einem goldenen Löffel im Mund geboren worden war, zu beweisen, dass sie mehr war. Dabei hatte sie nicht erkannt, was sie direkt vor sich hatte. Es war egal, was alle anderen dachten. Jakes Stimme ertönte erneut in ihrem Kopf. *Ich weiß, dass du bei mir bist. Alles andere ist unwichtig.*

Ihr Blick wanderte zurück zu Sweetwater und sie stellte sich vor, wie sie gemeinsam mit Jake durch die Straßen schlenderte. Wie sie am Seeufer saßen und berauschende Küsse teilten. Die Wahrheit, vor der sie davonlaufen wollte, stand ihr nun klar und deutlich vor Augen. Sie *brauchte* ihn. Sie vermisste die Schmetterlinge in ihrem Bauch, wenn er lächelte, und wie er sie ansah. Oh, dieser Ausdruck in seinen Augen. Irgendwie gelang es ihm, Seiten an ihr zu erkennen, für die sich bis jetzt niemand Zeit genommen hatte. *Du brauchst einen Mann, der sich deinen Unsinn gefallen lässt und dir den Hintern versohlt.*

Tränen stiegen ihr in die Augen und sie wischte sie weg. Wann war sie dermaßen emotional geworden? Addy lachte leise in sich hinein und wappnete sich für den letzten Teil ihrer heutigen Wanderung. Sie konnte nicht den ganzen Tag hier stehen und vor sich hin träumen. Die Sonne würde bald untergehen und sie musste sich auf dem Pirate's Peak einrichten, bevor es dunkel wurde. Ihr Körper war noch immer nicht an körperliche Aktivität gewöhnt und allein der Gedanke daran, es mit diesem riesigen Felsen aufzunehmen, machte sie müde, aber sie gab nicht so leicht auf.

Ich bin stolz auf dich. Pass auf dich auf, Sexy Girl. Jakes Stimme gab ihr die Kraft, die sie brauchte.

Als sie die Worte das erste Mal gelesen hatte, vermisste sie ihn zu sehr, um sie wirklich zu verinnerlichen. Nun erstreckte sich der Fels vor ihr und sie freute sich darauf, ganz oben ein

Foto zu machen und es ihm zu schicken. Endlich hatte sie jemanden, mit dem sie ihre Erfolge teilen konnte. Ja, Gabriella war auch da, aber diese Siege mit einer Freundin zu feiern war etwas anderes, als sie mit dem Mann zu teilen, den sie mochte. *Mochte? Ich bin so weit über* mögen *hinaus, dass ich es schon nicht mehr sehen kann.*

Noch einmal schätzte sie die Herausforderung ab, die vor ihr lag. Da sie viele Artikel von Kletterern jeden Alters gewälzt hatte, die den Pirate's Peak ohne Ausrüstung bestiegen hatten, wusste sie, dass sie es auch schaffen konnte. Die breiten Vorsprünge und ausgedehnten, unebenen Felskanten boten genug Platz zum Festhalten. Addy schulterte ihren Rucksack, doch dann überkamen sie erneut Zweifel. Ihr Rucksack war nicht schwer, würde diesen herausfordernden Aufstieg jedoch unangenehm machen. Sie betrachtete den Fels, der seinen Namen von einer dunklen Verfärbung im Stein hatte, die wie eine Augenklappe aussah, und von einem horizontalen Riss etwa drei Meter über dem Boden, der an ein unheimliches Grinsen erinnerte. *Ich habe es so weit geschafft. Ich werde mich nicht von einem Stein bezwingen lassen, der wie ein Pirat aussieht.*

Der Fels war kalt und unnachgiebig unter ihren Händen, bot ihren Füßen jedoch stabilen und sicheren Halt. Addy zog sich von einer Stelle zur nächsten, wobei sie Kraft in ihrem Oberkörper mobilisierte, von der sie gar nichts gewusst hatte. An ihren Seiten und in ihren Kniekehlen und Beinbeugen erwachten derweil unbekannte Muskeln zum Leben. Sie fühlte sich stark und selbstbewusst. Das Adrenalin ließ sie die Schrammen auf ihrer Haut und das Gewicht auf ihren Schultern vergessen. Schweiß bildete sich auf ihrer Stirn und tropfte zwischen ihre Brüste. Als sie den Gipfel erreichte, streckte sie einen Arm über den kalten, harten Stein aus und ihre Gliedmaßen zitterten. Sie stellte sich vor, wie sie wieder nach unten rutschte und mit dem Kopf voran auf dem Boden aufschlug.

Nicht hilfreich.

Mehr als je zuvor wünschte sie, Jakes Angebot angenommen zu haben, all das gemeinsam zu erleben. Sie schob die Finger über die Kante und tastete blind nach etwas, woran sie sich festhalten konnte. Sie ertastete einen Vorsprung und zog sich daran hoch, wobei sie sich die Oberschenkel aufschürfte. Oben angekommen schlüpfte Addy aus dem Rucksack, richtete sich auf Händen und Knien auf und kroch vom Rand weg. Dann brach sie auf dem Rücken zusammen, streckte die Arme von sich und keuchte, als hätte sie gerade den Mount Everest erklommen. Irgendetwas grub sich in ihren Hintern. Sie zog den Kompass aus ihrer Tasche und erinnerte sich daran, wie beleidigt sie gewesen war, als Jake vorgeschlagen hatte, dass sie ihn mitnahm. Sie war so dumm.

»Ich hab's geschafft!«, sagte sie. Ein Lächeln breitete sich auf ihren Lippen aus, und ihr Herz hämmerte mit Sicherheit so heftig, weil es sie verfluchen wollte, aber sie fühlte sich großartig! Addy schloss die Augen, streckte die Hände nach oben und rief: »Ich hab's geschafft!«

Ihre Stimme hallte in der Stille wider und erinnerte sie an einen ihrer Philosophiekurse auf dem College. Der Professor hatte ihnen das allgemein bekannte Gedankenexperiment vorgestellt. »Wenn ein Baum im Wald umfällt und niemand da ist, der ihn hören kann, macht er dann ein Geräusch?« Sie hatte diesen Kurs sehr genossen. Dadurch hatte sie alles in ihrem Leben hinterfragt. Nun, während sie zusah, wie die Sonne langsam zum Horizont wanderte, und ihre Stimme nicht mehr zu hören war, stellte sie sich dieselbe Frage zu ihrem Erfolg. Wenn niemand hier war, mit dem sie ihn teilen konnte, hatte sie es dann wirklich geschafft? Natürlich, und darauf war sie stolz, doch ihre Gedanken spannen die Überlegung weiter.

Pirate's Peak zu bezwingen füllte die Leere in ihr nicht so, wie sie erwartet hatte.

Vielleicht wäre das anders, wenn das mit Jake und ihr nichts Ernstes geworden wäre. Doch trotz des Rausches, dass sie etwas geschafft hatte, was sie nie für möglich gehalten hätte, wusste sie tief in ihrem Herzen, dass es ihr mehr bedeuten würde, wenn sie es gemeinsam erlebt hätten.

So schnell wie möglich leerte sie ihren Rucksack und suchte nach ihrem Handy. Das Bedürfnis, mit Jake zu reden und diesen Moment mit ihm zu teilen, war fast stärker als der Drang zu atmen. Sie schaltete ihr Handy an, doch dann fiel ihr ein, dass er heute unterrichtete. Also würde sie ihm eine Nachricht schreiben müssen, anstatt ihn anzurufen. Ihr Handy fuhr nicht hoch. Noch einmal drückte sie auf den Knopf… und dann noch einmal. Das blöde Ding war leer. Sie hätte schwören können, es nach der Nachricht an Gabriella ausgeschaltet zu haben, aber sie hatte es so eilig gehabt, dass sie es wohl vergessen hatte. Es würde keine Fotos und keine Nachrichten geben. Nur die öde Realität, dass sie ihren großen Moment allein erleben musste.

Addy betrachtete ihren Schlafsack, die Vorräte, die sie sich fürs Abendessen mitgebracht hatte, und schließlich ihr Tagebuch. Sie steckte das nutzlose Handy wieder ein und schnappte sich das Notizbuch. Woher hatte er gewusst, was sie auf diesem Trip brauchte, wenn sie selbst geglaubt hatte, nur mit ihren Gedanken allein sein zu müssen?

Sie klappte das Tagebuch auf und las noch einmal seine Worte. *Sexy Girl, du kannst kilometerweit wandern, aber alles, wonach du suchst, wartet genau hier auf dich. Dein Neandertaler,*

J.R.

Erneut musterte sie ihre Vorräte und stellte fest, dass sie ihre Laterne, das Kissen und das Feuerzeug vergessen hatte, um ihr Essen aufzuwärmen. Alles andere, was sie zum Feuermachen brauchte, befand sich außerdem weiter unten. Schwer seufzend drückte sie sich das Buch an die Brust. Jake hätte das besser durchdacht. Sie würde den Pirate's Peak nicht direkt wieder runterklettern.

Sie öffnete das Buch und schrieb: *Ich wünschte, ich könnte das hier mit dir teilen. Den wunderschönen Ausblick, die Begeisterung in mir, die …*

Sie umklammerte den Stift und Tränen stiegen ihr in die Augen. Es waren nicht der Ausblick oder die Begeisterung darüber, was sie erreicht hatte, die sie mit ihm teilen wollte. Diese Dinge wirkten unbedeutend im Vergleich zu der Liebe, die in ihr aufkeimte. Vielleicht hatte sie die Dinge im Lager vergessen, von denen sie *glaubte*, sie würde sie brauchen, aber nichts davon war wichtig. Selbst wenn sie daran gedacht hätte, all das einzupacken, würde ihr immer noch das Wichtigste von allem fehlen.

Mein fehlendes Puzzleteil.

Zweiundzwanzig

Jake trank sein Bier aus, stellte sein Glas auf den Tresen und hoffte, dass die Barkeeperin, eine vollbusige Blondine, die mehr Zeit damit verbracht hatte, mit ihm zu flirten, als ihren Job zu machen, nicht wieder versuchte, bei ihm zu landen. Jake war eigentlich nicht in der Stimmung für das NightCaps, der Bar, in der er sich normalerweise mit seinen Brüdern traf – und mit Addy. Aber nachdem er sich zwei Tage bemüht hatte, sich nicht über die Tatsache den Kopf zu zerbrechen, dass sie weder angerufen noch ihm geschrieben hatte, war ihm Cashs Einladung ganz gelegen gekommen. Natürlich blieb sein Handy auch weiterhin stumm wie ein Fisch, während Cash in den letzten dreißig Sekunden drei Nachrichten erhalten hatte.

Jake schob die leere Bierflasche von sich. Eigentlich hatte er vorgehabt, sich zu betrinken und die nagende Sehnsucht in seinem Bauch zu vergessen, die ihn drängte, ins Auto zu steigen, Addy aufzuspüren und ihr etwas Verstand einzubläuen. Er hatte ihr heute Morgen und auch am Nachmittag geschrieben, doch sie hatte auf keine seiner Nachrichten geantwortet. Wie er Addy kannte, hatte sie ihr Handy wahrscheinlich ausgeschaltet, um etwas zu beweisen, doch er machte sich trotzdem Sorgen, dass sie Schwierigkeiten haben könnte. Wenn er jetzt allerdings auf den Berg stieg und es ihr gut ging, würde sie ihm mit Sicherheit die Hölle heiß machen. Er war so kurz davor, einfach alles in den Wind zu schießen und trotzdem zu fahren. *Es ist Zeit, dass sich Miss Unabhängig nicht mehr hinter ihrer Vergangenheit versteckt.* Wenn Cash mal sein Handy aus der Hand legen würde, könnte sein Bruder ihn vielleicht noch eine Weile ablenken. Und hoffentlich war Addy bis dahin wieder bei Verstand und rief ihn an.

Die Blondine machte ihm schöne Augen und nahm die Flasche vom Tresen. Jake wandte den Blick ab. Es war gerade mal halb zehn am gefühlt längsten Donnerstagabend der Geschichte, und die Bar mehr als gut besucht. Normalerweise mochte er das attraktive Publikum im NightCaps, aber die einzige attraktive Frau, die er wollte, war meilenweit entfernt.

»Alles in Ordnung?«, fragte Jake, als Cash die nächste Nachricht schrieb.

»Ja.« Cash steckte sein Handy in die Tasche. »Erinnerst du dich an meinen Kumpel Boyd Hudson?«

»Klar. Er studiert jetzt Medizin, oder?« Boyd hatte ein paar Jahre mit Cash auf der Feuerwache gearbeitet, bevor er weggezogen war.

»Genau. In Meadowside, Virginia. Seine Verlobte Janie und er haben sich auf ein Hochzeitsdatum geeinigt. Wie es aussieht, werden wir zu einer Hochzeit nach Virginia fahren.«

»Klasse. Ich freue mich für sie.«

Blondie brachte Jake noch ein Bier. »Bitte sehr. Wenn ich noch irgendwas für dich tun kann, sag einfach Bescheid.« Ihr zweideutiger Blick versicherte ihm, dass sie wirklich *alles* tun würde.

Vor Addy hätte er sich diese Gelegenheit auf ein unverbindliches Abenteuer nicht entgehen lassen, doch nun sah er nur eine einsame Frau, die versuchte, ihre leeren Stunden zu füllen. Warum konnte sie nicht sehen, dass ihn die Vorstellung abturnte, von einer anderen als Addy berührt zu werden? Er hatte das Gefühl, so von ihr eingenommen zu sein, dass ihm ein blinkendes Neonschild auf der Stirn klebte. *Stolzer Freund der sturen, sexy Addison Dahl.*

»Danke«, erwiderte er mit unverhohlenem Desinteresse und wandte sich ab.

»Oh Mann«, murmelte Cash mehr zu sich selbst. »Seit wann können Schweine denn fliegen?«

»Seit Dukes Hochzeit.« Sein Handy vibrierte und er zog es aus seiner Tasche. Hoffentlich war es Addy. Doch es war Dukes Name, der auf dem Display angezeigt wurde. »Mist. Das bedeutet sicher nichts Gutes.«

»Ein Mann in den Flitterwochen sollte nicht mal an sein Handy denken«, stimmte Cash ihm zu.

»Hey, Bruderherz. Alles in Ordnung?«

»Hm, lass mich überlegen«, erwiderte Duke lässig. »Ich bin mit der umwerfendsten Frau der Welt im Paradies und wir bemühen uns intensiv, eine Familie zu gründen. Was denkst du denn?«

Schwer zu glauben, weil die schönste Frau der Welt in den Bergen damit beschäftigt ist, mich in den Wahnsinn zu treiben. Jake hörte einen gewissen Unterton in Dukes Stimme, der ihn von einer Stichelei abhielt. »Warum rufst du mich dann an?«

»Weil sich meine mitfühlende Frau Sorgen um ihre beste Freundin macht.« Duke wurde ernst. »Hast du was von Addy gehört?«

»Seit Dienstag nicht mehr.« *Als wir unser Telefonat unschön beendet haben.* Jakes Nackenhärchen stellten sich auf. Noch während Duke ihm erklärte, dass Addy Gabriella geschrieben und irgendwie aufgewühlt geklungen hatte, Gabriella sie seitdem aber nicht mehr erreichen konnte, stand er auf. Schon die Vorstellung, dass sein Mädchen allein und emotional aufgebracht war, lag ihm wie ein Bleigewicht im Magen, aber selbst wenn sie ihn tatsächlich eiskalt und stur mit Schweigen strafte, würde sie das Gabriella niemals antun.

Cash stand ebenfalls auf und legte Geld für ihre Drinks auf die Bar. »Was ist los?«

»Gabby macht sich Sorgen um Addy.« *Aber nicht halb so viele wie ich.* Dann wandte er sich an Duke. »Sag Gabby, dass sie sich keinen Kopf machen soll. Wahrscheinlich ist Addys Akku alle, aber ich suche sie.« Er versprach, Duke auf dem Laufenden zu halten, dann legte er auf und bahnte sich einen Weg durch die Menge zum Ausgang.

»Soll ich mitkommen?«, fragte Cash.

Jake winkte sich ein Taxi heran. »Nein. Ich schaff das.«

Zwei Stunden später machte er sich, bewaffnet mit seiner Rettungsausrüstung und, wie seine Mutter sagen würde, *genug Kraft und Elan für vier Männer*, auf die Suche nach der Frau, die ihn vollkommen eingenommen hatte. Jake marschierte mit schnellen Schritten den Berg hinauf, kletterte über umgestürzte Bäume und wich Büschen und Felsen aus. Die Stirnlampe und sein hervorragender Orientierungssinn führten ihn, während sein Beschützerinstinkt mit jedem Schritt weiter hochkochte. Er könnte sich in den Hintern treten, nicht schon vor Stunden aufgebrochen zu sein.

Ein kurzer Blick auf den Kompass sagte ihm, dass er in die richtige Richtung unterwegs war. Riser's Ridge befand sich ein paar Kilometer direkt vor ihm. Jake hatte nur sein Ziel vor Augen. Jeder seiner Gedanken wurde von Addy eingenommen, der sinnlichsten, klügsten, umwerfendsten, dickköpfigsten Frau, die er je getroffen hatte. Sollte ihr etwas passieren, würde er sich das niemals verzeihen.

Als der Baumbestand sich schließlich lichtete und den Blick auf den nachtblauen Himmel freigab, rannte er auf die Lichtung und folgte den Spuren zu ihrem Lager. Sein Herzschlag beschleunigte sich, als er sich ihrem dunklen Zelt, der mit Steinen umgebenen Feuerstelle und der Wäscheleine zwischen zwei Bäumen näherte. Nirgendwo lag Müll herum. Sie hatte also entweder auf seinen Rat oder ihren gesunden Menschenverstand gehört. Jake hockte sich vor das Zelt und nahm sich einen Moment, um seine Gefühle unter Kontrolle zu bringen. Die Chance, dass sie ihm gleich die Hölle heiß machte, war groß, und vermutlich war die beste Reaktion auf ihre Wut, sie einfach in den Kuss zu verwickeln, nach dem er sich gesehnt hatte.

»Addy?«, fragte er leise, da er sie nicht erschrecken wollte. »Ich bin's, Jake. Ich mach jetzt das Zelt auf.« Langsam öffnete er den Reißverschluss. »Ich hab dich vermisst, Baby. Ich …« Doch das Zelt war leer und ihm sackte erneut der Magen in die Kniekehlen. Sowohl ihr Schlafsack als auch ihre Ausrüstung fehlten. Sofort schalteten sich seine Rettungsinstinkte ein.

»Addy?«, brüllte er, stand wieder auf, um sich suchend umzusehen. Sie war irgendwo allein da draußen und verbrachte die Nacht ohne Zelt. *Verflucht, Addy.* Er wusste nicht recht, ob sie mutig oder dumm war. Ein Zelt war nicht zwingend notwendig, bot allerdings ein Quäntchen Sicherheit vor den Elementen – und Raubtieren.

Er begutachtete die Fußspuren im Lager. Zu seiner Erleichterung waren nur ihre und seine zu sehen. Damit konnte er schon einmal ausschließen, dass sie jemand verschleppt hatte. Aber wo war sie? Bei genauer Betrachtung fiel ihm auf, dass die Erde hinter ihrem Zelt relativ frisch aufgewühlt war. Blätter waren zur Seite geschoben, als hätte sie etwas in Richtung Westen hinter sich hergezogen. Er stellte sich vor, wie sie den Rucksack hinter sich herschleifte und Jake und sein Bedürfnis, für sie dazu sein, leise verfluchte. Doch das Lächeln verblasste schnell, als ihm etwas bewusst wurde. Wenn sie zu müde war, um ihren Rucksack zu tragen, wie weit konnte sie dann gekommen sein?

Er setzte sich wieder in Bewegung, richtete seine Stirnlampe auf den Boden und konzentrierte sich auf die Suche, wobei er gedanklich alle Orte durchging, die sie auf dem Ausflug hatte besuchen wollen.

Addy erwachte abrupt und sah sich hektisch in der Dunkelheit um. Sie klammerte sich an den Schlafsack, zog ihn bis zum Kinn hoch und lauschte dem Laub, das in der Brise raschelte. Ohne den Schutz ihres Zeltes war es kalt und die Geräusche der Nacht klangen viel lauter. Das Einschlafen würde ihr mächtig schwerfallen. Ihre Gedanken schlugen eine gruselige Richtung ein. Richtungen, in die sie während ihrer Zeit auf dem Berg nicht hatte denken wollen. Aber hier auf den Felsen, den Elementen ausgesetzt, kamen ihr alle möglichen schrecklichen Dinge in den Sinn. Berglöwen, die sie umzingelten, hungrige Wölfe auf der Jagd, verwirrte Schwarzbären mit Hunger auf Menschenfleisch. *Na toll.* Jetzt wurde sie wieder panisch. Sie kniff die Augen zusammen und stellte sich vor, ein Zelt um sich zu haben, auch wenn sie wusste, wie lächerlich es war, zu glauben, eine kleine Plastik-Kuppel könnte sie vor wilden Tieren beschützen. Ein Zweig zerbrach laut knackend und sie riss die Augen auf. Addy hielt den Atem an und lauschte dem sehr deutlichen hörbaren, unheilvollen Knacken der Zweige.

Das bildete sie sich nicht ein. Irgendetwas war da draußen. Und es klang groß.

Knack, knack, knack!

Sie zitterte und ging gedanklich all ihre Möglichkeiten durch. *Nicht bewegen? Beten, dass das Ding nicht klettern kann?*

Knack! Knack!

Sie rutschte tiefer in ihren Schlafsack. Sollte sie aufstehen und versuchen, es zu vertreiben? Konnte ein Bär sie auf diesem gewaltigen Felsen sehen? Was sollte sie tun, wenn das Ding zu ihr hochkam? Sie konnte nirgendwo hin fliehen.

Das Knacken verstummte.

Sie ließ den angehaltenen Atem entweichen.

Kratz, kratz.

Das war am Fuß des Pirate's Peak. Addy lag wie erstarrt, zu verängstigt, um sich zu bewegen, und lauschte auf …

Das unverkennbare Geräusch schwerer Atmung durchdrang ihre Angst. Sie kroch aus ihrem Schlafsack und rannte vornübergebeugt – als würde sie das unsichtbar machen – zur gegenüberliegenden Seite des Felsbrockens, wo sie sich so tief wie möglich duckte und dann über die Kante spähte. Von hier aus ging es steil nach unten. Mist, sie saß in der Falle. Jake hatte recht, sie hatte hier draußen allein nichts zu suchen. Gegen ein wildes Tier hatte sie keine Chance.

Oder einen verrückten Einsiedler.

Oh Gott, nein. Nein, nein, nein.

Wo war ihr Neandertaler, wenn sie ihn brauchte? Warum musste er auf sie hören? Er hätte doch wissen müssen, dass sie ihn brauchte, genau wie er gewusst hatte, dass sie das Tagebuch, den Kompass und einen Klaps auf den Hintern gebraucht hatte.

Wenn sie ihn das nächste Mal sah, würde sie den Klaps gerne zurückgeben. Einen kräftigen auf den Hinterkopf, weil er nicht hartnäckiger gewesen war als sie! Sie hatte noch nie gebetet, doch nun schloss sie die Augen und betete, flehte und rief jeden an, der ihr zuhören wollte. *Ich verspreche, nicht mehr so stur zu sein, auf Jakes Ratschläge zu hören, all die Dinge zu schätzen, die er tut, mich bei meinen Eltern mehr anzustrengen, und ...*

Etwas klatschte auf Stein und sie riss erschrocken die Augen auf. Ein muskulöser Arm schob sich über den Felsen und ohne darüber nachzudenken stürzte sie nach vorn und trat ihm mit voller Kraft auf die Finger. »Hau ab! Ich hab eine Waffe!«

»Verflucht!« Der Arm wurde zurückgezogen und Jakes Kopf tauchte über der Kante auf. Schmerz stand ihm deutlich ins Gesicht geschrieben.

»Oh verdammt! Tut mir leid. Es tut mir so leid!« Sie machte ihm hastig Platz, während er sich nach oben zog, auf die Beine kam und finster seine verletzte Hand musterte. Voller Panik schossen die Worte förmlich aus ihr heraus. »Was machst du denn hier? Du hast mir eine Heidenangst gemacht. Ich dachte, du wärst ein Bär. Oder ein Mörder!« Sie hasste ihre Wut und jedes Wort, das aus ihrem Mund kam, aber sie zitterte wie Espenlaub und war viel zu verängstigt, um ihn nicht anzuschreien. »Hast du mir überhaupt mal zugehört? Ich hab dir doch gesagt, dass ich dich hier nicht brauche.«

»Gabby dachte, dir wäre was passiert!«, gab er ebenso aufgebracht zurück und marschierte auf sie zu. »Mensch, Addy. Ich brauche diese Hand noch, um dich anzufassen!«

»Mir ist nichts passiert. Was stimmt denn mit euch nicht? Kann man nicht einmal seine Ruhe haben?« Sie wollte diese verletzenden Worte nicht sagen, aber ihr schwirrte der Kopf vor Angst, Erleichterung und einer so tief sitzenden Verwirrung, dass sie kaum atmen konnte. Tränen brannten in ihren Augen.

Er trat näher, doch sie taumelte von ihm weg, zu aufgewühlt, um sich berühren zu lassen. Wenige Zentimeter vor der Felskante blieb sie stehen.

»Ist das dein Ernst, Addy? Sie konnte dich nicht erreichen.« Er kochte sichtlich vor Wut. »*Ich* konnte dich zwei Tage nicht erreichen. Zwei volle Tage.«

»Also bist du hier hochmarschiert, um mich nach Hause zu holen?« *Gott, ich liebe dich*, hallte es in den Untiefen ihres Kopfes und kämpfte sich durch die Panik und die Wut, kam jedoch nicht durch. *Warum streite ich mich mit ihm?* Ihre Knie zitterten so heftig, dass sie die Arme fest um ihre Taille schlang, um sich aufrecht zu halten. Sie kämpfte gegen die Tränen an.

»Nein!«, schrie er. »Ich bin den Berg hochmarschiert, um mich davon zu überzeugen, dass es der Frau, die ich liebe, gut geht.«

»Ich werde meinen Ausflug nicht abbrechen. Mir geht's gu… Moment mal. Was?« Sie hatte sich sicher verhört.

Er schlang die Arme um sie und ihre Dämme brachen.

»Du hast Angst und stehst vielleicht auch ein bisschen unter Schock«, sagte er ernst und hielt sie fest. »Ich bin nicht hier, um dich mit nach Hause zu nehmen. Wir haben uns Sorgen um dich gemacht und so etwas tut man nun mal, wenn man jemanden liebt: Man sorgt dafür, dass die Person sicher ist, und reißt sie nicht von den Dingen weg, die ihr so viel bedeuten. Ich liebe dich so sehr, Addy, und du bist zu stur, um zu sehen, dass ich dich weder ändern noch dir deine Unabhängigkeit nehmen will. Ich will dir auch nicht deine Suche nach dir selbst, dich selbst zu beweisen, oder was auch immer du hier tust, verbieten. Ich will dir helfen, diese Lücken in deinem Leben zu füllen, selbst wenn ich am anderen Ende des Bundesstaats bin. Aber wenn ich nicht weiß, ob es dir gut geht, halte ich das nicht lange aus.«

Er biss die Zähne zusammen, doch nichts konnte die grenzenlose Liebe in seinen Augen verbergen. Tränen strömten ihr über die Wangen. Sie konnte nicht denken, nicht reden. Jake legte eine Hand an ihren Hinterkopf, die andere auf ihren unteren Rücken, und hielt sie so fest, was die Panik Stück für Stück abebben ließ.

»Atme, Baby. Schön langsam. Lass die Angst raus und mich rein, Sexy Girl. Lass mich dich lieben und das Leben mit dir zusammen erleben. Ich will keine Entscheidungen für dich treffen. Ich möchte einfach nur dafür sorgen, dass dir nichts passiert. Und dass du mir gehörst. Mehr als alles andere.« Die letzten Worte wurden von einem Lächeln untermalt, bei dem ihr das Herz aufging.

Sie vergrub das Gesicht an seiner Brust, um sich etwas von seinem Mut, seiner Stärke und seiner Fähigkeit zu nehmen, die drei Worte auszusprechen, die ihm so mühelos über die Lippen gingen – und in ihr gewaltiges Unbehagen auslösten.

»Warum hast du so lange gebraucht?«, platzte es aus ihr heraus.

Er senkte den Kopf, um sie besser zu hören. »Was, Baby?«

Obwohl sie vor Nervosität beinahe starb, lächelte sie. »Warum hast du so lange gebraucht?«

»Warum habe ich …« Er zog sich zurück und ein leicht verärgerter Ausdruck mischte sich in seinen liebevollen Blick. »Oh Mann, du machst mich wahnsinnig.«

»Ich weiß. Tut mir leid.«

»Nein, tut es nicht. Dir tut es absolut nicht leid, aber du bist *meine Addy* und ich will es gar nicht anders.« Er ließ seine Lippen hauchzart über ihre gleiten. »Außer nackt vielleicht.«

Er küsste sie sanft, federleicht und weckte damit mehr als nur Leidenschaft und pure Lust in ihr. Er weckte ihre Seele.

»Liebst du mich, Addison?«, flüsterte er. »Liebst du mich wirklich und aufrichtig? Ich bin nämlich ziemlich sicher, dass wir Szenen wie die gerade eben noch ziemlich oft erleben werden, und ich weiß nicht, ob sich das jemals ändern wird.«

»Das will ich auch nicht.« Sie lachte auf, doch die Tränen versiegten nicht. »Du bist der Schlüssel zu meiner Büchse der Pandora. Du hast mein Herz entfesselt.« Ihre Verbindung zueinander wurde noch inniger und brannte sich tiefer ein. *Ein Feuer für die Ewigkeit.* »Du bist so stürmisch und ich liebe dich wirklich, innig, aufrichtig und wie verrückt.«

»Dann halt den Mund und küss mich, stures Mädchen, bevor ich dir eine Predigt halte, weil du mir so einen Schreck eingejagt hast.«

Als sich ihre Lippen trafen, warm und weich, aber unglaublich leidenschaftlich und verlangend, ergab sie sich der Liebe, die sich seit Monaten in ihr aufstaute. Hitze flammte in ihr auf, explodierte wie ein Feuerwerk in ihrer Brust und setzte eine Welt aus tieferen Gefühlen und unstillbarer Gier frei. Sie riss an seinem Shirt, bedeckte seine Brust mit Küssen und berührte jeden Zentimeter, den sie erreichen konnte. Innerhalb weniger Minuten flogen ihre Klamotten durch die Luft, und sie küssten sich hungrig, während sie zum Schlafsack stolperten. Ineinander verschlungen lachten sie und streichelten sich, als würden sie nie genug voneinander bekommen. Jake legte sich auf sie, schob seine kräftigen Beine zwischen ihre und hielt sie mit seinen starken Armen, so fest er konnte. Er sah ihr tief in die Augen und da wusste sie es. Sie wusste ohne jeden Zweifel, dass er ihre Zukunft war.

»Ich *brauche* dich, Jake«, gestand sie. »Ich brauche *dich.*

Keine Eroberung, keine schnelle Nummer, sondern das Herz und die Seele meines sturen, ruppigen Höhlenmenschen, der ganz genau weiß, wie er mich lieben muss. Ich liebe dich, und ich will nicht mehr ohne dich auf Entdeckungsreise gehen.«

»Du hast mich, Baby, jede Minute, jeden Tag.«

»Auch wenn ich Angst bekomme und trotzig werde?« Sie klammerte sich an seine Arme, da sie sich ein wenig vor der Antwort fürchtete.

»Wenn du Angst bekommst, trotzig bist, mit mir flirtest und selbst, wenn du einen Klaps auf deinen unglaublichen Hintern verdient hast. Ich verstehe dich, Addy, und das wird auch immer so sein.«

Dreiundzwanzig

Jake stand mitten im Bach, das Wasser umspielte seine Hüften und das Sonnenlicht wurde von den Wellen reflektiert, während er seine Brust einseifte. Die Muskeln in seinem Rücken spielten bei jeder Bewegung unter seiner Haut. Addy leckte sich hungrig die Lippen, obwohl seit seiner Ankunft auf dem Berg drei Tage vergangen waren und sie sich so oft geliebt hatten, dass sie schon nicht mehr mitzählte. Er *verstand* sie. Auf einer tieferen Ebene. Die Monate, in denen sie miteinander geflirtet hatten und Freunde geworden waren, mündeten nun in diesen einen Moment am Pirate's Peak. Sie gaben sich einander hin, als bräuchten sie sich zum Atmen, und nach diesen drei unglaublichen Tagen voller Zärtlichkeit und Wahrheit liebte sie ihn noch mehr.

Er grinste sie frech über die Schulter hinweg an und in ihrem Bauch regte sich wieder das Flattern, als wäre sie eine Motte, die vom Licht angezogen wurde.

»Schwingst du deinen heißen Körper rüber, oder starrst du mir nur auf den Hintern?«

»Ich würde dich ja lieber von vorn anstarren, aber das verweigerst du mir ganz egoistisch.« Sie bedeutete ihm, sich umzudrehen, was er auch tat und ihr einen noch herrlicheren

Anblick bot. Das Wasser lief in kleinen Rinnsalen über seine breite Brust, die wie gemeißelt wirkenden Bauchmuskeln und die verlockenden Muskelstränge an seinen Hüften, die unter der Oberfläche verschwanden.

Mit einem raubtierhaften Ausdruck stapfte er auf sie zu und erinnerte sie damit daran, wie er am Abend von Gabriellas Hochzeit auf sie zugekommen war. Ihr Puls beschleunigte sich und sie schwamm ein Stück von ihm weg, um ihren Mann zu provozieren und sich an dem wachsenden Hunger in seinem Blick zu erfreuen.

»Angst?«, fragte er.

»Niemals«, erwiderte sie, und dieses Mal war sie, im Gegensatz zu Gabriellas Hochzeit, ehrlich. Sie fürchtete sich nicht länger vor den Gefühlen, die sich in ihr regten. Sie sehnte sich nach ihnen, genoss sie und ließ es Jake auch wissen.

»Warum läufst du dann vor mir weg?« Er bewegte sich flink durchs Wasser und sie ging weiter rückwärts.

»Weglaufen? Ich würde eher sagen, dass ich die Vorfreude noch ein bisschen hinauszögere.«

Er stürzte sich nach vorn, packte sie und hob sie in seine Arme. Addy quietschte entzückt und schlang die Beine um seine Taille.

»Du kannst uns nicht entkommen, Sexy Girl.« Er rieb die Nase an ihrem Hals und knabberte an ihrem Ohrläppchen, was ihr einen wohligen Schauer über den Rücken jagte. »Du gehörst mir.«

»Beweis es«, forderte sie ihn auf.

Er hob sie ein Stück an, setzte sie auf seine Härte und füllte sie so vollständig aus, dass sie kaum noch atmen konnte. Das Wasser glitt kühl über ihre erhitzte Haut und verursachte ihr eine Gänsehaut.

Besitzergreifend sah er ihr tief in die Augen, hob und senkte sie gekonnt in einem quälend langsamen Rhythmus. »Wir spielen jetzt nach meinen Regeln, Süße, und ich sehe unsere Zukunft in deinen Augen.«

Sie schob die Finger in seine Haare und krallte sich in die dichten Strähnen. »Willst du mir vorschreiben, was ich zu tun habe, Mr. Ryder?«

»Ja.«

Das Wort traf sie mitten ins Herz. Auf seinem Gesicht spiegelten sich Aufregung und Sorge wider, aber sie ließ sich nicht länger von ihrer Vergangenheit beherrschen. Sie kam nicht länger gegen ihr Herz an.

»Dann solltest du wohl besser dafür sorgen, dass es sich für mich lohnt, sonst tritt dir mein Neandertaler-Freund in den Hintern.«

Er stöhnte und küsste sie leidenschaftlich, trug sie zum Ufer und legte sie mitten im Schlamm auf den Rücken, um dann wieder in sie einzudringen.

»Ich liebe dich so sehr, Addy.«

»Nicht annähernd so sehr, wie ich dich liebe.«

»Ich weiß. Wie schon gesagt, ich sehe unsere Zukunft in deinen Augen.«

Sie zog ihn an sich und küsste ihn innig. Sie liebten sich grob und rau, sinnlich und süß. Jake drehte sich auf den Rücken, sodass sie sich rittlings auf ihn setzen konnte. Schlammige Handabdrücke bedeckten ihre Oberschenkel, ihre Brüste, ihre gesamten Körper und Addy hatte noch nie etwas so Schönes erlebt. Wie konnte es sein, dass sich der Sex jedes Mal intensiver anfühlte? Emotionen, die sie einst gefürchtet hatte, wurden mit jedem Atemzug tiefer, stärker und überwältigender.

Sie betrachtete das sinnliche, wilde Tier unter sich und

erstarrte. Wie ein Stein.

»Beweg dich, Baby«, flehte er. »Ich will dich spüren.«

Ein träges Lächeln breitete sich auf ihren Lippen aus. »Was siehst du jetzt in meinen Augen, Mr. Ryder?«

Folter beschrieb nicht einmal ansatzweise Jakes Empfindungen, als Addy die Kontrolle übernahm. Ihre enge Hitze umschloss ihn. Ihre zarten Hände lagen auf seinen Brustmuskeln. Sie wusste, dass ihre Berührungen ihn verrückt machten. Ihr gehörte jede Faser von ihm und der Ausdruck in ihren Augen verriet ihm, dass sie nicht länger daran zweifelte. Die zerzausten, schlammverschmierten Haare klebten ihr an Schultern und Brüsten, was sie nur noch heißer machte. Seine Handabdrücke zogen sich über ihren gesamten Körper, doch wie ein Leuchtfeuer ihrer Liebe blieb ihr Tattoo unberührt. Sie war seine wilde, leidenschaftliche, kluge, hemmungslose Frau. Seine Freundin, seine Geliebte.

Meine Seelenverwandte.

Er erwiderte ihren herrlich herausfordernden Blick, gab jedoch nicht nach. Er erkannte tatsächlich ihre gemeinsame Zukunft in ihren Augen. Die Nacht auf dem Pirate's Peak hatte alles verändert. All ihre Mauern waren eingestürzt und sie hatte ihn endlich an sich herangelassen.

»Was siehst du jetzt in meinen Augen, Mr. Ryder?«, wiederholte sie.

Er würde nicht lügen und behaupten, dass er ihre Zukunft nicht sah, doch ihm war auch klar, dass er seine Frau nicht zu sehr hinhalten sollte. »Das Bedürfnis nach einem Orgasmus«, antwortete er schließlich mit der tiefen Stimme, bei der er jedes Mal ein Zucken zwischen ihren Beinen spürte. Und er liebte es einfach, wenn sie sich um ihn herum verspannte.

Sie presste die Lippen aufeinander. Offensichtlich war sie genervt, dass er eine Reaktion ausgelöst hatte, die sie nicht kontrollieren konnte. Er packte ihre Hüften und hob sie mühelos ein Stück an. Addy krallte sich in seine Unterarme und schien all ihre Kraft darauf zu verwenden, stillzuhalten, aber er wusste ganz genau, wie er die Frau quälen konnte, die er liebte. In den vergangenen drei Tagen waren sie zusammen gewandert, hatten sich unterhalten und miteinander geschlafen. Sie hatte ihm von ihren Eltern und der erdrückenden, lieblosen Ehe ihrer Großmutter erzählt, und dass sie einfach nur so geliebt werden wollte, wie sie war. *Ich will nicht eines Tages aufwachen und feststellen, dass du mich anders ansiehst.* Sie war so stark und doch so verletzlich. Ihre Unsicherheiten waren begründet, bei ihm jedoch nicht nötig. Genau das hatte er ihr gesagt. *Wenn du alt und grau bist, Falten und Hängebrüste hast, wirst du immer noch mein Sexy Girl mit der großen Klappe sein, das mich fünfzig Jahre lang zusammengestaucht hat. Und ich werde dich noch genauso innig lieben wie jetzt.*

Er schob die Gedanken an die Gespräche beiseite, die ihre Verbindung gestärkt hatten, und konzentrierte sich darauf, seine umwerfende, dickköpfige Frau zu befriedigen. Er schob eine Hand zwischen sie und spielte mit ihrer Klitoris.

»Das kannst du lang machen«, sagte sie. Ihre flatternden Lider straften ihren herausfordernden Tonfall Lügen.

Langsam und rhythmisch bewegte er sich in ihr und streichelte sie im selben Takt mit dem Daumen. »Komm für mich, Baby.«

»Ich werde nicht ... Oh, *Gott* ...« Sie biss sich auf die Unterlippe und er stieß fester zu. »Ich werde nicht ... kommen, bis ich bereit bin.«

»Nimm dir, was du willst, Baby«, raunte er ihr zu. »Du weißt, dass du es willst.« Der Sex glich wie der Rest ihrer Beziehung einem tosenden Sturm. Ein wunderschöner, mächtiger Taifun.

Stöhnend biss sie die Zähne zusammen und ihre Hitze verspannte sich erneut um ihn.

Addy riss die Augen auf und sah ihn finster an. »Was siehst du jetzt?«

Er drehte sie wieder herum und bewegte sich noch härter in ihr. Die Luft wurde ihr aus der Lunge getrieben und er verwickelte sie in einen gnadenlosen, intensiven Kuss, den sie voller Leidenschaft erwiderte. Mit jeder Berührung ihrer Zunge, jedem süßen, gierigen Stöhnen, trieb sie ihn höher.

Er löste sich gerade lange genug von ihr, um zu sagen: »Ich liebe dich so sehr. Komm für mich, meine Schöne«, ehe er sie wieder lustvoll küsste.

Sie schnappte keuchend nach Luft. »Sag, dass ich die Regeln mache, damit ich kommen kann«, flehte sie. »Ich muss kommen, Jake. Bitte?«

»Keine Chance.« Er verpasste ihr seitlich einen Klaps auf den Hintern, was ihr ein weiteres, sexy Stöhnen und einen sündhaft heißen Blick entlockte, der ihm direkt in den Schritt fuhr. »Komm für mich, Addy.«

Sie schüttelte den Kopf. Sie befand sich bereits am Rand der Klippe, ihr Körper bebte. Sie war der Inbegriff von Dickköpfigkeit und *alles*, was er brauchte.

»Nimm dir, was du willst, Baby«, wiederholte er drängender, denn auch er musste kommen, würde sich aber erst gehen lassen, wenn sie so weit war.

»Wer ist der Boss?« Ihre Wangen waren gerötet, ihre Worte atemlos.

Sie war so hinreißend sexy, dass er es kaum ertrug. Sie schlang die Beine um seine Taille und legte ihm eine schmutzige Hand an die Wange, um mit dem Daumen darüber zu streichen. Ihre Berührung war seine Achilles-Ferse. Ihr Blick wurde sanft und die Liebe darin erstickte den Rest seines Widerstands.

»Nimm dir, was du willst, Baby«, flüsterte er und lehnte seine Stirn an ihre. »Warum liebe ich dich so sehr?«

»Weil ich der Donner zu deinem Blitz bin. Hör auf zu reden und lieb mich.«

»So aggressiv«, raunte er und senkte den Kopf.

»Du liebst es, wenn ich aggressiv bin.«

»Hör auf zu reden.« Er versuchte, sie zu küssen.

»Schreibst du mir vor, was ich tun soll?«

Er sah sie finster an.

Sie legte eine Hand auf seinen Hinterkopf und zog sein Gesicht näher zu sich. »Okay, du gewinnst. Ich komme für dich.«

»Warum habe ich das Gefühl, als hättest du wieder gewonnen?«

Zärtlich umfasste sie seine Wange. »Zerbrich dir nicht den Kopf darüber.« Und während sie sich ihrer Leidenschaft hingaben, war er mit ganz anderen Dingen beschäftigt, als sich den Kopf zu zerbrechen. Er musste all die Freude in seinem Herzen freigeben – und sich auf ein Leben voller Vergeltung freuen.

Epilog

Addy strich über das frische Tattoo an ihrem Handgelenk. *Vergeben.* Es tat verdammt weh, aber die hübsche Schriftart und der Schmerz waren Symbole der fünf Monate, die Jake und sie nun zusammen waren. Nicht, dass ihre Beziehung auf eine verletzende Art und Weise schmerzhaft war, aber sie hatten die Art von Qual erlebt, die man nur spürte, wenn man seine Seele reinigte. Jake und sie hatten keine Geheimnisse, und je mehr sie sich ihm öffnete, desto mehr lernte sie über sich selbst.

Jake drückte unter dem Esstisch ihre Hand und blickte verstohlen auf ihr Handgelenk. Sie hatten sich mit seiner Familie und Gabriella zum Abendessen getroffen, nachdem sie gemeinsam beim Tätowieren gewesen waren. Sein Motiv war größer und gewagter, aber sie wusste, dass es dieselben tiefen Emotionen in ihm weckte. Sie war geschockt gewesen, als er letzte Woche vor ihr auf die Knie gegangen war, doch er kannte sie einfach zu gut. »Sexy Girl, du bist meine Sonne, mein Mond und mein Happy End. Lässt du dich mit mir tätowieren?« Die Worte hatten sie in Tränen ausbrechen lassen. Echte Tränen. Sie war weit gekommen, dachte nach, bevor sie etwas sagte, widersprach nicht jedes Mal, wenn er einen Vorschlag machte, und war in seine fantastische Dachwohnung eingezogen. Ihr

Leben war wunderschön und leidenschaftlich, aber sie war noch nicht bereit, sich in etwas zu stürzen, das ihr so lange Angst gemacht hatte. Aber auch da war er ihr einen Schritt voraus.

Jake beugte sich näher zu ihr und flüsterte ihr ins Ohr: »Können wir diese Veranstaltung verlassen, damit ich dir zeigen kann, wie *vergeben* du bist?«

Und wie sie das war. Dank seiner Geduld und Hartnäckigkeit hatte sie gelernt, ihn an sich heranzulassen, und die verstreuten Teile ihrer Vergangenheit setzten sich langsam zusammen. Obwohl sie eine glückliche, behütete Kindheit gehabt hatte, war ihr mittlerweile klar geworden, wie sehr sie sich davor gefürchtet hatte, sich zu verlieben. Ihre Eltern hatten aus Bequemlichkeit oder persönlichem Nutzen oder vielleicht auch einfach nur aus Zufall geheiratet. Sie wusste nicht, wie sie es einordnen sollte, aber sie waren für Addy nicht ein so starkes Vorbild endloser Liebe gewesen wie das, mit dem Jake aufgewachsen war. Die Angst, die daraus erwachsen war, hatte sie sich selbst nie eingestanden, geschweige denn jemand anderem. Aber bei Jake fühlte sie sich sicher und aufrichtig und innig geliebt. Sie hatte nie geglaubt, jemanden zu *brauchen*, aber Jake war ihr Fels in der Brandung geworden und sie schämte sich nicht, zuzugeben, dass sie ihn genauso sehr brauchte, wie sie ihn begehrte. Sie hatte sogar ihre Tumblr-Seite gelöscht und ihren Eltern von Jake erzählt. Die beiden schienen sich wirklich für sie zu freuen, und Jake und sie wollten sie besuchen, sobald ihre Eltern von der aktuellen Modenschau ihres Vaters aus Italien zurückkamen.

»Hey, ihr zwei«, sagte Gabriella. »Ihr werdet nicht frühzeitig von meiner Schwangerschaftsankündigungsparty verschwinden, um Spaß im Bett zu haben.«

»Wie hast du das überhaupt gehört, Miss Luchsohr?«, stichelte Addy. Sie freute sich riesig für Gabriella und Duke. Ihre Bemühungen in den Flitterwochen waren erfolgreich gewesen, und obwohl Gabriella es Addy sofort erzählt hatte, hatte sie den anderen die Neuigkeiten erst nach dem ersten Trimester mitteilen wollen. Sobald das Baby auf der Welt war, würde Gabriella ihre Stunden reduzieren, und auch Jake und Addy würden heute Abend ihre Pläne verkünden.

»Sie musste es gar nicht hören«, sagte Andrea. *Man sieht es in euren Augen*, fügte sie lautlos hinzu, deutete auf ihre Augen und zwinkerte ihnen zu.

Jake rieb mit der Nase über Addys Hals. »Du kannst uns nicht entkommen, Sexy Girl. Das hab ich dir schon am Abend von Dukes und Gabbys Hochzeit gesagt.«

»Da wir gerade von Hochzeiten sprechen«, sagte Siena mit einem verschmitzten Funkeln in den Augen. »Wann ist es bei euch so weit?«

Jake drückte erneut ihre Hand und warf ihr seinen Ich-mach-das-Blick zu, den sie mittlerweile liebte und sich auch darauf verließ.

»Wir sind uns unserer Beziehung sicher genug, um keine Ringe als Bestätigung zu brauchen«, antwortete Jake, hob ihre verschränkten Hände und zeigte damit ihre neuen Tattoos.

»Oha!« Gabriella lachte. »So was passt zu euch.«

»Ich liebe sie«, schwärmte Siena und griff nach Addys Hand, um sich das Tattoo genauer anzusehen. »Das muss ziemlich wehgetan haben.«

»Hat es«, erwiderte Addy, als Jake ihre Hand wieder nahm und ihr Handgelenk küsste.

»Aber alle Dinge, die etwas wert sind, werden von Schmerz begleitet«, fügte Jake hinzu und sah ihr tief in die Augen. *Ich liebe dich*, sagten sie sich stumm. »Wir haben selbst etwas zu verkünden.«

»Du bist schwanger!«, warf Lizzie hoffnungsvoll ein.

»Nein, nein, nein, nein, nein«, erwiderte Addy eindringlich. Ihr war gar nicht bewusst gewesen, wie sehr sie befürchtet hatte, einen ebenso passiven Erziehungsstil wie ihre Mutter an den Tag zu legen, bis Jake und sie darüber gesprochen hatten, selbst eine Familie zu gründen. Er hatte ihre Behauptungen durchschaut, dass sie nicht dafür gemacht war, Mutter zu werden. Und wie in allen anderen Belangen war er durch Gespräche, Tränen und Liebe zum Kern der Sache vorgedrungen und sie hatten sich ihm gemeinsam gestellt. Addy wusste, dass ihre Liebe zu groß und sie beide zu stur waren, um sich von irgendetwas abhalten zu lassen. Sie wollten beide irgendwann, wenn die Zeit reif war, eine Familie. Oder wie Jake es ausdrückte: *Wenn Addy endlich einsieht, dass sie nie so wie ihre Mutter wird, weil sie viel zu leidenschaftlich ist und ihren Kindern das Bedürfnis nach Unabhängigkeit einhämmern wird.* Er war überzeugt, dass sie dazu bestimmt waren, hinreißend sture Kinder zu haben, die sie ständig herausforderten, und sie freute sich darauf. *Eines Tages.*

»Sie ist nicht schwanger«, sagte Jake. »Mann, ihr habt es immer so eilig. Ich habe mein ganzes Leben auf diese Frau gewartet. Ich will sie noch nicht teilen.« Trotz der Tatsache, dass er nie feste Bindungen oder Ablenkungen gewollt hatte, war er mit vollem Herzen bei Addy. Und wenn sie irgendwann für Kinder bereit war, würde er sich auch in diesem Teil ihres Lebens nicht zurückhalten. Und sollten sie doch entscheiden, keine Kinder zu wollen, war das auch in Ordnung. Solange sie einander hatten, war ihr Leben vollständig.

Addy sah ihn so offen liebevoll an, dass sein Herz einen Satz machte. Mit ihr hatte er so viele wichtige Momente erlebt, dass er sie mittlerweile schon fast erwartete. Sie wurden ihm jeden Morgen bewusst, wenn er mit ihr in seinen Armen aufwachte, und jeden Abend, wenn sie nach der Arbeit nach Hause kam. Und in unzähligen Momenten wie diesem, wenn ihn ein einzelner Blick daran erinnerte, wie weit sie gekommen waren und auf wie viele unglaubliche Jahre sie sich freuen konnten. Nein, er hatte es nicht eilig, sie zu teilen oder auch nur einen einzigen Tag von ihr getrennt zu sein, weshalb er von Addys Entscheidung begeistert war.

»Alter«, drängte Gage. »Kommen die Neuigkeiten jetzt noch? Sally und ich müssen unseren Flieger erwischen. Wir müssen zu einem Meeting für das neue Jugendzentrum, das wir eröffnen.«

»Es schneit ziemlich heftig«, erinnerte Jake ihn. Es war Mitte November und ein früher Wintersturm beherrschte gerade alles.

»Ich bin sicher, dass der Flug gestrichen wird, sollte es zu unsicher sein«, versicherte Gage ihm.

»Könnt ihr bitte mit euren Neuigkeiten rausrücken? Lizzie und ich müssen eine Hochzeit planen«, sagte Blue.

Ihre Hochzeit würde in wenigen Wochen während der Weihnachtsfeiertage stattfinden. Jake war ziemlich sicher, dass sie bereits bis ins kleinste Detail organisiert war, was bedeutete, dass sein Bruder Lizzie zurück ins Hotel bringen wollte, um Zeit mit ihr allein zu verbringen. Nicht, dass er es ihm vorhalten konnte. Er wollte auch unbedingt mit Addy allein sein.

»Oder muss ich mit dir rausgehen und es aus dir heraussprügeln?«, witzelte Blue.

Jake schnaubte. »Erstens würde ich dich fertigmachen und zweitens … Da fällt mir nichts ein, also würde ich dich noch mal fertigmachen.«

Alle lachten. Addy lehnte sich zu ihm und strich ihm über die Wange. Er würde sich nie daran gewöhnen, dass ihre Berührung eine ganze Lawine an Emotionen in ihm auslöste.

»Wir wissen alle, dass du groß und böse bist«, sagte Addy und strich mit einem Finger über seinen Kiefer. »Also hör auf, dich wie ein Macho aufzuführen, und erzähl es ihnen.«

»Ja, *großer, böser* Jake«, zog Duke ihn auf. »Raus damit.«

»Hey, das darf nur ich sagen«, erwiderte Addy streng. »Reib den Bauch deiner Frau oder so.«

»Mein Mädchen steht immer hinter mir, Duke. Pass lieber auf.« Er küsste Addys Handrücken. »Meine unglaubliche Freundin hat sich entschieden, sich als Bergungs- und Rettungsspezialistin ausbilden zu lassen. Wenn Gabby ihre Stunden reduziert, wird Addy mich auf Missionen begleiten.«

»Wir werden *zusammen* Aufträge annehmen«, korrigierte sie ihn.

»Ich versuche nicht, irgendwas zu bestimmen«, erklärte Jake. Doch ein Blick in ihre wunderschönen Augen genügte, um ihn einknicken zu lassen. Das war ihre Entscheidung gewesen und anfangs hatte er sogar versucht, sie umzustimmen. Er hatte ihr erklärt, dass er in jeder erdenklichen Wetterlage, mitten in der Nacht und unter gesundheitsgefährdenden Bedingungen arbeitete. Aber dickköpfig wie sie war, hatte sie nichts davon hören wollen. Und sie hatte recht. Sie begleitete ihn nicht nur. Sie bestand darauf, sich offiziell ausbilden zu lassen und eine Zulassung zu erhalten, und er war unglaublich stolz auf sie. »Wie werden zusammen Aufträge annehmen.«

»Wirklich, Addy?« Ned legte seine Gabel weg.

»Ja«, antwortete sie voller Stolz. »Als ich allein und verängstigt auf dem Pirate's Peak war, sind mir zwei Dinge sehr klar geworden.« Der Stolz verwandelte sich in Bewunderung, als sie Jake ansah. »Zum einen, dass ich bis über beide Ohren in meinen großen, mürrischen, besitzergreifenden Freund verliebt bin.«

Sie wandte sich wieder an seinen Vater. »Du hast einen unglaublichen Mann großgezogen und ich hatte gehofft, du und Jake könntet mir helfen, die notwendigen Fähigkeiten zu erlenen. Gabriella und ich helfen anderen in Rechtsfällen und ich liebe unsere Arbeit.« Sie lächelte Gabriella an. »Aber als ich auf dem Berg war, hat sich so viel verändert. Ich habe mich in die Wildnis verliebt. Alles hat sich größer, realer und natürlich angefühlt. Als könnte ich leichter atmen, und ob ihr es glaubt oder nicht, nachdem ich den schlimmen Muskelkater überstanden hatte, hab ich den Schmerz vermisst. Er hat mir gezeigt, dass ich mich weiterentwickelt habe. Und das vermisse ich sehr.« Sie lächelte Jake an und er nickte, um sie zu ermutigen, die andere Sache zu offenbaren, die sie seit ihrem Ausflug verfolgte.

»Es gab einen Moment im Wald, der dafür gesorgt hat, dass ich mehr aus meinem Leben machen will. Ich hatte meinen Stiefel weggetreten und ihn außerhalb meines Lagers gefunden. Ich konnte nur daran denken, wie hoffnungslos dieses Bild war und was du und Jake euch auf der Arbeit stellen müsst. Verängstigt und allein auf dem Pirate's Peak war ich auf der Gegenseite einer solchen Situation und mir wurde klar, welche entsetzliche Angst eine vermisste Person haben muss. Ich will helfen. Ich glaube nicht, dass ich Jake auf Suchmissionen gehen lassen kann, ohne dabei zu sein und ihm zu helfen.«

»Weißt du, Schätzchen«, sagte Ned, »wir arbeiten nicht immer unter den besten Bedingungen und auch nicht zu normalen Zeiten.«

»Der Apfel fällt wirklich nicht weit vom Stamm«, meinte Addy. »Jake hat schon versucht, es mir auszureden.«

»Das ist Zeitverschwendung, Dad«, sagte Jake.

»Tja, also ich bin stolz auf dich«, sagte Cash. »Man muss stark sein, um alles stehen und liegen zu lassen und anderen zu helfen.«

»Addy ist die stärkste Frau, die ich kenne.« Gabriella lächelte Addy an. »Und ich freue mich für dich, aber keine Rettungsmissionen, wenn ich mein Baby bekomme, okay? Du musst mir sagen, dass ich die Klappe halten und pressen soll, weil Duke für mich pressen würde, wenn er könnte.«

Addy stiegen Tränen in die Augen. »Du weißt, dass ich das niemals verpassen würde. Andrea, ich hatte auch gehofft, dass du mir Kochen beibringen könntest. Jake hat es versucht, aber ich muss es wohl von jemandem lernen, der mich weniger herumkommandiert.«

Er wusste, dass sie ihn nur aufzog. Jedes Mal, wenn er versucht hatte, ihr das Kochen beizubringen, waren sie am Ende nackt gewesen. Verdammt, wenn sie zu Hause waren, verbrachten sie ziemlich viel Zeit nackt, und er liebte jeden Moment davon. Sie und seine Mutter standen sich bereits so nah wie Mutter und Tochter. Addy brauchte diese Verbindung, und als seine Mutter antwortete, dass sie liebend gern half, hatte er das Gefühl, dass auch sie sie brauchte. Ohne es zu wissen, hatte Addy ihm beigebracht, dass man unmöglich *zu sehr* geliebt werden konnte, auch wenn der Grat zwischen Liebe und Besitzanspruch schmal war. Auch das begriff er langsam. So sehr sie auch *ihm* gehörte, war sie zuallererst immer eine eigenständige Person, und das bewunderte er an ihr.

»Danke«, sagte Addy zu seiner Mutter. »Ich hab gehört, dass du köstliche Windbeutel machst. Wäre es in Ordnung, wenn wir mit dem Nachtisch anfangen?«

Addy richtete den Blick auf ihn und Hitze flutete seine Adern. Er hatte sich mal gefragt, ob sich dieses wahnsinnige, kribbelnde Gefühl in seinem Magen jemals legen würde, doch jetzt wusste er ohne jeden Zweifel, dass das bei seinem dickköpfigen Sexy Girl niemals passieren würde.

ihre Freundschaft, sondern auch ihre Liebe auf dem Spiel steht. Jetzt müssen die beiden entscheiden, ob dies der Beginn einer gemeinsamen Zukunft oder das Ende ihrer Freundschaft ist.

Bestellen Sie *Von der Liebe gefunden* gleich bei Ihrem Online-Buchhändler!

Sie ist die einzige Frau, die er je geliebt hat, und die einzige, die er nie haben konnte ...

Sie waren drei beste Freunde. Daredevils – waghalsige Draufgänger für immer. Bis etwas schief ging und einer dabei umkam.

Jahre später ist Dare Whiskey fest entschlossen, der einzigen Frau, die er je geliebt hat, zu beweisen, dass manche Wagnisse das Risiko wert sind.

Bestellen Sie *Immer Ärger mit Whiskey* bei Ihrem Online-Buchhändler.

ihm bewusst, dass er plötzlich gefunden hat, was er sich nie zu erträumen erlaubte – und von dem er nie wusste, dass es ihm fehlt.

Nachdem er sich vierzehn Jahre lang nur auf seinen Sohn konzentriert hat, kann Caden der starken Anziehungskraft der schönen Bella nicht widerstehen, und Bella ist der Intensität ihrer aufkeimenden Liebe ebenso machtlos ausgeliefert. Aber der Neuanfang gestaltet sich schwieriger, als sie beide es sich ausgemalt haben, und dann gerät Evan an die falschen Freunde. Cadens Loyalität wird auf eine harte Probe gestellt. Wird er alles aufgeben, um seinen Sohn zu beschützen – sogar Bella?

Bestellen Sie *Träume in Seaside* bei Ihrem Online-Buchhändler.

Neu bei »Love in Bloom – Herzen im Aufbruch«?

Ich hoffe, Ihnen hat es genauso viel Vergnügen bereitet, die Ryders kennenzulernen, wie mir, über sie zu schreiben. Falls dieser Band Ihr erstes Buch aus der Reihe »Love in Bloom – Herzen im Aufbruch« ist, warten noch jede Menge Geschichten über unsere sexy, selbstbewussten und loyalen Heldinnen und Helden auf Sie.

Die Ryders ist nur eine der Serien aus meiner großen Sammlung von Liebesromanen mit Tiefgang, Humor und Happy-End-Garantie. In allen Büchern finden Sie eine abgeschlossene Geschichte, die auch für sich allein gelesen werden kann. Figuren aus den einzelnen Serien und Büchern der weitverzweigten »Love in Bloom – Herzen im Aufbruch«-Familien tauchen immer wieder auch in den anderen Bänden auf. So verpassen Sie nie eine Verlobung, eine Hochzeit oder eine Geburt. Wenn Sie mögen, lernen Sie doch auch die anderen Serien der Reihe kennen! Eine vollständige Liste aller auf Deutsch erschienenen und geplanten Bücher gibt es am Ende des Buches und unter dem folgenden Link finden Sie weitere Informationen:

www.MelissaFoster.com/Herzen-im-Aufbruch

Danksagung

Es hat mir viel Spaß gemacht, über Jake und Addy und ihre Furcht vor dem Loslassen und Verlieben zu schreiben. Ihre Geschichte war nicht einfach, doch sie entspricht ihrer Natur, und ich hoffe, dass sie Ihnen gefällt. Bedanken möchte ich mich bei Christopher Boyer, dem leitenden Geschäftsführer der *National Association for Search and Rescue*, denn er hat mir unzählige Fragen beantwortet. Wären Sie nicht gewesen, hätte ich den Lesern keinen so abgerundeten Roman bieten können. Vielen Dank. Ich habe mir in dieser Geschichte kreative Freiheiten erlaubt. Jegliche Fehler gehen auf meine Kappe und spiegeln weder Chris' Wissen noch seine Expertise wider. Die Silver Mountains sind eine erfundene Bergkette und nicht mit den Silver Lake Mountains zu verwechseln. Alle genannten Orte, wie der Pirate's Peak, sind ebenfalls erfunden.

Ein besonderer Dank gilt Lisa Bardonski und Christy Dye, die mich gerettet und daran erinnert haben, meinem Bauchgefühl zu folgen. Das hat wirklich geholfen. Ich habe Lisa und Christy über meinen Fanclub auf Facebook kennengelernt. Wer noch nicht beigetreten ist, ist herzlich willkommen!
www.Facebook.com/groups/MelissaFosterFans

Wer nichts verpassen will, meldet sich am besten für meinen Newsletter an:
www.MelissaFoster.com/Newsletter_German

Auf Facebook bemühe ich mich immer, die Fans über die Welt unserer fiktionalen Freunde auf dem Laufenden zu halten.
www.Facebook.com/MelissaFosterAuthor

Besonderer Dank gilt wie immer meinem großartigen Redakti-
onsteam: Kristen Weber, Penina Lopez, Elaini Caruso, Juliette
Hill, Marlene Engel, Lynn Mullan, Justinn Harrison sowie auf
deutscher Seite Anne Sommerfeld, Stefanie Kersten, Stephanie
Schottenhamel, Judith Zimmer. Und zu guter Letzt möchte ich
mich bei meiner Familie für ihre Geduld, ihre Unterstützung
und ihre Inspiration bedanken.

Die Bradens (Peaceful Harbor)

Geheilte Herzen
Voller Einsatz für die Liebe
Liebe gegen den Strom
Vereinte Herzen
Melodie der Liebe
Sieg für die Liebe
Endlich Liebe – ein Braden-Flirt

Die Bradens & Montgomerys (Pleasant Hill – Oak Falls)

Von der Liebe umarmt
Alles für die Liebe
Pfade der Liebe
Wilde Herzen
Schenk mir dein Herz
Der Liebe auf der Spur
Verrückt nach Liebe
Liebe süß und sündig
Und dann kam die Liebe
Eine unerwartete Liebe
Verliebt in Mr. Bad

Die Remingtons

Spiel der Herzen
Im Dschungel der Liebe
Herzen in Flammen
Herzen im Schnee
Liebe zwischen den Zeilen
Von der Liebe berührt

Die Ryders

Von der Liebe bestimmt
Von der Liebe erobert
Von der Liebe verführt
Von der Liebe gerettet
Von der Liebe gefunden

Seaside Summers

Träume in Seaside
Herzen in Seaside
Hoffnung in Seaside
Geheimnisse in Seaside
Nächte in Seaside
Herzklopfen in Seaside
Sehnsucht in Seaside
Geflüster in Seaside
Sternenhimmel über Seaside

Bayside Summers

Sommernächte in Bayside
Verführung in Bayside
Sommerhitze in Bayside
Neuanfang in Bayside
Mondschein in Bayside
Versuchung in Bayside

Die Whiskeys: Dark Knights aus Peaceful Harbor

Tru Blue – Im Herzen stark
Truly, Madly, Whiskey – Für immer und ganz
Driving Whiskey Wild – Herz über Kopf
Wicked Whiskey Love – Ganz und gar Liebe
Mad About Moon – Verrückt nach dir
Taming My Whiskey – Im Herzen wild
The Gritty Truth – Kein Blick zurück
In For A Penny – Süßes Glück
Running on Diesel – Harte Zeiten für die Liebe

Die Whiskeys: Dark Knights von der Redemption Ranch

Immer Ärger mit Whiskey
Sullys Befreiung
Um Whiskeys willen

…

Entdecken Sie Melissa Fosters Bücher auch auf:
www.MelissaFoster.com/Herzen-im-Aufbruch